Sueños de mujer

CATHERINE NICOLSON

Sueños de mujer

CIRCULO DE LECTORES

Original inglés: Chase the moon
Traducción, J. Ferrer Aleu
Cubierta, Rolando & Memelsdorff

Círculo de Lectores, S.A.
Valencia, 344 - Barcelona
1 2 3 4 5 6 7 8 9 5 8 0 9

Depósito legal: B. 31.085 - 1985
Compuesto en Garamond 10
Impreso y encuadernado por
Gráficas Ramón Sopena, S. A.
Provenza, 95 - 1985
Printed in Spain
ISBN: 84-226-1941-5

Edición no abreviada
Licencia editorial para Círculo de Lectores
por cortesía de la autora

Algunos sueños que sólo un desconocido puede compartir...

Querido Arlequín:

¿Qué me sucede? ¿Por qué no puedo dejar de pensar en él? No es nada especial, sólo un conjunto de células y de corpúsculos como yo, y sin embargo pienso que si le viese en la calle lo echaría todo por la borda, todo el futuro que hemos proyectado, sólo para volver a oír su voz... ¿Parece esto una locura? Ojalá supiese cuánto tiempo va a durar. Algunos días pienso que estoy curada, apenas pienso en absoluto en él, y entonces, por la noche, revive en cuanto me quedo dormida, y me despierto llorando.

Fui una tonta, no sé cómo fui a enamorarme precisamente de él. Ya sabes lo que pienso de los hombres ricos... ¿Cómo es posible que no estuviese inmunizada?

Por favor, dime que he hecho lo que debía.

Colombina

PRÓLOGO

Seguro como una sombra en la oscuridad del cálido verano, un joven descendió los escalones que llevaban desde la explanada a la playa. Ni una luz de la población dormida rompía la negrura de la noche. La luna, si hubiese habido luna, habría revelado la palidez y la resolución de su semblante.

Al pie del muro de piedra de la explanada, se despojó metódicamente de la ropa. Desnudo, con el suave viento del Atlántico agitando sus cortos cabellos oscuros, se estremeció una vez, y, después irguió los vigorosos hombros. Delante de él, el mar estaba en calma, brillando con una luz fosforescente. ¡Qué fría y confortante resultaría el agua sobre su piel ardiente!

Levantó la cabeza en ademán de desafío. Ante él estaban la oscuridad, el olvido, el anónimo. El interminable y mecedor abrazo del mar, un silencio más allá de las lágrimas o de la risa o de la ansiedad. Caminó con pasos ligeros y mesurados que sólo dejaban una huella fugaz sobre la arena mojada. Como un matador con un toro cansado, quería que la cosa terminase cuanto antes. La conclusión estaba decidida de antemano. Su sangre vital se había agotado ya.

"Eres un romántico", le había dicho ella en tono juguetón, medio divertida y medio preocupada, totalmente complacida por la pasión que había despertado en el muchacho torpe e ignorante, en el salvaje inexperto.

"Ya no", le había respondido él, sin saber apenas lo que estaba diciendo. Ahora, demasiado tarde, sabía que era verdad. Lo había perdido todo. No había escapatoria.

Salvo una. Su corazón saltó de pronto al meterse él en el agua cristalina. Era como zambullirse en piedra; aquello extraía el aliento de su cuerpo. Sonrió. Sería una batalla. Le daba la bienvenida. Podía haber vendido su vida, su futuro, incluso su alma, pero su cuerpo y su voluntad seguían siendo suyos.

Avanzó, hundiéndose más. La resaca tiraba de su cuerpo. Se obligó a seguir. No podía volver atrás. Nada ni nadie volverían a tocarle; nunca más.

Algo rozó su mano, y se sobresaltó. ¿Qué era? Entre los reflejos del agua, distinguió una forma extraña; una luz suave bailaba sobre sus muchas facetas. Una concha de cristal, una joya marina. Asombrado, alargó una mano y tocó delicadamente aquel objeto. Éste se apartó oscilando, volvió atrás y le acarició la mano como algo vivo. Él lo levantó e hizo una mueca. A fin de cuentas, no había allí melodrama ni misterio. No era más que una botella, una botella de ajenjo vacía, destinada, como el encanto de una mujer, a disfrazar los efectos letales de lo que había en su interior.

El joven alzó el brazo, dispuesto a arrojarla lejos, a estrellarla contra las rocas a su espalda. Pero entonces sintió que algo caía dentro de la botella como en un aleteo de pajarillo.

La curiosidad hizo presa en él, como el dolor que vuelve a un miembro entumecido, haciendo que percibiese, sin quererlo, la frialdad del agua y el aire sobre sus hombros desnudos. Vaciló. Sabía que no habría nada dentro de la botella. Una esquirla, un alga, arena...

La botella había sido tapada de nuevo. Cediendo a un súbito y febril impulso, arrancó el tapón. Colgando de él por un hilo de algodón, había un rollito de papel, todavía seco. Algo estaba escrito en él, pero la oscuridad le impedía ver lo que era. Ahora se dio cuenta de que sus manos estaban temblando. Sintió frío, un frío muy desagradable. Se apercibió contra cualquier dolor imaginable, pero su inquietud, la trivial y humillante irritación que sentía, eran más difíciles de soportar. Y aquí, en sus manos, estaba otra cosa irritante, estaba la nota. No era nada, no podía tener ningún significado para él. Él, más que nadie, sabía que los milagros eran imposibles, que el mundo estaba lleno de desconocidos.

Miró hacia abajo y, después, al cielo.

—*Merde*.

Su maldición fue breve, pero sentida. Los milagros eran imposibles, el mundo estaba lleno de desconocidos; pero no podía dejar de leer aquella nota. Se echó a reír; una risa profunda que brotaba del diafragma, haciéndole jadear para recobrar aliento, haciendo que le doliesen las costillas. Conque sí. El destino había resuelto hacer el último intento para burlarse de él.

Pero esta vez no se dejaría engañar. Volvería a la playa, leería lo que estaba escrito en este condenado e inoportuno trozo de papel y volvería a su tarea. Ninguna palabra, en ningún idioma del mundo, podría disuadirle.

Volvió resueltamente a la playa, prescindiendo de los tirones de sirena de la resaca. Se sentó en la arena, flojas de pronto las piernas. La línea de escritura era apenas visible a la luz de la lámpara de la explanada.

La miró durante largo rato. Después miró el mar, la confusa y pálida línea del horizonte. Y entonces, aterido por el frío, se inclinó y, poco a poco, metódicamente, empezó a vestirse.

CAPÍTULO I

Mr. Whitaker miró su reloj y frunció el ceño. Todavía no era la hora y, en los cuarenta años que llevaba en Harby, Jarndyce y Harby, no había conocido a una sola mujer que llegase temprano a una cita. Pero hoy estaba inexplicablemente nervioso, incapaz de ajustarse a su rutina normal. Contra su voluntad, desvió la mirada hacia la larga y plana caja de cartón con su marbete amarillento. Sentía una curiosidad nada profesional, no exactamente por el legado, bastante desacostumbrado, sino por su destinataria. ¿Cómo sería? Si lo que ella alegaba era verdad, tenía la herencia más extraordinaria.

Pero las especulaciones eran impropias de un hombre de su posición. Irritado consigo mismo, apartó a un lado el libro que había estado consultando y se acercó a la ventana. Los tranquilos jardines de allá abajo, por los que habían pasado grandes cancilleres y primeros ministros, habían permanecido inalterados durante siglos. Las elegantes terrazas georgianas que rodeaban el jardín central, con sus viejos castaños, eran las mismas que había visto Charles Dickens cuando trabajaba en la plaza como escribiente de abogado. Más allá de la Capilla donde John Donne había predicado antaño, estaban la magnífica mole victoriana del Great Hall y la Biblioteca, y más allá, los altos bastiones isabelinos de piedra y de ladrillo que separaban la Posada de los bulliciosos Holborn y Chancery Lane. Todo era sosegado, tranquilo, ordenado, desde el liso y extenso prado de césped hasta la esfera de reloj, negra y dorada, discretamente desprovista de números, en lo alto del campanario. Ahora, al mirar hacia abajo, el único movimiento que percibió fue el de un mozo que pasaba apresuradamente y en silencio, empujando una carretilla llena hasta los topes de documentos legales y expedientes.

Todavía inquieto, Mr. Whitaker dio media vuelta. El verano estaba todavía lejos, pero la luz del sol parecía demorarse en las paredes revestidas de paneles, despertando incómodos recuerdos. ¿Había sido él, como agente de la familia, parcialmente responsable de la mala gestión del asunto? Había sido algo completamente ajeno a su experiencia, pero quizás habría podido hacer algo más, quizás habría podido hacer...

—¿Mister Whitaker?

El intercomunicador de encima de su mesa cobró vida, sobresaltándole.

—¿Sí?

—Miss Traverne desea verle, señor

Miró automáticamente su reloj. Llegaba temprano; se había anticipado un cuarto de hora. Vaciló, perdido su aplomo.

—Pídale que espere unos momentos... No; dígale que suba.

Sintió que su corazón latía con más fuerza de lo que habría querido. Tal vez esta entrevista no sería tan sencilla como había pensado. El confiado empleo del apellido Traverne... no era una buena señal.

Quizás esto era en parte por su culpa. Ocho años atrás, había parecido aconsejable ocultar las circunstancias exactas del nacimiento de la niña al colegio en el que se proponían ingresarla. Sólo gracias al apellido Traverne había sido admitida con tanta premura. Probablemente, con el paso de los años, había llegado a pensar que aquel apellido era suyo por derecho propio. Debía desengañarla de ello a toda costa.

Pues era mucho esperar que hubiese heredado la gentileza y los buenos modales de su padre, si es que era en realidad su padre. Los informes recibidos de Mayfields', el distinguido y convenientemente remoto internado que había encontrado para ella en el norte de Inglaterra, no habían sido muy alentadores. La muchacha vivía de acuerdo con su apellido extranjero y su dudosa herencia. Era revoltosa y ejercía una influencia perturbadora. Llevaba sangre mala en sus venas y su crianza de golfilla en los puertos del Mediterráneo no había contribuido a contrarrestarla. Hablaba con fluidez tres idiomas, pero no había sido educada en ninguno de ellos. Su inglés escrito era atroz. En comparación con sus condiscípulas, era una salvaje ignorante.

Durante un tiempo, la situación había parecido desesperada. Nadie, y el que menos Mr. Whitaker, sabía qué hacer con ella. El primer año, se escapó repetidas veces, una de ellas hasta un sitio tan lejano como Liverpool, donde había sido encontrada cuando trataba de embarcar en un carguero. A partir de entonces, había sido vigilada de día y de noche. Las autoridades, a pesar del prestigio del nombre Traverne, habían amenazado con expulsarla.

De pronto, aquel otoño, cambió. No se estabilizó exactamente, sino que se recluyó simplemente en un mundo propio. Nadie propuso el alto el fuego; éste llegó como un alivio inesperado. Ya no hubo más informes turbadores sobre alborotos en clase e incluso sobre peleas con otras chicas. Su inglés empezó a mejorar, aunque siguió negándose a aplicarse en otros estudios. Pero esto ya no importaba a nadie. Había sido una gran victoria, pero Mr. Whitaker no confiaba en su buena suerte.

Y hoy cumplía la chica dieciocho años. Pronto empezaría su último curso en el colegio. Ahora tenía Mr. Whitaker que resolver el problema de su futuro de una vez para siempre. Afortunadamente, la herencia de su madre le había dado una excusa ideal para llamarla a Londres. Con toda su experiencia, no habría de resultarle demasiado difícil llevar a una joven inexperta de dieciocho años por el buen camino, librándola de todo mal. Y todavía tenía unos momentos de respiro para ordenar sus pensamientos, para convencerse de que lo que estaba planeando, a pesar de que tenía elementos dudosos, era perfectamente legal y correcto. Empujó el paquete unas pulgadas sobre la mesa. No vendría mal que la curiosidad de la niña sobre su contenido la distrajese de las intenciones de él. Más pronto de lo que esperaba, oyó que llamaban a la puerta. Sin duda había subido corriendo las escaleras en vez de tomar el ascensor.

—Adelante.

Se abrió la puerta y el hombre se puso en pie. Pero las palabras de bienvenida que había preparado se extinguieron en sus labios. Seguramente, no se trataba de una colegiala inexperta. La niña hosca y rechoncha de la fotografía oficial se había convertido en una joven de un aplomo extraordinario. Unos ojos oscuros bajo unas pestañas que parecían extrañamente tiznadas de humo fijaron en los de él una mirada directa, intensa, interrogadora, firme. Sus cabellos eran también muy oscuros, una masa suave y brillante, recogida severamente hacia atrás y sujeta sobre la nuca. El efecto era absolutamente sencillo, pero un tanto sofisticado, chocante, acentuando la pura palidez cremosa de la piel los planos desafiadores de la cara. ¿No era injusto, o al menos antinatural, tener una piel tan pálida y unos cabellos tan oscuros? El contraste era sorprendente, electrizante. Su cara era extrañamente definida para una muchacha tan joven. La inclinación de la barbilla, la forma pronunciada de los pómulos y la nariz ligeramente aguileña, revelaban orgullo. Sus cejas negras e iguales, con el sesgo y el ángulo exacto del ala de una gaviota, le daban un aire de intensa concentración. No era alta, pero lo parecía por lo erguido de su porte, cuadrados los hombros bajo la soberbia columna de su cuello. El sencillo uniforme gris y blanco que llevaba nada tenía de infantil, pues había trocado su chaqueta de lana gris por un chal de vivo color escarlata echado sobre los hombros.

¿Era bonita? No; el contraste entre la luminosa palidez de su piel y la negrura de sus cabellos era demasiado fuerte. Pero tenía algo, algo trepidante, que hacía que la simple lindeza pareciese irrelevante. Por alguna razón —tal vez el chal escarlata—, pensó en el primer Picasso que había visto. Le había causado la misma impresión de sobresalto y reconocimiento. Los colores le habían parecido artificiosamente fuertes, demasiado impregnados en luz meridional, y las líneas demasiado simples..., y sin embargo, la imagen había permanecido en su mente durante meses, haciendo que cualquier otra pintura le pareciese tonta y amanerada.

Sí, era esto. A pesar de la severidad de su expresión y de la sencillez institucional de su ropa, había algo exótico en ella, con sus párpados espesos y del color del humo, y su boca ancha y sorprendentemente llena, y aquel curioso hoyuelo en el labio inferior, que ahora no reía pero parecía capaz de pasión y de risa.

—Miss... eh... Corrie. ¡Cuánto me alegro de conocerla al fin!

Pensó que, de momento, era preferible eludir el problema del apellido. Ella no sonrió ni respondió. Después de un largo momento en el umbral, escrutando la estancia, entró dejando la puerta entornada detrás de ella. Algo en su manera de moverse, mezcla de precaución y atención, con una especie de energía controlada, impedía al hombre apartar de ella la mirada. Tenía la impresión de algo finamente entonado, incluso rebelde; de una precisión que podía estallar en acción en el momento menos pensado.

Bruscamente, ella tendió la mano. Una costumbre continental. Él la tomó torpemente, todavía vacilante, incómodamente consciente de que ella todavía no había dicho una palabra.

—¿Cómo está usted, míster Whitaker?

Su voz era inusitadamente grave, tenía un tono extrañamente imperativo a pesar de su suavidad, como indicando una fuerza mantenida en reserva. Una voz selvática. Por alguna razón, provocó un escalofrío en la espina dorsal del hombre. Su apretón de manos fue frío y firme. Y él pensó de pronto: desconfía tanto de mí como yo de ella. Y después: pero ella tiene más motivos que yo para desconfiar.

—Gracias por su regalo de cumpleaños

Él se sorprendió de nuevo. Sintió un raro calor en el semblante bajo la mirada serena y penetrante de ella. Había algo débilmente familiar en aquella mirada, pero no podía situarlo.

—¿Fue usted, verdad...? No la familia.

Sin duda había advertido su sorpresa.

—Bueno, yo...

Era mejor no contestar a esta pregunta; había en ella demasiados escollos. En realidad, había sido idea suya. Había pensado que era conveniente enviarle una pequeña suma de dinero por su cumpleaños y por Navidad. Nada excesivo; sólo una prueba de amistad por parte de la familia. ¿Cómo lo había adivinado? Carraspeó, dispuesto a prevaricar; pero ella había perdido ya todo interés en la cuestión. En vez de sentarse en el sillón que él le había indicado, arrojó distraídamente el abrigo sobre el respaldo y se acercó a la ventana. Él sintió un momento de pánico ridículo. Deseó que se sentara. No quería que rondase por su adorado santuario; de haber sido un tigre, no le habría causado peor impresión. Durante un loco instante, tuvo la inquietante sensación de que ella iba a saltar, dejando que diese él todas las explicaciones. Al mirar su sesgado perfil, vio que sus ojos eran extrañamente largos, como los de un animal salvaje, un felino de la selva, o los de una estatua griega. Ciertamente, no era una dulce e inexperta niña inglesa.

—Desde luego, la felicitación es de rigor. —Tenía que decir algo. Ella se volvió hacia él, todavía inescrutable el rostro, con aquel aire de intensa concentración—. Ha alcanzado la mayoría de edad.

—Sí.

A la luz que entraba por la ventana, el hombre advirtió por primera vez que sus ojos no eran castaños, como había pensado de momento, sino de un fuerte azul violáceo, un azul cálido y oscuro como nunca había visto antes de ahora. ¿O tal vez sí?

—Tiene usted los ojos de su padre.

Lo dijo sin pensarlo. De pronto, la cara de ella se transformó. Sus ojos se iluminaron; su boca se torció en una sonrisa deslumbrante y triangular, la sonrisa de un bucanero. Y súbitamente, pareció lo que era: una muchacha de dieciocho años.

—¿Antonio? ¿Le conocía usted mucho? ¡Mi madre me habló tanto de él! Siempre decía: "Antonio podría hacer cantar las piedras." —Mr. Whitaker percibió, por primera vez, el acento italiano de su voz, reproduciendo desmañadamente la entonación y el timbre de una mujer mayor—. Yo entonces no lo entendía; era demasiado pequeña. Pero usted le conoció. ¿Cómo era?

Mr. Whitaker vaciló. Ciertamente, "Antonio".... Se preguntó hasta qué punto había conocido a Anthony Traverne. Quizá dentro de aquel exterior tranquilo e inarticulado había habido otro hombre, no Anthony, sino Antonio, audaz, capaz de pasión... y de tragedia.

—Era... un hombre fuera de lo común. No estoy seguro de haberle conocido bien. Tal vez nadie le conoció de veras.

Contra su voluntad, su mente volvió a aquella tarde dorada de mayo de hacía veinte años. La última vez que veía a Anthony Traverne, aunque entonces no lo sabía. Sin duda habría tenido que sospechar algo de lo que iba a suceder. A fin de cuentas, había conocido a Anthony desde que era un muchacho. Siempre había tenido debilidad por él, no sabía por qué. Quizá porque era a todas luces inepto para la alta situación en la vida que le correspondía por su nacimiento. Muchacho tranquilo e introvertido, convertido después en un joven reservado, típicamente inglés, sin destacar en nada, salvo en su pasión por lo que él mismo, en tono de excusa como siempre, llamaba "piedras y huesos viejos". La familia disimulaba bien su contrariedad, aunque era para todos evidente que su hermano menor Frederick, que triunfaba en todo lo que emprendía, habría sido mejor heredero del condado y del patrimonio.

Pero por una vez, aquella tarde de verano, Anthony Traverne había parecido seguir el buen camino. Se había portado bien, inesperadamente bien, tratándose de él. De alguna manera, había conseguido cazar como futura esposa al mejor partido de la temporada: una muchacha adorable, de buena cuna y más que aceptablemente rica. Y hacían buena pareja. Él, con sus modales inmaculados y aquel aire preocupado y casi ausente que prestaba un toque de distinción a su apariencia por lo demás vulgar, ofrecía un excelente contraste con la exquisita hermosura inglesa de ella. Todos convinieron en que era una boda perfecta.

Ahora resultaba extraño recordar que él había envidiado a Anthony Traverne aquel día. La joven pareja salía aquella misma tarde para Oxford, para el Baile de Mayo anual del antiguo colegio de Anthony. La boda se celebraría en St. Paul sólo dentro de una semana. ¿Cómo podía haber sabido él que la que se consideraba boda del año había de convertirse en escándalo de la década, con repercusiones que habrían de afectar a los Traverne hasta el día de hoy?

Aquella noche, cuando el baile estaba en su auge, Anthony Traverne desapareció. Pasó una semana entera antes de que se descubriese que una tal María Modena, cantante italiana de club nocturno, contratada para entretener a los invitados, se había fugado con él. Él dejó a su espalda una familia aturdida, una hacienda caótica y, al menos según pensaba Mr. Whitaker, muchísimas preguntas sin contestar.

Dos años más tarde, un triste domingo de noviembre, un taxista que estaba a punto de terminar su turno quiso adelantar a un camión cargado en la carretera que llevaba de Heathrow hacia el este, y se estrelló contra la barrera lateral. Tanto el conductor como el pasajero resultaron muertos en el acto. Hacía menos de una hora que Anthony Traverne había regresado a Inglaterra.

Desde luego, fue una tragedia, pero también una suerte. Por fin cesó el escándalo; el hermano menor se hizo cargo del patrimonio, y, aparte de la inevitable angustia, se dio por terminado el caso.

Pasaron diez años. Y entonces... ¡la bomba! Un telegrama dirigido personalmente a Mr. Whitaker desde un hospital de Marsella, informándole de que María Modena había muerto... Y esto no era todo. Había dejado una niña de diez años, llamada Corrie.

Naturalmente, renació el antiguo escándalo. ¿Era aquella niña hija de Anthony Traverne? Su madre, en su testamento, declaraba que lo era. Pero se tardó poco en descubrir que no había habido matrimonio. Al parecer, Anthony Traverne había permanecido distraído hasta el final. Pero quedaba la cuestión de los derechos de la niña sobre la herencia.

Desde luego, Corrie no tenía un céntimo. Todos los bienes de María Modena habían sido vendidos para pagar las facturas del hospital..., salvo un paquete que había sido enviado a la oficina de Mr. Whitaker inmediatamente antes de la muerte de la mujer. Era el paquete que estaba ahora sobre la mesa. "Para Corrie, en su decimoctavo cumpleaños." La graciosa escritura italiana se había descolorido con los años, pero conservaba la huella de una mujer formidable.

—¿Me parezco... un poco a él?

La voz de Corrie volvió a Mr. Whitaker a la realidad presente. Levantó la cabeza para enfrentarse con aquella mirada serena, de un azul oscuro.

—Sí. Tiene usted sus ojos... y algo de su expresión.

No era ésta la clase de conversación que él había pretendido sostener. Pero ahora sabía por qué había visto en ella algo familiar. Tenía la expresión de preocupación distraída de su padre, aquel aire de estar escuchando una música lejana que nadie más podía oír.

Con un esfuerzo, volvió a su objetivo.

—Ahora tiene usted dieciocho años, claro está, y hay que pensar en su futuro. —Hizo una grave pausa—. ¿Ha pensado en lo que hará después de su examen final de este verano?

Ella se sentó de mala gana. Sus ojos se fijaron cansadamente en los de él.

—¿Qué piensa usted?

—Bueno... —Ahora estaba en su terreno, un terreno bien preparado. Juntó las puntas de los dedos y se echó atrás en su sillón—. Hay unas cuantas posibilidades.

—Algunas más posibles que otras.

¿Había un matiz de ironía en su tono?

—Desde luego, algunas son más adecuadas para una joven en su... en su desacostumbrada posición. Pero usted tiene la última palabra. —Había llegado el momento de jugar su triunfo—. La familia ha ofrecido generosamente pasarle una pensión hasta que cumpla los veintiún años y pagarle unos estudios convenientes. —Ella seguía observándole con aquella mirada escrutadora. Se apresuró a continuar—: Como le decía, hay varias alternativas posibles. Tal vez un curso de secretariado. Siempre hay demanda para el trabajo de oficina.

—Ya veo —le atajó ella una vez más—. Muy generoso de su parte. —De nuevo aquel matiz desagradable de ironía—. ¿Cuáles son las condiciones?

El hombre pestañeó. Seguro que ella no sospechaba..., no, no podía saberlo.

—Bueno... —Abrió un cajón y sacó una hoja de papel con un breve párrafo escrito a máquina—. Sólo una cosa. Una formalidad.

Empujó el papel sobre la mesa, observando atentamente a la joven. Ésta lo tomó y lo leyó.

—¿Quiere que firme esto?

—Si usted quiere. —Su tono era deliberadamente casual—. Cuestión de rutina.

Hubo una larga pausa. El hombre bajó la mirada, fingiendo arreglar otros papeles encima de la mesa.

—¿Puede darme una pluma?

—Desde luego.

Destapó su propia pluma estilográfica y se la tendió. Ella, sin vacilar un momento, garrapateó su firma. El hombre expelió el aliento largamente contenido, en un breve suspiro silencioso.

—Gracias.

Al tomar el papel, sintió un remordimiento de conciencia. A fin de cuentas, había sido demasiado fácil. La cara de ella estaba tranquila, casi indiferente. No parecía una muchacha que acabase de renunciar con una firma a todo futuro derecho sobre uno de los más ricos patrimonios de Inglaterra. El hombre comprobó discretamente la firma. Corrie Modena. Excelente. Levantó la mirada y vio que ella le observaba con cierta expresión divertida.

—He firmado con el apellido de mi madre. —Su voz era suave como la seda, pero sus ojos bailaban—. Pensé que, dadas las circunstancias, usted lo preferiría.

—Comprendo.

Con la mente funcionando a toda velocidad, se retrepó en su sillón y miró a la joven que tenía delante. Ella le devolvió la mirada con aplomo, con más aplomo del que había visto él en muchos delincuentes sentados en el banquillo. ¿De dónde habría sacado esta tranquila confianza? Estaba dispuesto a compadecerse de ella, de una niña sola en el mundo, víctima de las circunstancias. Pero ella no necesitaba compasión. Jamás había visto a nadie tan poco intimidado.

Deliberadamente, dejó que la pausa se alargase; pero ella no flaqueó. Por fin, la curiosidad pudo más que él.

—Si usted sabía lo que yo pretendía, ¿por qué ha firmado el documento?

Ella se encogió de hombros, en la primera señal de impaciencia que él había observado.

—Porque esto no importa. Es irrelevante.

El hombre disimuló una sonrisa. La chica debía ser más ingenua de lo que parecía. Después se le ocurrió otra posibilidad más inquietante.

—¿Se ha aconsejado acerca de esto?

—¡Oh, sí! —La joven sonrió ampliamente—. Con el mejor consejero.

Él sintió crecer su ansiedad. Un consejero... ¿Cómo diablos había tenido tiempo y ocasión de encontrarlo? Pero era una noticia alarmante. Con rapidez, repasó mentalmente la redacción del documento. Se había atenido a las fórmulas corrientes; sin duda no había podido encontrar ella ningún fallo. No; era un documento irrebatible.

De pronto, ella se puso en pie y cogió su abrigo.

—Espere. —Mr. Whitaker se levantó trabajosamente de su sillón.

Salió de su ensimismamiento. No le habría sorprendido que ella metiese una mano en el bolsillo de su abrigo y sacase una pistola—. Todavía no hemos hablado de las condiciones..., de su futuro... Debemos tomar alguna decisión.

Ella sacudió la cabeza.

—No voy a volver allí. —La sombra de una sonrisa—. Sería una tontería. Usted lo sabe tan bien como yo.

—Pero Corrie... —Para su propio desgrado, advirtió que empezaba a hablar con fuerza—. Debe... tiene que hacerlo.

Estuvo a punto de decir que estaba en las condiciones del contrato. Un convenio bastante sencillo: apoyo financiero, a cambio de un buen comportamiento.

—Tengo dieciocho años. A partir de ahora, no tengo que hacer nada que no quiera hacer.

Al ver el sesgo de su barbilla, el hombre tuvo un mal presagio.

—Corrie, querida, creo que no lo comprende. Tenga o no dieciocho años, temo que la familia no verá con buenos ojos que no termine su educación. Hablando claro, usted no puede elegir entre volver o no volver allí.

—Ellos no pueden obligarme

No había la menor huella de vacilación en su voz. Él suspiró ante su ingenuidad.

—Temo que menosprecia a los Traverne. Tiene que darse cuenta de que depende económicamente de ellos y seguirá dependiendo durante un tiempo. Si se niega a volver al colegio, dejarán simplemente de pasarle su pensión. Y entonces, ¿qué va usted a hacer?

Ella no dijo nada. Él se fijó de nuevo en aquel obstinado hoyuelo del labio inferior. Sintió una punzada de compasión. Apenas era más que una niña, ignorante de los caminos del mundo. No se daba cuenta de que, si los Traverne de este mundo querían una cosa, la conseguían siempre.

—Querida, ha llevado usted una vida demasiado protegida. Sé que ahora debe parecerle fastidioso, pero necesita a los Traverne y su dinero. Sola, sin dinero y sin un título, le resultaría imposible sobrevivir.

—No hay nada imposible, míster Whitaker. —Él la miró fijamente. Los ojos profundos, de un azul violáceo y con su orla de pestañas negras, se encontraron con los suyos—. Y no estoy sola.

Incapaz de hablar, el hombre vio que hundía una mano en el bolsillo del abrigo.

—Mire, he tenido mucho tiempo para pensar en esto. —Sacó algo que él no pudo ver—. Sabía que la familia dejaría de pasarme mi pensión. Probablemente haría yo lo mismo si me hallase en su lugar. No hay motivo para que sigan manteniéndome, sobre todo cuando no tengo intención de hacer lo que ellos quieren.

—Pero Corrie..., usted no comprende... No puede salir al ancho mundo y esperar que alguien cuidará de usted.

—Míster Whitaker, creo que ha olvidado algo. He tenido un buen adiestramiento. Puedo cuidar de mí misma. Tome.

Ante los ojos asombrados del hombre, levantó un grueso fajo de billetes de cinco libras, los contó cuidadosamente y los puso sobre la mesa.

—¿Qué es esto?

—Una provisión de fondos. —Su voz tenía un tono práctico—. No conozco a ningún abogado, pero me parece que usted es bueno. Deseo que trabaje para mí.

Pasmado, miró el hombre el dinero que ella le ofrecía. Por fin recobró la facultad de hablar.

—No puedo trabajar para usted, Corrie. Ni pensarlo. Aparte de todo lo demás, soy asesor de los Traverne. El conflicto de intereses...

—No se preocupe. —Su tono era ahora apaciguador—. Esto no tiene nada que ver con los Traverne. Desde su punto de vista, yo he dejado de existir, ¿no lo recuerda?

Tenía razón. Había firmado el documento. Él meneó la cabeza.

—Pero, ¿por qué quiere un abogado?

Por primera vez desde que había entrado en el despacho, la muchacha pareció turbada e insegura. Un débil rubor coloreó sus mejillas.

—Necesito... alguien en quien pueda confiar. —Vaciló—. Mire, recibiré cartas, cartas muy importantes. Quiero que usted las guarde y me las envié cuando yo le diga donde voy a estar. Tal vez viaje mucho.

—¿Es esto todo? —Sonrió—. En este caso, si lo único que quiere es que sea un digno apartado de correos para usted, no hace falta que me pague. Lo haré como un favor a la familia.

Le tendió los billetes, pero ella sacudió enérgicamente la cabeza.

—Por favor, no quiera protegerme, míster Whitaker. He recibido ya tantos favores que me durarán toda la vida. De ahora en adelante, no quiero deber nada a nadie. Y menos a los Traverne. ¿Lo comprende? Desde hoy, soy Corrie Modena. Los Traverne no supieron nunca nada de mí, y yo no supe nada de ellos.

—Pero...

—¿Necesita más?

Cogió su abrigo.

—¡No, no! —Hizo un ademán de fingida desesperación mientras recogía los billetes. Cuando alguien le vencía, sabía reconocerlo—. Es más que suficiente.

—Recibirá más. Cuando sea famosa. Necesitaré un buen abogado.

Él sonrió ante aquella confianza juvenil:

—¿Famosa? ¿Y cómo piensa hacerse famosa?

—Lamento no poder decírselo. Es un secreto.

—¿Como las cartas?

—Sí. —Frunció el ceño—. Míster Whitaker, ¿me toma usted en serio?

Él borró rápidamente la sonrisa de su semblante.

—Claro que sí, Corrie. Claro que sí.

—Bien.

Se puso el abrigo con aire de mujer de negocios y tendió la mano. Él se sorprendió ante su propia renuencia a dejarla marchar. No había pasado una tarde tan entretenida en muchos años.

—Adiós... No, ¡espere! —Casi había olvidado el pretexto del encuentro—. Tengo una pequeña sorpresa para usted.

El largo y ligero paquete susurró ligeramente al empujarlo él sobre la mesa.

Una débil sonrisa se pintó en los labios de ella al ver la escritura en el paquete, pero no hizo ningún movimiento para recogerlo, ni siquiera para sacudirlo un poco para ver lo que era. Sus ojos se dilataron. ¿Qué clase de muchacha era? Debía estar hecha de piedra. Su tranquilidad hacía que la curiosidad del hombre se volviese febril.

—¿No va a abrirlo?

Empujó unas tijeras hacia ella, para animarla a hacerlo.

—No —respondió ella sin vacilar.

—¿Por qué no quiere hacerlo?

La frustración dio a su voz un tono agresivo que lamentó inmediatamente. Ella le dirigió una mirada de reproche.

—Porque sé lo que hay en él.

Cogió delicadamente el paquete y se lo puso debajo del brazo, sonriendo como ante una broma secreta.

—La joya de la familia.

En aquel momento, el hombre estuvo seguro de que aquella joven era hija de Anthony Traverne. Inmediatamente, como si se hubiese abierto una esclusa, recordó todas las preguntas que había querido hacer a Anthony Traverne y no le había hecho. ¿Por qué había desaparecido inopinadamente hacía tantos años? ¿Por qué, si la amaba, no se había casado con la madre de Corrie? Ahora, en vez de satisfacer su curiosidad, la hija le venía con más misterios. ¿Quién era su consejero? ¿Qué significaba la correspondencia que sostenía, tan importante que necesitaba sus servicios? ¿De dónde había sacado su extraordinario aplomo? ¿Adónde pensaba ir, qué iba a hacer y cuáles eran sus planes?

—Adiós, míster Whitaker.

Se marchaba, quizá no volvería a verla. Pero quería saber una cosa. Cogió los billetes y los agitó al alejarse ella.

—El dinero... Tengo que saber... ¿De dónde lo ha sacado?

Ella se volvió en el umbral de la puerta y una pequeña sonrisa se dibujó en sus labios.

—Debería usted saberlo, míster Whitaker. Navidad y el cumpleaños, ¿no se acuerda?

Él la observó, incapaz de hablar, mientras ella salía de la estancia. Al cabo de unos momentos, desde la ventana, la vio salir de la casa y bajar los peldaños casi corriendo, formando su aliento una pequeña humareda en el aire helado.

Corrie rió en voz alta, haciendo caso omiso de las miradas sorprendidas de dos abogados que pasaban, muy serios en sus trajes grises oscuros y con sus paraguas plegados, mientras cruzaba la antigua verja isabelina y salía a Chancery Lane. El estrecho callejón medieval estaba lleno de gente como ella, de gente atareada, con cosas que hacer y sitios adonde ir. El tráfico atestaba la calzada de un bordillo a otro. Corrie miró su reloj. Era tarde, más tarde de lo que había pensado. Resueltamente, bajó de la acera y llamó a un taxi con imperioso ademán. Como una foca negra y obediente, el taxi se detuvo en el pavimento.

—¿Adónde, señorita?

—Al Savoy.

Su voz era tranquila y clara, y esto le complugo. Al deslizarse suavemente el taxi por Chancery Lane y meterse de nuevo en el intenso tráfico donde Fleet Street desembocaba en el Strand, comprendió que había hecho bien en tomar un coche. Los principios eran importantes. Respiró profundamente, tratando de calmar los excitados latidos de su corazón. Debía mostrarse serena, práctica, o todo iría mal. Se miró en el espejo del conductor, se alisó los cabellos, se arregló el cuello del abrigo. ¿Estaba bien en su papel? No del todo. De mala gana, se quitó el chal escarlata y lo metió debajo del paquete. Su falda plisada gris, la sencilla blusa blanca y el pullover gris tendrían que servirle, ahora que había abandonado la delatora chaqueta de colegiala.

El taxi giró bruscamente a la izquierda para entrar en el patio del Savoy y se detuvo con un chirrido de frenos. Corrie esperó. Ahora era otra persona, reservada, conocedora del protocolo. El taxista alargó un brazo hacia atrás y abrió la portezuela.

—Gracias. —Corrie se despidió de su última libra, con una punzada de angustia—. Guárdese el cambio.

Un gran gesto, pero aquél era un día de gestos grandes. Sonrió. Su ofrecimiento de más dinero a míster Whitaker había sido pura comedia, pero había dado resultado y esto era lo que importaba. Como decía Arlequín, los bolsillos vacíos favorecían la inspiración...

Un portero de casaca verde oscuro y botones de oro, guantes blancos y gorra con visera, estaba esperando a la sombra del arco de la entrada. La penumbra estaba iluminada por unos faroles rectangulares, aunque todavía era de día en el exterior. En lo alto, el enorme, espectacularmente sencillo rótulo de acero plateado, en un milagro de modestia, decía "Savoy", rígido y elegante como el radiador de un Rolls-Royce.

Bajo el arco, y a pesar de los faroles, la luz era débil. Había mármol por todas partes, verde, crema y negro. Erguida la cabeza, pero modestamente baja la mirada, Corrie pasó por delante del portero y entró por la alta puerta giratoria de caoba. Una vez en el interior, tuvo inmediatamente la impresión de haber entrado en un mundo diferente. Lo primero que advirtió fue el tranquilo, sereno, discreto y en definitiva costoso silencio. Casi era como si, sin darse cuenta, hubiese entrado en la casa de alguien o retrocedido un siglo, antes del invento, de la máquina de vapor y de la velocidad. La tenue luz era apaciguadora; las lámparas, islas brillantes en el vasto espacio donde las arañas de cristal hacían destacar los frisos blancos debajo del techo revestido de paneles. El aire estaba lleno de la fragancia sutil, ligera y picante, de los ramos de blancos y dorados narcisos de invernadero que adornaban todas las mesas bajas. En todas partes veíase el pálido lustre del mármol, el brillo de las incrustaciones de metal, y el brillo más oscuro de la caoba. A su izquierda, sillones de cuero negro, hondos e infinitamente cómodos, esperaban para dar la bienvenida a los huéspedes cansados, mientras que, desde un alto arco debajo de una lámpara exquisita, llegaba el discreto retintín de copas y cubiertos y el civilizado murmullo que sigue a una comida cachazuda.

Corrie respiró hondo. Se sentía como una intrusa y, sin embargo, curiosamente, como en su casa. Un ligero movimiento atrajo su atención hacia un largo tablero de caoba emplazado discretamente a su derecha. Al observar más de cerca la penumbra encantada, se dio cuenta de que el vestíbulo estaba lleno de personal uniformado, deslizándose en silencio para cumplir sus misiones, con tanta suavidad que eran casi invisibles.

—¿En qué puedo servirla?

El joven vestido de oscuro de detrás del mostrador era exquisitamente cortés. Su expresión no mostró sorpresa al ver que ella no llevaba equipaje; igual habría podido ser una princesa real. Ella le apreció en seguida. Su actitud era intachable.

—Soy Corrie Modena. —Su nuevo nombre sonaba bien—. Tengo una cita con mistress Andrews.

—Desde luego. —No hubo cambio en el tono deferente del joven. Ella le admiró aún más. Con un discreto ademán, el hombre llamó a un asistente vestido de frac y salido de ninguna parte—. Haga el favor de acompañar a miss Modena al despacho de la señora superintendente.

Ella siguió de mala gana los faldones del asistente fuera del gran vestíbulo y a lo largo de infinitos pasillos alfombrados y silenciosos, y a través de innumerables puertas de nogal con marco de acero plateado. La señora superintendente parecía seria e imponente en su severo uniforme negro, con cuello y puños blancos e inmaculados, y el gran manojo de llaves sujetas a una cadena de metal que ceñía su cintura.

—Buenos días, señora.

La señora superintendente la miró de los pies a la cabeza, captando evidentemente la inmaculada pulcritud de sus cabellos negros y la perfecta adecuación de su ropa gris y blanca. Corrie mantuvo las manos modestamente cruzadas delante de ella. La cara de la señora superintendente se suavizó ligeramente en lo que podía ser señal de aprobación. Tomó dos trozos de papel de encima de la mesa. Corrie vio los membretes con los nombres de dos acreditados hoteles franceses que Arlequín le había enviado, y contuvo el aliento.

—Bien, bien. Todo parece correcto. —Corrie mantuvo los ojos bajos—. ¿Debo entender que ha trabajado principalmente en el extranjero?

—Sí, señora. Hablo francés, italiano y un poco el griego.

La señora superintendente hizo un aprobador movimiento de cabeza. Corrie sintió una oleada de regocijo. La cosa funcionaba, funcionaba. Iba por buen camino.

—Excelente. —La señora superintendente se puso vivamente en pie y tendió la mano—. En tal caso, miss Modena, sea bien venida en nuestro personal. —Hizo una pausa—. Dada su experiencia, supongo que comprenderá que aquí tenemos normas de trabajo muy severas. El Savoy tiene fama por su servicio, del que se siente con razón orgulloso, y a ustedes corresponde mantener esta reputación. Nuestra divisa es: "Nos esforzamos para que todo sea excelente", y nuestros huéspedes lo esperan de nosotros como cosa sabida. Nuestra clientela es exclusiva y acude a nosotros porque quiere comodidad y, sobre todo, reserva. La consigna es discreción, discreción por encima de todo. ¿Entendido?

—Sí, señora.

—Bien. Ahora la encargada de piso le dará su uniforme y le mostrará su habitación. Otra camarera le dirá mañana lo que tiene que hacer. Tengo entendido que puede empezar en seguida, ¿no?

—Sí, señora. Me he tomado la libertad de hacer que me envíen el equipaje.

—Excelente. Espero que se sienta muy feliz trabajando aquí, miss Modena.

Cinco minutos después fue introducida en una pequeña habitación del ala de la servidumbre. Estaba atestada de cosas, pero inmaculadamente limpia; además como le había dicho la encargada del piso, sería otra persona quien la limpiase, de acuerdo con la tradición del Savoy para el servicio. Había una cama plegable adosada a la pared pintada de color crema, cortinas con flores estampadas en la pequeña ventana y una estrecha alfombra en el suelo. También había un lavabo en un rincón, y su maleta esperaba junto a la cama.

Dejó los dos uniformes de camarera sobre el respaldo del sillón y los contempló con aprecio. El de día se componía de una blusa de algodón de manga corta y finas rayas rojas y blancas, con cuello y puños blancos almidonados, y un gran delantal blanco de lino cubriendo la falda lisa. Para la noche, la blusa y la falda eran de un color gris pálido, y el delantal, más pequeño. Ambos uniformes habían sido claramente escogidos para hacer juego con los sutiles tonos pastel de la decoración del hotel. Por último, había una cadena de metal que ceñiría a su cintura para llevar las llaves de las habitaciones de su piso.

Se sentó, súbitamente agotada. Había aprobado el examen y ahora tenía el indumento; pero, ¿sabría representar su papel? Por experiencia de su propia infancia sabía más o menos lo que tenía que parecer y los modales que debía tener una camarera; pero lo que hacían las camareras en realidad era harina de otro costal. Sin embargo, hasta que pudiese aprender el oficio, tendría que ingeniarse a base de habilidad. Sería una buena práctica. Ahora que había obtenido el empleo, estaba resuelta a conservarlo. Era su introducción, el primer paso en su gran plan.

Y aquí, prueba positiva de que había emprendido su camino al fin, estaba su maleta. Al levantarla por el asa, le asaltó una oleada de recuerdos. Era una vieja maleta de cuero de su padre, demasiado pesada para ser práctica, pero sus iniciales de oro desgastado le daban una rancia distinción. Aquella maleta había visto muchas cosas. Había sido su constante compañera cuando su madre y ella pasaban por los hoteles y pensiones de la Riviera. Habían empezado por los palacios de cuatro estrellas de Niza y Cannes, en los primeros tiempos, cuando María era todavía buscada como artista y aclamada por sus admiradores en los clubs y casinos elegantes de la Côte d'Azur y la Côte d'Or. Al transcurrir los años y escasear el dinero, habían descendido e ido a parar a lugares de descanso cada vez más alejados del mar y del centro de las poblaciones, y terminado en los desabrigados, ventosos y nuevos refugios de la Côte Vermeille.

Pero esto no había tenido importancia para Corrie. Una habitación de hotel era igual que cualquier otra, pues la presencia de su madre podía convertir el desastre en diversión y la soledad en risa. Juntas eran como una tropa. Eran amigas y aliadas y compañeras de conspiración, con su peculiar lenguaje impenetrable, con su código secreto de jerga campesina griega y provenzal y napolitana, y, dondequiera que fuesen, había luz de sol y música. Y cuando tenían que separarse, durante las largas noches de verano en que María estaba actuando, Corrie se afanaba en montar el escenario para las aventuras del día siguiente, adaptando trajes, eligiendo música y proyectando itinerarios.

—Mi pequeña manager —decía su madre con enorme orgullo, cuando volvía del trabajo—. Mi aprendiz de brujo. ¿Qué haría yo sin ti?

Entonces, por muy tarde que fuese, salían al exterior, pues su madre no podía soportar un momento más de encierro, y se sentaban en la perfumada oscuridad bajo una luna como un albaricoque, canturriando coros de *I Pagliacci,* y deleitándose con tabletas de chocolate amargo y turrón de Montelimar sobre rebanadas de pan que Corrie había requisado en el comedor del hotel.

Corrie sonrió. Al rememorar aquello, podía ver que había sido una extraña existencia para una niña. Se había criado con una dieta de leyendas y canciones de amor y comidas a medianoche bajo los cipreses; ¿cómo podía conformarse con menos? No lamentaba nada de aquello. Habían sido días mágicos, llenos hasta el borde de luz meridional y del sonido de los cantos de su madre. Después, aquella luz de sol y aquel sonido de voz humana permanecerían para siempre inseparables en su mente.

Pero, de vez en cuando, su madre se preocupaba por su falta de educación.

—¿Qué te he hecho, querida? —exclamaba, abrazando a su hija con una desesperación sólo a medias fingida—. No te he enseñado nada de lo que debe saber una mujer. ¡Oh! ¡Ni siquiera sabes cocinar!

—Pero sé hacer otras muchas cosas...

Y era verdad. Podía jurar como un marinero en tres idiomas, regatear como una pescadera marsellesa, cantar con el estómago vacío y encontrar un amigo en un desierto.

—No, no, esto no cuenta.

Su madre sacudía la cabeza y fruncía las comisuras de su boca larga y móvil, que podía convertir en una máscara trágica o en una mueca de payaso a voluntad. Y entonces Corrie jugaba su triunfo.

—Y tengo un timbre de voz perfecto.

Su madre hacía una pausa y reflexionaba, y entonces se iluminaban sus ojos bajo las pestañas de color de humo, tan parecidas a las de Corrie, y se echaba a reír y alargaba una mano para revolver los cabellos de su hija.

—Si es así, querida, no hace falta que sepas nada más.

Pues ambas sabían, con secreta e inconmovible convicción, que la música lo solucionaba todo.

O casi todo.

Cuando se acercaba el fin, María ansiaba sobre todo la luz del sol. Durante los últimos meses, Corrie conseguía siempre encontrar una habitación con un balcón orientado a poniente, de manera que su madre, ahora con una sombra gris debajo de su palidez de artista, pudiese sentarse allí al atardecer, cuando despertaba de su sueño, y absorber el último calor del sol antes de su actuación nocturna. "Un día —decía a su hija— encontraremos un lugar donde no se ponga nunca el sol, donde no exista la noche." Si Corrie hubiese podido, habría atrapado el sol y lo habría colgado en su habitación. Pero sólo era una niña, y su magia no llegaba a tanto. Lo más que podía hacer era traer a su madre un vaso de ajenjo, acurrucarse a sus pies y pedirle que le hablase de Antonio.

Al oír este nombre, un cálido rubor cubría las mejillas de su madre, y sus ojos recobraban su brillo.

—¡Oh, qué hombre era! Lo sabía todo. Era realmente un mago. Contaba unas historias que te dejaban sin aliento.

Y entonces hablaba a Corrie de Perseo, que había matado a la Medusa de cabellos de serpientes y rescatado a doncellas de los monstruos, y de Jasón, que había navegado por el mundo en busca del Vellocino de Oro, y de Orfeo, el cantor que había perdido a su esposa en el mundo subterráneo.

Después le contaba cómo había conocido a Antonio, el primer día de verano, y se había enamorado.

A la medianoche de aquel mismo día, se fugaron juntos, él de su aislamiento de inmigrante, ella de sus grises responsabilidades inglesas, para realizar los sueños de ella y los libros de él. Allí les esperaba la felicidad, en una pequeña y blanca habitación, en la falda de la colina de una isla griega. Allí, la primavera siguiente, cuando la falda de la colina se había vestido de azul con los jacintos, nació Corrie. Antonio levantó a la criaturita en sus brazos, rígido pero orgulloso, "orgulloso como un general, querida", y sin vacilar, hurgando en las profundidades de sus conocimientos clásicos, le puso el nombre de una antigua princesa que había sido capturada por el Rey del Mundo Subterráneo y obligada a pasar tres meses cada año en su frío y oscuro palacio bajo tierra, porque ella había comido seis de sus semillas de granado. No Perséfone —pues éste, decía él, era un nombre demasiado majestuoso para aquella pizca de humanidad—, sino Core, como la llamaron también, hija del verano y del espíritu de la primavera misma.

—Yo no me habría comido aquellas semillas —declararía Corrie—. ¡Aunque me hubiese estado muriendo de hambre!

—¿No, querida? —Su madre sonreía ante su tono convencido—. ¿Cómo puedes estar tan segura? —Su rostro se nublaba de nuevo—. Mira, hay clases de hambre muy distintas.

Corrie sabía que estaba pensando en los años sin Antonio.

—¿Por qué se marchó, mamá?

Era el único elemento de la historia que no comprendía. ¿Cómo podía haber querido Antonio abandonar a su madre, que era tan hermosa, con su piel dorada y sus cabellos azules de tan negros? María sonreía ante la gravedad de su hija y le asía una mano.

—Olvídalo, querida. Él era inglés, un caballero. Quería que nos casásemos, pero yo me negué. Sabía que su familia no me aceptaría. Pero no me importaba. Los dos años que pasamos juntos fueron los más felices de mi vida. Vivíamos sencillamente y nos amábamos. Era suficiente.

"Pero entonces naciste tú... y él lo quería todo para ti. Le preocupaba el futuro. Nos quedaba muy poco dinero y yo estaba delicada de salud... Él quería protegernos a las dos. Por consiguiente, volvió junto a los suyos para hacer las paces con su padre, para llegar a un arreglo. —Suspiraba—. Yo intenté hacer que se quedase. Una tontería por mi parte. No podía curarle de su carácter inglés, de su sentido del deber. Y tampoco lo habría querido. Le amaba.

Silenciosamente, observando la cara de su madre, Corrie había tomado una resolución por su cuenta. Nunca se enamoraría de un hombre rico; era demasiado peligroso. Si no podía amar en igualdad de condiciones, no amaría a nadie.

—Estoy preocupada por ti, querida —decía su madre, y, al advertir su inquietud, le revolvía los cabellos—. Eres tan seria, tan intensa..., igual que tu padre. Vives demasiado para el día de mañana.

Quedaba pendiente en el aire una pregunta: ¿Qué será de ti cuando yo muera...?

Durante los terribles días que siguieron a la muerte de su madre, empezó a comprender lo que quería decir María cuando hablaba de diferentes clases de hambre. Sentía en su interior un vacío terrible y doloroso que habría llenado con cualquier cosa si hubiese podido. Incluso le fue quitado su nombre, del que estaba tan orgullosa. Sus condiscípulas inglesas lo encontraban exótico y extraño y, a pesar de su sencillez, difícil de pronunciar. Lo corrigieron y la llamaron Corrie, y Core aceptó el compromiso, guardando su verdadero nombre y su verdadero yo para cuando pudiese escapar y volver a la luz del sol.

No dijo nada a las otras chicas sobre su nacimiento, sabiendo instintivamente que no habrían comprendido nada de las relaciones de su madre con Antonio. Pero se hizo un juramento. Los dioses y las diosas del Olimpo nunca confundieron el amor con el matrimonio, y tampoco lo confundiría ella. Vive como si hubieses de vivir eternamente, le había dicho su madre. Vive como si el verano empezase hoy.

¡Oh, pero era difícil! Ella quería morir. No había nadie a quien pudiese volverse. Nadie hablaba su lengua. No había música. Canturriar o incluso silbar en los pasillos estaba rigurosamente prohibido. Sólo había silencio y todo era gris, voces graves inglesas y rígidas caras inglesas, tiempo frío inglés y costumbres inglesas aún más frías.

Quería morir, pero un acerado instinto interior se lo impedía. En vez de esto, se recluyó en su propio Olimpo particular. Poco a poco, aquel primer año, aprendió a ser paciente y reservada, pero odiando todos sus minutos, sintiéndose asfixiada, como si la hubiesen sepultado bajo tierra. Era realmente el mundo subterráneo.

No sabía lo que habría sido de ella si nada hubiese cambiado. Quizá no habría bajado nunca de su montaña secreta, quizá se habría quedado encerrada en la cámara segura de sus recuerdos. Pero entonces, como milagrosamente, entró un fino rayo de luz en su prisión. Secretamente, apasionadamente, ensanchó la grieta hasta que la radiación invisible se convirtió en un chorro de luz que llenó su imaginación.

Despacio, con veneración, Corrie sacó de la maleta un paquetito envuelto en tela. Apartando las blancas capas de rigor, descubrió un pequeño magnetófono. Lo colocó delicadamente sobre el tocador y alineó a su lado su preciosa colección de casetes. *Cassettes...*, en francés, significaba cajitas, y esto era lo que eran: cajitas de luz de sol destilada. Ahora que estaban aquí, la habitación estaba llena a rebosar.

Entonces, con una vacilación que sólo comprendía a medias, tomó el legado de su madre. Sostuvo el largo y plano paquete en sus manos, cautelosamente, como si fuese una bomba a punto de estallar. Por fin tomó una resolución. Todavía no era hora, todavía no estaba preparada. Aún no había salido del todo del mundo subterráneo. Suavemente, medio aliviada y medio contrariada, colocó el paquete sobre el armario. De momento lo guardaría, como solía guardar los trajes con brillantes lentejuelas de su madre antes de un viaje, añadiéndoles espliego provenzal para que se mantuviesen frescos hasta que empezara una nueva aventura.

Llevando pluma y papel en una mano, arrastró una silla junto a la ventana. Fuera, había oscurecido ya. Una ráfaga de lluvia sembró abalorios en el cristal. Los tejados estaban lustrosos con la humedad; un gorrión saltaba y picaba en el canalón. En el retazo de cielo frío y negro, la luna brillaba por su ausencia.

Pero a Corrie no le importaba. Ahora le tenía sin cuidado todo lo malo que pudiese traer el invierno. Pronto saldría para siempre del mundo subterráneo, y entonces... su sueño de la Riviera volvería a ser realidad. Se inclinó hacia delante y echó el aliento sobre el cristal, transformando las gotas de lluvia en perlas luminosas

Querido Arlequín:

Voy a darte mi nueva dirección: A la atención de Mr. Whitaker, Harby, Jarndyce y Harby, New Square, Lincoln's Inn, London WC1. ¿Te sorprende? Pues esto no es todo: tengo también un empleo, un hotel ¡y un abogado!

Sí, sé que hubiese debido esperar, pero no podía soportar otro verano perdido. Habría sido capaz de matar para salir de aquel lugar. Je n'exagère pas. *Ni siquiera tú puedes imaginarte lo que significa para mí poder andar por las calles, ir adonde quiera, hacer lo que me plazca. Y Londres... Todavía no puedo creerlo. Desde mi ventana, si me concentro mucho, casi puedo ver la Opera House. Durante todos estos años, nunca me atreví a esperar que un día estaría realmente aquí, con los mapas cobrando vida a mis pies. ¡Mi sangre burbujea como el champaña! He tomado una resolución. Cuando sea famosa, sólo beberé champaña, y dejaré las luces encendidas toda la noche en todas las habitaciones. No más oscuridad, jamás...*

En cuanto a mi trabajo... No estoy segura de que lo apruebes. Apunté alto, como tú me dijiste, pero tuve que decirte unas cuantas mentiras. Por consiguiente, no te lo voy a contar, hasta que esté segura de que la cosa funciona. Pero no te preocupes: será un buen ejercicio para los papeles de camarera, y me deja mucho tiempo libre (las tardes una semana, y las noches la siguiente) para lo único que importa.

Quisiera que hubieses podido ver la cara de Mr. Whitaker cuando firmé mi renuncia. Evidentemente, pensó que había perdido el juicio, al lanzarme al ancho mundo sin dinero, sin familia, sin hogar... Pero tú y yo entendemos de esto, n'est-ce pas? *Hay clases peores de pobreza, clases peores de exilio. Ahora, al mirar por mi ventana, me siento muy cerca de todos los que están en sus casas, con las cortinas corridas y el fuego encendido. Tal vez están soñando en otras vidas, en países lejanos. Pero mi sueño es diferente. Voy a hacer que se convierta en realidad.*

Y por esto, ¿cómo podré darte jamás las gracias? Si no hubiese sido por ti, habría abandonado hace mucho tiempo. Quizás habría quedado atrapada para siempre en la oscuridad, agitando las alas contra el cristal.

Pero ahora..., no más dinero, no más normas, no más escribirte alumbrándome con una linterna debajo de la sábana. Soy ligera como el aire, ¡libre como un pájaro!

Por fin puedo volar.

Tu Colombina

CAPÍTULO II

—Hay una carta para ti, Corrie.

Shevaun, una de las muchas doncellas irlandesas del Savoy y vecina de cuarto de Corrie en el ala de la servidumbre, miró el sobre con interés y se lo tendió.

—¿Buenas noticias? —preguntó esperanzada, mientras Corrie miraba el nombre del abogado en el sobre.

Pero su curiosidad quedó defraudada cuando Corrie se limitó a sonreír, metió la carta en el hondo bolsillo de su delantal almidonado y continuó con su desayuno.

Corrie untó metódicamente su tostada con mantequilla y extendió sobre ella una gruesa capa de mermelada amarga para disimular los excitados latidos de su corazón. Si mostraba una pizca de lo que sentía, no la dejarían nunca en paz. Sabía que todas las camareras eran propensas al romanticismo... Sin duda tenía esto algo que ver con el lujo y la elegancia del Savoy, con su larga historia deslumbrante. Diaghilev, Picasso, Marlene Dietrich, Marilyn Monroe, Noel Coward..., todos habían caído bajo su hechizo. Maharajás, ministros y testas coronadas habían disfrutado de su servicio a la antigua usanza, y actrices y cantantes de ópera, de sus famosas bañeras de hierro forjado. Pero ella estaba demasiado ocupada para las aventuras románticas y todas sus implicaciones. Tenía trabajo que hacer, trabajo con el que llenar todos sus minutos en vela, y no podía perder tiempo.

—Esta tarde voy de compras a Oxford Street —anunció Shevaun—. ¿Quiere venir alguien conmigo? ¿Qué dices tú, Corrie?

—Todavía no me han pagado.

—Pero podrías mirar y... si ves algo que te gusta, puedo prestarte algún dinero.

Los ojos redondos de Shevaun eran persuasivos.

—Tal vez otro día. —Corrie sonrió—. Esta tarde estoy ocupada.

Shevaun dio un codazo a su vecina de habitación y cambió con ella una mirada de inteligencia. Corrie sonrió por sus adentros. Sabía lo que pensaban las otras doncellas. Estaban seguras de que tenía un amante. Y en cierto modo lo tenía: un amante exigente, dominador, que sólo se conformaría con su devoción total. Se citaba cada día con él en el Salón de los Delantales, siempre que no había función programada. Era un lugar perfecto para el ensayo. Los paneles de madera amortiguaban el sonido de su voz, absorbían cualquier pizca de resonancia y entonación, por muy hábilmente que ella cantara. Y Kaspar, el alto gato de ébano que ocupaba la catorceaba silla cuando las trece se sentaban a comer, era el público ideal. Silencioso, impertérrito, la invitaba a alcanzar nuevas alturas con su mirada triste y crítica.

En cuanto pudo, se excusó y se levantó de la mesa. Quería empezar a trabajar lo antes posible. Cuando hubiese terminado, y sólo entonces, se daría el lujo de leer la carta. Llena de expectación, trajinó rápidamente en las habitaciones. Ahora, en su segunda semana en el Savoy, la rutina le resultaba familiar, cada habitación era como una vieja amiga. Todas ellas eran diferentes en decoración y mobiliario, pero en todas partes se respiraba la suave y sutilmente distintiva atmósfera del Savoy. Todo era magnífico, desde los antiguos grabados deportivos que adornaban las paredes con paneles hasta la espaciosidad anticuada de las suites, con sus enormes armarios, propios de la época de los grandes baúles y de los ayudas de cámara personales, y sus inapreciables muebles Chippendale. Se cargaba el acento sobre la sencillez, desde el fino jabón blanco como la nieve, de los cuartos de baño, hasta los felpudos albornoces blancos con la pequeña insignia del Savoy en negro.

En aquellas dos cortas semanas había aprendido mucho. Había adquirido la habilidad de perderse de vista cuando descubría a un huésped, desapareciendo en una habitación desocupada o detrás de una puerta de servicio, discretamente provista de una mirilla por la que podía ver si el terreno estaba libre. Había aprendido la diferencia entre un *sous chef* y un *maître chef,* entre un criado de salón y un criado de piso, entre un té mojado y un té seco. Se había enterado de la vieja rivalidad entre el Grill Room y el River Restaurant (el Restaurant alardeaba de tener una vista mejor, y el Grill Room, de ser frecuentado por mayor número de celebridades). Había visitado el frenético caos de las cocinas, donde los cocineros franceses, vieneses e italianos se hacían entender con una atropellada jerga multilingüe, y donde Escoffier había inventado el Pêche Melba para Nellie Melba, la famosa cantante de ópera. Sabía que cada pieza de mobiliario de las habitaciones, incluidas las alfombras, tenían un duplicado en el almacén, para que pudiese ser inmediatamente sustituida en caso necesario. Sabía que el barman del American Bar podía preparar de memoria ciento trece cócteles diferentes. Sabía que el Savoy podía conseguir para un huésped, a cualquier hora del día o de la noche, cualquier cosa que desease; incluso, en una ocasión, habían traído para el Aga Kan una clase especial de pescado que sólo se encontraba en el lago Victoria. El Savoy bombeaba su propia agua, lavaba su propia ropa, hacía sus propias salchichas, su pan y sus helados, mezclaba su propio café y tenía su propia bodega en lo —que había sido antaño mazmorra del primitivo Savoy Palace, debajo del Támesis. Y, lo más milagroso de todo en una época en que se escatiman los puestos de trabajo, su personal superaba en número a los huéspedes en una proporción de tres a uno.

Para Corrie, que entraba y salía a toda prisa de las habitaciones que le correspondían, el Savoy era como un enorme transatlántico amarrado fuera del tiempo y del espacio. Los clientes iban y venían, pero el Savoy era siempre el mismo zumbando tranquilamente mientras la tripulación se afanaba en sus tareas.

Al fin terminó su trabajo. Dejó la última bandeja de desayuno, de porcelana de Worcester con el pequeño y distintivo gondolero de oro y escarlata y una fina franja dorada, fuera de la puerta para que la recogiese la camarera del piso, y volvió con el carrito al cuarto de servicio donde el personal guardaba todos los instrumentos de su oficio, desde el pequeño montacargas con compartimientos fríos y calientes hasta la máquina especial para picar el hielo con el que servían las ostras. Shevaun estaba allí, poniendo toallas limpias en su carrito.

—¡Caramba! Has ido muy de prisa. Sólo son las doce.

—He tenido suerte. Todas las habitaciones estaban vacías.

Con frecuencia los huéspedes permanecían en sus habitaciones hasta muy tarde, lo cual quería decir que las doncellas no podían entrar para hacer la limpieza. Se decía que una doncella había hecho una cama con su ocupante aún tendido en ella, porque se había olvidado de poner el rótulo de No Molesten en la puerta y las cortinas estaban corridas.

—¿Tienes tiempo para tomar una taza de té?

En el cuarto de servicio había agua mineral, fruta, pan, bizcochos y agua helada, además de té y café.

—No; tengo que salir volando.

Shevaun la vio marcharse con una mirada de envidia. Corrie recorrió silenciosamente el pasillo, con la impresión de que la carta, la primera que había recibido desde su llegada al Savoy, estaba quemando el bolsillo de su delantal.

Al llegar a la escalera que conducía al ala de la servidumbre, vaciló. Por alguna razón, no tenía ganas de volver aún a su pequeña habitación. Probablemente, la doncella no habría terminado la limpieza... y, en todo caso, la carta de Arlequín merecía algo mejor. Reflexionó. ¿Dónde podía leerla en paz y reservadamente? La cantina era un mal sitio, y no debían verla en los pasillos si algún cliente pasaba por allí. Después de pensarlo largo rato, tomó una resolución. Vigilando para no ser vista por la supervisora del piso, tomó el ascensor hasta la cuarta planta. Era donde estaban las suites, muy altas sobre los árboles de Embankment Gardens y con vistas admirables sobre el Támesis.

Latiéndole con fuerza el corazón, introdujo la llave en la suite Maria Callas, cruzó disimuladamente la puerta y cerró ésta a su espalda.

Se apoyó en ella, respirando hondo. El débil olor de pulimento de cera de los antiguos muebles llegó hasta su nariz. La suite Callas estaba pintada de verde pálido, y, adosados a los paneles de las paredes, había espejos delicadamente biselados. El silencio sólo era interrumpido por el rumor de las embarcaciones de placer que surcaban el río. La habitación estaba llena de la luz que se filtraba a través de las festoneadas cortinas, arrancando destellos de los muebles de palo áloe y de caoba y haciendo resaltar el clásico relieve de la chimenea de mármol gris. Al apaciguarse los latidos de su corazón, tuvo que dominar el impulso de quitarse los zapatos y derrumbarse en uno de los pasmosamente cómodos sillones que parecían invitarla. En una mesa baja, un jarrón de narcisos blancos que parecían también hechos de mármol y que no iban a marchitarse nunca.

Dominó la tentación de los sillones y se sentó ante el escritorio cubierto de cuero. Arrimó delicadamente la silla y buscó la carta en su bolsillo. Dentro del sobre con la nueva dirección estampada por el abogado, estaba el conocido y peculiar papel francés, con su delicioso crujido. Gozó con su tacto, recordando todas las otras cartas, una larga cadena de papel, un frágil puente levadizo que la llevaba de nuevo y lentamente al mundo real. Entonces no pudo esperar más. Tomó el cortapapeles de marfil de encima del escritorio y abrió el sobre.

Ma chère petite Colombine:

Un empleo, un hotel, un abogado..., ¿qué será la próxima vez? Eres una fuente constante de sorpresas. Aparte de las mentiras, ¿cómo podría desaprobarlo? Una sola cosa me preocupa: ese empleo que has encontrado. ¿No tendrá nada que ver con el canto? Recuerda que éste es el punto más peligroso de tu carrera. Eres muy joven, y las voces pueden hacerse o romperse en menos de un año. Si puedes, espera a M. Beyer, por favor.

Por lo demás, me alegro de que por fin te hayas "curado" del dinero. Las expectaciones pueden paralizar, y tú necesitas ahora estar libre, encontrar tu voz, probar tus límites hasta el máximo. Pero el pobre Mr. Whitaker... Siento por él mayor simpatía. Confío en que te comportaste amablemente con él, aunque tengo mis dudas. Conozco a mi Colombina. La paciencia no es su mayor virtud. Pero, créeme, no te cambiaría por nada del mundo.

Sí, estoy impresionado, lo confieso. Sorprendido e impresionado e incluso un poco triste. Me parece extraño, después de tanto tiempo no saber exactamente dónde estás ni lo que estás haciendo. ¡Y me gustaban tanto aquellas cartas garrapateadas debajo de la sábana! Durante largo tiempo, hemos sido como una familia. Ahora eres libre, una mujer mayor, con un empleo, un hotel y un abogado particular... Es casi como si te hubieses marchado de casa. Y me pregunto cómo podría encontrarte si cayeses enferma o estuvieses en peligro. Sé que es una ridiculez pensar así, pero lo cierto es que me importas muchísimo, mi Colombina.

Y no hace falta que me des las gracias. Quisiera ayudarte más, pero comprendo y respeto tu necesidad de independencia. En esto, como en todo lo demás, nos parecemos. Créeme, en el curso de estos años, me has dado tanto o más de lo que yo te he dado a ti. No me debes nada. Estamos en paz. Mi vida sería muy triste sin ti, mi pequeña e impaciente amiga.

La noche pasada había luna llena. Pensé en ti, asomada a tu ventana.

Arlequín

P.D. No lo olvides: "Care e dolce" *de Scarlatti y* "Amarilli mia belli" *de Caccini. Vocales puras y acento toscano. Insisto.*

Corrie sonrió. Después, sin vacilar un momento, puso la carta en un cenicero y le aplicó la llama de una cerilla. Una espiral de humo, una llama anaranjada, y todo lo que quedó fue una pálida voluta de humo gris. Era lo que él le había pedido que hiciese, desde el principio. *"Lo que yo digo es para ti sola. Piensa en mis cartas como en la voz de un amigo que te estuviese hablando. Es la única manera."* Ella lo había comprendido. Su amistad sólo podía mantenerse viva dentro de ella, no en un trozo cualquiera de papel. Era como una representación real, que no podía repetirse. De esta manera recordaba todas las palabras que él había escrito, como si fuesen propias.

Abrió la ventana de par en par. Debajo de la oscura silueta del Obelisco de Cleopatra, flanqueado por sus dos esfinges gemelas, los Embankment Gardens, con su glorieta para la banda de música y su estatua con peluca, estaban envueltos en niebla. El cielo era plomizo. Recogió la ceniza en la palma de la mano y se asomó a la ventana, dejando caer aquélla como una nieve gris. Conmigo estás seguro, mi Arlequín. Mi hermano, mi secreto, mi amigo.

Todavía sonriendo, volvió a sentarse ante la mesa escritorio. Cediendo a un impulso, cogió pluma y papel. Le sorprendería con la insignia del Savoy. Estaría sentada aquí como una millonaria, perfectamente tranquila, y escribiría su respuesta. *"Querido Arlequín..."* Frunció el ceño. La pluma estaba seca; alguien se había descuidado. Abrió el cajón donde había siempre una estilográfica de repuesto. Y entonces, horrorizada, oyó un débil ruido de pisadas y un murmullo de voces en el exterior. La sangre se heló en sus venas, y rezó para que aquella gente pasara de largo. Pero no fue así. Su corazón dio un salto cuando oyó el ruido de una llave en la cerradura. Presa de pánico, recorrió la estancia con la mirada. Habría jurado que estaba desocupada... Hubiese tenido que comprobarlo, pero estaba demasiado ansiosa de leer la carta. Ahora, cuando era demasiado tarde, vio un libro sobre una de las mesas bajas al lado de un sillón, y advirtió que todos los narcisos eran blancos, no blancos y amarillos como los de las otras habitaciones... Hubiese debido darse cuenta.

Buscó desesperadamente un lugar donde esconderse. Quizá los huéspedes sólo habían venido para refrescarse antes del almuerzo... Pero sabía muy bien que los que podían pagar una suite también podían ciertamente darse el lujo de comer en sus habitaciones.

Ya no había tiempo para nada. La puerta interior se abrió de golpe. Apenas tuvo un momento para arrugar la hoja de papel con el nombre de Arlequín, meterla en el bolsillo de su delantal y ponerse en pie de un salto.

—¿Quiere decirme exactamente qué está haciendo aquí?

Era la voz más fría que había oído jamás, con un ligero acento que no pudo identificar. Bajo el arco de la puerta, inmovilizado en el acto de introducir a su acompañante, se erguía un hombre alto, moreno y con los ojos grises más pálidos que había visto en su vida.

—Yo... acababa de limpiar la habitación, señor.

Sabía que su excusa era muy endeble. Si hubiese estado limpiando, habría dejado la puerta entornada, con el llavero verde de las camareras en el tirador.

—Ya veo.

El hombre resiguió la habitación con la mirada, inexpresivo el semblante, y se fijó después en el cajón a medio abrir. Frunció los párpados. Se hizo un silencio helado.

Corrie alargó apresuradamente una mano y cerró el cajón. Sintió que un rubor ardiente teñía sus mejillas. Era evidente que aquel hombre pensaba que había estado curioseando, o peor aún, intentando hurtar algo de valor.

—Yo...

—Basta —la interrumpió él, con terrible brusquedad.

Con rostro severo, entró en la habitación. Corrie, sin darse cuenta, retrocedió un paso. Advirtió el corte perfecto del traje del hombre, de un gris pálido que hacía juego con aquellos ojos de halcón con un círculo oscuro de ave de rapiña alrededor del iris, y la gracia con que se movía. También se dio cuenta de que, en realidad sus ojos no la veían en absoluto.

Con un movimiento que la excluía totalmente, que la despedía con absoluto desprecio, hizo entrar a su acompañante, una rubia de semblante dulce y suaves ojos azules. Llevaba un hermoso vestido de casimir de color de miel que entonaba con sus cabellos. Corrie se dijo que parecía una mujer cara pero obtusa, aunque ella misma se sentía ahora pequeña, ridícula y en falsa posición, a pesar de que sabía que no había hecho nada malo.

—Usted.

Corrie se estremeció. Era de nuevo la voz del hombre, fría como un cuchillo. Él señaló la puerta.

—Fuera.

Herida en lo más vivo, Corrie vaciló.

—No me ha dado una oportunidad. Puedo explicarle...

El hombre arqueó una de sus negras cejas.

—Estoy seguro de que puede. —Ahora su voz era suave pero daba escalofríos—. Pero no tengo el menor interés en escuchar las explicaciones que pueda darme. Comprendo demasiado bien lo que estaba haciendo.

—Querido...

Era la voz de la mujer y tenía un tono suplicante. Al ver su expresión, Corrie sufrió otra impresión desagradable. Era evidente la adoración pura y clara que se pintaba en aquellos amables ojos azules, y la compadeció al momento. ¿Cómo podía ser tan tonta una mujer? ¿Cómo podía amar a un hombre frío, insensible, autocrático, que parecía un témpano de hielo? Y estaba claro, por la cortesía indiferente con que la trataba él, que no correspondía a su amor. Nunca te hará feliz, pensó piadosamente. Tu aventura está a punto de terminar. Y es lo mejor que puede sucederte.

El hombre, tal como Corrie esperaba hizo caso omiso de la interrupción de su compañera.

—Desde luego, informaré a su jefa.

Corrie se sobresaltó.

—Esto no es justo. No he hecho nada.

Empezaba a enojarse; la frialdad de aquel hombre era insoportable.

—Ya.

El monosílabo era tan hiriente como un insulto. El hombre se volvió y empezó a examinar los cajones de la mesa escritorio. Era como si ella no existiese. Furiosa consigo misma y con él, Corrie estalló:

—¡No soy una ladrona!

El hombre respondió sin levantar la mirada:

—Será mejor que deje que su jefa resuelva esta cuestión.

Su tono era indiferente.

—¡Perderé mi empleo!

—Esto habría tenido que pensarlo antes.

Corrie sintió que lágrimas de irritación empezaban a formarse en sus ojos, pero las reprimió. No lloraría, no demostraría lo mucho que esto significaba para ella.

El hombre alargó la mano en dirección al tablero de botones de la mesa.

—¿Quiere que llame a su superiora?

—No. Ya me voy. —Se esforzó en mantener la voz tranquila—. Pero quisiera decir una cosa.

El hombre, impasible, apretó el botón: pero ella no se acobardó. Si iba a perder su empleo, lo mismo daba que hubiese un buen motivo para ello. Por una vez estaba resuelta a perder su compostura.

—Aunque fuese una ladrona... —Se volvió al llegar a la puerta—. No tendría usted que preocuparse. —Aspiró profundamente y la ira hizo vibrar gravemente su voz—. ¡No tiene nada que valga la pena de ser hurtado!

Giró sobre sus talones y cerró de golpe la puerta a su espalda, después de echar una última mirada a la cara del hombre, a aquellos ojos fríos y muertos en el fondo de los cuales había por fin un destello de algo: ira, tal vez curiosidad y, ciertamente, antipatía.

Su ola de justa indignación la empujó de nuevo hacia su cuarto, pero, una vez allí, acusó el duro golpe de lo que acababa de ocurrrir. No sólo había quebrantado la intimidad de un cliente, pecado capital en el hotel, sino que se había mostrado ruda, por mucho que él lo mereciese. En cuanto la jefa se enterase de ello, seguro que la pondría de patitas en la calle. Con una punzada de dolor, sintió lo mucho que esto significaba para ella. No sólo porque estar aquí era lo que más le convenía para su propósito, sino también porque había llegado a apreciar la gracia y la elegancia del hotel. Sería duro tener que adaptarse a la vida ordinaria.

Naturalmente, el monstruo de la suite Callas no podía saber lo mucho que significaba para ella perder su empleo, pero tampoco se había preocupado de averiguarlo. Conocía aquel tipo de hombre. Si le hubiese rogado y suplicado, tal vez habría podido convencerle de ser magnánimo, pero por nada del mundo le habría dado esta satisfacción.

Se sentó en la cama y pensó furiosamente. No podía negar que todo había sido por su culpa. Había quebrantado la primera regla: silencio, reserva, astucia. Si una quería gozar de libertad, tenía que ser circunspecta como un guerrillero. Ahora su plan maestro se estaba encogiendo como un acordeón.

Pero no cedería tan fácilmente. Al menos tenía una cosa a su favor. Era sábado, el día libre de la jefa, y esto no podía saberlo el diablo de la suite Callas; por consiguiente, tenía unas horas de gracia; las aprovecharía lo mejor posible. Arlequín decía siempre que, cuando uno tenía ganas de retirarse, debía dar dos pasos al frente. Lógicamente, esto significaba que era el momento oportuno para tirarse el mayor farol de su vida...

Antes de poder cambiar de idea, cogió el largo paquete plano que había dejado encima del armario. La tapa se levantó fácilmente, soltando una pequeña ráfaga del perfume predilecto de su madre "Fuite des Heures". Fugaz, agridulce, refinado, era el perfume adecuado para las noches secas mediterráneas. Recordó que, de pequeña, se plantaba junto a su madre mientras ésta se vestía para la velada, aceptando pequeños toques de una cosa u otra: unas gotas de colonia aquí, un poco de colorete allí, con satisfacción de *connoiseur*. Ahora separó las hojas de papel gris como las páginas de un viejo diario. La tela, iridiscente, pareció surgir para encontrarse con ella. Había olvidado que captaba la luz como una perla negra. Casi sin atreverse a respirar, la levantó, dejando que el maravilloso lustre metálico se deslizase entre sus dedos con vida propia, y dejó la prenda sobre la cama.

Allí estaba, con todo su arrogante y ligeramente siniestro esplendor. El talismán, la joya de la familia. El Balenciaga. Resplandeciendo con el brillo secreto de un cielo de medianoche o como un pez en el mar profundo y oscuro. Había destellos verdes y plateados y purpúreos ocultos entre los pliegues de la seda negra, como relámpagos en una nube de tormenta.

Devotamente, Corrie lo levantó asiéndolo de los hombros y lo aplicó sobre su cuerpo. El color se arremolinaba y centelleaba, oscuro y brillante al mismo tiempo. El Balenciaga. Siempre había sido lo primero que se desempaquetaba y lo primero que volvía a empaquetarse. Ni siquiera una vez en que ella y su madre tuvieron que marcharse a medianoche de un hotel por no poder pagar la factura, dejando todas sus cosas para saldar la deuda, ni siquiera entonces habían abandonado el Balenciaga. Era su secreto, su vicio compartido, un símbolo del pasado glorioso, una esperanza para el futuro. Y ahora aquí estaba, yaciendo inerte en sus manos e inocente como un cáliz envenenado.

"Éste", solía decir su madre, tocando la seda rígida y lustrosa con una mezcla de orgullo y de precaución, como si pudiese volverse y morderla, "éste es solamente para ocasiones serias". Y contenía el aliento y sacudía la cabeza, pensando, de una parte, en la cintura peligrosamente ceñida, y de otra, en su precio extraordinariamente caro, pero sobre todo en Antonio, que se había empeñado en comprárselo el único día que habían estado en París, porque era como ébano sobre el oro de su piel...

Corrie, súbitamente vacilante, volvió a dejar el vestido sobre la cama. ¿Podía, debía ponérselo? Era un vestido para una mujer mayor, para una mujer segura de sí misma y de sus poderes. Incluso su madre le había tenido respeto. Sólo se lo había puesto una vez, pero decía que era uno de esos vestidos que se introducían en los sueños y se negaban a marcharse.

Bueno, sólo había una manera de saberlo. Corrie se quitó su uniforme de doncella. Al deslizar la brillante tela sobre la cabeza y sentir su delicado frescor al caer sobre sus hombros desnudos, tuvo la extraña impresión de que estaba cruzando una barrera y de que la vida no volvería a ser completamente la misma al otro lado. Se sintió casi mareada cuando estiró los brazos hacia atrás para cerrar los muchos corchetes ocultos que cerraban la espalda. Después hurgó en la maleta y sacó los zapatos de piel de lagarto y fina correa. Los tacones eran altos, más altos que los de todos los zapatos que había usado hasta entonces. "Una no es una mujer hasta que ha cruzado los Champs Elysées, en la hora punta, con tacones como agujas", decía su madre en tono doctoral.

Conque esto se sentía cuando se era una mujer. Inseguridad. Corrie concentró toda su atención en lograr un nuevo equilibrio, sintiendo una tensión elástica desde las pantorrillas hasta la espina dorsal. Dio un paso y se volvió hacia el espejo.

Sus ojos se abrieron de par en par. Se contempló con una especie de fascinación, como clavada en el suelo. Delante de ella estaba una elegante desconocida. Los blancos hombros surgían del cuerpo del vestido, que se estrechaba sobre una cintura tan fina que parecía imposible. Parecía mayor, más esbelta, inconmensurablemente sofisticada. Nunca se había dado cuenta de que su piel fuese tan blanca, con un cálido matiz cremoso, ni del brillo negro-azul de sus cabellos. Dio un paso más hacia delante. Estaba en el centro de una tormenta, centelleando a cada movimiento, intensificado el azul de sus ojos por las brillantes sombras, ora verdes, ora violetas, hasta darles un resplandor gatuno. Parecía fascinadora, peligrosa, vulnerable pero infinitamente serena, como una serpiente segura en su reluciente piel.

Dio un paso atrás, como tanteando el terreno, observando la intrincada estructura del cuerpo del vestido, que se encogía y se hinchaba, amenazando con descubrir, pero no descubriendo nunca. Sintió el susurro de la seda, como voces apagadas. Se volvió, a modo de ensayo. Casi no podía respirar, pero sabía que, con aquel vestido, estaba por encima de las consideraciones mundanas. Caminó, sintiendo como si se despegase de sus caderas, obligada por el vestido a andar por el aire. Miró hacia atrás y le sorprendió el largo y adorable perfil de su cuello y la atrevida V del escote prolongándose hasta la cintura. La espalda decía: "Soy tuya", y la cara decía: "Si puedes atraparme". Un vestido traidor, engañador; un vestido que podía absorber toda la luz de la habitación y hacerla suya. Con él era un matador de toros, un ángel negro, un vampiro. Un escalofrío recorrió su espina dorsal desnuda. De pronto, sintió renacer sus dudas. Aquí estaba la auténtica, la seductora tentación... de atraer miradas, de romper corazones, de robar almas. ¿Pero adónde la llevaría esto? "Para ocasiones serías", había dicho su madre.

Con un esfuerzo, abandonó Corrie sus reflexiones. Debía concentrarse en lo que tenía entre manos. Lo que llevaba no era más que otro uniforme, un vehículo para llegar adonde quería ir, una llave para abrir ciertas puertas. Frunciendo el ceño, se recogió los cabellos en un moño y lo sujetó bien con horquillas.

En la calle, había oscurecido. Miró su reloj después se lo quitó y lo dejó sobre el tocador. Era hora de salir. Caminando despacio sobre unos tacones a los que no estaba acostumbrada, bajó la escalera de servicio y entró en el gran vestíbulo del hotel. Se hizo un ligero silencio. Miró fijamente al frente, sintiendo que su corazón latía más de prisa. No le importaba que algún miembro del personal la reconociese; no tenía nada que perder. Al pasar por delante de Recepción, oyó un suspiro colectivo de admiración y envidia. Sintió un hormigueo cauteloso en la piel; el desacostumbrado peso de su cabellera retardó los movimientos de su cuello al inclinar graciosamente la cabeza. Ahora resplandecía y caminaba más erguida. Al acercarse a la puerta giratoria, el portero se apresuró a ayudarla a salir. Ella sonrió para sus adentros. Si él supiese...

—Guy.

Guy de Chardonnet levantó cansadamente la mirada. Habían pedido la comida —salmón ahumado de Craigellachie y melón de Ojen, cordero lechal de las marismas saladas del Cotentin, espárragos Lauris, todo ello acompañado del mejor pan de Londres y fina mantequilla Isigny sin sal—, pero el acento de la voz de su compañera hizo que perdiese el apetito. Era demasiado familiar.

—La cosa ha terminado, ¿no?

Él la miró inexpresivamente durante un largo momento. Era una mujer hermosa, encantadora, *soignée,* exquisitamente vestida; la perfecta compañera. Suspiró para sus adentros.

—Eres tú quien debe decirlo, *chérie.*

Sus fruncidos ojos grises no revelaban nada.

—¡Eres imposible!

La voz de ella era ronca, y había lágrimas en sus ojos cuando volvió la cabeza.

—No lo comprendo. ¿Qué hay de malo en mí?

Él le asió la mano.

—Noy hay nada malo en ti.

Ella desprendió la mano de un tirón.

—¿No me amas?

—¡Oh, Victoria...!

Ella se mordió el labio.

—Ya lo sé. Parezco una niña enferma de amor. Pero eres tú quien hace que me sienta así. Lo aborrezco, me aborrezco a mí misma, pero nada puedo hacerle. Estoy enamorada de ti, y quiero que tu lo estés de mí.

Él desvió la mirada más allá de las inmaculadas hileras de mesas con sus manteles de un delicado color de rosa y sus destellos de cristales y de plata. En un medio tan perfecto, la nota ronca de la voz de la mujer era casi un insulto. Miró impacientemente el río, que era como una red de reflejos en la oscuridad. Ojalá pudiese desaparecer, perderse, deslizarse con el río hacia el mar...

—Guy, por favor...

—Ya sabes cómo soy. —Su voz era tranquila, práctica—. Desde el primer momento te dije que no debías enamorarte de mí. No quería que te enamorases de mí.

—Palabras... —dijo ella, con un ademán de impotencia. Hubo una breve pausa. Jugó nerviosamente con un salero de plata; después alzó la mirada, brillándole los ojos—. Ya sabes que estaría dispuesta a abandonar a Richard. Sólo una palabra...

—No. —La voz de él se hizo súbitamente dura—. Te lo he dicho otras veces. Es inútil hablar de matrimonio.

Ella se estremeció. Unas lágrimas empezaron a rodar lentamente por sus mejillas. Él la observó en silencio.

—Eres cruel.

Él se encogió de hombros.

—No pretendo serlo. Digo simplemente la verdad.

De pronto, se sintió cansado, con una fatiga infinita que hacía que le resultase difícil hablar. Otra vez le ocurría lo mismo. ¿Cuántas veces tendría que vivir esta escena, el inevitable tercer acto de un drama indiferente? Oyó que el zumbido de las conversaciones se amortiguaba a su alrededor y sintió que el salón se oscurecía.

—No quieres a nadie.

—Esto es verdad. —Se puso bruscamente en pie, hizo una seña a un camarero para que trajese el abrigo de su compañera y puso sobre sus hombros la ligera prenda de pelo de vicuña. Victoria se puso automáticamente en pie, y el contacto de la mano de él con su codo era impersonal y le produjo el efecto de un golpe—. Eres observadora, Victoria. No quiero a nadie, ni siquiera a mí mismo.

El vacío de sus ojos grises como el hielo era estremecedor. Victoria tuvo un súbito y desconcertante recuerdo de su voz junto a su oído en otros momentos, murmurando palabras francesas llenas de pasión; del contacto de los largos y vigorosos dedos sobre su cuerpo; del olor de su piel.

—Te he hecho daño —murmuró ella.

Él no respondió en seguida, siempre considerado y cortés.

—No. —Su tono era ligeramente triste—. No podrías hacerme daño, Victoria.

Al mirarle, ella comprendió, aflojándose extrañamente la argolla invisible que apretaba su corazón, que él estaba tratando de ser amable a su manera. A fin de cuentas no le había perdido. Como nunca había sido suyo, no podía perderlo.

—Te echaré en falta, Guy.

Él le besó delicadamente la mano.

—Y yo a ti.

Mientras la acompañaba desde el River Restaurant hasta el gran vestíbulo, Guy descubrió que deseaba contra toda esperanza que aquella vulgaridad resultase cierta. La ayudó a subir al taxi, esperando que se desvaneciese su torpor, esperando sentir... ¿qué? Dolor, añoranza, soledad; cualquier cosa que fuese capaz de sentir.

Observó cómo se alejaba el taxi en la oscuridad. Ella no se volvió a mirar ni agitó la mano. Cuando hubo desaparecido en el Strand, Guy trató de fijar su cara en su memoria, buscando algo que permaneciese en ella. Los ojos de Victoria eran azules, adorables a su manera. Permaneció plantado, mirando la oscuridad, sin darse apenas cuenta de que el portero se colocaba discretamente a su lado. Bajo la luz gris, vio sin sorpresa que había empezado a nevar. Nadie puede herirme, pensó con cruel satisfacción. Siempre es invierno donde yo estoy.

Vaciló un momento más, pensando si debía volver o no a sus habitaciones. Después tomó una resolución. Quería olvidar el dolor de ella y su propia indiferencia. Esta noche quería calor y luz y gente a su alrededor, que le recordasen que estaba vivo.

CAPÍTULO III

Poco a poco se fueron apagando las luces. El murmullo de las conversaciones se extinguió inmediatamente en un silencio absoluto. La oscuridad y la quietud reinaron en la inmensa sala escarlata y oro, rotas únicamente por los destellos de los brillantes y los últimos carraspeos nerviosos. El local estaba lleno a rebosar, desde la platea hasta el último piso. Era una noche de gala.

Instalada en un palco tapizado de rojo de la hilera principal, Corrie exhaló un mudo suspiro de satisfacción total. Sintió un momento de compasión por el legítimo tenedor del palco, que era tan despreocupado que se perdía una primera noche de gala y el precio doble que le habría costado. Pero ella se aprovecharía de ambas cosas por su cuenta. Desde luego, no tenía entrada. Todas las localidades habían sido reservadas con meses de antelación. Pero un aire de arrogancia matizado de ligero aburrimiento, más una maniobra estratégica al mezclarse con la *mêlée* de los que volvían del Crus Bar después del intervalo, y, desde luego, el Balenciaga, habían convencido al acomodador que era aconsejable conducir a aquella altiva joven al palco que decía que era suyo, en vez de arriesgarse a ofenderla.

Y ahora... la orquesta atacó suavemente los primeros débiles compases de la obertura, y las grandes cortinas de terciopelo con la enseña real blanca y oro temblaron un momento y se abrieron después con un susurro inaudible. Las que habían parecido horas de espera en los pasillos y en el tocador de señoras, mientras la música de *Cavalleria Rusticana* atraía casi irresistiblemente desde el auditorio, fueron ahora olvidadas por Corrie. Había valido la pena. Al volver los espectadores a sus localidades, había podido distinguir el único palco desocupado, y lo demás había sido fácil.

Brillaron las candilejas y ella contuvo el aliento. Si había existido alguna duda en su mente antes de este instante, desapareció en el acto. Éste es mi mundo, pensó. Éste es el lugar donde incluso en pleno invierno, a altas horas de la noche, brilla siempre el sol. El escenario era un oasis resplandeciente, intensificado cada color bajo los focos, mientras el bufón, en su abigarrado traje, ocupaba su sitio para el prólogo. Ella habría querido estar también allí, sentir el calor de las luces en sus brazos desnudos, percibir el estremecimiento de expectación en el público. El animal de cien cabezas, solía llamarlo su madre, ansioso de ser alimentado y acariciado hasta que ronroneaba y te lamía la mano.

Corrie se quitó los zapatos y movió los dedos de los pies de pura satisfacción. Nunca en toda su vida se había sentido tan feliz y como en su casa. Éste era el lugar al que pertenecía. Todo estaba allí, todo lo que ella había deseado siempre. Una fantasía dorada, una fiesta para la imaginación y la aventura.

Tan absorta estaba en la representación que no oyó el chasquido de la puerta al abrirse detrás de ella. Pero una fría corriente de aire en su nuca hizo que se volviese con irritación. Un hombre había entrado en el palco y estaba plantado inmóvil en la oscuridad.

—Ssst...

Se llevó imperiosamente un dedo a los labios. Sin duda era un acomodador que buscaba un sitio donde sentarse y fumar tranquilamente un cigarrillo. Bueno, no lo haría aquí, el muy truhán. Advirtió que el intruso no había cerrado la puerta.

—Puede quedarse, pero cierre la puerta, ¡por el amor de Dios!

El hombre sonrió débilmente y se sentó en una silla en el fondo del palco. Ella le volvió la espalda, satisfecha, y prestó de nuevo toda su atención al espectáculo. El prólogo, medio advertencia y medio lamento, cantado con amarga intensidad por el bufón lisiado, estaba tocando a su fin. Le hizo sentir un escalofrío que recorrió su columna vertebral. Desde luego, sabía que *I Pagliacci* no era una gran ópera, ni siquiera una buena ópera. Era basta y estaba toscamente construida. Pero había energía dentro de la ruda estructura, un impulso irresistible hacia su terrible confusión. Era una ópera para gente de carne y hueso, directa, mundana y llena de desvergonzada emoción napolitana. No sería despreciada, no sería rechazada. Los críticos podían censurarla, pero, entregada al público, salía siempre triunfante, sobreviviendo con su combinación de pasión, sentimentalismo y puro drama. Su mensaje era crudo y simple: "Somos hombres como vosotros, hechos solamente de carne y hueso, respirando el mismo aire en el mismo mundo huérfano..."

El amor es real, decía la música, y las lágrimas son reales, y la historia que os estoy contando es sólo para una noche, pero todos la compartiremos antes de que el tiempo nos consuma.

El prólogo había terminado. Gritando, riendo, silbando, despreocupados como chiquillos de lo que vendría después, los payasos, los actores, se esparcieron por el escenario. Corrie se inclinó sobre la baranda del palco, sorbiendo la ruidosa fanfarria de una trompeta desentonada, el conmovedor redoble de un grande y viejo tambor. Estaba llena de un salvaje entusiasmo; habría podido bailar y silbar con ellos en el escenario. Allí, linda como una flor en su traje tradicional, estaba Nedda, la muchacha campesina que representaría el papel de Colombina en la obra (dentro de la obra) que se representaría en la plaza del pueblo, y Canio, su brutal marido, con su atuendo blanco y negro de Pierrot, y su gentil enamorado Silvio, con su traje y su máscara de Arlequín...

Un segundo escalofrío recorrió la espina dorsal de Corrie. A pesar de lo que había dicho Arlequín, sabía que ella no estaría aquí, que habría perdido totalmente su oportunidad, de no haber sido por él. Al esparcir la conocida música su fragancia en la sala, conjurando mágicas y tibias noches y días luminosos, sintió una oleada de gratitud. Dos desconocidos, Arlequín y el desde hacía tiempo difunto Leoncavallo, compositor de *I Pagliacci*, le habían salvado la vida.

Pues había una diferencia entre vivir y existir. Existir era lo que había hecho ella después de la muerte de su madre. Sólo había tenido una idea en la cabeza: escapar. No tenía ningún plan. Simplemente, había salido una mañana de invierno de su casa, había conseguido que la llevasen de balde al puerto más cercano y había subido disimuladamente a un carguero que se dirigía al sur. Pero la habían descubierto. Recordaba con viveza alucinatoria cuando había estado en el atestado y sucio despacho del maestre, esperando que llamase por radio a las autoridades del puerto, como una prisionera esperando su ejecución. Sobre la mesa había una alta botella de vidrio tallado con una pulgada de verde ajenjo en el fondo, un verde vivo que nada tenía de inglés, el verde de la hierba al otro lado de la valla.

Y, entonces, fruto de la desesperación, había concebido su gran idea. Descaradamente, había vaciado la botella en el desagüe, y tomado una hoja de papel y un lápiz de la mesa del maestre. Sabía instintivamente que era su última oportunidad. Tenía que haber alguien en alguna parte del ancho mundo, que oyese su llamada de auxilio.

Pero, ¿qué escribir? De todas las lenguas que sabía ninguna podía transmitir lo que sentía entonces. Las palabras no eran suficientes. Rápidamente, apretando el lápiz con fuerza, garrapateó en la rasgada hoja de papel dos versos de *I Pagliacci*, de la famosa aria de Colombina.

> *"Vanno laggiu verso un paese strano*
> *Che sognan forse e che cercano invan."*
> *"Los pájaros viajan hacia un país extraño y lejano,*
> *un país en el que han soñado, pero nunca encontrarán."*

Al pie, con claras letras mayúsculas de colegiala, estampó su nombre y su dirección. Rápidamente, al oír que volvía el maestre, tapó la botella, abrió un ojo de buey y la arrojó al mar.

Durante todo el camino de vuelta a su prisión, pensó en la botella que debía oscilar sobre la tibia corriente del Gulf Stream, arrastrada lentamente hacia el sur. Como los pájaros que volaban bajo el sol, quizá no llegaría nunca a su destino. Pero ella había realizado su pequeño acto de fe, lo había intentado. Había renacido su creencia en la magia.

Pasó el invierno y llegó la primavera, una primavera tardía y fría que precedería a un verano fresco y nuboso. Lo último que hacía Corrie por la noche, antes de meterse en la cama, era pensar en su botella, centelleando como una joya en la oscura corriente nocturna.

Una cruda y húmeda tarde de aquel otoño, fue llamada al despacho de la dueña de la casa. Había llegado un paquete para ella; un paquete no autorizado, abultado, pesado y cubierto de sellos franceses. Los ojos de la mujer presagiaban lo peor mientras Corrie cortaba el cordel y el papel castaño para descubrir... una botella de ajenjo. La desaprobación de la mujer mayor se convirtió en espanto. Cierto que en la botella no había ajenjo, pero aún así...

—Una broma de muy mal gusto.

La señora cogió la botella entre el dedo índice y el pulgar, dispuesta a tirarla.

—¡No!

Sorprendiéndose a sí misma, Corrie le quitó firmemente la botella de las manos. Todavía había granos de arena adheridos al tapón. Y dentro había algo: un rollo de papel de un azul pálido. Y dentro de éste, delicadamente enrolladas, dos localidades para una representación nocturna de *I Pagliacci* en el Covent Garden. En una de ellas, habían escrito: *"De Arlequín"*.

Desde luego, no le permitieron ir. La hora, dijeron, desconocedores de sus *picnics* de medianoche bajo los cipreses, era demasiado tardía, y, en todo caso, no debía aceptar obsequios de un desconocido. Corrie no protestó. Era inútil tratar de explicar que la llamada de auxilio de Colombina había sido contestada tan perfectamente, tan completamente, que la mera presentación carecía de importancia. Las localidades fueron devueltas al teatro. Pero Corrie, en son de desafío, invirtió el dinero en comprar una casete de *I Pagliacci.* Escucharla aquella noche había sido como una muda revelación. Su desconocido bienhechor le había mostrado el camino para salir de su prisión. Ya no estaba sola.

Metódicamente, procurando no despertar sospechas en el colegio, Corrie empezó a buscar a Arlequín. Con el resto del dinero de las localidades, publicó un anuncio en las columnas personales de *France Soir* y *France Dimanche:*

"Cher Harlequin: Votre Colombine anglaise vous remercie de tout son coeur."

Dos meses más tarde recibió una carta con estampilla de París. Nadie la interrogó sobre ella, pues ¿qué peligro podía haber en una simple carta? Era breve y prudente. A ella no le importó. Contestó remitiendo la suya al apartado de Correos que él le indicaba, aprovechando gustosa la ocasión de escribir en francés, la lengua de su infancia, a alguien que comprendería lo que ella tenía que decir. Pues nunca dudó de que él la comprendería. Por algo era Arlequín.

Gradualmente, en el curso de los años, el anónimo número de aquel apartado de Correos de París llegó a serle tan familiar como su propio nombre. Olvidó que había habido un tiempo de su vida en que no había conocido a Arlequín. Su relación era perfecta. Como nunca se habían visto, no había barreras entre ellos. Él no la había conocido como una torpe niña de diez años, perdida en un mundo al que no comprendía. Las chicas del colegio podían considerarla como una extranjera difícil, esquiva e incorregible, pero no así Arlequín. Con él podía ser la persona que deseaba ser, que aspiraba a ser: cálida, hermosa, llena de música y de risas, digna de ser amada. Él comprendía su afán de independencia, su secreta e irresistible ambición, porque había sentido lo mismo. El pulso de la simpatía latía sin ruido detrás de cada una de las palabras que se escribían. Nada más tangible que el papel pasaría inadvertido a los ojos de águila de sus guardianas; por consiguiente, le enviaba sus pensamientos, sus temores, sus poesías, y él le enviaba a cambio una cadena de payasos de papel, cortados tan delicadamente que flotaban al menor soplo de brisa.

Y esto no era todo. Sacándolo de ninguna parte, él conjuró un mundo ideal para ella, un Paraíso imaginario llamado Uscady, donde brillaba siempre el sol. Uscady tenía su propio idioma, sus propias reglas y paisajes. Sus moradores nunca hablaban cuando podían cantar, nunca cabalgaban si podían andar. El rojo era su color predilecto; el chocolate, su comida preferida. Siempre construían sus casas en el punto más alto posible, y tallaban corazones y flores y sirenas sobre sus puertas. Eran la gente más vieja y más sabia del mundo: navegaron hasta América antes que Colón, se hicieron amigos de los esquimales, comieron en mesas hechas con vértebras de ballena. No tenían palabras para designar el cielo o el infierno; sólo el Paraíso: colinas onduladas cubiertas de aulagas doradas, bosques de robles y castaños, montañas lo bastante pequeñas para poder trepar a su cima en un día, riachuelos trucheros y campos de maíz, viñedos y manzanares, y siempre luz de sol. Un mundo perdido, Arcadia y Eldorado y el único lugar digno de vivir en él.

Y esto, su primera ópera en directo, era una provincia de Uscady. Había conocido la partitura de memoria desde que había empezado a andar, lo había tocado en discos más veces de lo que podía recordar, pero aquello no era nada en comparación con una representación real. La música llegaba hasta ella a través de los siglos, también como un mensaje en una botella lanzada con esperanza al mar indiferente, para decirle a alguien que pudiese comprender: "Estoy aquí;

también yo estoy viva; no estás solo." La aunaba con los desconocidos que estaban debajo de ella en la oscuridad, unidos por el mismo cálido Gulf Stream. Le decía que dentro de cada cual había un tesoro enterrado. Cada cara desconocida es una nueva oportunidad, un nuevo comienzo. Algunas cosas sólo pueden escribirse, algunas cosas sólo pueden cantarse, algunas cosas sólo pueden ser comprendidas por un desconocido.

"*La commedia è finita!*" Nedda yacía muerta en los brazos de su enamorado muerto. Canio, torcido el rostro como una máscara bajo la pintura blanca de Pierrot, se erguía junto a ellos como petrificado, con el puñal todavía en la mano. Durante un largo y emotivo momento, el público de la oscurecida sala pareció morir también, barrido por la mirada cínica del contrahecho bufón. ¿Qué esperábais?, parecía decir aquella mirada larga y silenciosa. ¿Un final feliz? Sois más tontos que yo. Éste no es un mundo para Arlequín y Colombina...

Después, bruscamente, la música se extinguió como si nunca hubiese existido, y cayó el telón. Corrie apoyó la cabeza en la baranda cubierta de terciopelo, y lloró.

Al caer el telón después del último saludo de los actores y encenderse las luces del teatro, recordó a su inesperado visitante, y se volvió en redondo, esperando que se habría marchado para desempeñar las tareas de su oficio; pero, para sorpresa suya, estaba todavía allí, observándola con divertida indulgencia.

Corrie se irguió, consciente de que las lágrimas humedecían todavía su semblante, y se puso en pie. Hurgó en su pequeño bolso, pero desde luego, no llevaba en él ningún pañuelo. El hombre seguía observándola desde la sombra.

—Tome.

Avanzó unos pasos hacia la luz y entonces ella le reconoció, sobresaltada. Era el hombre de la suite Maria Callas. Se echó atrás.

—No tema, está perfectamente limpio.

Ahora se dio ella cuenta de que le tendía un pañuelo blanco de lino, todavía con una expresión ligeramente divertida en el semblante.

Aprovechando de buen grado la oportunidad de recobrar su aplomo, Corrie aceptó el pañuelo y se enjugó las mejillas. El fino lino olía a pino y a colonia cara. Cuando levantó la cabeza, se encontró con que la expresión del hombre no había cambiado. Estaba claro que no la había reconocido como la doncella a quien había acusado de ladrona aquella misma mañana.

Entonces sintió un impulso de pura diablura. Así pues..., él no la recordaba. Había destruido a sabiendas su vida, pero no se había tomado el trabajo de recordar su cara. A fin de cuentas, ¿qué importancia tenía ella para él? Una simple doncella, una sirvienta, un número. Los números no tienen cara. Se irguió lo más que pudo y le miró con coquetería por debajo de las largas pestañas. Él era arrogante, superior, insensible; pero ella haría que esta vez la recordara...

—Gracias.

Al devolverle el pañuelo, empleó su voz mejor, más gutural y más melosa. Era un momento extrañamente íntimo. Él se guardó el pañuelo y avanzó de nuevo hasta que la luz le dio de lleno. Al verle por primera vez con claridad, Corrie se dio cuenta de que era extraordinariamente guapo. La severidad de su traje de etiqueta le sentaba perfectamente, acentuando su palidez de hombre rico, la negrura brillante de sus cabellos, los turbadores ojos claros. Su apostura confirmó el instintivo desagrado de la joven. Había que desconfiar de los hombres guapos; eran engreídos, triviales y traidores. Él la miraba también con ojos apreciadores. Ella advirtió que captaba la perfección del Balenciaga y reconocía su valor, y esto aumentó su desdén. ¡Con qué facilidad se dejaba engañar! Un cambio de vestido, un lugar diferente, era todo lo que hacía falta para embaucarle. Como si importasen las meras apariencias. Arlequín no habría estado nunca tan ciego.

—Bueno, debo decir que ha sido una sorpresa muy agradable.

Su voz no tenía nada de la frialdad cortante que había empleado con una criada; ahora era grave y profunda, con la extraña claridad de dicción propia de un extranjero.

Una sorpresa mayor de lo que puedes imaginarte, pensó maliciosamente Corrie. Inclinó la cabeza. Él hizo una reverencia.

—Guy de Chardonnet, servidor de usted.

Ella hizo caso omiso del sarcasmo de su tono. Podía permitírselo. Su situación era ahora ventajosa. La propia intensidad de su antipatía le daba una agradable sensación de seguridad y de poder.

—Corrie Modena.

Él asintió con una ligerísima inclinación de cabeza.

—Celebro muchísimo que decidiese utilizar mi palco, miss Modena.

Su tono era ahora suave como la seda. El desdén de ella aumentó. Un hombre tan insensible a la música que llegaba a una representación de gala de *I Pagliacci* en la mitad del primer acto era digno del mayor desprecio.

—Tengo mi propio palco —mintió descaradamente, aprovechando sus dotes de actriz. Ella era tan buena como él, tenía el mismo derecho que él a estar aquí—. Pero la vista es mejor desde el de usted.

—Comprendo.

Corrie estaba segura de que no la había creído. Por alguna razón, su incredulidad la irritó aún más que si le hubiese dicho la verdad. Él sonrió de nuevo, con aquel aire ligeramente burlón. Contrariamente a lo que le decía su mejor juicio, Corrie trató de convencerle.

—Es verdad... ¿Por qué otra razón podría estar aquí?

Él arqueó una ceja.

—Para conocerme, naturalmente.

Ella se quedó sin aliento. ¡La pura e inquebrantable vanidad del hombre!

—Supongo que es lo que le ocurre siempre.

Puso en su tono toda la acritud de que fue capaz, pero él siguió imperturbable. Hizo una pausa, reflexionando.

—No, no siempre. Pero sí con frecuencia.

Se volvió cortésmente hacia la puerta y la abrió de par en par.

—Bueno, miss Modena..., ¿nos vamos?

Ella vaciló y después cruzó la puerta con la mayor altivez de que fue capaz. Tenía la inquietante conciencia de la mirada de él sobre la piel desnuda de su espalda al precederle en el pasillo, obligada a caminar despacio a causa de sus altos tacones. Levantó la cabeza, resuelta a salir del paso lo mejor posible y contenta de que él no pudiese ver sus coloradas mejillas.

El vestíbulo de la entrada estaba desierto, salvo por los porteros. Uno de éstos se apresuró a avanzar cuando vio al caballero, reservando para ella aquella indiferencia especial que se otorga a un mero objeto.

—Monsieur de Chardonnet...Permítame.

El portero se apresuró a abrir la puerta, evitando deliberadamente la mirada de Corrie. El acompañante de ésta correspondió a la atención del hombre con un breve movimiento de cabeza. La sangre de Corrie empezó a hervir. Él era tratado como un astro, pero no lo merecía. ¿Qué sabía o qué le importaba la ópera? Ni siquiera *I Pagliacci* había provocado un destello de emoción en sus ojos pálidos y fríos. Estaba muerto desde el corazón hacia arriba.

Una ráfaga de aire frío les recibió cuando salieron a la acera opuesta de la Magistrates' Court de Bow Street. Corrie sintió una punzada de duda. En el mundo privado del teatro de la ópera, había disfrutado con su mascarada; pero ahora, bajo la luz ambarina de los faroles de la calle, la alta figura que caminaba a su lado parecía demasiado real y sustancial. Algo frío tocó su brazo desnudo y ella miró hacia arriba con asombro. Nieve...¿en abril? No podía ser. Pero había olvidado los caprichos de la primavera inglesa. Intempestivos pero inconfundibles, copos helados caían aisladamente del cielo nocturno para rozar su piel con besos de fantasma. Corrie se estremeció.

—La acompañaré hasta su coche— dijo él, en tono fríamente cortés.

—No es necesario —respondió soberbiamente ella—. No tengo coche.

La boca del hombre se frunció en la primera señal de auténtica diversión que había mostrado hasta entonces. Después la asió del codo con una presión ligera pero en cierto modo dominadora. Ella se estremeció de nuevo y se dijo que era a causa de los copos de nieve que se fundían sobre sus hombros.

—En tal caso, yo la llevaré. ¿Dónde se aloja?

Ella vaciló; entonces el diablo que llevaba dentro y el irritante destello burlón en los ojos del hombre, la decidieron.

—En el Savoy, naturalmente.

En seguida lamentó haberlo dicho, aunque la débil expresión de sorpresa del rostro de él valía la pena.

—Desde luego. Vamos, la llevaré allí.

—No, no...—Con un esfuerzo, desprendió ella su brazo del de él—. No será necesario. —¿Por qué no había pensado en algún hotel, el Ritz o Claridges, que no fuese el Savoy? Buscar un efecto era una cosa, y las consecuencias, algo muy distinto. Llegar en compañía de Guy de Chardonnet y verse públicamente descubierta como una camarera errante, sería una humillación inconcebible—. Estoy... estoy esperando a alguien —improvisó locamente, buscando alguna excusa adecuada—. Alguien vendrá a buscarme. Tengo una cita.

Él arqueó las cejas.

—Comprendo.

Corrie sintió que un rubor inoportuno teñía su semblante. No, no era una buena excusa. Era casi medianoche, y un lugar muy poco apropiado para que una joven respetable esperase sola. ¿Pero qué le importaba la opinión de un hombre como Guy de Chardonnet? Podía pensar lo que quisiera.

—Bien, si insiste...

—Insisto —respondió firmemente ella, con todo el aplomo de que fue capaz.

Él frunció el ceño, giró sobre sus talones y se alejó. Corrie lanzó un suspiro de alivio y esperó a que él hubiese doblado la esquina para deslizarse a toda prisa por una calle lateral. Lo que menos quería es que la detuviesen por vagar delante del teatro de la ópera. Con un poco de suerte, encontraría un taxi que la llevase al Savoy antes de que M. de Chardonnet, con su mirada cínica, llegase allí y descubriese su engaño.

Pero no había ningún taxi a la vista y la nieve caía cada vez más espesa. Después de andar lentamente unos cientos de yardas sobre sus altos tacones, se detuvo, miró rápidamente a su alrededor y se quitó los zapatos. Con mucho cuidado, enrolló sus medias de seda y las guardó en el bolso. Descalza, avanzaba mucho más de prisa.

Al cabo de un minuto había olvidado su encuentro. La nieve era extrañamente hermosa al caer sobre el fondo de luz ambarina y besar el suelo sin ruido. Corrie balanceó sus zapatos en la mano y dio un saltito de júbilo. Tenía la cabeza llena de música; el frío no importaba. Salió al Strand. Un transeúnte que pasaba por el otro lado de la calle la miró con asombro.

—¡Va a pillar un resfriado mortal! —le gritó.

—Lo dudo —le respondió ella.

Sus venas estaban llenas de líquida luz de sol; confiaba en vivir eternamente.

Estaba todavía a unos centenares de yardas de la calle lateral que conducía al ala de la servidumbre del hotel cuando se dio cuenta de que un coche avanzaba sin ruido junto al bordillo detrás de ella. Apretó los labios y siguió andando. No tenía que ir muy lejos, pero la inocente diversión de su aventura de medianoche había terminado. El coche continuaba siguiéndola, como una sombra irritante en el borde de su campo visual.

—¡Lárguese!

El del coche se hizo el sordo. Algo indignante. Ella tenía tanto derecho como cualquiera a ir donde le diese la gana y cuando le diese la gana; pero, como era una mujer, parecía presa fácil. Ahora nevaba con más fuerza, a rachas que llegaban a sus ojos. Pestañeó furiosamente, pero siguió andando. Si el importuno desconocido no dejaba de seguirla, tandría pronto la mayor sorpresa de su vida.

—Espere.

Desde luego, era una voz de hombre. Ella frunció los párpados. Quienquiera que fuese él, no había recibido su mensaje. Y ahora tenía la audacia de dirigirse a ella. Se detuvo y subió a la acera. El coche se detuvo también, con el motor zumbando suavemente. Corrie vio que era un largo Mercedes plateado y se sintió débilmente apaciguada. Al menos el Balenciaga seguía atrayendo a una clientela distinguida.

—Escuche —dijo claramente y en voz alta—. Quienquiera que sea, deje de seguirme. Si no lo hace, gritaré llamando a un guardia.

Sin esperar respuesta, reanudó la marcha. Por el rabillo del ojo vio que el coche arrancaba de nuevo y la seguía. Se le encogió el corazón. Lo que menos quería en el mundo era volver al Savoy con acompañamiento. Ya tenía bastantes dificultades. Suspiró: No hubiese debido quitarse los zapatos; evidentemente, esto causaba mala impresión.

Se detuvo, respiró hondo y se volvió para enfrentarse con su perseguidor. Se acercó a la ventanilla abierta, se inclinó, sonrió suavemente y pronunció el dircurso que había estado preparando. Se alegró al comprobar que no había olvidado las lecciones. Los mejores juramentos mediterráneos acudieron a sus labios con satisfactoria fluidez. Desarrolló toda la gama, empezando con sonoridades griegas, continuando con unas gotas de italiano y una buena dosis de descriptivo francés, y terminando con unas frases candorosas y zalameras de colegiala inglesa. Cuando hubo terminado, se sintió satisfecha de sí misma. En el coche, reinó un silencio pasmado. Después se abrió la portezuela de atrás y ella se sorprendió al ver que había dirigido su monólogo al conductor. Un hombre se apeó del automóvil. Las mejillas de Corrie se pusieron escarlata. Era Guy de Chardonnet. Y, con impavidez irritante después de su estallido, hizo chocar ligeramente las palmas de las manos en irónica imitación de un aplauso.

De pronto, ella se sintió como si tuviese seis años y estuviese paseando por la playa con los zapatos en la mano. ¿Qué debía pensar él, al verla sin abrigo y caminando descalza sobre la nieve? ¿Dónde había quedado su sofisticada apariencia?

Por fin rompió él el silencio.

—¿Debo entender que ha... cancelado su cita?

Ella irguió la cabeza. Por lo visto, él estaba resuelto a continuar el juego. Muy bien, ella haría lo mismo.

—¡Esto no es asunto suyo!

—Desde luego. —Su tono era irritantemente suave, como si no viese nada desacostumbrado en hablar con una joven descalza en medio de una nevada—. Pensé simplemente, que quizás aceptaría a fin de cuentas que la llevase en mi coche.

—¡Oh!

Por un largo momento, le faltaron las palabras. El contraste entre la meticulosa cortesía del hombre y su propia representación de unos minutos antes hacía que le ardiesen las orejas. ¿Qué podía hacer ahora? Para empeorar las cosas, la nieve formaba una capa blanca sobre el pavimento, y ella empezaba a sentir mucho frío en los pies. Estaba inquieta, consciente de la impresión que debía producir, descalza y sin abrigo, con los mojados cabellos pegados a los lados de su cara y de su cuello.

—No, gracias. —Entornó los párpados para proteger los ojos de la nieve y levantó la cabeza. No tenía elección—. Prefiero ir andando.

Él no intentó disuadirla.

—Si es así, la acompañaré.

Antes de que ella pudiese protestar, hizo una seña por encima del hombro, y el coche, como por arte de magia, se apartó de la acera. Naturalmente, lo conducía un chófer. Corrie observó tristemente cómo desaparecía detrás de una esquina en dirección al Savoy. Ahora era demasiado tarde, pensó furiosamente. El hombre pareció advertir su congoja y la miró con curiosidad.

—Con su permiso, desde luego.

—No puedo impedírselo; es una vía pública.

Comprendió que sus palabras eran desagradables; pero no había podido evitarlas.

Avanzaron por la calle, uno al lado del otro y en silencio. Corrie, a pasos menudos, en un desesperado intento de ganar tiempo para pensar. Justo antes de llegar a la entrada del Savoy, se detuvo.

—Discúlpeme.

Se apoyó en la pared y se puso los zapatos. Sus pies estaban ateridos; los zapatos le harían ahora poco daño.

—Dígame... —El tono de su acompañante era natural—. Sólo por curiosidad, ¿por qué se quitó los zapatos?

—Porque me hacen daño, ésta es la razón.

Parecía que iban a desenmascararla muy pronto; por consiguiente, ¿qué importaba un poco de franqueza? Para su asombro, él lanzó una risa grave y espontánea.

—¿De qué se ríe? —preguntó ella con recelo.

—No lo sé. —Su tono era débilmente sorprendido—. Supongo que porque ninguna de las mujeres que conozco se quitaría los zapatos en la calle sólo porque le hiciesen daño.

—Si es así, debe usted conocer a mujeres muy estúpidas —replicó agriamente ella.

Él sonrió, impertérrito. Sus ojos observaron perezosamente los pies descalzos, sucios de barro de Londres y amoratados por el frío.

—La estupidez no sienta mal a las mujeres.

La indignación la dejó sin habla. Antes de que pudiese pensar una respuesta adecuada, el hombre se volvió de cara a ella.

—¿Tiene apetito?

Una pregunta muy sencilla... La joven pensó furiosamente. No alcanzaba a ver todas las implicaciones.

—¿Me está invitando a cenar?

—No exactamente. Todos los restaurantes dignos de consideración habrán cerrado ya sus cocinas. No; confiaba en que querría comer algo en mis habitaciones.

—¿En sus habitaciones?

Una lenta sonrisa se pintó en la cara de Corrie. Guy de Chardonnet estudió su expresión a la luz de la farola. Había allí un matiz que se le escapaba. Estaba intrigado; aquello era como un desafío. Generalmente, las mujeres eran fáciles de interpretar; pero esa muchacha era una extraña mezcla de madurez e inocencia, alternando entre un aplomo felino y una torpeza infantil como de azogue. ¿Era todo una comedia? No habría podido decirlo. En el teatro de la ópera, dado su aspecto, su vestido, indudablemente de Balenciaga, y la elegancia inconsciente con que lo llevaba, había pensado al punto qué clase de muchacha era. Pero ahora, con sus pies descalzos y los cabellos cubiertos de nieve, ya no estaba tan seguro. Era una combinación tan desconcertante de sentido práctico y abandono que casi esperó que aceptase su invitación. Cierto que no era su tipo, le faltaba algo para serlo, pero había algo en ella que le intrigaba y le provocaba: la manera en que sus cabellos oscuros terminaban en punta sobre el dorso de su esbelto cuello, la deliciosa curva de la boca, el sesgo curiosamente defensivo de los ojos bajo los firmes párpados.

—¿Me está proponiendo un ligue?

Su voz tenía un tono desafiador. Él frunció el ceño. Quizá su invitación había sido mal interpretada, a fin de cuentas. ¡Qué torpeza, qué vanidad infantil! Los ligues estaban bien para los chicos, no para los hombres mayores.

—Creo que no. Debo tomar el primer avión para París. Y en todo caso, las prefiero rubias.

Ella le devolvió la mirada con más compostura de lo que él esperaba, claramente indiferente a su brusquedad.

—Así está bien. Yo prefiero los caballeros.

—¿Ah, sí? —Sus ojos se abrieron un poco más, pero sólo por un instante. Había cierto atractivo en el descaro de la chica. Y él tenía que matar unas horas; podía ser divertido—. ¿Entramos? —dijo, ofreciéndole el brazo.

Corrie vaciló sólo un momento. La idea de cenar en unas habitaciones de las que había sido expulsada vergonzosamente por la mañana tenía un atractivo casi irresistible. Y tenía que confesar que estaba hambrienta; no había almorzado ni comido, y la música despertaba siempre en ella un apetito feroz. Pero ni siquiera el hambre contaba para nada, en comparación con la deslumbradora oportunidad que, como un don del cielo, se le ofrecía. Calculó rápidamente. Difícilmente había tenido tiempo él de denunciar su falta antes de salir para la ópera, ya que la supervisora nunca volvía a su puesto antes de las ocho de la tarde. Por consiguiente, si conseguía entretenerle, con todos sus ardides, hasta la hora en que tuviese que salir para tomar el avión, se habría salvado.

Miró a su acompañante. Desde luego, había cierto peligro. Un hombre como Guy de Chardonnet estaba acostumbrado a conseguir lo que quería y cuando quería, si no antes. Era un tipo malcriado y arrogante e insoportablemente seguro de su éxito con las mujeres. Pero ella podría manejarlo. Abroquelada en su antipatía, avisada por su anterior encuentro, ¿qué tenía que temer?

Tomó el brazo que él le ofrecía. Cruzaron juntos la arcada, bajo el rótulo del Savoy, que resplandecía ahora con un verde luminoso, y entraron por la puerta de caoba. Ella sofocó los frenéticos latidos de su corazón al penetrar en el vestíbulo, esperando que el rubor de sus mejillas fuese atribuido al frío. Cualquier miembro del personal podía reconocerla en el momento menos pensado, pero tenía que arriesgarse.

El vestíbulo principal parecía diferente: acogedor, débilmente iluminado, como una cueva secreta. Adoptó un aire de cansada indiferencia, procurando no llamar la atención. Durante una eternidad, esperó a que Guy recogiese su llave, dándose cuenta de que volvía a experimentar aquella curiosa sensación que había sentido en el teatro de la ópera. Por alguna razón, quizá porque era una acompañante, un accesorio, era invisible. La gente estaba tan deslumbrada por la riqueza de aquel hombre que no se fijaba en ella. Guy volvió y la condujo galantemente al ascensor. Penetró en él, envuelta en el mismo manto de invisibilidad. Se sentía extraña, sin aliento, como lanzada a otro mundo. A los pocos minutos, se hallaron ante la puerta de la suite.

Las cortinas estaban debidamente corridas y el fuego resplandecía en la chimenea de mármol gris. Ella se acercó instintivamente a la lumbre. Quería sentirse de nuevo como un ser real, no como un fantasma invisible. El dinero no habla, pensó. Sólo susurra. Las llamas se reflejaron fluctuantes en su cara, y sintió la humedad de la nieve en sus brazos y en sus hombros.

—¿No lleva nunca abrigo? —preguntó Guy.

—No tengo ninguno. No me gustan.

Se encogió de hombros ante la mirada zumbona del hombre. ¡Era éste tan convencional, estaba tan seguro de que su estilo de vida era el único que valía la pena! Pero ella y Arlequín estaban más enterados. Si uno tenía el valor de no llevar nunca abrigo, tendría abiertas las puertas del mundo..., y todos sabían que los que se colaban en los sitios sin pagar eran los que más se divertían.

—Es usted una chica extraña.

La expresión de sus ojos había cambiado. Ahora parecía un cazador, considerando fríamente la mejor manera de acercarse a una nueva clase de presa. Ella se negó a reconocer una punzada de nerviosismo. Se volvió a la ventana, inquietamente consciente del roce de la seda sobre sus piernas desnudas, de que sus pies sin medias resbalaban dentro de las sandalias de piel de lagarto.

—¿En qué está pensando?

La voz sonó muy cerca; el hombre estaba en pie a su lado. Contra su voluntad, se sintió turbada por su proximidad, por su estatura, por el casi imperceptible calor de su hombro, que apenas tocaba el de ella. Y había algo más que la tentaba y la provocaba al mismo tiempo, una impresión de distancia, de retroceso, de autodominio tan profundo que era casi instintivo. Esto hizo que quisiera sorprenderle, incomodarle, hacer algo para borrar la distancia que había entre ellos. Afortunadamente, su madre la había instruido bien. Sabía que los hombres que tenían esa clase particular de altivez fatal eran los más peligrosos. Dondequiera que fuese, la gente acudiría a su reclamo, las mujeres aletearían como mariposas contra una pantalla, simplemente porque algo profundo e inaccesible que había en él impedía que les prestase la menor atención. Pero ella no caería bajo su hechizo. Ella sabía el terreno que pisaba. Había visto al verdadero Guy de Chardonnet, le había visto con los ojos de una criada.

—Estaba pensando que..., considerándolo bien, aquí hace más frío que en la calle. —Se estremeció—. Me alegro de no vivir aquí arriba.

Él pareció sorprendido.

—¿Cómo es eso?

—Es demasiado hermoso, demasiado tranquilo. Demasiado lejos de todas las otras personas.

A esta altura envuelta en oscuridad, en los pisos más altos del Savoy, estaban a años luz del mundo ordinario, aislados en una especie de cápsula espacial. El tiempo no existía. Si hubiesen querido, habrían podido vivir décadas allí, sin ver nunca otro rostro humano.

—Yo no tengo ningún interés especial en estar con otras personas.

Desde luego. La gente ordinaria no podía interesarle, ya que no podía inclinarla en su propia ventaja. Y podía, sin querer, descubrir su secreto: que estaba hecho de piedra.

—Entonces, ¿por qué está conmigo?

Se enfrentó bruscamente con él, desafiándole con los ojos. La mirada de él chocó con la de ella. Un pequeño destello —tal vez de ira, tal vez de sorpresa— brilló momentáneamente en aquellos ojos grises de hielo. El hombre avanzó medio paso hacia ella. La tensión crepitó en la estancia. Puedo manejarle, se dijo Corrie, con firmeza. Pero, por alguna razón, sus pies se negaron a obedecerla cuando les dijo que se apartasen. Estaba como clavada en el suelo, hipnotizada. Percibía el blando golpeteo de la nieve en la ventana, el silencio. Puedo manejarle, pensó, y las palabras, como agua helada, pasaron despacio por su mente. Pero, ¿podré manejarme yo misma?

CAPÍTULO IV

—Sencillamente, prefiero no comer solo.

El sonido de su voz, fría, impasible, la volvió a la realidad. La habitación cobró de nuevo vida, con los confortables chasquidos del carbón en la parrilla y las oscilaciones de la luz en los paneles de las paredes. Corrie sintió que su aliento se escapaba en un largo suspiro de alivio. ¿Qué le había pasado? Se había sentido extraña, casi desmayada. Pero ya había pasado. Debía de haber sido el hambre.

—¿Qué hay para cenar?

—Lo que usted quiera.

Volvía a ser el de antes, cortés, remoto, ligeramente aburrido. Ella sabía que sus palabras no eran jactanciosas. El Savoy se enorgullecía de servir a sus clientes cualquier cosa que pidiesen, a cualquier hora del día o de la noche. Caviar de esturión blanco para el desayuno, champaña a la hora del té, langosta al amanecer: las cosas más exquisitas del mundo estaban a su alcance. Ahora tenía la dorada oportunidad de resarcirse de todos los años de comidas grises institucionales, de pedir algo extraño y maravilloso y terriblemente caro, cualquiera de los platos exóticos que había visto subir a las habitaciones, humeantes y aromáticos bajo las tapaderas de plata.

Pero, cosa extraña, ahora que había llegado el momento, no podía decidirse.

—¿Qué va usted a comer?

Era una tonta argucia de mujer, una patética evasión, y se sintió inmediatamente avergonzada.

—Lo mismo que usted.

Sus ojos tenían un brillo malicioso. Estaba jugando con ella, probándola, esperando que revelase ignorancia o debilidad. El desafío le devolvió su aplomo mental.

—En tal caso, dejaré de tratar de impresionarle y tomaré lo que me apetece.

—¿Y será...?

Ella cerró los ojos, recordando las noches perfumadas y alumbradas por la luna de su infancia. Sí, ya tenía el menú, el banquete perfecto para todas las estaciones. En tono vivo y confiado, como una madre de familia repasando la lista de la compra, empezó a recitar:

—Dos panecillos franceses. Dos tabletas de chocolate amargo, suizo, con un mínimo del cincuenta por ciento de cacao. Una libra de albaricoques tiernos. Un plato de aceitunas.

Se hizo un breve silencio. Corrie abrió los ojos. Él se estaba esforzando en conservar su máscara impasible.

—¿Negras? —preguntó, con voz deliberadamente indiferente.

—¿Qué?

—Las aceitunas.

—No. Verdes.

Sonrió desafiadoramente.

—¿Y para beber?

—¡Oh! —Ella y su madre habían bebido siempre agua Perrier, imaginándose que era champaña. Ésta era su gran oportunidad para beber al fin champaña de verdad—. Un magnum de Mollinger '75 no estaría mal.

A los pocos minutos, el camarero del piso trajo el encargo en un carrito de plata. Dos panecillos dorados envueltos en una servilleta de lino, dos tabletas de chocolate, pequeños y relucientes albaricoques en un cuenco de plata, un bote de aceitunas y champaña en un cubo con hielo.

El anfitrión contempló los manjares, poniendo una cara que era un magnífico estudio de emociones conflictivas.

—Espero que le guste el chocolate. A la mayoría de la gente le encanta.

—Hace tiempo que no lo he comido. No estoy muy seguro.

Corrie meneó la cabeza con aire compasivo. El hombre estaba confuso, esto era indudable. Pero el banquete era en honor de ella y estaba resuelta a disfrutarlo. Era lo menos que podía pedir. Tomó una de las servilletas y la extendió en el suelo alfombrado.

—Monsieur de Chardonnet... —Señaló la servilleta con ademán ceremonioso—. Permita que le muestre la manera correcta de comer pan con chocolate. Mire: se rompe un pedazo de pan, así, y un trozo de chocolate, así; se coloca el segundo encima del primero, y se come. —Masticó con entusiasmo—. ¡Hum! No hay nada mejor.

La mezcla de pan y chocolate era deliciosa, casi pecaminosa. La piel de los albaricoques producía una ligera impresión sensual. Estaba casi segura de que, si cerraba los ojos, oiría los cencerros de las cabras en la perfumada falda de una colina, olería el tomillo y la mejorana y la menta silvestre. Tendió un pedazo al hombre, desafiándole con la mirada. Él lo mordió. Disimuló un débil atisbo de admiración. Comía bien, como un francés, resueltamente. Quizá no era un caso perdido, a fin de cuentas.

Al levantar ella los ojos, vio que la estaba mirando entre los párpados entornados, con expresión indescifrable.

—Es usted una joven extraña, miss Modena.

—Si usted lo dice... Es una suerte para usted que no sea rubia. Podría no recobrarse nunca.

Le satisfizo ver una chispa de sorpresa en aquellos ojos inexpresivos. Había despertado su interés. Disimulando su triunfo, siguió consumiendo serenamente los albaricoques, interrumpiéndose solamente para decir a su anfitrión que tenía chocolate en la pechera de su camisa. Él se defendió descorchando la botella de champaña.

Corrie bebió la copa de un trago.

—Está muy bueno.

—Supongo que sí.

El hombre abrió más los ojos al apurar ella la segunda copa. Un sabor más a añadir a las deliciosas emociones gustativas de su lengua. La dulzura del chocolate, la acidez de los albaricoques, la suave salobridad de las aceitunas.

—Dígame... —Estaba visiblemente intrigado—. ¿Cómo se le ocurrió componer esta comida?

—Es muy fácil. —Hizo un amplio ademán con la mano que sostenía la copa—. Se hace como si se tratase de una ópera. Se prescinde de todo lo que es fastidioso, se toma el resto y se mezcla. No puede fallar.

—Esto parece filosofía. —Su tono era ahora seco—. ¿No se le indigesta nunca?

—No. No creo en la indigestión. —Siguió comiendo con regocijo, alternando las aceitunas con los albaricoques y bebiendo champaña con desenfrenado abandono. Empezaba a divertirse—. ¿Qué habría pedido usted?

—No lo sé. Supongo que algo ligero. Sopa, una tortilla. Y vodka.

—Me lo imaginaba. —Asintió sabiamente con la cabeza—. Estaba segura de que no le gustaba la ópera.

Él arqueó las cejas. Estaba claro que no sabía si debía mostrarse divertido u ofendido. Pero a ella no le importaba lo que sintiese él ahora, con tal de lograr retener su atención.

—Llegó tarde.

Sacudió la cabeza con gesto de reproche.

—Cierto. —Él se encogió de hombros y la chispa de interés se apagó en sus ojos—. Soy un hombre muy ocupado.

—¿Demasiado ocupado para vivir?

Su voz era dulce, pero sus palabras dieron en el blanco. Él levantó la cabeza y frunció los párpados.

—Yo no he dicho esto.

Ahora hablaba fríamente; la irritación daba un filo cortante a su voz.

—Tome otra aceituna.

Tal como había esperado, el brusco cambio de tema desconcertó al hombre.

—¿Qué? No, gracias.

—¿Lo ve? —Corrie se permitió una ligera sonrisa de triunfo—. Esto demuestra que no está realmente vivo. Sólo ha comido una aceituna. —Le dirigió una mirada compasiva—. No puede contentarse con una sola aceituna y estar realmente vivo.

—¿De veras? —dijo él, arrastrando las sílabas con sarcasmo.

Pero ella no le hizo caso.

—Y hay algo más, que demuestra mi punto de vista de un modo concluyente.

—¿Qué puede ser?

La pregunta era sedosamente suave, pero ella sabía que había tocado un punto sensible.

—No ha llorado.

—No sea ridícula. —Lanzó una risa breve—. Los hombres mayores no lloran.

—Pues deberían hacerlo —dijo ella, en tono autoritario—. Antes lo hacían continuamente. Walter Raleigh lloraba; todos lloraban. —Bajó la mirada sobre los restos de su banquete. Advirtió por primera vez que le daba vueltas la cabeza, que su visión era un poco turbia. El champaña. Quizás había bebido demasiado, o demasiado aprisa... "Mi pequeña amiga impaciente", la había llamado Arlequín. Tenía la impresión de que éste no aprobaría del todo lo que estaba haciendo ahora, por muy importante que fuese la causa. Y, de pronto, sintió una profunda e invencible tristeza que nada tenía que ver con el champaña—. La gente solía hacer muchas cosas que ahora ya no se hacen.— Hablaba suavemente, como consigo misma, casi sin ver al hombre sentado delante de ella—. Cantar a grandes voces. Bailar en la calle. Hablar a los desconocidos. —Le miró de nuevo—. Por esto tiene que gustar la ópera. Toda ella es canto y baile y hablar con desconocidos.

—¿Debo entender que es usted una experta? —Su tono era tan seco como el champaña de cava. Era inútil tratar de alcanzarle—. Su teoría está muy bien, mi querida señorita, pero hay óperas y óperas. Si supiese algo de este género, se habría dado cuenta de que la función de esta noche no era digna de tanto entusiasmo.

—¿Qué quiere usted decir?

Él se encogió de hombros.

—Simplemente que, tal como se hacen hoy las representaciones, era de una calidad mediocre. Nada memorable. Si hubiese visto tantos *Pagliacci* como yo...

—¡Tal vez ha visto demasiados!

Las palabras de él la habían sacado de su ensueño, aclarado su cabeza como un chorro de agua fría. Había estado a punto de flaquear, de tratarle como a otro ser humano, como a un extraño como ella misma. Ahora se alegró de no haberlo hecho.

Él inclinó cortésmente la cabeza.

—Tal vez ha comido demasiadas aceitunas.

Por un momento, le faltaron a Corrie las palabras. Bajó los ojos, para evitar aquella mirada burlona, insoportable. Él le había devuelto la pelota. Pero aún no la había vencido. Levantó la cabeza, abiertos los ojos, torcida la boca en una sonrisa engañosamente inocente.

—Sin embargo, he disfrutado con las dos cosas..., con *I Pagliacci* y con las aceitunas. ¿No quisiera usted poder decir lo mismo?

—Es un privilegio suyo. —Su voz era cortante—. El privilegio, si puedo expresarme así, de su juventud y de su inexperiencia.

—Comprendo. —Inclinó la cabeza a un lado y le dirigió una mirada seria e inquisitiva—. ¿Cree usted, monsieur de Chardonnet, que si pusiera en ello mucho, mucho empeño, conseguiría aprender a no disfrutar con nada?

Vio por las contracciones del músculo de su mandíbula inferior que había dado en el blanco.

—Al menos debería aprender a distinguir entre la mediocridad y lo realmente excelente.

Estaba claro que se esforzaba en conservar el buen humor.

—Usted es un perfeccionista, monsieur de Chardonnet.

Él inclinó la cabeza.

—La discriminación no es un delito, miss Modena.

—¿No? Entonces, tal vez quisiera hacerme partícipe de las ventajas de su experiencia. —Su expresión era de puro candor; su mirada era límpida—. ¿Qué busca usted exactamente en una ópera, monsieur de Chardonnet?

Él la miró con recelo.

—Busco equilibrio, control, discernimiento. Un término medio entre los extremos. Algo que trascienda la vida, que toque la eternidad. Algo que tenga un valor duradero.

—Ya está. ¡Lo sabía! —Recalcó sus meditadas palabras con un aire gatuno de triunfo—. La música no dura. Uno no puede agarrarse a ella. Durante un momento, está aquí; después, se va para siempre. Y en una ópera no hay equilibrio, ni control, ni discernimiento. Sólo trata de amor y de muerte, de fidelidad y de los hijos. —Se puso súbitamente en pie, agarró el jarrón de narcisos blancos de encima de la mesa—. ¿Lo ve? Mire estas flores. Supongo que pensará que son hermosas. Pues no lo son. No son nada. Están muertas. Sólo parece que están vivas. ¡Oh!, durarán, mucho más de lo que durarían si estuviesen en el campo. Aquí se mantendrán a una temperatura uniforme de veintiocho grados, les cambiarán el agua cada mañana y cada noche, y durarán. Pero no es más que una simulación, una especie de estafa. No son lo que deben ser las flores. Probablemente no han estado nunca al aire libre. Mire: todas tienen el mismo tamaño, el mismo color. No son bellas; sólo son convenientes. —Dejó el jarrón con tal fuerza que se desparramó agua sobre la mesa—. ¡Son tan endiabladamente perfectas que igual podrían estar hechas de plástico! —Arrancó una flor del jarrón, la partió cruelmente por la mitad y la arrojó al suelo—. Apuesto a que es así como le gustan las óperas. Tan perfectas que no le recuerdan en absoluto la vida real. —Pisoteó rabiosamente la flor con el tacón de su sandalia—. Bueno, yo pienso de otra manera. Prefiero sentir algo, lo que sea, en vez de no sentir nada en absoluto.

El silencio se prolongó. Corrie se dio cuenta de que respiraba fuerte, de que su cara estaba colorada. Pero él parecía inconmovible. Sólo sus ojos brillaron un poco, al detenerse en la boca de ella por un turbador instante.

—Es usted una idealista, miss Modena. No tiene disciplina.

—Y usted no tiene fe —dijo ella, en tono desdeñoso, tratando de disimular los latidos desiguales de su corazón.

Él sonrió; una sonrisa tenue, agria.

—Me pregunto cuánto tiempo sobrevivirían el Covent Garden y los teatros de ópera con la sola ayuda de la fe. Usted ha dicho que no me gusta la ópera. Pero se da el caso de que, sin el considerable apoyo financiero de personas como yo y otros mecenas ricos, no habría óperas para que disfrutasen con ellas... los idealistas como usted.

—¡Dinero!

Escupió la palabra con veneno. Ahora habían tocado al fin lo único que realmente le interesaba a él, el único valor al que prestaba atención. ¡Oh, cuánto odiaba ella el dinero y su insidioso poder! Había sido el dinero lo que había separado a su madre de Antonio, había sido el dinero lo que la había encerrado a ella en un mundo frío y extraño, cuando habría podido estar corriendo descalza sobre la arena. El dinero triunfaba siempre. El dinero pertenecía al mundo subterráneo, pero tendía sus negros tentáculos de sombra bajo la luz del sol, matando todo lo que tocaban.

—Dinero. —Puso todo el desprecio de que era capaz en esta palabra—. Siempre la misma historia. Las personas como usted piensan que, en definitiva, todo se reduce al dinero. Pero no es verdad. La música no puede comprarse ni venderse. ¡Ni siquiera usted puede adueñarse de una música!

—Sí que puedo. Y también usted..., si se aviene a comprar una entrada.

Su burlona alusión hizo que ella se pusiese colorada.

—Supongo que esto incluye también a las personas —dijo, en tono despectivo.

—Sí; las personas pueden ser compradas y poseídas. —Por fin le había provocado. La amargura ponía un fuego frío en su voz—. Usted debería saberlo.

—¿Qué quiere decir?

Él se encogió de hombros.
—Estoy cansado de este juego. Usted ha pensado que era adecuado hablar lisa y llanamente; ahora me toca a mí. Dudo mucho, miss Modena, de que sea tan independiente como parece ser. Sospecho que tanto el vestido que lleva como sus habitaciones aquí, en el Savoy, le han sido facilitados y han sido pagados por otra persona.
—¿Qué?
Sintió que su rostro se ponía escarlata. Él la atajó:
—No hace falta que proteste. Yo soy un hombre de mundo. No tengo objeciones que oponer a una mujer como usted. En Francia, ser amiga de un hombre rico es una carrera perfectamente respetable. Y perfectamente razonable, para tal mujer, tratar de cambiar su posición por otra mejor.
Corrie se quedó sin habla. Él sonrió, claramente regocijado por su desconcierto.
—No soy tonto, miss Modena. Desde el primer momento vi claramente que se había lanzado a la calle en busca de un nuevo protector. ¿Por qué, sino, habría estado en mi palco? ¿Por qué se habría mostrado tan reacia a que la acompañase a su casa?
Con un esfuerzo, dominó ella su furiosa indignación.
—¿No se le ocurrió pensar, monsieur de Chardonnet, que podía estar allí sólo para escuchar la música?
Él suspiró y la miró lentamente de arriba a abajo, a través de sus párpados entornados.
—Francamente, no, querida. —Su voz tenía un tono insoportable de condescendencia—. Pero no se lo censuro. Usted lo hizo lo mejor que pudo. Pero, sencillamente, se dio el caso de que eligió como presa a un hombre que ha sido perseguido muchas veces por mujeres de su clase. Y ahora, lamento tener que poner fin a... nuestra discusión musical, aunque he disfrutado mucho con ella. Es tarde, y tengo muchas cosas que hacer antes de marcharme.
Hubo una larga pausa. Guy observó la cara de la joven. Estaba claro que ésta pensaba intensamente. Por fin, levantó la cabeza.
—Entonces, ¿debo entender que la respuesta es no?
Él sacudió la cabeza con aire tolerante.
—Por muy difícil que sea rechazar a una dama, temo que debo rehusar la invitación.
Al principio, ella le había intrigado con sus protestas, con su comportamiento inesperado, pero ahora se alegraba de que se hubiese mostrado tan combativa. Sería un grave error enredarse con una chica semejante, a pesar de su curioso encanto. Ella le había provocado más de lo que había imaginado, pero no tardaría en olvidarla.
—¿Y no puedo hacer nada para que cambie de opinión? —dijo ella, observándole entre los párpados fruncidos.
—Temo que no.

—Ya veo.

Se levantó despacio, alisándose la falda. Su piel era extrañamente luminosa bajo la luz dorada. Él sintió un débil espasmo de pesar, pero lo dominó en seguida y se puso cortésmente en pie para ayudarla. Ella se apoyó en su brazo y pasó cuidadosamente sobre los restos del festín que les separaban. Le miró, ligeramente inclinada la cabeza a un lado, indescifrables los ojos. Se tambaleó un poco junto a él. Él advirtió que olía deliciosamente a chocolate.

—Miss Modena... —Contuvo un fugaz e inoportuno impulso de atraerla hacia sí—. Es tarde. Y pienso que ha bebido demasiado.

—No, no lo crea. Nada es demasiado.

Se acercó más a él y, suavemente, tentativamente, le besó en los labios.

—Bueno, monsieur de Chardonnet... —Se echó atrás—. ¿Cuánto valía esto?

Por primera vez, él la miró como a una igual.

—Miss Modena, ¿qué es exactamente lo que quiere?

Ella sonrió a su vez; una sonrisa amplia, de tigresa.

—Es muy sencillo, monsieur de Chardonnet. Todo. El mundo. El paraíso. Y más.

—El paraíso cuesta dinero.

—Desde luego. Pretendo hacerme rica.

La sonrisa de él se acentuó.

—¿De veras, miss Modena?

Otra pausa. Él la observaba como un halcón. Ella le estaba mostrando ahora su verdadero yo, un yo al que reconocía como una imagen en un espejo. Su protesta de desprecio del dinero había sido meramente... profesional. Ahora había dejado a un lado unos velos de ilusión que eran ya inútiles. Quizás, a fin de cuentas, podría hacerse algo. El calor de sus labios había despertado en él algo más de lo que estaba dispuesto a confesar.

—Dígame, monsieur de Chardonnet... —Su voz era suave, con una turbadora calidad sedosa que él no había advertido antes. Parecía capaz de cambiar su tono a voluntad, de claro a oscuro y viceversa, captando la luz y disimulándola. Sería muy agradable oír con frecuencia aquella voz, tenerla a su disposición—. Dígame, monsieur de Chardonnet, ¿es usted rico?

—Bastante.

Sí, ahora la comprendía. Ahora pisaba un terreno conocido, el complejo juego entre los sexos, tan sutil y en definitiva fatal como un combate de esgrima.

—¿Muy rico?

Su voz le estaba diciendo otras cosas; era una voz prometedora, insinuante.

—Sí.

—¿Con perspectivas de serlo aún más?

Él sonrió de nuevo.

—Sí. No se anda usted por las ramas, miss Modena.

—Hay que pensar en el futuro, monsieur de Chardonnet.

—El futuro. Desde luego. —La atrajo hacia sí. No hubiese podido decir exactamente por qué había cambiado de opinión. Quizá porque había reconocido en ella a alguien como él mismo, quizá por aquella voz sedosa junto a su oído, quizá, simplemente, por un propio y caprichoso impulso—. Dígame, miss Modena, que le parece esto: una casa en París, un coche de propiedad, vestidos y todo lo demás acostumbrado. Y una pensión generosa.

—¿Por cuánto tiempo?

La voz de ella era dulzona, y sus ojos, penetrantes.

Él se encogió de hombros.

—Por el tiempo en que los dos... lo pasásemos bien en compañía. Estoy seguro de que podríamos entendernos.

—Así lo creo yo también. —Le miró francamente—. Con tal de que no hablemos de matrimonio. Tengo otras muchas cosas que hacer.

Le había quitado las palabras de la boca. Tanto mejor.

—Entonces, ¿trato hecho? —dijo él, reteniéndola con los brazos estirados.

—Sólo una cosa más. —Corrie frunció los párpados—. ¿Por qué quiere tenerme como amante? Apenas me conoce.

—Si la conociese, difícilmente me interesaría. Es usted una niña malcriada, egoísta y sentimental.

—El género ideal para una amante, ¿no?

—Creo que sí.

—¿Aunque no sea rubia?

Su sonrisa era provocadora. Él sonrió. Su caprichoso impulso podía tener recompensas inesperadas.

—¿Quién necesita la perfección?

Inclinó la cabeza y, con una mano en la espalda de ella, debajo de la cintura, la atrajo irresistiblemente hacia sí.

Corrie sintió aquella excitante presión y se echó atrás, para enfrentarse con aquellos ojos pálidos y grises como el hielo, tan próximos a los suyos.

—¿Y no se romperá su corazón cuando le abandone?

—Claro que no. Los dos somos adultos.

La atrajo de nuevo, pero ella se desprendió limpiamente de sus brazos.

—Esto lo dirá por usted.

En un santiamén, agarró su bolso y se dirigió a la puerta. En el umbral se volvió de cara a él.

—Monsieur de Chardonnet... —Hablaba claramente, saboreando sus palabras, saboreando su venganza, saboreando la sorpresa y el enojo creciente que se pintaba en el semblante del hombre—. Por muy rico que sea, no creo que pueda darse el lujo de tenerme.

Giró sobre sus talones, con un revoloteo de su falda negra, y cerró la puerta de golpe.

Y esto es todo, se dijo Corrie diez minutos más tarde, mientras se metía, satisfecha, en su cama de las dependencias de la servidumbre. Por lo que vio en la cara de Guy de Chardonnet al cerrar la puerta, le pareció poco probable que la idea de denunciar a una doncella indiscreta ocupase el primer lugar en su mente... En cuanto a ella, había cumplido su misión, había vengado su honor. No perdió más tiempo pensando en su derrotado enemigo. Sólo les separaban unos pocos pisos, pero vivían en mundos, en universos, en galaxias diferentes. Cuando se despertase, él se habría marchado, llevándose recuerdos de su estancia en Inglaterra que estaba segura de que no olvidaría fácilmente. Cerró los ojos con enorme satisfacción y se sumió en el sueño de los justos.

Cuando se despertó, la luz que se filtraba por las finas cortinas le dijo que era ya pleno día. Iba a levantarse, pero lo pensó mejor. Era su día libre y disfrutaría del descanso. Se arrebujó en la sábana. Sus sueños no la habían abandonado del todo. Había estado flotando en un mar de miel, y le parecía estar oliendo todavía el dulce aroma. Respiró hondo, esperando que se desvaneciese. Pero no fue así. La fragancia estaba en todas partes, densa, misteriosa, con un húmedo matiz silvestre que le resultaba extrañamente familiar.

Lentamente, abrió los ojos. A la débil luz de las ventanas veladas, vio que su pequeña habitación estaba llena, atestada, de ramos de jacintos blancos. Se sentó en la cama, apartó la sábana y se frotó los ojos. No estaba soñando. Debía haber un centenar de flores, cargando el aire con su penetrante aroma. Blanco sobre blanco: blanco cremoso, blanco de yeso, blanco rosado, blanco de lirio. Yacía sobre un macizo de flores, como Julieta en su féretro. Estiró una mano. Eran de verdad.

Era demasiado. Sólo el Savoy, tan sensible a los menores caprichos de un cliente, podía haber introducido un jardín en su habitación mientras dormía. De pronto, sintió sofocación. Corrió a la ventana y la abrió de par en par, dejando entrar, con alivio, una ráfaga del aire holliniento de Londres. A la luz gris, vio que había una tarjeta blanca apoyada en uno de los jarros. "Corrie", se leía en ella. Y, en el reverso, unas frases en firmes caracteres negros:"*No,* no es una respuesta. Sólo es una dilación."

Esto la enfureció. ¿Por qué había tenido que enviarle flores? No tenía derecho. ¿Acaso no le había hablado ella lo bastante claro? ¿Se estaba burlando de ella, quería probarla, o era tan insensible, tan insufriblemente vanidoso que pensaba que su rechazo no era más que un truco? Fuesen cuales fueren sus motivos, el juego galante no le serviría de nada. No quería saber nada de él ni de sus flores.

Pasó el resto del día repartiendo los jacintos entre el personal. Por la tarde, afortunadamente, sólo le quedaban unos pocos. Al volver a su habitación, terminado su trabajo, encontró una nota diciéndole que se presentase inmediatamente en el despacho de la señora superintendente. Ésta le comunicó, con muestras de pesar pero en tono firme, que quedaba despedida y debería abandonar el servicio dentro de un mes.

Era un duro golpe. Por lo visto, y a pesar de todos sus esfuerzos, Guy de Chardonnet debía haber tenido tiempo de denunciarla. Pero aún tenía una oportunidad: sólo era la palabra de él contra la de ella. Se apercibió para el combate.

—No cogí nada, señora.

Pero la respuesta de la superintendente le quitó toda esperanza.

—Nadie la ha acusado de ladrona, miss Modena. Su... falta es mucho más grave. —La cara de la señora superintendente era un estudio de contrariedad mezclada con desaprobación—. Ha quebrantado una regla no escrita del Savoy. Ha... tenido relación con un cliente.

Corrie se quedó pasmada. ¿Cómo diablos habían descubierto su escapada de la noche pasada? La señora seperintendente apretó los labios en una fina línea.

—La floristería, miss Modena. Siento decirle que será inútil que lo niegue. Consta escrito en el registro.

¡Los malditos jacintos! Furiosa por igual contra ella misma y contra Guy de Chardonnet. Corrie volvió a su habitación. Olía como la propia floristería. El aroma lo había impregnado todo: su ropa, sus cabellos, incluso las ideas que bullían en su cabeza. Y había estado tan satisfecha consigo misma... Desaforadamente, cortó las últimas flores y las arrojó en el sumidero, recordando con una punzada de vergüenza su pomposo discursito a Guy de Chardonnet. Sin duda él había tomado nota de lo que había dicho sobre cortar flores. Sin duda se había creído muy listo. No debía de haber sido fácil encontrar tantos ramos de jacintos en tan poco tiempo. Pero esto sólo demostraba el abismo que había entre los dos. Los capullos de invernadero estaban tan lejos de las flores silvestres como lo estaba ella del paraíso.

Puso los jarros vacios en el fondo del armario ropero. Para alivio suyo, lo último que quedaba del perfume se había desvanecido al terminar aquel día aciago, y podría olvidar para siempre a Guy de Chardonnet.

O así se lo imaginaba. A la mañana siguiente, en una atmósfera de glacial desaprobación, un paquete cuidadosamente envuelto fue llevado a su habitación. Esta vez, no había ninguna nota. Al desdoblar el plateado tejido que lo envolvía, apareció un enorme frasco del perfume favorito de su madre, Fuite des Heures. Sostuvo el frasco entre las manos, repelida y fascinada al mismo tiempo. ¿Cómo lo había adivinado él? ¿Cuántas otras ideas habían surgido de su mente, haciéndose visibles? Pero más notable aún era que él había tenido que encargar especialmente este perfume, porque Corrie sabía que no se producía comercialmente desde hacía años. Levantó el tapón de cristal, artísticamente tallado en la forma de un pájaro en pleno vuelo, y olió críticamente el perfume. Sí, era ciertamente Fuite des Heures. Dejó la botella con tanto cuidado como si hubiese estado llena hasta el borde de ácido nítrico.

Dos días mas tarde, precisamente cuando pensaba que iba a recobrarse, recibió una caja larga y plana, envuelta en satén negro. Al abrirla, apareció una deslumbrante galaxia de bombones de chocolate, chocolate amargo, suave, negro y brillante. Sólo con mirarlos podía casi sentir el delicado crujido de sus cubiertas glaseadas sobre la lengua, casi gustar su relleno de trufas, de almendras picadas, de cerezas con brandy, de turrón cremoso, de licor de melocotón... Como en el caso del perfume, no había ninguna nota, ni la dirección del remitente. No había derecho. Con semblante severo, los repartió entre las otras doncellas, obligándose a observar cómo los comían sólo a medias, porque preferían los bombones ingleses más suaves. Y es que ella no podía, no quería comer ninguno. De haberlo hecho, le habría parecido, oscuramente, que estaba en deuda con él. No quería sostener ninguna relación con él, ni siquiera desde lejos. Pero no era justo.

Los regalos siguieron llegando con precisión cronométrica. Perdió la cuenta. Un pequeño y perfecto árbol Bonsai, un blanco almendro florido y fuertemente perfumado. Más flores, siempre blancas. Más chocolates, siempre negros. Una cesta de melocotones de invernadero con una red de plata. Un delicado pulverizador de cristal para el perfume, también en forma de pájaro volando. Confites de violeta sobre un fondo de terciopelo blanco. Un panal en su propia caja de madera. Uvas blancas moscatel, todavía con su capa de polvo, y unas pequeñas tijeras de plata. Más bombones...

Desesperada, escribió a Arlequín:

Pensé que lo estaba haciendo muy bien..., pero ahora temo que todo se ha estropeado. He perdido mi empleo; no ha sido por mi culpa, te lo prometo; al menos, no del todo. Y ahora soy perseguida por un hombre que realmente me disgusta. Pero parece que no puedo librarme de él. No sé..., el mundo parece ser mucho más complicado de lo que pensaba. Lo único que quiero es seguir viviendo mi vida. Le he dicho que me deje en paz, pero no quiere. ¿Qué debo hacer?

La respuesta llegó con toda la rapidez que ella hubiese podido desear, con sello de urgencia y retransmitida por un mensajero especial desde el despacho de Mr. Whitaker. *"Tú sabes lo que quieres,* chère *Colombina. No dejes que nadie, y menos tu anónimo admirador, te haga perder el tiempo. Te quiere, Arlequín."*

Fue como si le hubiesen quitado un peso de los hombros. Él no preguntaba, no condenaba ni criticaba. Estaba de su parte. Corrie cambió su turno, trabajando por la mañana y por la tarde para poder ir cada noche a la ópera. Recordando las consecuencias de su primera visita, se vestía con sencillez, no hablaba con nadie, se sentaba en el paraíso y concentraba la atención en su partitura. Era una existencia extraña, de puertas adentro, alternando entre el Savoy y el Covent Garden y viendo a duras penas la luz del sol; pero era plenamente satisfactoria. En cuanto a Guy de Chardonnet..., una palabra al criado del piso y el torrente de obsequios no deseados fue desviado hacia manos más agradecidas.

Dos semanas más tarde, un telegrama cruzó sus bien montadas defensas. Lo abrió, pensando que sería de Arlequín. Era breve y concreto.

"15 mayo 7 tarde. Belvedere, Balenciaga." Firmaba, simplemente, Guy.

Lo rasgó en pequeños fragmentos, pero después volvió a juntarlos. Se sentía halagada, ofendida y trastornada al mismo tiempo. Realmente, tenía que haber causado una impresión. Irónicamente, el 15 de mayo terminaba el plazo de un mes de su despido. Después de esto, su estilo de vida cambiaría bruscamente y para empeorar. Probablemente, era ésta la última oportunidad que tendría en mucho tiempo de disfrutar de una buena comida. Enojada consigo misma, resistió la tentación y tiró los pedacitos de papel.

El día siguiente, recibió otro telegrama. Decía simplemente: "Pavos reales, ostras, paraíso." No estaba firmado.

Aquella noche soñó en pavos reales y en ostras, y se despertó sin haber descansado. Hizo su trabajo como aturdida. Por la noche, en la ópera, no pudo concentrarse. Escribió a Arlequín y esperó ansiosamente la respuesta.

"Mi querida Colombina... He reflexionado mucho sobre tu problema, y no creo estar en condiciones de aconsejarte. Deduzco de tu carta que, a pesar de ti misma, deseas ver de nuevo a ese hombre, para convencerte de que no significa nada para ti. Si es así, nada de lo que yo te dijese podría impedírtelo. Pienso que quizá te estás haciendo mayor, mi Colombina, y que éste no es un proceso que puede detenerse fácilmente. ¿Te he defraudado?

Ella le respondió inmediatamente: *"No, no me has defraudado. Me basta con saber que me comprendes."*

En la mañana del 15 de mayo, tomó al fin su resolución. Arlequín tenía razón. Tenía que demostrarse que, incluso en una hora amarga, sin empleo, con muy poco dinero y aún menos perspectivas de lograr su ambición, ni los pavos reales ni las ostras podían hacerla cambiar de idea. Sería pura cobardía evitar el enfrentamiento.

Porque, ciertamente, sería un enfrentamiento. Había aprovechado la ausencia de la supervisora del piso para deslizarse en su oficina y consultar la sección de referencias, donde aparecían registradas las circunstancias de todos los clientes regulares del Savoy. De la ficha blanca que contenía detalles de las preferencias de Guy de Chardonnet en comida, bebida, flores y decoración, se desprendía claramente que era un hombre muy rico. Tenía intereses comerciales en toda Europa: casas, tierras, industria ligera, fábricas de productos químicos. Incluso había un banco Chardonnet, con sede en Ginebra. Corrie se sintió mareada al pensar que un solo hombre podía tener tanto dinero y tanto poder. Pero, ¿qué haría con ello? Simplemente, lo derrocharía..., en mujeres y hoteles caros y funciones de ópera que ni siquiera le gustaban...

Pero, esta vez, su enfrentamiento sería en las condiciones impuestas por ella. Se preparó minuciosamente. Compró un par de zapatos de tacones bajos y convenció a uno de los criados para que le lavase el Balenciaga. Tenía que pulir su armadura... Al vestirse aquella noche, advirtió la diferencia que se había producido en ella. En sólo dos semanas, ella y el Balenciaga se habían acercado; el vestido se adaptaba a su cuerpo como una segunda piel. Ahora podía dar casi por garantizados su belleza y su poder.

Al llevarla rápidamente el taxi por las calles hacia el lugar de su cita, se dio cuenta, con asombro, de que los árboles eran verdes y frondosos. Había estado tan sumida en sus propias preocupaciones, que no había advertido la llegada de la primavera a la ciudad. Era un día de mayo, uno de esos mágicos días tardíos de primavera que pueden ser más veraniegos que en pleno verano, cálidos y luminosos y llenos de promesas imposibles.

El taxi subió por un largo paseo y se detuvo. Ella miró, sorprendida, al exterior. Estaba rodeada de árboles cuyas hojas apenas se movían en el aire tibio y tranquilo. Delante de ella, la luz que brotaba de las blancas ventanas arqueadas se fundía en la tarde estival.

—El Belvedere, señora.

Se apeó ante lo que parecía la mansión de un señor rural del siglo dieciocho. A través de unos delicados arcos de ladrillos, percibió un elegante y adornado jardín, con senderos empedrados discurriendo entre macizos de flores flanqueados de setos de boj y de matas de espliego. En los arcos se entrelazaban wisterias, lilas que perfumaban el aire y delicados zarcillos de pasionarias. Debajo de un campanario con tejas de pizarra y una veleta de hierro forjado, abríanse unos altos balcones con arcos que daban sobre grandes macizos llenos de rosales.

Corrie entró, sintiéndose inmediatamente como en su casa. Aquello era un escenario que hubiérase dicho montado por su propia imaginación. Altos espejos centelleaban, reflejando graciosos sillones blancos de bambú, baldosas de terracota, jardineras de mármol llenas de laureles en miniatura, mesas octogonales con manteles de lino dorado, pequeñas lámparas de bronce en las paredes, una galería de vidriera emplomada.

—¿Miss Modena? —Un camarero vestido de negro se había colocado inmediatamente a su lado—. Monsieur de Chardonnet le ruega que acepte esto con sus saludos y su disculpa.

Era una orquídea, exótica y cremosa, con lunares de un color malva que no podía ser más pálido.

—¿No está aquí?

Por un traidor instante se sintió defraudada. Él no vendría. Toda su jactancia había sido vana.

—Sólo se ha retrasado un poco. —El camarero sonrió cortésmente—. ¿Tiene la bondad de venir por aquí?

Corrie le siguió por la escalinata de blancas barandas hasta la galería, donde estaba preparada una mesa para dos junto a la ventana. Se prendió la orquídea en el vestido, observando en el espejo que le sentaba perfectamente. Monsieur Guy de Chardonnet era un hombre profundamente irritante. Tenía que acordarse de decírselo.

El camarero le trajo una fuente de *crudités*, con los trocitos de verduras crudas cortados y enroscados en formas caprichosas. Ella los mordisqueó inquieta, tratando de no mirar el reloj de la pequeña torre de enfrente. Era imperdonable que él se retrasara de aquel modo. No había nadie más en el restaurante a una hora tan temprana, y esto hacía que se sintiese todavía más conspicua. Al cabo de cinco minutos, resolvió jugar su propio juego. Tomó unas rebanadas de pan, las envolvió en una servilleta y bajó la escalera de la galería, sonriendo alegremente al atento camarero.

—Si viene monsieur de Chardonnet —dijo, recalcando ligeramente el "si"—, tenga la bondad de decirle que estoy en el jardín.

Había allí un pequeño estanque circular con una clásica fuente de mármol en el centro. El agua goteaba sin ruido sobre la musgosa piedra y peces dorados nadaban perezosamente en el fondo. Macizos rectangulares de lirios de floración tardía, como una neblina azul y malva con ribetes de un negro aterciopelado, flanqueaban el estanque. Corrie paseó entre ellos, agradablemente consciente del aspecto que debía ofrecer con sus modestos zapatos de punta redonda y su brillante vestido. Esperó que Guy de Chardonnet tuviese unos momentos de duda al ver la mesa vacía. Lo tenía bien merecido. Rompió unos trocitos de pan y los arrojó al agua. Se los zampó un pato de plumaje casi tan iridiscente como el de ella.

Caminó despacio alrededor del estanque; su reflejo era una pálida sombra sobre el azul pálido del cielo, y su falda susurraba como la hierba en verano. El aire era ligero como una caricia sobre sus brazos y sus hombros desnudos. Sintió que empezaba a relajarse. Había estado demasiado tiempo encerrada, se había olvidado del verano. Incluso el pobre y pálido verano inglés poseía cierto grado de magia.

Entonces sintió que se erizaban los cabellos de su nuca. Instintivamente, se volvió a mirar la ventana que dominaba el jardín. La figura de un hombre totalmente vestido de blanco se perfilaba contra la luz del salón superior del restaurante. Se quedó petrificada. ¿Cuánto tiempo habría estado allí, observándola? Sus miradas se encontraron. También él estaba inmóvil. Se entabló una batalla de voluntades, silenciosa, interminable. Pero ella se mantuvo firme, negándose a moverse. Después de lo que pareció una eternidad, él se volvió. Ella se volvió también, mientras su corazón latía con fuerza al reprimir una pequeña sonrisa de triunfo. Había ganado una pequeña escaramuza preliminar; esto era todo. Se esforzó en permanecer tranquila, sacudió sobre el agua cristalina las últimas migas de pan de sus manos, dobló cuidadosamente la servilleta y la guardó en el bolso. Deliberadamente despreocupada, escuchó las pisadas de él sobre la hierba.

—Corrie. —Inmediatamente reconoció su voz, con su casual y arrogante claridad—. Bienvenida al Paraíso.

CAPÍTULO V

Ella se volvió, despacio. Él parecía diferente, más joven. Contra el blanco de su traje, su piel aparecía ligeramente tostada, con una lisura satinada que la turbaba. Sus cabellos, tocados por el sol tardío, tenían reflejos rojos. Sólo los ojos de un gris de hielo no habían cambiado. Corrie se sintió de pronto confusa. Quizás en estas pocas y cortas semanas, él se había rejuvenecido y ella había envejecido; tal vez se hacían mayores los dos juntos, como ella misma y el Balenciaga... Atajó la idea. No tenía sentido.

—No parece sorprendido —dijo bruscamente para disimular su confusión.

—¿Debería estarlo?

Le sonrió; una sonrisa perezosa, confiada, burlona.

—Podía no haber venido.

La sonrisa de él se acentuó, extendiéndose brevemente hasta sus ojos.

—Sabía que vendría. No podría resistirlo. Las ostras o los pavos reales tenían que persuadirla. Y la curiosidad. A todas las mujeres les gustan las mismas cosas.

—¿De veras? —dijo ella, con cierta aspereza. Ella no era y nunca sería como todas las mujeres—. ¿Cuáles son estas cosas?

Él sonrió de nuevo perezosamente y se encogió de hombros.

—La seda. París. Los cumplidos. Las sorpresas. —Le ofreció el brazo—. Además... —Su tono era amablemente casual—. Yo siempre consigo lo que quiero.

—¿Siempre?

Percibía con inquietud el calor de la piel del hombre a través del suave material de la manga.

—Casi siempre.

Él la acompañó ceremoniosamente hacia la mesa desde la que se dominaba el jardín. Ella se sentía extraña, como si estuviese soñando. El restaurante estaba todavía desierto; tenían todo el comedor de la galería para ellos. Y esto hacía que se sintiese irreal, fuera del tiempo, como si estuviesen ambos en un escenario, representando una comedia para un público invisible. Un camarero se materializó saliendo de entre bastidores. Ella advirtió por primera vez que no había menú.

Guy asintió con la cabeza en respuesta a la mirada interrogadora del camarero. Ninguno de los dos pronunció una palabra, el camarero desapareció silenciosamente, como un pez.

—Confío en que tendrá apetito.

Corrie sintió los ojos de él fijos en su semblante.

—Yo siempre tengo apetito.

—Lo sé. Lo recuerdo.

Sonrió. Ella sintió que el rubor coloreaba sus mejillas y se negó a reconocerlo. El pasado no significaba nada; podía superarlo.

—Y usted... —dijo con cierta aspereza—. ¿Llega siempre tarde?

—*Touché* —dijo suavemente él, pero sin dar explicaciones ni presentar disculpas.

Ella sintió una ligera punzada de admiración. Su desfachatez rivalizaba con la suya propia, aunque tenía más estilo.

El camarero reapareció con una gran bandeja sobre los brazos. Al dejarla cuidadosamente sobre la mesa, Corrie vio con asombro que estaba llena hasta los bordes de platitos cada uno de los cuales parecía contener sólo un bocado de comidas diferentes. Guy despidió al camarero con una señal de aprobación. Corrie contempló la mesa. Apenas si podía verse una pulgada cuadrada de mantel.

—¿Qué es eso?

Al levantar la cabeza vio que Guy la estaba observando con aquel inquietante matiz de ironía.

—Me dijo usted que quería de todo. Bueno, aquí está. Algo de cada plato del extenso menú del Belvedere. —Ella abrió mucho los ojos—. Todavía hay más, pero no habría cabido en la mesa. —Su sonrisa era claramente ingenua—. Coma si no quiere que se enfríe. —Le tendió una pequeña fuente de plata—. Le sugiero que empiece por las ostras ahumadas.

El inconfundible desafío de sus ojos era irresistible. Corrie resolvió al punto hacer justicia al banquete o morir en el intento. Mostraría a Guy lo que significaba tener hambre.

Enérgicamente, puso manos a la obra. Él observaba con creciente asombro cómo despachaba un plato tras otro, recogiendo hasta las últimas gotas de salsa con gatuna delicadeza. Sopa de langosta y consomé a la madrileña. Châteaubriand Printanier, suprema de lenguado, fondos de alcachofa, huevas de carpa, costillitas de cordero, escalope de ternera con mazanas y crema flameada en calvados, pastas de cangrejo adobadas con aceite de pistacho. Los platitos vacíos fueron retirados con presteza para ser llenados de nuevo con verduritas de primavera, patito con pimienta verde y salsa de brandy, fresas silvestres, melocotones con coñac, pollitos rellenos de raíces de hinojo, soufflé de gambas... Ella mezclaba desaforadamente lo dulce con lo picante, el pescado con las aves, la carne roja con la carne blanca. Era una cornucopia de delicias, una orgía romana. El borgoña blanco seguía al rojo, Nuits St. Georges venía detrás de Pouilly Fuisse, rematado todo ello con un arco iris de diferentes helados.

—¿De veras cree que ha tenido bastante?

Su tono era deliberadamente solícito, mientras ella empujaba a un lado el último plato de helado y se enjugaba los labios con la servilleta. Corrie asintió con la cabeza, pues se sentía tan llena que apenas podía hablar.

—Sí, creo que sí. —Observó que había quedado un pastelillo y se lo zampó con fruición—. De momento.

Él sacudió la cabeza con asombro burlón.

—Se pondrá enferma.

—Yo nunca estoy enferma. Digiero como un camello.

—Ya lo veo. ¿Cómo se las arregla?

—Es muy sencillo. Lo único que hay que hacer es mantenerse tiesa. —Respiró hondo—. Y hay algo más.

—¿Qué es ello?

La contemplaba con el mismo interés cortés que habría podido prestar a un camello de verdad en un parque zoológico.

—Motivación.

—¿Motivación?

Frunció el ceño, intrigado.

—Quizá no ha oído nunca hablar de ella. —Permitió que su tono adoptase un ligero acento sarcástico—. Se llama hambre.

—¿De veras? —Parecía impertérrito, sólo ligeramente curioso—. Me interesa usted, miss Modena. ¿Por qué una mujer de su posición... —y su mirada se posó perezosamente en los hombros desnudos— tiene que sufrir tal afrenta? Seguramente su protector no puede ser un ogro. ¿O acaso lo es? —su ojos brillaron zumbones—. ¿Es posible que prefiera las mujeres delgadas?

Corrie se irguió lo más que pudo sofocando con heroico esfuerzo la ira que le había causado el implícito insulto.

—Monsieur de Chardonnet. —Habló con dignidad propia de una viuda acongojada—. Ya no tengo protector.

—¡Oh! —Él pareció sorprendido, incluso disgustado. Ella apretó los dientes, disimulando su furor bajo los párpados modestamente entornados. Sin duda no podía él imaginarse que una joven pudiese vivir sin el apoyo y la protección de un hombre como él—. ¿Ya no está en el Savoy?

—Desde mañana, no.

Pensó en derramar una lágrima, pero resolvió no hacerlo. Estaba afligida, pero conservaba su valor.

—¿Por mi causa?

¡Qué desfachatez la de aquel hombre! No parecía en absoluto avergonzado, sino complacido, casi satisfecho. Naturalmente, presumía que había sido despedida por su protector, porque había pasado una noche en compañía de otro hombre. ¡Qué arrogancia la suya...!

—Usted lo ha dicho.

Suspiró profundamente, pues, a fin de cuentas, era la verdad.

—Lo siento de veras.

El hombre sonreía ahora ligeramente, con sonrisa de buen conocedor, como si estuviese al fin seguro de tenerla en su poder.

—No quiero su compasión, ¡muchas gracias! —dijo Corrie, con un poco de amargura en la voz.

La sonrisa de él se hizo más amplia.

—¿Tal vez otro pastelillo?

—Desde luego, no.

Cruzó remilgadamente las manos sobre la falda. Él seguía mirándola con ojos inquietantes, posesivos. Hizo un ademán al camarero para que se llevase los platos que quedaban.

—Al menos ha disfrutado de la comida.

El matiz irónico de su voz la hizo enrojecer. Un buen apetito era impropio de una viuda desconsolada... Pero ahora era demasiado tarde.

—Ha estado deliciosa. —Recordó tardíamente sus buenos modales—. Gracias. —De pronto se le ocurrió una cosa y frunció el ceño intrigada—. Pero, ¿por qué no habrá venido alguien más a comer aquí? No saben lo que se pierden.

Él sonrió con paciencia.

—Porque yo reservé todo el restaurante.

—¿Qué? —Ahora había conseguido él sorprenderla de veras—. ¿Sólo para nosotros?

Era un capricho extraordinario que casi hizo que se sintiese mal.

—Desde luego.

—¿Quiere usted decir... que han cocinado todos estos platos diferentes... sólo para mi?

—Exacto.

—¿Quiere decir que hay todo un cordero en la cocina para que yo sólo comiese un bocado?

—No tengo la menor idea. Pero supongo que sí. No se me había ocurrido pensarlo. —Sonrió con indulgencia—. Podría pedir que se lo envolviesen en una bolsa, si usted quiere. Podríamos llevárnoslo.

Ella se echó atrás en su silla, medio divertida y medio espantada. Ambos vivían en mundos diferentes. Ella no podía siquiera imaginar lo que debía ser vivir como vivía él, gastar como si el dinero no fuese más que un juguete para su propia diversión. Y, sin embargo, él apenas si había tomado un bocado del banquete.

—¿Por qué no ha comido nada?

Él se encogió de hombros.

—Como usted misma ha dicho, es cuestión de... motivación. He preferido observarla.

Ella enrojeció de nuevo. No había sido la clase de juego que había proyectado. Miró fijamente al hombre. La luz de los jardines se estaba fundiendo poco a poco en un azul oscuro, aplanando, suavizando y dando perfiles irreales a las cosas.

—Bueno, mademoiselle Corrie. Ha hecho usted honor a las ostras. Ha llegado la hora de los pavos reales.

Como en sueños, se apoyó ella en el brazo que él le ofrecía. Ya no podía recordar si él le gustaba o no; estaba demasiado llena de buena comida para que pudiese pensar lógicamente. Al salir al aire libre, advirtió que tampoco allí había nadie a la vista. Se le ocurrió una idea.

—No habrá reservado también todo el parque, ¿verdad?

—No.

Se echó a reír, con aquella risa grave y espontánea que ahora empezaba a gustar a Corrie. Caminando despacio, se dirigieron al jardín ornamental. Ella sintió el debilísimo soplo de la brisa, trayendo consigo el aroma hipnotizante del césped recién segado. La luz del sol arrancaba destellos de la pequeña torre del reloj, con su tejadillo de cobre turquesa y su bola dorada. Los viejos ladrillos de color de rosa de la arcada que conducía al naranjal eran más delicados bajo aquella luz, y había sombras violetas al pie de los árboles murmuradores. Él tenía razón. Allí era donde el hombre podía hallarse más cerca del Paraíso.

Debajo de los árboles, sobre la alfombra verde esmeralda de una hierba que crecía ufana con intensidad de algas, mordisqueaban los conejos, mientras los pavos reales se contoneaban e inclinaban la cabeza sobre los altos y viejos muros, saludando al atardecer con sus roncos y obsesionantes gritos. Todo lo que les rodeaba estaba como suspendido fuera del tiempo, sobre la orilla del verano, relucientes y gordos los ahítos conejos, y cada pavo real con su hembra.

Contra su voluntad, sintióse ella arrastrada en aquel cuento de hadas. No podía resistir los pavos reales. Sus voces tenían la autoridad, la angustia, la penetración anímica de una soprano prima donna. Aquellos cuellos delgados y aquellas cabezas diminutas no parecían capaces de emitir aquellos sones. Y se movían tan despacio, seguros de su carisma, que subyugaban al público. La última luz de la tarde resplandecía sobre su plumaje opalescente. ¡Cuánto hubiese deseado ella ser un pavo real!

Se detuvieron, como hipnotizados. Un pavo real inmóvil les miró con sus ojos de malaquita. Su cuello de serpiente, insoportablemente azul, osciló, escrutador, y se hinchó. Lanzó un grito soberbio que daba escalofríos. Y entonces, lentamente, como un mago, desplegó su cola como un paisaje lunar, como un cielo lleno de planetas danzantes. Permaneció allí, temblando, el tiempo suficiente para que ellos se quedaran pasmados; después plegó de nuevo sus plumas con movimiento práctico, cloqueó una vez y se alejó.

Fue toda una revelación. Los dos se miraron con aire reverente. Había sido un privilegio; como si un rey se hubiese detenido para hablar con ellos en la calle. Habían participado de algo insubstituible, irrepetible.

—¿Qué pasa?

Su voz era un murmullo. Apenas se atrevía a romper el silencio, pero quería desplegar sus propias plumas ante él, contarle sus planes y sus sueños, descubrir su secreto mundo interior.

—Un hallazgo imprevisto. —Se volvió a ella, moteado su blanco traje por las sombras de las hojas temblorosas—. No me había dado cuenta... —Su voz era suave, como la de alguien que despertase de un profundo sueño—. Sus ojos son azules.

Se miraron fijamente. La imagen de la cola del pavo real parecía todavía impresa en la retina de ella, como una bruma cegadora de color. No podía ver, no podía pensar.

—Venga conmigo. —La voz del hombre era grave—. Venga conmigo a París. Ahora, esta noche.

París, París, Paraíso... ¡Parecía tan fácil! Sería fácil. Podía volar lejos de aquí y desaparecer para siempre, mantenida a flote por él y por su dinero, como un nadador en el Mar Muerto. Pero no era bastante, no podía ser bastante para ella.

Sacudió la cabeza. Las plumas del pavo real se estaban desvaneciendo, había pasado el momento. No podía ir a París con un hombre que hasta ahora no había advertido el color de sus ojos.

—Lo siento. No puedo.

—Ya veo.

Él se volvió bruscamente. En silencio, desanduvieron su camino en el jardín ornamental. Las flores eran todavía transparentes bajo la luz del atardecer, pero la magia se había desvanecido. Corrie no miró a su compañero, aunque era consciente de su figura al lado de ella, con todos los nervios de su cuerpo. Él debía estar enojado, tenía perfecto derecho a estarlo.

Pero cuando habló, su voz era fría, remota, y su pregunta pareció indiferente.

—¿Qué tiene contra París?

—Nada. —Si él supiera... que todo lo que quería estaba allí. Arlequín, M. Beyer, la culminación de toda una vida de sueños y esperanzas...— En realidad, desearía estar allí más que nada en el mundo.

—Pero no conmigo, ¿eh?

Ella sacudió la cabeza.

Él sonrió, con una sonrisa breve y torcida.

—¿Es siempre tan terriblemente franca?

Ella se encogió de hombros.
—La cortesía es una pérdida de tiempo.
—¡Hum! —Se detuvo y se volvió de cara a ella—. Hace que ayudarla sea muy difícil.
—¿Por qué tendría que ayudarme usted?
Le miró con recelo. Si esperaba ejercer alguna presión sobre ella, debería pensarlo mejor.
—Porque me siento responsable de que haya perdido su posición.
Ella vaciló. El hombre hablaba en serio, con inesperada sinceridad. Pero sabiendo lo que sabía, difícilmente podía confiar en él.
—¿Qué está pensando?
Él no respondió en seguida, como reflexionando.
—Quisiera hacerle una proposición.
—Pero, ya se lo he dicho, ¡no quiero ser su amante!
—¡Oh, eso! —Rechazó con un ademán la indignación de ella—. He abandonado ya esta idea. Fue simplemente un antojo de mi parte. Me intrigaba que sintiese por mi un desagrado tan evidente. Me parecía desacostumbrado. Quería saber si era sincera.
Ella guardó silencio. Los regalos, el empeño de él en perseguirla... La habían engañado por completo.
—Parece sorprendida.
—Sí. —No pudo reprimir una renuente sonrisa por su propia ingenuidad—. Pensé que estaba terriblemente enamorado de mí.
—Se halaga usted misma, miss Modena. Hasta ahora, uno de los elementos más... estables de nuestra relación ha sido un grado de antipatía mutua. Lo cual me lleva a la proposición que mencioné.
Ella le miró frunciendo los párpados. Ahora se sentía tranquila con él, sabía el terreno que pisaba.
—¿Una proposición de matrimonio, monsieur de Chardonnet? Es usted muy anticuado.
Un destello apreciativo brilló un momento en los ojos del hombre.
—No me refería a esto, miss Modena. Aunque aprecio su criterio de que la antipatía mutua es una sólida base para el matrimonio. No, mi proposición era más bien comercial. —Su voz adoptó un tono ligeramente sarcástico—. Es decir, si puedo confiar en que sea usted una mujer de negocios.
Algo en su expresión hizo que el rubor tiñese las mejillas de la joven. Sin duda estaba él pensando en su descarado comportamiento en la suite Callas. Pero antes de que pudiese pensar una respuesta adecuada, él cambió bruscamente de tema.
—¿Por qué quiere estar en París?
—No tengo la menor intención de decírselo.
—Tanto mejor. Sí, creo que esto funcionará muy bien.
—¿Qué es lo que funcionará?

Contra su voluntad, se sintió intrigada.

—Permita que me explique. —El tono de su voz era vivo, práctico—. Veamos..., yo tengo una casa en París que empleo en raras ocasiones, pero quisiera que estuviese ocupada. Usted desea estar en París por razones que, afortunadamente, no está dispuesta a revelar.

—¡Razones importantes!

—Desde luego.

El matiz de ironía de su tono le enfureció.

—¿Está sugiriendo que viva en su casa? No podría hacerlo.

—¿Por qué? ¿Es un arreglo tan diferente de su..., bueno..., posición recientemente terminada? Aprecio su preocupación por los convencionalismos sociales, pero, ¿está segura de que tiene una reputación que perder? ¿O es que se preocupa por mí? —Su tono era seco—. Si es así, créame, me siento profundamente conmovido.

Ella reprimió su réplica instintiva. Ciertamente, le habría resultado difícil protestar después de todos sus esfuerzos por convencerle de que era una mujer fatal. Y en cierto modo, la presunción de él era acertada: en realidad, no le importaba lo que la gente pudiese pensar de ella; tenía cosas más importantes en su mente.

Y ésta era una oportunidad tan grande... Tenía sus riesgos, pero, ¿qué otras alternativas se le ofrecían? Tardaría meses en hallarse en condiciones de ir a París por su propia cuenta y permanecer un tiempo allí. Pensó furiosamente. ¿Qué le aconsejaría Arlequín? Recordó sus palabras. "Tú sabes lo que quieres." Sí, y mientras lo supiese, nada podría herirla. Pero tenía que aclarar una cosa.

—¿Seguro que esto no es una manera astuta de persuadirme de que me convierta en su amante?

Él suspiró pacientemente.

—Claro que no. Será una relación de negocio como otra cualquiera, con sus reglas propias. A menos que usted pretenda mostrarse irresistible.

Ella se mordió el labio y resolvió hacer caso omiso de la pulla.

—Esa casa... —Era una locura, pero parecía resolver todos sus problemas—. ¿Tiene jardín?

—Es usted muy exigente, miss Modena. Pero sí, tiene jardín. Un jardín pequeño pero recoleto.

—Y trabajo..., tiene que encontrarme algo que hacer. —Su tono era belicoso—. No podría aceptar vivir de caridad.

Él se encogió de hombros.

—Si insiste. Parece usted bastante inteligente. Estoy seguro de que encontrará la manera de ser útil.

Corrie todavía vaciló. ¿Podía realmente confiar en él? Si hubiese alguna manera infalible de averiguarlo... Se le ocurrió una idea.

—Quiero un contrato.

—¿Un contrato?

Una ligera expresión de asombro se pintó en su semblante.

—Sí. —Corrie se mantuvo firme—. Quiero que todo conste por escrito. Con cláusulas de excepción y todo lo demás.

Mr. Whitaker se habría sentido orgulloso de ella.

—Muy bien.

La idea pareció divertirle. Pero no le importó. Podía reírse cuanto quisiera, con tal de que firmase en la línea de puntos. Un contrato era un contrato.

Se sentaron en un banco de cedro, en el que alguien había escrito: "Y este eterno verano no se extinguirá." Le gustó el sentimiento; parecía lo más adecuado a esta ocasión. Debería ser posible legislar también sobre el verano. Ninguno de los dos llevaba un papel, pero ella sacó la servilleta amarilla del Belvedere y él le proporcionó un bolígrafo de oro. Cuidadosamente y en letra de imprenta, porque escribir sobre tela, aunque fuese almidonada, no era fácil, estampó ella cuatro cláusulas.

1. Nada de galanteos.
2. No preguntar en qué empleo el tiempo libre.
3. Una habitación para mi sola.
4. 250 gramos de chocolate al día. Sólo de primera calidad.

Vaciló, dudando todavía. Quería preverlo todo, especialmente su salida. ¿Cuál era la cláusula que siempre empleaban las compañías de seguros, la causa universal de rescisión? Algo acerca de la voluntad de Dios...

5. El contrato quedará resuelto si surgen circunstancias que sean para mí de fuerza mayor.

Se echó atrás, satisfecha, y le tendió la servilleta. Él miró la lista por encima, de una manera que la habría molestado si se hubiese parado a pensar en ello.

—Parece bastante justo.

Sabía que él la tomaba a broma. Pero podía soportarlo.

—Ahora le toca a usted.

—Si insiste...

A los cinco minutos, le devolvió la servilleta. Había añadido otras cuatro cláusulas.

6. Nada de "protectores".
7. El placer de su compañía en ocasionales actos de sociedad, previo aviso de veinticuatro horas.
8. Le será facilitado el uniforme.
9. Discreción.

Ella las estudió cuidadosamente. La primera era fácil de cumplir; la segunda, aceptable, a no ser por un detalle. Añadió "por escrito" al final de la línea. Arlequín la había instruido bien. Pero la tercera y la cuarta condiciones la confundían.

—¿Qué significa eso del uniforme?

—No se preocupe; sólo tendrá que llevarlo cuando esté conmigo.
—¿Y la discreción?
Él se encogió de hombros.
—Quizá no tenga importancia para usted, pero pensé que convenía mencionarlo, dada su... afición a la franqueza. Si acepta mi ofrecimiento, encontrará muchas personas que sentirán curiosidad por la naturaleza exacta de nuestra relación. Un hombre de mi posición es siempre noticia. La prensa, la servidumbre, los conocidos... harán muchas preguntas. Le sugiero que no las conteste. ¿Qué tal es su francés?
—Pues verá... —Instintivamente se dio cuenta de que, dada la obsesiva necesidad de reserva de aquel hombre, era mejor que no supiese que hablaba francés con fluidez—. Sé muchas palabrotas.
Una mentira inofensiva.
—Ya me lo pareció. —Su tono era suave como la seda—. Pueden resultar útiles como medida disuasoria. Pero es una suerte que no domine el francés; así le resultará más fácil ser discreta. Supongo que no conoce a nadie en París, ¿verdad?
—Nunca he estado allí.
Una mentira bastante más gorda y menos inofensiva. Cierto que nunca había estado en París, pero sabía muy bien que la respuesta no era completa. En todo caso, no tenía por qué mencionar a Arlequín. Mr. Whitaker le transmitiría sus cartas bajo otro sobre; nadie sabría nunca su procedencia.
Él le tendió la mano, con práctico ademán.
—Bueno, miss Modena. Tengo que tomar el avión dentro de cuarenta minutos. ¿Trato hecho?
—Sí.
Se estrecharon solemnemente la mano y estamparon y rubricaron sus nombres. Él le devolvió el contrato.
Ella lo plegó cuidadosamente y lo guardó en su bolso.
—Mi asesor jurídico querrá verlo. —Le gustó la sorpresa que se pintó en el rostro de él—. Pero quizá querrá usted tener primero una copia.
—No. Confío en usted. —De nuevo aquella mirada burlona—. ¿Cuando puede empezar?
—Mañana. —Vio que él abría los ojos, y le sonrió con malicia—. ¿O le parece difícil de arreglar en tan poco tiempo? Aunque supongo que nada es demasiado difícil para Guy de Chardonnet.
Él la observó reflexivamente.
—Pienso que, a fin de cuentas, será un alivio para mi que no se convierta en mi amante. —Le asió la mano y se la llevó a los labios, en un ademán gracioso e impersonal, observando la renuencia de ella y sonriendo distraídamente—. No se preocupe, miss Modena. Conmigo estará a salvo. Recuerde nuestra mutua antipatía. Y ahora, debo decirle *au revoir.* Mi chófer la llevará. Sus billetes estarán en el hotel mañana por la mañana.

CAPÍTULO VI

Guy de Chardonnet hizo honor a su palabra. Por la mañana, temprano, Corrie recibió de un mensajero un billete de primera clase en avión para París, junto con una caja plana de cartón en la que encontró un vestido de seda de color crema y falda recta, una chaqueta de lino del mismo color y unas sandalias haciendo juego, todo de una asombrosa sencillez. Prendida en la solapa de la chaqueta había una breve nota escrita a máquina. "El uniforme. Póngaselo, por favor. Guy."

Las otras doncellas quedaron impresionadas e intrigadas. La propia Corrie empezó de pronto a vacilar. No se había dado cuenta de lo mucho que echaría en falta a sus nuevas amigas. Y un vestido de seda crema... Vio en los ojos redondos de Shevaun lo que ésta pensaba. El vestido más indicado para una amante...

Pero había firmado el contrato. Al ponerse el vestido, advirtió que la pálida seda concordaba exactamente con el color de sus brazos, le acariciaba la piel con su ligero frescor, la hacía sentirse joven y animada. Sus ojos eran ahora de un violeta más oscuro, y sus labios, de un rojo más vivo.

—No sé qué decirte, Corrie... —Shevaun tenía lágrimas en los ojos—. Pareces una desconocida.

—No te entristezcas. Volveré, te lo prometo.

Sintió que sus propios ojos se humedecían. Shevaun sacudió concienzudamente la cabeza.

—París... está muy lejos de casa.

Y Corrie comprendió que no se refería precisamente a las murallas.

Cuando Shevaun se hubo marchado, Corrie se sintió de pronto vulnerable y sola. Se enjugó los ojos y se roció copiosamente con Fuite des Heures. Necesitaba todo el apoyo moral que pudiese lograr. Por fin, con un gesto desafiador, prendió un ramito de margaritas vulgares en la solapa de su chaqueta. Podía entrar al servicio de Guy de Chardonnet, pero no le pertenecía enteramente.

Dos horas más tarde, en la magnificencia de era espacial del aeropuerto de Orly, olvidó casi inmediatamente todas sus dudas. Lo encontró encantador, como una feria esplendorosa, lleno de cristales y de metal cromado y de máquinas que entraban en acción a la más ligera pisada. Le habría gustado quedarse allí y montar para siempre en aquel tiovivo, pero el tiempo y el vestido de seda crema se lo impedían. Y París la estaba esperando.

De mala gana, se dirigió al vestíbulo de llegada. Alguien la estaría esperando allí; podía confiar en Guy de Chardonnet; pero no sabía quién sería. Permaneció quieta, asumiendo un aire que presumió majestuoso, de *grande dame*, y esperando que su raída maleta de cuero no estropease el efecto. A fin de cuentas, era inglesa y tenía derecho a sus excentricidades.

—Buenos días.

Se volvió, sorprendida, al oír aquella voz familiar. Era el propio Guy de Chardonnet, que la observaba de los pies a la cabeza, con minuciosidad de buen francés.

—¿Merezco su aprobación?

Él detuvo la mirada en las desafiadoras margaritas de su ojal. Suspiró.

—¡Esa pasión por las flores silvestres! Debe permitirme que la aconseje. —Con sorprendente seguridad y hábiles dedos, desprendió el ramito y lo pasó ceremoniosamente al chófer uniformado que permanecía respetuosamente detrás de él—. Durante el día, debe llevar solamente violetas. Para la noche, orquídeas.

—¿Qué tienen de malo las margaritas? —preguntó ella, dispuesta a no ceder a su altivez.

—Nada, siempre que estén en su sitio. Generalmente, entre la hierba.

Corrie iba a protestar, pero él la atajó.

—El contrato, ¿se acuerda? —Su tono era amable, pero tenía una vibración acerada—. Cuando no esté conmigo, puede ponerse lo que quiera como adorno. Una col, si le apetece.

Ella tuvo que reprimir una sonrisa. Era indignante, pero tenía razón. Debía portarse como una mujer de negocios. Trató, sin mucho éxito, de recobrar su aplomo, mientras el automóvil gris se alejaba del aeropuerto para introducirse en la corriente de tráfico que se dirigía a París.

—Pero, ¿por qué tengo que llevar violetas? Son muy anticuadas.

Guy, sacado bruscamente de sus reflexiones, la miró sorprendido.

—Creo que no hubiese debido decirle aquello. —Ella se sintió confusa. El meneó la cabeza—. Esas jóvenes inglesas... —Le alzó la barbilla con naturalidad con una mano y le indicó el espejito adherido al pálido cuero, por encima del asiento—. Para que hagan juego con sus ojos, naturalmente.

—¡Oh!

No supo qué decir. Se hundió en su asiento, sintiéndose como una niña tonta. Sin embargo, se sentía oscuramente halagada de que él se hubiese fijado y hubiese recordado el color exacto de sus ojos. Era frívolo hacer caso de estas cosas... A fin de cuentas, ¿qué importaba el color de los ojos? Pero no pudo dejar de mirarse por segunda vez al espejo y de imaginarse el efecto de un ramito de violetas en su solapa.

Después, al pasar de la autopista uniforme a las calles del propio París, se olvidó de todo en la intensidad de su placer. Todo estaba allí, tan familiar como si hubiese vivido en la ciudad toda su vida. Había esperado tanto este momento... Impulsivamente, bajó el cristal de la ventanilla y respiró profundamente. Olió a hollín y a la luz de sol sobre el asfalto, a vapores de gasolina, a café recién molido, a pan salido del horno..., un olor mágico, completamente incitante. Estaba segura de que incluso el polvo de las calles era diferente. Allí había una terraza de café, con sillas blancas y sombrillas a rayas, con camareros que revoloteaban como gaviotas entre sus clientes. Casi podía oír el rápido parloteo, como un gorjeo de pájaros, en francés parisino a su alrededor, embriagador como una ráfaga de aire marino. Los coches hacían sonar los claxons y doblaban las esquinas con un vigor y una insolencia típicamente franceses, y las mujeres caminaban por las aceras con un aire que sólo podían tener las parisienses, seguras de su propia belleza distintiva. Al rodar por una avenida flanqueada de árboles desmochados, pudo percibir el río, con los pescadores de caña inmóviles bajo las macizas torres de Nôtre Dame, la aguja dorada de la Sainte-Chapelle, las torrecillas de pizarra de la Conciergerie. Plateadas hojas de sauce eran arrastradas por el agua, y los *clochards* sonreían bajo el sol tibio de mayo. Ahora pasaron por delante de las Tuilleries, con sus fuentes y estanques ornamentales, en una aglomeración de dioses y caballos, ninfas y sílfides, y entraron en la vasta y soleada llanura de la Place de la Concorde.

Allí, el coche se detuvo ante el panorama de París. Guy se volvió a Corrie, divertido al ver su entusiasmo.

—¿Qué le gustaría hacer hoy?

Ella vaciló, confusa por el súbito cambio de plan.

—Pensaba que empezaría a trabajar.

Él se encogió de hombros.

—Como patrono suyo que soy, he resuelto darle el día libre. Un antojo. Si me lo permite.

Ella volvió a vacilar. Sabía que sería mejor que su nueva relación empezase de una manera propiamente oficial.

—A menos, naturalmente... —prosiguió él, en tono solícito— que esté demasiado cansada por el viaje.

¿Demasiado cansada? ¿Cómo podía estarlo? Era mayo, brillaba el sol y, allá abajo, resplandeciendo en toda su majestad, estaba la Tour Eiffel.

—No; sólo que...

—Ya. —Él asintió gravemente con la cabeza—. Lo comprendo. Su paladar está saciado. Ha visto demasiadas cosas; es una viajera demasiado refinada para el simple turismo.

Ella suspiró interiormente. Mantener su apariencia refinada sería un duro trabajo si tenía que privarse de todo lo que le gustaba. Reprimió una mirada afanosa hacia la Torre.

—Supongo que hay cosas que todo el mundo debe ver.

Esperó que él comprendiese su insinuación.

—Desde luego. Bueno, ¿por dónde empezaremos? Conociendo su apetito, supongo que le gustará probarlo todo. Veamos: está la Torre, desde luego, o Nôtre Dame, la Île de la Cité, la Tumba de Napoleón...

Un ligero acento de tedio en la voz del hombre la avisó justo a tiempo. Lamentándolo, se despidió mentalmente por hoy de los monumentos clásicos de París. Tendrían que esperar. Los visitaría más tarde, por su cuenta, sin la burlona presencia de su acompañante. Entonces podría contemplar los morros de las gárgolas a placer, meter los dedos en el agua desde un *bateau mouche,* pasear por las viejas calles empedradas de la Île de la Cité e imaginarse que Voltaire y Cézanne y el triste Baudelaire estaban a la vuelta de la esquina.

Pero hoy debía dejar que él estropease su primera vista de París. Nada debía interponerse entre ella y la ciudad de las historias de su madre y de las cartas de Arlequín, la ciudad legendaria, la ciudad de la luz. Una ciudad para enamorados, en la que podían sentarse y soñar y fingir que eran invisibles, o exhibir su extravagancia y recíproco entusiasmo en los elegantes bulevares y en los animados cafés. Una ciudad para las mujeres, consagrada a la moda y a la conversación y al amor, y en la que cada muchacha que pasaba por la calle, fuese bonita o vulgar, parecía como si acabasen de besarla.

Sabía, por las cartas de Arlequín, dónde podía encontrar todavía aquel París tan diferente del que pertenecía a Guy de Chardonnet. Arlequín conocía los lugares ocultos que capturaban el sol y la imaginación, donde no había que pagar por el suelo que se pisaba para observar un desfile. Allí era donde deseaba ir. ¡Quién sabe! Quizá podría incluso mostrar al altivo M. Guy de Chardonnet un aspecto de su ciudad en el que nunca había reparado.

—¿Puedo? —dijo, sonriendo a su acompañante y señalando el cristal que les separaba del chófer.

—Naturalmente. —La sonrisa con que acompañó su respuesta fue de perezoso aplomo—. André está a su disposición.

Ella dominó a duras penas su entusiasmo. Todo París era suyo aquel día. Se inclinó hacia delante y golpeó ligeramente el cristal.

—A la Rue du Faubourg St. Honoré, por favor.

En el lujoso bulevar estuvo viendo los escaparates, enamorándose primero de un par de guantes de gamuza de color violeta, de precio exhorbitante y dudosa utilidad, y después de una cajita de rapé esmaltada que habría podido pertenecer a Maria Antonieta si ésta hubiese vivido hasta los ciento cincuenta años. Él observaba su apasionada atención con ojos indulgentes.

—¿Quiere que entremos?

—Claro que no.

Él se quedó claramente desconcertado.

—Es lo usual en estos casos, *n'est-ce pas?*

Ella sorbió por la nariz.

—Es usted tan convencional...

Gozando con la sorpresa de él —había estado claramente dispuesto a comprarle alguna cara chuchería—, se encaminó de nuevo hacia el coche. Entonces dijo a André que se dirigiese al Marais, donde, detrás de fachadas medievales verdes por los años, había patios ocultos y soñolientos llenos de pequeños talleres: una cueva de Aladino repleta de cintas y galones, flores de plumas y perlas artificiales. Corrie se entretuvo allí, encomió la belleza de todo aquello, pero tampoco compró nada.

Después hizo que fuesen a Montmartre, no a las plazas de artistas populares ni al Moulin Rouge, sino a la parra milagrosa de la Rue de Saules, retorcida y gris pero produciendo todavía su cosecha anual de uvas. Observó, fascinada, el tronco cubierto de líquenes.

—Me pregunto cómo sabrá el vino.

Él le dedicó una de sus irónicas sonrisas.

—Sin duda delicioso, si le gustan el aroma de los tubos de escape y de los excrementos de las palomas...

Ella hizo caso omiso de la chanza.

—Esto me recuerda... —dijo, con una sonrisa deslumbradora—, que tengo hambre.

—Al menos esto no es una sorpresa.

Esperó pacientemente a que ella bebiese una limonada acompañada de pistachos con especias en un café junto a la Fuente de los Inocentes, e incluso consintió en compartir con ella un almuerzo a base de tarta de bledos y pastelillos de fresas y espinacas, en un restaurante de una calle lateral. A través de la ventana, podían ver los cocineros chinos del restaurante de enfrente, cortando mangos en rodajas finas como el papel, con cuchillos afilados como navajas y con una rapidez casi suicida.

—Me pregunto... —dijo ella, contemplando pensativamente el espectáculo.

—No me lo diga —se apresuró él a interrumpirla—. Sin duda ha sucedido alguna vez.

—¿Cree que iría a parar a algún batido? ¿O a una salsa dulce o ácida?

Él apartó a un lado el resto de su pastelillo sin comerlo.

Disimulando una sonrisa, ella le llevó en otra peregrinación hasta el árbol más viejo de París, una arruinada acacia de la plaza de Viviani, plantada en 1601 y que todavía florece cada primavera. En las ramas verde-grises quedaban aún unas pocas flores.

—Imagínese..., cuatrocientos veranos.

Estaba llena de recuerdos de sol meridional.

—Y también cuatrocientos inviernos.

El tono de él era cáustico. Estaba claro que no le había perdonado el interludio chino. Pero la nostalgia hacía que ella necesitase un nuevo refrigerio. En otra calle lateral descubrió un oscuro y pequeño bar donde comió un bocadillo de rosbif acompañado de café negro, mojando en el caliente y amargo líquido terrones de azúcar del tamaño de fichas de dominó, y probando después las delicias de un retrete a la turca, colocando los pies con emoción de explorador en los soportes moldeados del suelo y haciendo crujir el rígido papel de cera con regocijo de buen conocedor. Después, medio divertido y medio protestando, él subió detrás de ella a un Citroën Pallas para que pudiese experimentar la legendaria suavidad de suspensión; pero se negó a acompañarla al Monoprix, que es el almacén más barato y animado de la ciudad. Sola y majestuosa subió Corrie por las escaleras mecánicas y compró un cinturón de plástico brillante como la luz de neón y con una hebilla enorme y ofensiva. Él la esperaba fuera con una *crêpe* de alforfón rellena de bananas y flameada con Cointreau.

—No quisiera que pasase hambre —dijo, con perfecta seriedad.

Esto le recordó una cosa. Tenía que ver el mercado callejero de la Rue Mouffetard, vívido como una pintura de Braque, un festín de relucientes pimientos verdes, rojos y blancos, de melones, mangos, papayas, fresas silvestres, almendras tiernas con su cáscara, naranjas sanguinas españolas, salchichas de Auvernia... Había Camembert y Pont l'Evèque de Normandía, quesos de cabra cocidos en ceniza del Baruy, un Gruyère de Pontarlier, grande como la rueda de una carreta tirada por bueyes.

Ella lo miró con afán. Guy observó su expresión y se apartó con espanto burlón.

—Eso no. No cabría en el coche.

—¿No podríamos llevarlo rodando? —dijo ávidamente ella.

Él meneó la cabeza, apretando los labios para contener la risa.

—Espere. —habló rápidamente con el hombre del tenderete y, después, tendió a Corrie un paquetito envuelto en papel gris. Había en él un pedazo de Chaume, el queso cremoso más suave y tentador del mundo—. Un premio de consolación.

Con una última y afanosa mirada a la exposición de panecillos exóticos —de Viena, glaseados con mantequilla— y de pastas de todos los colores —*éclairs,* magdalenas, *babas*, brioches, tartaletas, hojaldres, pastelillos, lionesas rebosando crema fresca—, se dejó llevar a un café próximo donde tomó una reconfortante taza de chocolate y un vaso de agua de Perrier helada para limpiar el paladar.

Sólo quedaba una cosa por hacer. Bajaron de nuevo en el coche por los Champs Elysées, entre los castaños rosados y blancos, deteniéndose únicamente para escuchar a un gitano que tocaba el acordeón. Después, cerca de la Etoile, Corrie saltó súbitamente del coche, tambaleándose ligeramente sobre sus zapatos nuevos, y, sin mirar a derecha ni a izquierda, entre una cacofonía de claxons y chirridos de frenos y gritos airados que se convertían rápidamente en silbidos de aprobación, pasó al otro lado, agitó desafiadoramente una mano y volvió a su punto de partida.

—¿Por qué diablos ha hecho esto?

La cara de Guy de Chardonnet era digna de estudio. Ella sonrió maliciosamente para sí, recordando las palabras de su madre. Por fin se había graduado, era una mujer.

—Era una promesa que me había hecho años atrás.

Él la miró con curiosidad, pero no hizo comentarios, sino que la asió del brazo y la llevó al Drugstore de los Champs Elysées, donde Francia encontró a América y se enamoró de ella. Allí la invitó a un batido de leche con melocotones naturales y le compró una pomada para la ampolla que empezaba a formarse en uno de sus talones. En los jardines de Luxemburgo, se sentaron en un banco de hierro forjado y observaron a los niños que se perseguían sobre la arena, a los viejos que jugaban a los bolos y a las ancianas de negro sentadas al sol.

—Está cansada.

—No, no lo estoy. —Aunque reacia a reconocer aquel momento de debilidad, había una cosa que no podía dejar de confesar—. Pero los pies me están matando.

Su acompañante la miró, divertido.

—Las mujeres no deben decir estas cosas.

—¿Por qué no? Es la verdad.

Él sonrió.

—Esta pasión por la verdad y las flores silvestres... La mayoría de las personas civilizadas han aprendido a preferir un jardín a un lugar selvático. Permita que me explique. En vez de decir "mis pies me están matando", por gráfica que pueda ser esta expresión, debería decir "me duele el pie". Es más agradable, más femenino. Da la impresión de un piececito blanco y delicado que necesita que le den un beso.

—Pienso que esto es ridículo. Los pies son los pies.

Corrie dijo esto con firmeza, pero sintió que un rubor inoportuno coloreaba sus mejillas. Miró sus pies descalzos, liberados de los hermosos pero incómodos zapatos, y se apresuró a introducirlos de nuevo en ellos.

—Entonces rectifico —Su expresión volvía a ser remota, irónica. Miró su reloj—. Pero habida cuenta de lo avanzado de la hora y del... estado de sus pies, sugiero que vayamos a la casa.

A ella le llamó la atención que no dijese "a mi casa" o "a casa", sino "la casa", refiriéndose a ella de una manera tan impersonal como si se tratase de un hotel.

Hicieron el trayecto en silencio. Él miraba por la ventanilla con aire preocupado; ella se acariciaba el pie y se preguntaba qué clase de casa sería aquella. Probablemente un edificio moderno, alto, con un ascensor veloz, puertas automáticas y una vista espléndida sobre todo París. Por esto tuvo que reconocer su sorpresa cuando el coche se detuvo delante de una clásica casa de dos pisos de la Avenue Pierre I de Serbie. La fachada de piedra tallada era inmaculada y las altas ventanas revelaban la soberbia altura de las habitaciones. Era una casa sencilla del siglo dieciocho, pero todo en ella hablaba de dinero; no de dinero ligero y extravertido, sino dinero sólido y viejo, que creía en las piedras y duraba tanto como éstas. Perfectamente conservada, era la clase de casa que la sangre italiana de Corrie habría querido pintar de rosa y crema y violeta, en un torbellino de colores napolitanos, y cubrirla de enredaderas y geranios escarlata; pero no era inmune a su gracioso y discreto encanto, a los delicados detalles de las puertas y las ventanas, y a la ligereza de sus proporciones.

Guy la precedió en la escalinata hasta la puerta, con sus bronces bellamente pulidos y donde esperaba una doncella de uniforme.

—Venga, le mostraré su habitación.

La doncella tomó la maleta de manos del chófer y les siguió al subir la graciosa curva de la escalera de mármol. Altas ventanas daban al fresco jardín interior en penumbra, donde la luz se filtraba verde a través de las ramas de un árbol central. Su habitación estaba austeramente amueblada, con aquella austeridad que, en definitiva, es producto de un gasto ilimitado. Como el resto de la casa estaba decorada con colores neutros, castaño claro y gris y crema. El efecto era impersonal, restringido, casi sombrío. Las paredes revestidas de seda gris brillaban como las perlas debajo del agua; cortinas de una seda más gruesa y de un gris más oscuro pendían ante las ventanas. No había colores ni acumulación de objetos que menguasen la clásica dignidad y vastedad de la habitación; desnuda, opaca y tranquila, era tan acogedora e impersonal como una habitación de hotel. Contiguo a ella, había un espacioso cuarto de baño de mármol gris y un cuarto de armarios lo bastante espacioso para albergar a una familia de cuatro. La doncella dejó su maleta al lado de la cama, hizo una breve reverencia y dejó solos a Corrie y a Guy.

El silencio que se hizo cuando se hubo marchado, pareció retumbar en la estancia. Ningún ruido del tráfico penetraba a través de las ventanas de cristales dobles, aunque estaban en el centro de París. Guy dio un paso en dirección a Corrie. Ésta retrocedió, casi tropezando con la maleta.

—¡El contrato!

Él sonrió.

—Sólo iba a tomar su paquete. —Cogió delicadamente de su mano la abigarrada bolsa de Monoprix, que contenía el brillante cinturón y el pequeño salvamanteles que había requisado como recuerdo en el bar del callejón, y la depositó al lado de la maleta. Toinette deshará su maleta. Sugiero que se cambie para comer. Tiene diez minutos.

—¿Qué? —No pudo disimular su consternación. Estaba más cansada de lo que había querido confesar—. Pensaba que me había dado el día libre.

Él sonrió débilmente.

—El día sí. Pero ahora es ya de noche. —Giró sobre sus talones y se detuvo al llegar a la puerta—. La espero en el salón. Dentro de diez minutos.

¡Diez minutos! No era justo. Pero debía saber por experiencia que no tenía que esperar justicia ni consideración por parte de Guy de Chardonnet. A fin de cuentas, no era más que una subordinada. Tenía que aprender a funcionar como una máquina, lo mismo que él. Guy no daba la menor muestra de fatiga después del ejercicio del día. Y esto picó su amor propio. Ella se había jactado siempre de su vigor y no iba ahora a quedar mal.

Miró su reloj. Había gastado ya un minuto en inútiles especulaciones. Debía actuar de prisa. Llamó pidiendo hielo, grandes cantidades de hielo. Era cuestión de alta prioridad. Cuando Toinette, la doncella, le trajo el hielo, se había metido ya en el baño y salido de él, y colgado el Balenciaga para alisarlo con el vapor. Entonces llenó el bidet de agua fría y añadió el hielo. Apretando los dientes, metió los pies en el agua helada y los retuvo allí durante un minuto entero, reanimándolos al sumergirlos brevemente en el agua tibia de la bañera. Después se peinó, pasó por los cabellos los dedos untados con Fuite des Heures, sacudió violentamente la cabeza y se rehízo el moño. No se retrasaría, aunque le costase la vida. Pasó el Balenciaga por encima de su cabeza. El vestido se deslizó limpiamente, como si estuviese contento de volver a su país natal después de todos sus viajes y de su largo encierro. Se untó las cejas y las pestañas con aceite de coco, para darles un poco más de brillo, deleitándose con su delicioso aroma, y dio unos toques de color a sus labios. Su piel blanca resplandeció sobre la seda negra. Hoy no era un matador de toros, una asesina, un gato ladrón, sino una parisiense. Menos significaba infinitamente más. Se quitó el reloj y la mayor parte de la pintura de los labios. Le quedaban tres minutos. Se llevó brevemente un pedazo de hielo a las sienes, respiró hondo, agarró sus zapatos y bajó descalza la escalera. Delante de la puerta del salón, se detuvo para serenarse y ponerse los zapatos.

—Estoy lista.

Se alegró al ver un destello de sorpresa en el semblante de Guy.

Éste se había cambiado y lucía un traje gris pálido de noche. Corrie vio que el salón estaba decorado con los mismos tonos grises y crema de las habitaciones de arriba, pero su mobiliario era más completo, con una resplandeciente mesa escritorio antigua y mullidos sofás y sillones tapizados de piel de ante de color cremoso. Sólo había una nota viva de color: un gran cuadro al óleo sobre el escritorio y en el que reconoció inmediatamente un Chagall. Representaba un muchacho con cara de payaso bailando bajo una luna brillante y sonriente, con su dama en los brazos y una banda de pájaros revoloteando como locos en un cielo de licor de menta. Era algo tan inesperado como un icono en aquel ambiente desnudo y casi sin alma, tan jugoso como una súbita música de cuerda en un canto llano clásico. ¿Qué diablos estaba haciendo allí?

—Venga.

La voz de su patrono la sacó de su ensimismamiento. Una mirada a su cara impasible le dio la respuesta a su pregunta no formulada. Él advertía apenas la belleza de ensueño de aquel cuadro; para él, no era más que una inversión, arte fructífero. Se acercó a la chimenea de mármol y tomó un estuche de terciopelo negro. Ella obedeció de mala gana su ademán impaciente.

—Vuélvase.

Corrie se volvió, oyó el chasquido del estuche al abrirse y sintió que algo fino y sedoso se deslizaba alrededor de su cuello. El roce de los dedos de él, inesperadamente cálidos, le produjo un ligero estremecimiento en la espina dorsal.

—Sí. Creo que le sientan bien.

Ella dio media vuelta para mirarse en el espejo biselado de encima de la chimenea. Alrededor de su cuello había una fortuna en perlas negras e iguales; sólo que, como descubrió ahora, las perlas negras no eran negras, sino verdes y rosadas y de un azul ultramar oscuro, como la irisación del petróleo sobre el agua. Brillaban con reflejos corrompidos y siniestros sobre la blancura de su piel.

—Pero, ¿por qué...? —Se volvió, pasmada, a él—. ¿Por qué me da esto?

—Mi querida miss Modena, no vaya tan de prisa. —Su voz era sedosa, pero la expresión burlona de sus ojos hizo que se ruborizasen las mejillas de la joven—. No se las voy a dar en absoluto; sólo se las presto. Pertenecieron a mi abuela. Ella no habría aprobado su empleo para una velada que no fuese de gala, pero no hay alternativa. Esta noche debe presentar usted su mejor aspecto. Al menos las perlas distraerán la atención de su vestido.

—¿Qué tiene de malo mi vestido?

De pronto, se sintió desanimada.

—Nada. Simplemente, es la tercera vez que la he visto llevarlo. —Su tono era brusco—. Cuando esté conmigo, no debe llevar el mismo vestido más de una vez en cualquier función de noche. Es una norma no escrita. El mismo vestido puede llevarse tres veces como máximo: una, en una fiesta nocturna o en una recepción de tarde; otra tal vez en julio en el Bois de Boulogne, y otra, si no hay más remedio, en el Casino en agosto.

Advirtió la expresión pasmada de ella y se encogió de hombros.

—Ya aprenderá. Mientras tanto, cuidaré de que le proporcione... uniformes suficientes para cubrir casi todas las eventualidades. Desde luego, en sus días libres, puede ponerse lo que guste.

Corrie apretó los dientes. No sabía qué era peor, si su aire protector o sus insultos. Incluso cuando trabajaba de camarera en el Savoy había recibido mejor trato.

—Y ahora, a trabajar —dijo él, desde la puerta.

—Espere. —Corrie trató de recobrar su aplomo—. Todavía no me ha dicho exactamente qué clase de trabajo tengo que hacer.

—¡Oh, eso! —Vaciló, con una curiosa expresión en su semblante—. Supongo que es esencial para usted llevar alguna clase de etiqueta.

—Ciertamente, así es. —Él la hacía sentirse tonta, provinciana pero estaba resuelta a tener algún título oficial—. ¿Qué soy yo? ¿Un ama de llaves, una secretaria, una acompañante a sueldo?

Él guardó silencio durante un largo momento.

—Todo esto... y nada de esto. Veamos. —La miró, con su sonrisita irónica—. Sí, ya lo tengo. Considérese como... una carabina.

¿Una carabina? ¿Qué diablos quería decir? No había tiempo para más preguntas, pues él corría ya hacia el coche que esperaba. ¿Tenía alguna relación femenina que necesitase una carabina? No lo creía. Su casa no daba señales de una presencia femenina y, en todo caso, él había dicho claramente que pocas veces estaba en ella.

Las intrigantes posibilidades de su nuevo empleo la tuvieron tan absorta que el coche se detuvo antes de que se le ocurriese preguntar a donde iban a cenar. Él arqueó las cejas al oír la apresurada pregunta.

—A Maxim's, desde luego. Afortunadamente, no es una noche de gala, o no la habrían admitido ni siquiera yendo conmigo.

A ella se le encogió el corazón. Maxim's... Las *crêpes* de alforfón parecieron de pronto una bola de plomo en la boca de su estómago. Se alegró de la experiencia adquirida en el Savoy al seguir a Guy hacia la entrada. Se sentía como si sólo tuviese seis pulgadas de estatura, pero su rostro no manifestó el menor nerviosismo.

Maxim's resultó ser exactamente lo que ella temía o tal vez más. Muy Orilla Derecha, como habría dicho Arlequín; un lugar para ser visto, no para divertirse en él, lleno de gente elegante pero aburrida, con una decoración de principios de siglo y unos precios exorbitantes. Un sitio donde uno perdía prestigio si no pagaba la cuenta sin pestañear. Al entrar del brazo de Guy, percibió un ligero zumbido de curiosidad, al que correspondió su acompañante con otra de sus rápidas transformaciones. La suavidad con que le tocó el codo al conducirla a su silla fue un modelo de cortesía. Como si ella hubiese sido una valiosa figurita de cristal Lalique. Resistió la tentación de golpear furiosamente con los pies.

El zumbido de interés se extinguió en un débil murmullo, pero Corrie se dio cuenta de muchas miradas curiosas en las mesas contiguas. Mantuvo modestamente los ojos bajos sobre la mesa. Sería un trabajo duro.

—Muy bien —dijo él, con expresión aprobadora—. No sonría; así parecerá más confiada.

—¿Puedo quitarme los zapatos? —suplicó ella en voz baja.

—Claro que no. —Él sonrió a un conocido de una mesa próxima, adoptando la máscara de la simpatía—. Y, por el amor de Dios, no coma demasiado.

La cosa iba de mal en peor. ¿Cómo iba a llenar el tiempo? Podía sentir las miradas que se clavaban en su nuca como alfileres al rojo. Resueltamente, mantuvo impasible el semblante, haciendo caso omiso del maître que saludó a Guy con una mezcla de deferencia y distanciamiento fruto de la práctica. Afortunadamente, después de todo lo que había comido durante el día, Corrie no tenía mucho apetito y pudo juguetear con sus *noisettes d'agneau Edouard,* guisantes *mangetout* y espárragos al vapor, aunque tuvo que dominar un ligero entusiasmo al ver las *crêpes joyeuse Sophie.* Fruncía el ceño con adecuada severidad inglesa a cuantos se atrevían a cruzar su mirada con la de ella, mientras Guy comía poco y escrutaba el atestado comedor mirando entre las columnas con ojos medio cerrados. Ella no tenía la menor idea de lo que estaba buscando ni de cuál era el objeto de aquella cena, pero, mientras tomaban café se relajó un poco. Observó a Guy con aprensión. Era un hombre extraño, que oscilaba a voluntad entre la simpatía y una indiferencia helada.

—Parece el momento adecuado —dijo él, llenándole de nuevo el vaso de vino. Ella aguardó, esperanzada. Tal vez, al fin, la iniciaría él en su trabajo o le explicaría al menos cuáles eran sus deberes—. Tengo que decirle muchas cosas, y debe usted recordarlo todo porque sólo se lo diré una vez.

Imposible desobedecer a aquella voz tranquila pero autoritaria. El hombre hablaba en serio. Ella escuchó con atención.

—La sociedad le perdonará muchas cosas porque es usted inglesa e ignora sus costumbres, pero hay algo que incluso usted debe saber si quiere que la acepten.

Ella asintió con la cabeza.

—No es muy difícil, —siguió diciendo él—. No es más que un truco, una ilusión. Nadie debe saber quién es usted, pero todos deben presumir que lo saben. ¿Lo comprende?

Ella asintió de nuevo.

—Bien. —Su expresión era aprobadora—. Como ha tenido alguna práctica en papeles de esta clase, aprenderá muy fácilmente. La mayoría de las personas la aceptarán inmediatamente porque está conmigo. Supondrán que es una rica heredera o mi amante.

—O ambas cosas.

Él inclinó la cabeza.

—*Merci du compliment.* Afortunadamente, ni una rica heredera ni una amante necesitan hablar mucho. Pero aún así, hay algunas cosas que debe saber, algunas preguntas a las que debe poder contestar sin la menor vacilación cuando tenga la desgracia de tropezarse con alguien que sepa bastante inglés para hacerlas. Por ejemplo, sin duda le preguntarán qué planes tiene para el resto del verano. ¿Qué responderá?

Ella frunció el ceño.

—Estaré en París, naturalmente.

—No, no. Esto no estaría bien. Ninguna persona distinguida se queda en París en julio y en agosto. La temporada termina en junio, y dejarse ver en la capital después de junio es un suicidio social.

—Pero usted sabe que yo quiero quedarme en París. Fue parte de nuestro acuerdo.

Él suspiró pacientemente.

—Creo que no lo comprende. Que se quede o no en París este verano me tiene absolutamente sin cuidado; pero usted debe *decir* que irá a otra parte. ¿Comprendido? —Ella asintió con la cabeza. Él la estaba tratando como a una niña, pero estaba resuelto a demostrarle que podía ser tan refinada como él—. Y ahora, ¿a qué sitio irá?

Ella pensó, larga y profundamente.

—¿Sin reparar en el dinero? ¿Puedo ir adonde quiera?

—Desde luego. Recuerde que es una rica heredera o mi amante.

—En tal caso, sé exactamente adonde voy a ir. —Hizo una pausa triunfal. Esto, al menos, sería aceptable—. A la Riviera.

—Lo que pensaba. —Guy meneó la cabeza, desdeñosamente—. Es una suerte que haya aprovechado esta oportunidad para instruirla. Deje que le explique...

—Espere, pienso que ya sé lo que va a decirme. —Imitó las palabras del hombre—: Ninguna persona distinguida va a la Riviera en verano.

Él torció los labios, pero su cara permaneció seria.

—Exacto. Si quiere, puede ir por Navidad o por carnaval; a Cap d'Antibes por favor, nunca a St. Tropez, o posiblemente en mayo, a Cannes, pues es muy divertido, ¿sabe? Aunque yo preferiría que estuviese en Normandía cuando florecen los manzanos. Pero, sobre todo, nunca a la Riviera en julio o en agosto. Esto es sólo para las masas.

Por la manera en que lo decía, parecía que las masas debían divertirse mucho más. Pero no habría estado bien que ella lo dijese. Hizo una pausa, completamente asombrada y un poco irritada, antes de preguntar:

—¿Y adónde se me permitirá ir durante los meses de julio y agosto?

—A uno de los lugares de veraneo de la costa del Atlántico, naturalmente. —Su voz no podía ser ahora más suave—. El Mediterráneo está demasiado explotado y superpoblado. Deauville o La Baule son infinitamente preferibles. En septiembre, Biarritz puede ser un sitio adecuado.

—¿Debo entender que no ha estado usted nunca en la Riviera?

Su voz era tan suave como la de él, aunque tenía que reprimir la instintiva defensa apasionada de todos los recuerdos de su infancia. No podía revelar el hecho de que conocía bien aquella región.

—Un par de veces, en invierno, cuando era chico. Pero hoy en día está muy *passé, dèclassé.* Prefiero pasar el invierno en Córcega.

Su tono era rotundo. Ella se tragó su enojo.

—Pero dudo mucho —siguió diciendo él— de que haya visitado alguna vez las poblaciones de veraneo del Atlántico.

—No, y no deseo hacerlo. Por lo que usted dice estoy segura de que no me gustaría.

Él sonrió con aquel aire protector, insultante.

—Juzga con demasiada rapidez. Quizá le sorprendería descubrir en usted un *côté Atlantique,* además de un *côté Méditerranéen.* Es posible que con los años y la experiencia consiga tener un paladar más sutil. —No hizo caso de la furiosa mirada de ella—. Côte d'Azur, Côte d'Or..., turquesa y oro, tienen un elemento vulgar, ¿verdad? Yo prefiero la Côte d'Argent, la costa de plata.

—¡A mí me gustan el oro y la turquesa!

—Es posible. —Su voz no toleraba el desacuerdo—. Pero, en mi compañía, llevará solamente plata. Ella quedó de nuevo callada. Él prosiguió, como si nada hubiese ocurrido:

—¿Dónde estábamos? Ah, sí, estamos en noviembre. De ahora en adelante hará usted deporte de invierno en los Alpes o en Córcega. Esto no es permisible en verano, ni siquiera a gran altura en Val d'Isère o Chamonix, porque esquiar en verano no puede considerarse una cosa realmente seria. En primavera, querrá volver a París para los *vernissages,* las carreras de Longchamp o Chantilly. Puede mencionar el Prix du Diane. —Hizo una pausa—. Veamos, ¿qué más? Ah, sí. En los Champs Elysées debe andar solamente por la acera norte, la de los números pares. También puede cabalgar en el Bois de Boulogne, pero nunca en domingo, pues hay demasiada gente.

—¿Y qué haré los domingos? —preguntó suavemente ella.

—Tal vez podrá asistir a una subasta de tarde en el Hôtel des Rameaux, en Versalles.

Sonrió al ver que ella se echaba atrás en su silla, dándole vueltas la cabeza.

—¿Alguna pregunta?

—Sí. —Corrie sacudió la cabeza con incredulidad—. ¿Cómo voy a recordar todo esto?

—Lo recordará —dijo, inexorable, él—. Es esencial. De no ser así, no me serviría para nada. —Esperó, escrutando su cara—. Bueno, ¿qué piensa?

Ella se encogió de hombros.

—Le diré lo que pienso. —Su sonrisa era maliciosa—. Pienso que sería más fácil ser su amante.

Él frunció el ceño. Por un instante, sus fríos ojos grises se clavaron en los de ella con una intensidad inquietante. Después sonrió, con aquella su sonrisa enigmática y fría.

—Cuando usted quiera, mi querida Corrie. —Su voz era perezosa—. Cuando usted quiera.

Estaba claro que no hablaba en serio. Ella había hablado también con ligereza, pero ahora él se estaba burlando.

—Trata de ponerme las cosas difíciles.

—Sí, un poco. —Se encogió de hombros—. Es mi privilegio. Por algo soy su patrono.

—En tal caso —saltó ella—, ya es hora de que me asigne algún trabajo verdadero.

Por un instante, la expresión de Guy fue casi simpática. Iba a replicar cuando vio algo o a alguien detrás del hombro izquierdo de ella. Inmediatamente volvió a ponerse la máscara de indiferencia. Ella siguió la dirección de su mirada. Pasando entre las colmadas mesas y entre las columnas, se acercaba una pelirroja alta, seguida respetuosamente de su acompañante.

—*Bonsoir, Guy, comment ça va?*

La mirada de la pelirroja se posó afanosamente en Corrie, con una mezcla de consternación y especulación.

Guy permaneció imperturbable ante la evidente curiosidad de la pelirroja.

—Permíteme presentarte a mademoiselle Corrie Modena, una amiga de Inglaterra. —Hablaba en inglés, para evidente contrariedad de la pelirroja—. Corrie, ésta es Agnès, una de mis más viejas e... íntimas amigas. —Corrie estrechó la mano de la pelirroja, simulando un doble beso con el que esperaba expresar las debidas altivez y falta de interés. Agnès se disponía a hablarle cuando intervino Guy—: Desgraciadamente, Corrie no sabe una palabra de francés. —Esta vez habló en su lengua—. Aunque estoy seguro de que te gustaría interrogarla.

—Pero, ¿qué te propones Guy? —La expresión de Agnès era de divertida alarma—. ¿Sabes lo que estás haciendo? ¿Que dirá nuestra pequeña Blanche?

Guy sonrió; una sonrisa lenta, peligrosa.

—Blanche y yo nos comprendemos muy bien, querida. Y en todo caso, creo que esto no te importa en absoluto.

—Pero, ¿quién es? ¿Dónde la encontraste? ¿Dónde se aloja?

Corrie empezaba a sentirse como una vaquilla de alta calidad en un mercado de ganado. Le costaba mucho ocultar que entendía todas las palabras.

—Ya te he dicho que se llama Corrie y que es inglesa, y se aloja en mi casa como invitada. Esto es todo lo que necesitas saber.

—Agnès abrió mucho los ojos. Miró a Corrie con nuevo respeto teñido de ligera envidia, con un toque de desaprobación y mucho de especulación. Se volvió de nuevo a Guy.

—*Elle n'est pas mal, quand même...* —Su expresión era ahora de reproche—. *Mais si jeune!* (Desde luego, no está mal... ¡Pero es tan joven!)

Corrie estaba furiosa. Advirtiendo un hálito frío en el ambiente, Guy intervino con suavidad.

—Si no te importa, *ma chère Agnès,* preferiríamos estar solos. Estoy seguro de que lo comprenderás.

—*Bien sûr.* Desde luego.

La pelirroja se alejó, seguida siempre de su acompañante. Cuando llegó a su mesa, Corrie vio que varias cabezas se volvían vivamente en su dirección y casi pudo oír un zumbido de interés.

—¿Quién es esa mujer? —dijo, disimulando a duras penas su irritación.

Guy se encogió de hombros.

—Nadie importante. Es un satélite, un centro de comunicaciones. Por medio de Agnès se puede enviar un mensaje más rápidamente que por telégrafo.

Corrie se sintió inquieta.

—¿Un mensaje? ¿A quién?

Guy sonrió ingenuamente.

—A todo París. Al menos a todos los que cuentan. Particularmente a las mujeres.

—No lo comprendo. —Corrie estaba perdiendo la paciencia. Con un esfuerzo, volvió a su problema más apremiante—. Y todavía no me ha explicado el trabajo que tengo que hacer.

Él volvió a sonreír igual que antes.

—Lo está haciendo en este momento, mi querida Corrie. Y muy bien, si me permite decirlo.

—¿Qué quiere decir? —Miró con ceño a su alrededor—. Pensaba que había dicho que haría de carabina. ¿Cómo puedo hacer de carabina si no hay nadie a quien... bueno, a quien guardar?

Él sonrió de nuevo, con un brillo malicioso en sus pálidos ojos grises.

—Sí que hay alguien.

Levantó ceremoniosamente su vaso y lo hizo chocar con el de ella como en un brindis burlón.

—¿Quién?

Él apuró el vaso y lo dejó delicadamente sobre la mesa.

—Yo.

Ella se le quedó mirando en pasmado silencio durante un minuto. Sin duda se estaba burlando una vez más de ella. Él le devolvió la mirada con absoluta seriedad.

—¿Usted?

—¿Por qué no? —Arqueó una ceja—. ¿Tan raro le parece?

—Naturalmente. Es ridículo. ¿Por qué diablos tenía usted que necesitar una carabina? Su voz adquirió un tono sarcástico—. Supongo que es lo bastante mayor para defenderse, ¿no?

—No lo bastante para estar a salvo. —Jugueteó perezosamente con su vaso de vino vacío—. Y las mujeres son persistentes, como usted misma ha demostrado ampliamente. —Por un instante, hubo algo acerado debajo de la ligereza de sus modales; pero se desvaneció en seguida. Cuando prosiguió, su voz no podía ser más blanda—. A fin de cuentas, no es de extrañar que las mujeres se interesen por mí. No carezco de atractivos, tengo *entrée* en un mundo que encanta a muchas mujeres y soy un amante excelente. Y más importante aún, como se ha tomado usted la molestia de señalar, es que soy también sumamente rico. Las mujeres son criaturas lógicas, y las francesas, las más lógicas de todas.

Su desapego la dejó sin aliento. Estaba hablando del amor como si fuese un intercambio comercial, una cuestión de rutina. Reprimió su indignación con un esfuerzo.

—Si esto es así —dijo ella, en un tono tan frío y práctico como el de él—, ¿por qué no se tumba de espaldas y se deja querer?

—Por una buena razón. —Hizo una pausa, frunciendo ligeramente el ceño—. Voy a casarme.

CAPÍTULO VII

—¿Qué?

Casi se atragantó con el vino y dejó el vaso con mano temblorosa. Sintió como si la tierra se hubiese abierto bajo sus pies.

—Parece que esto la ha impresionado —dijo él, sondeándola con la mirada.

Ella no supo qué decir. Al fin y al cabo, ¿por qué había de importarle su vida privada? No era asunto suyo... y, sin embargo, tenía una extraña impresión de vacío, como si la hubiesen robado o estafado o engañado de algún modo, haciéndole pensar que tenía algo que no tenía y que nunca podría tener. ¿Cómo podía haber estado tan equivocada en lo tocante a Guy de Chardonnet? Parecía tan desapegado..., un gran *connoisseur* de las mujeres, un experto cazador de piezas, incluida, hasta cierto punto, ella misma. Se indignó. Era como si la hubiesen engatusado para tomar parte en un concurso cuando la ganadora había sido ya elegida entre bastidores. No era justo. Incluso los juegos tenían sus reglas...

—Pues, sí. Supongo que ya había decidido casarse cuando me propuso que fuese su amante, ¿no?

—Desde luego. —Hizo una cortés inclinación de cabeza—. Pero, si me permite recordárselo, fue usted quien lo sugirió primero.

Corrie sintió que se ponía colorada.

—Puede que fuese así... —se chanceó—. ¡Pero no advertí ninguna renuencia por su parte!

—Habría sido una grosería rechazar tan delicioso ofrecimiento. —Le tocó una mano con la base de su copa helada. Una gota de vapor condensado rodó sobre su piel, produciéndole un escalofrío—. Usted..., ¿cómo lo dicen en inglés?, me hizo salir de mis casillas. Y de todos modos, estaba resuelto... a... a terminar nuestra relación mucho antes de la boda.

—Muy considerado de su parte. —Estaba echando chispas—. Muy... caballeroso.

—Creo que sí. Y aquí es donde interviene usted. ¿No es caballeroso, no es un tributo debido a la *fiancée* tener una carabina para los meses que preceden a la boda? —Corrie sintió sus ojos fijos en su cara—. La cosa empieza ya a funcionar. Al verla, todas esas mujeres adorables, y las parisienses son las mujeres más adorables, más atractivas del mundo, se lo pensarán dos veces antes de intentar apartarme del camino de la virtud. Sí, ya empieza a funcionar. Mañana, todo París hablará de usted.

—¿Y su novia? ¿Qué me dice de ella? ¿Qué pensará cuando le hablen de mí?

Él se encogió de hombros.

—Nos comprendemos muy bien. Estamos prometidos desde hace muchos años. La... la divertirá.

—¿Debo entender que es pariente suya?

El hombre pareció un poco sorprendido.

—Sí, somos primos. ¿Cómo lo supo?

—Una simple conjetura.

Sabía más de lo que él podía sospechar acerca de los noviazgos franceses, especialmente en las clases más altas. Su pobre *fiancée*, prometida desde la infancia, habría sido empujada por las presiones de clase y sociales, y por la necesidad de mantener intactas las fortunas familiares, a un matrimonio de conveniencia. Con un mujeriego arrogante e insensible.

—Naturalmente, será usted fiel a su esposa.

Ninguna señal del desprecio que sentía se mostraba en su cara ni en su voz.

—Naturalmente. Mientras sea necesario.

Desde luego. El hijo y heredero, para asegurar la sucesión. Todo era perfectamente lógico, al estilo francés. Pero, ¿dónde estaban la pasión, el deseo, la aventura..., todo lo que hacía que la vida valiese la pena de vivirse?

—Y su prometida... ¿gozará de la misma libertad cuando se hayan casado?

—Claro que no. —Su tono fue rotundo, aunque ligeramente resentido—. En una mujer soltera, una aventura, un descarrío, es perdonable. Después del matrimonio, ¡nunca!

—Comprendo. —Aumentó su compasión por la pobre *fiancée*—. Lo que es natural para usted es inconcebible para su esposa.

Él encogió los hombros.

—El mundo es así.

No el mío, quiso decirle ella; pero él se anticipó:

—Esta discusión no conduce a ninguna parte. No todas las mujeres tienen su obsesión por la independencia o sus excéntricas ideas sobre la manera de lograrla. —El sarcasmo de su tono hizo que sus mejillas enrojeciesen todavía más—. Pero, en todo caso, no estamos tratando de mi matrimonio. ¿Acepta o no el puesto que le ofrezco?

Ella le miró fijamente sobre la nívea blancura del mantel. Algo, en su interior, se rebeló contra el desafío de sus ojos. Se imaginaba que podía jugar con ella, emplearla como parte del juego en que se hallaba metido. Pero quizá se encontraría con que su carabina era algo más de lo que él había pretendido. Cuando ella decidía hacer un trabajo, ya fuese limpiar las habitaciones de un hotel, aprenderse una lista de memoria o hacer de perro guardián de un Don Juan profesional, le gustaba hacerlo bien.

—Acepto, me parece una idea excelente. Una de las pocas maneras, dada nuestra recíproca antipatía, en que podemos sernos mutuamente útiles.

Sus ojos lanzaban chispas, pero su sonrisa no podía ser más serena.

—Muy bien.

Guy no dio señales de que el dardo lanzado por ella hubiese dado en el blanco. Con exquisita cortesía impersonal, la condujo fuera de Maxim's y la instaló en el coche que estaba esperando. Pero él se quedó en tierra.

—¿Adónde va usted?

Corrie sintió un momento de pánico irracional.

—Tengo... que solucionar unos asuntos. —Le dirigió una de sus enigmáticas sonrisas—. No volveré a necesitarla esta noche. André la llevará a la casa. Le aconsejo que se acueste temprano, pues tendrá que estar lista a las diez de la mañana.

Antes de que ella pudiese hacerle más preguntas, hizo una seña a André y el automóvil se apartó sin ruido de la acera. Corrie se quedó momentáneamente desorientada. Guy de Chardonnet, a pesar de sus limitaciones, era la única persona que conocía en París. De regreso en la casa de la Avenue Pierre I de Serbie, encontró sobre la mesa del vestíbulo un paquete dirigido a ella. Una nota escrita a máquina y apoyada en el paquete decía simplemente: "Cláusula 4." Dentro del paquete estaba la cajita de esmalte que pudo pertenecer a María Antonieta llena de pequeños bombones de chocolate holandeses.

De pronto, se sintió cansada, demasiado cansada incluso para comer chocolate. Guy de Chardonnet era un hombre desconcertante. Incluso su generosidad tenía un tono frío, impersonal.

Suspiró. ¿Por qué la inquietaba tanto la idea del próximo matrimonio de Guy? Hubiese debido sentirse complacida, porque hacía mucho más segura su propia posición. No era como si le hubiese querido para ella misma.

Vanidad herida, esto es todo, se dijo, yaciendo horas despierta a pesar de su fatiga. Por fin se sumió en un sueño agitado, y soñó que vestía de gala de la cabeza a los pies.

A las diez en punto de la mañana siguiente, André la dejó en la puerta de la casa Dior. En el interior, en la discreta penumbra ligeramente perfumada con esencia de muguete, fue recibida por una vendedora vestida de seda negra, que la acompañó al salón privado donde la estaba esperando Guy de Chardonnet. Éste reprimió un ligero suspiro al ver que llevaba su sencillo vestido de algodón amarillo.

—Amarillo de margarita, ¿no? —preguntó amablemente, mientras la instalaba en un sillón pintado de blanco y terriblemente incómodo.

—Debería alegrarse de que no me haya puesto mi chal escarlata —respondió ella, en son de broma.

—Le expreso por ello mi más profunda y sincera gratitud.

Corrie advirtió que, a pesar de que anoche se habían retirado tarde, no parecía cansado en absoluto, mientras que ella se sentía realmente fatigada. Guy pidió café, y lo sorbieron mientras las modelos desfilaban ante ellos, balanceándose y dando vueltas como los caballitos alegremente pintados de una feria. Pronto, a pesar de su cansancio, se sintió subyugada por la magia de la ocasión. Vio un vestido de cóctel, con franjas en diagonal de terciopelo verde jade y satén, que le habría gustado llevar, y un traje de noche de tul negro salpicado de rosas doradas que era francamente irresistible. Y un vestido de calle de fular escarlata, con una chaqueta reversible haciendo juego, y una blusa de seda azul libélula y con cuello escarolado, y un quimono irisado, y un vestido de verano de falda larga y color de albaricoque con un ancho cinto a rayas... En mitad de la exhibición, se recobró ella lo bastante para advertir que los ojos de las modelos permanecían fijos en Guy, como si ella, a su lado, careciese de importancia. Una de ellas, pestañeando y moviendo descaradamente las caderas, se mostraba francamente insinuante. Corrie se alegró de ver que Guy no la animaba, sino que fruncía el ceño durante su actuación, y llamaba después a la vendedora.

—No interesan —dijo.

—Pero son unas prendas magníficas, monsieur.

La vendedora se debatía claramente entre la diplomacia y el prestigio de la casa.

—Estoy de acuerdo, pero no son adecuadas para mademoiselle.

Corrie enterró la nariz en su taza de café, esforzándose en no mostrar que entendía todo lo que decían.

—Deje que le explique —siguió diciendo Guy—. Mademoiselle, como usted puede ver, no es como las otras jóvenes que he traído aquí.

—¿No, monsieur?

La vendedora estaba ahora muy interesada, aunque todavía se portaba con cautela. Corrie sintió una cálida satisfacción en todo su cuerpo. No; ciertamente, no era como otras chicas. Y se alegraba de que su patrono hubiese visto por fin la luz. Ella era ella: diferente, especial, única. Era Corrie. pero lo que dijo Guy a continuación la dejó sin aliento con desconcertante brusquedad.

—Es una lástima, pero no es una belleza clásica. No es lo bastante alta, como puede usted ver, y está demasiado llena. Sin embargo, confío plenamente en usted. Con su ayuda, espero poder disimular, si no remediar, algunos de estos defectos. ¿Me ha comprendido?

—Oh, sí, monsieur.

La vendedora miró a Corrie con la expresión de un ama de casa comprobando la madurez de un tomate. Corrie, hirviendo de indignación, apuró el poso de su café y a punto estuvo de atragantarse.

—Bueno, ¿qué le parece? ¿Puede hacer algo? Al menos el color de su piel es aceptable, *n'est-ce pas?*

—Sí, es interesante. —Los ojos de la vendedora empezaron a brillar al aceptar el reto—. Veré lo que puedo hacer.

Aparecieron de nuevo las modelos, pero esta vez, para evidente pesar de Corrie, no lucían unos estilos tan impresionantes como antes. Modestas y serias como palomas, todos sus vestidos eran cremosos y grises y con todos los tonos del beige. Corrie los observó horrorizada, con todas las células de su cuerpo reclamando brillo y color. No se veía un volante almidonado, ni una puntilla fruncida, ni un destello diamantino. Ni siquiera un topo.

—Sí, esto está mucho mejor. —Guy hizo un gesto de aprobación—. La sencillez y la severidad son la clave. Pienso que esto le sentará muy bien.

Corrie permaneció en pie, echando chispas, mientras las ayudantes de la vendedora le tomaban las medidas. Su corazón ansiaba un escarlata furioso, un alegre amarillo, ¿y qué había conseguido? Un uniforme más adecuado para un ama de llaves que para una mujer de mundo. ¿Qué importaba que todos los géneros fuesen de seda y que hasta la última puntada estuviese hecha a mano? Era triste, triste, triste. Y las palabras de Guy seguían escociéndole. Conque no era una belleza clásica... Muy bien, ¿quién quería ser una belleza clásica? Esta clase de belleza había desaparecido con los corsés y las cinturas apretadas. Ella, Corrie, ¡era una clásica del futuro!

Desgraciadamente para su amor propio, la sesión en Dior no fue más que la primera de una serie de experiencias igualmente humillantes. En Balmain, Givenchy y Madame Grès, se repitió la misma historia. Guy dejaba que cada *couturier* exhibiese sus últimos y más deliciosos modelos; después pronunciaba el mismo discursito y adquiría unos vestidos que Corrie habría encontrado poco llamativos si los hubiese llevado su abuela.

Para empeorar las cosas, al llevarles el coche a toda prisa por las atestadas calles, podía ver y casi tocar a chicas que llevaban precisamente la clase de ropa que ella habría escogido: juvenil, llamativa, atrevida, de vivos colores y formas desacostumbradas. Las señaló a Guy.

—Totalmente inadecuados —fue su fría respuesta—. Usted es una señorita de compañía, no una gitana.

—Pero son tan bonitos —protestó ella.

—Tal vez sí. —Permaneció inexorable—. Pero son también chillones, llamativos y baratos.

Ella le fulminó en silencio, buscando inútilmente en su memoria una respuesta adecuada.

Él se ablandó un poco.

—Es cuestión de encontrar lo que le sienta bien, una cuestión de estilo. El secreto está en la eliminación. Desde luego, si fuese usted una belleza clásica...

—¿Sí?

Empezaba a perder la paciencia. Él prosiguió como si tal cosa:

—Si fuese usted una belleza clásica, podría llevar todo lo que quisiera. Pero como no lo es, debe tener más cuidado en su elección.

—Quiere decir que necesito toda la ayuda que pueda tener.

—Ésta es una manera de expresarlo.

Su sonrisa era indiferente. Ella se negó a darse por vencida.

—Pero seguramente habrá otras casas de modas, respetables pero un poco más... alegres, ¿no?

—¿En quién está pensando?

Ella rebuscó en su memoria.

—¿Yves St. Laurent?

—Ni hablar. —Guy rechazó la sugerencia con un encogimiento de hombros—. Demasiado Orilla Izquierda.

—¿Courrèges?

—Demasiado hombruno.

—¿Lanvin?

—Pasable; pero demasiado juvenil —dijo él sacudiendo la cabeza.

—¿Schiaparelli?

Él se echó a reír.

—¿No está usted un poco despistada? La casa de Schiaparelli fue cerrada hace años. En todo caso, no era una modista seria; sus vestidos eran demasiado exagerados. Guantes con uñas pintadas, blusas con plumas de gallo, charreteras doradas. Esto no es alta costura, es hacer disfraces. —Sonrió con tolerancia—. De nuevo esa obsesión mediterránea...

Corrie estaba confusa. Recordó un deslumbrante traje de baile de color de rosa de su madre, vaporoso y con calados y lentejuelas. Había sido como un icono en su infancia; lo había tenido por la suma expresión de la elegancia y el refinamiento. ¿Era posible que estuviese equivocada? Rechazó la duda que había invadido de pronto su mente. Él estaba demasiado seguro de sí mismo, su aplomo era insultante. Pero había una cosa que demostraría que no tenía razón.

—Entonces, ¿qué me dice de Balenciaga? —Hizo una pausa para gozar de su triunfo—. Fue el modisto más grande que hubo jamás en el mundo, ¡y era español! —Sonrió dulcemente—. ¿O no es bastante Mediterráneo para usted

—Cierto que Balenciaga fue un genio, un maestro. En esto estoy completamente de acuerdo con usted. —Pero ni siquiera ahora pareció darse por vencido—. Si su salón estuviese todavía abierto, probablemente habría sido el primer y último lugar al que habríamos ido. Su estilo le sentaría bien. Lo cual no es de extrañar, ya que sienta bien a todas las mujeres. Podía hacer que una corista mexicana pareciese una duquesa.

Ella se tragó el insulto, pues ahora se sentía satisfecha. Por fin había conseguido apuntarse un tanto. ¡Un tanto a favor del Mediterráneo! Pero él parecía no haberse dado cuenta de su triunfo. Su expresión era absolutamente indiferente al proseguir:

—Sin embargo, me sorprende su convicción de que su talento fuese inspirado por el Mediterráneo. Indudablemente, la esencia de su estilo no es una simple trapacería satisfecha como el de Schiap, sino disciplina, eliminación, sencillez. Sospecho que, en su admirable afán de demostrar que yo estoy equivocado, olvidó que España posee, además de la Costa Brava y de la Costa Dorada, una costa del Atlántico. Fue allí donde nació y se crió Balenciaga. Y otra cosa: dudo mucho de que le hubiese gustado que le llamase usted español. Era vasco, y esto es otra cosa muy distinta.

Ella guardó silencio, le enfurecían los conocimientos de aquel hombre y todavía más la sonrisa medio burlona y compasiva con que acompañaba sus palabras.

—Balenciaga contra Schiaparelli, el Atlántico contra el Mediterráneo... Una bonita contienda, *n'est-ce pas?* —Su voz era ligera, pero en seguida adoptó un tono más serio—. Pero sospecho que, en esta lucha, el Atlántico siempre triunfará al final. Después de todo, ¿cómo puede un simple lago competir con todo un océano?

Corrie no respondió a su pregunta, que le pareció más que desdeñable. Sabía muy bien lo que él quería indicar. Ella era vulgar y populachera como el Mediterráneo; él era el noble Atlántico. Pero tal vez guardaba ella unas cuantas sorpresas en su manga. Él le había dado unos vestidos tristes, pero ella los llevaría con espíritu, con audacia, con lo que los italianos llamaban "*slancio*". Ya le enseñaría.

No protestó cuando él eligió unos sencillos y severos collares y pendientes de plata en Torum, zapatos hechos a mano en Célines, y guantes y pañuelos en Hermès. También ella era capaz de mostrar una faceta atlántica. Sus modales, al aceptar la casual largueza de él, fueron modelo de fría gracia. Escuchó atentamente sus consejos y sacó una libreta y un lápiz para anotarlos.

—Una excelente idea —dijo él, asintiendo con la cabeza. Ella bajó modestamente los ojos para disimular el desprecio que sentía—. Sólo joyas de plata —siguió diciendo él—. El oro es para los nuevos ricos y las entretenidas. —La observó mientras ella escribía—. *Nouveaux* se escribe con equis, no con ese —la corrigió, solícito. Ella enmendó la palabra obedientemente, apretando tanto el lápiz que a punto estuvo de romper el papel—. Ningún color más fuerte que el lila —prosiguió él.

—¿Qué me dice del blanco? Seguramente es lo más incoloro que se pueda desear.

Él sacudió la cabeza.

—Un error común. El blanco es el color más difícil y menos favorecedor de todos. Sólo es adecuado para las novias o...

—No me lo diga —le interrumpió Corrie—. Creo que yo lo sé. Las bellezas clásicas.

—Exacto. Por esto no debe llevar nunca un vestido blanco.

—¿Ni siquiera cuando me case?

—Si recuerdo correctamente sus planes para el futuro, cuando llegue el día de su boda será, casi con certeza, demasiado vieja para vestir de blanco.

La punta del lápiz de Corrie se rompió, al mismo tiempo que su paciencia.

—En tal caso, me casaré de escarlata, ¡como las gitanas!

Irritada, bajó el cristal de la ventanilla y arrrojó la libreta a la calle.

De vuelta en la Avenue Pierre I de Serbie, Guy le dijo que, hasta que llegasen los nuevos "uniformes", podía disponer de todo su tiempo.

—Supongo que su reputación saldría perjudicada si me viesen con usted llevando otras cosas —dijo ella, en tono cáustico.

—Yo no he dicho esto. —La suavidad de su respuesta agravó aún más las cosas—. Aunque me gustaría muchísimo pasar todo el día en su deliciosa compañía, tengo otros... asuntos que resolver y que me obligan a ausentarme unos días de París.

—Podría ir con usted. —No le había gustado la palabra "asuntos"—. Puede necesitar una carabina.

—Su diligencia es digna de todo encomio —dijo él, frunciendo las comisuras de sus labios—. Pero sólo estoy bajo su jurisdicción en la ciudad de París.

Era un diablo muy astuto. Ni siquiera iba a cumplir el compromiso que él mismo había iniciado. Pero esto la tenía a ella sin cuidado. Su ausencia le daría tiempo para urdir un plan de campaña para cuando regresase.

—¿Para cuándo debo esperar su regreso? —preguntó suavemente.

—Se lo haré saber con veinticuatro horas de antelación, según lo convenido.

—¿Por escrito?

—Desde luego.

Él se inclinó y la besó ligeramente en ambas mejillas.

—Mientras tanto, los criados tienen instrucciones de considerarla como la... dueña de la casa. Por favor, acuda a ellos siempre que necesite algo. *Au revoir,* miss Modena.

Ella no perdió un instante. En cuanto el coche se hubo perdido de vista, subió corriendo la escalera, se lavó la cara con agua fría y se soltó los cabellos. Se puso su chal escarlata, cogió su bolso y tomó el primer metro para ir a la Place de l'Opéra.

—Monsieur Beyer.

Karl Beyer levantó la cabeza, momentáneamente desconcertado. Había dado instrucciones expresas de que no le molestasen. Todos los artistas habían salido para almorzar y el personal sabía muy bien que no debía interrumpirle cuando estaba trabajando.

—Monsieur Beyer.

El hombre frunció el ceño y dejó a un lado la partitura profusamente anotada. Necesitaba estos ratos de tranquilidad a solas, para concentrar sus pensamientos. En definitiva, el triunfo de la ópera dependía de él, como director musical. Los cantantes, con su talento natural, que él no envidiaba en absoluto, eran tan desmañados como chiquillos, especialmente la nueva soprano sudamericana. Pero él tenía la edad y la experiencia. Éstas hacían que fuese implacable.

Se volvió en su asiento del foso de la orquesta para escrutar la penumbra a su espalda. No hay lugar más triste y desolado que un teatro de ópera vacío en una tarde de sol, pero bajando por el pasillo, como un rayo de sol que hubiese penetrado de algún modo en la sala, llegaba la figura incongruente de una muchacha vestida de amarillo y con los hombros envueltos en un chal escarlata.

—¿Monsieur Beyer?

Llegó junto al asiento del hombre. Éste la miró con altivez, observando sus mejillas coloradas y sus cabellos revueltos. Sintió la curiosa impresión de que la conocía de algo. Había algo familiar en ella, aunque estaba seguro de no haber visto nunca su cara. Y vio que ella le estaba observando con igual interés. Frunció el ceño.

—¿Sí?

El cortante acento austríaco que nunca había tratado de perder le había sido de gran ayuda en su larga carrera. Cada una de sus muchas inflexiones diferentes valía su peso en oro. Sarcasmo, autoridad, cortesía, renuente aprobación: todo esto podía expresarlo con el tono de la voz y una inclinación de la cabeza.

—¿Qué desea?

—Quiero cantar. —Él advirtió que sus ojos tenían el color de la amatista—. Para usted.

El hombre dio un respingo. Estuvo a punto de gritar pidiendo ayuda para librarse de ella, pero algo —no compasión sino curiosidad y cierto desasosiego que sentía después de una larga mañana improductiva— le hizo cambiar de idea. La muchacha parecía tan joven, tan llena de vida, con sus cabellos sueltos y sus ojos penetrantes... Ahora sabía por qué le había parecido familiar. Había visto aquellos ojos antes de ahora, en una estatua griega de un muchacho que conducía un carro y entornaba los párpados para proteger sus ojos del viento.

—¿Qué le hace pensar que querré escucharla?

Su tono era amenazadoramente tranquilo, razonable.

—Porque lo lamentaría durante el resto de su vida si no lo hiciese.

Él no dijo nada y disimuló una ligera sonrisa. Al menos no era tímida aquella joven valquiria. Probablemente tenía una voz como un grajo, pero no era tímida.

Con un movimiento de cabeza, le indicó el escenario.

—Está bien. Tiene cinco minutos.

Hay que decir en honor de Corrie que apenas vaciló un segundo. Con un rápido y ágil movimiento, desdeñando los peldaños, subió a las tablas. El telón de acero estaba bajado y la cara vivaz de la joven destacó sobre aquel fondo gris. El perfil de su figura tenía algo extrañamente definido. El hombre frunció reflexivamente los párpados. Había una palabra para aquella cualidad: presencia. Sí, ella la tenía en abundancia. Tenía muy, muy buena presencia. Advirtió que su corazón empezaba a latir un poco más de prisa. Había también algo turbador y tangencial en ella. Parecía la clase de chica capaz de romper todas las normas para seguir su camino. Y esto era prometedor.

Pero, desde luego, no tendría voz. Quizá, con un poco de suerte, podría cantar afinadamente. Incluso podía tener una voz dulce, pero no sería lo que él llamaba una voz. Para llenar de sonido un teatro de ópera, para elevarse por encima de las notas de toda una orquesta, se necesitaba más que ambición. Se necesitaba una garganta de amianto, los pulmones de una ballena, la constitución de un caballo. Suspiró para sus adentros. Todas las muchachas eran iguales: soñadoras, románticas. Pensaban que la ópera era toda dulzura y gorjeo de pájaros. Pero no lo era. En absoluto. Era sudor y flema y músculos doloridos, como cargar con un cañón de campaña en un campo de instrucción del Ejército.

—¿Qué va a cantar para mí?

Su tono era cortés, pero no hizo el menor esfuerzo para disimular su impaciencia.

—El aria de Colombina del acto primero de *I Pagliacci*. La que empieza con "Oh, hermoso sol de verano..."

Su voz era tranquila y confiada. Él suspiró de nuevo. Era peor cuando trataban de cantar en italiano, la lengua más musical y que no perdonaba nunca. El hombre asintió con la cabeza, confiando en que no le haría sufrir demasiado. Pensaba interrumpirla en cuanto fuese humanamente posible.

Ella afirmó los pies sobre las tablas, pareciendo que cobraba fuerza al plantarse así en el suelo. Sin duda resultaba agradable a la vista. Pero esta cualidad era simple fruto de la herencia, no significaba nada. Un tigre enjaulado era un magnífico espectáculo, pero esto no quería decir que pudiese cantar.

Corrie respiró hondo y empezó a cantar. El hombre se incorporó en su silla. Le había sorprendido. La interpretación de las primeras frases, recitativas, era desacostumbrada, brotaba del fondo del pecho, en un tono tan oscuro que daba escalofríos. La voz era grave y suave, y sin embargo, cada palabra sonaba clara como el cristal. Y, entonces, con una prontitud que le sobresaltó, inició el aria. El hombre pestañeó. La voz era fuerte, mucho más fuerte de lo que había esperado, tan fuerte que no podía clasificarla. Se puso en pie y retrocedió en el teatro. La voz llenaba todo el aire a su alrededor, era lo único que podía oír. Pero, a pesar de su penetración, tenía todavía aquel tono vago y sedoso, una calidad individual ligeramente confusa, no permisible en un sentido estrictamente técnico, pero innegablemente atractiva. Las notas agudas eran puras y firmes, sin la cualidad metálica que puede afectar a una soprano dramática, mientras que las graves eran tan profundas y oscuras, tan de contralto, que le producían una especie de dolor.

Y pudo ver que ella estaba gozando. Pudo oír latidos de placer en su voz al atacar las notas con apasionada exactitud.

—¡Basta, basta!

Inmediatamente se extinguió el sonido. Pero la voz siguió resonando en la cabeza de Beyer, profundamente turbadora. Tenía una calidad obsesionante. *"L'heure bleue"*, pensó. Aquella extraña hora azul entre el crepúsculo y la noche de verano. Penumbrosa, fragante, evasiva, siempre cambiante. Así era su voz.

—¿Quién es su maestro?

Hubo una larga pausa. Ella se acercó al borde del escenario.

—No tengo ningún maestro —dijo, en tono práctico.

Él sintió una súbita ira irracional. Aquello explicaba muchas cosas. Ella había corrido un riesgo muy grande. Con una voz tan potente era un crimen arriesgarse de aquella manera. Y, sin embargo, a pesar de todas las probabilidades en contra, la voz había sobrevivido.

—Esperaba que usted me enseñaría.

—*Ach!*

El hombre hizo una mueca de irritación. En lo más hondo de su persona, sin querer reconocerlo, sintió un temblor de puro pánico. Ya no era joven, estaba ocupadísimo y tenía muchos compromisos. Su carrera estaba en su apogeo; no necesitaba este desafío. Maldijo el momento en que ella había entrado en el teatro.

—Venga aquí inmediatamente.

Ella obedeció y bajó del escenario. Él la miró de otra manera. Hubiese tenido que darse cuenta. Ahora, observando la capacidad de su pecho, la anchura de sus hombros, la firme columna de su cuello y su boca grande, comprendió de dónde sacaba su fuerza aquella voz.

—¿Cuántos años tiene?

Ella le miró con ceño.

—¿Importa esto?

Él la fulminó con la mirada.

—No suelo hacer preguntas innecesarias.

Corrie no se acobardó, pero pareció encontrar sumamente razonable aquella respuesta.

—Tengo dieciocho años.

Él lanzó un profundo suspiro de satisfacción y de temor al mismo tiempo. Si tenía aquella voz a los dieciocho años, ¿cómo sería cuando tuviese veinte o veinticinco? Sería una voz capaz de destrozar corazones, de rehacer vidas.

—Su tono medio no es bueno.

No estaba de humor para andarse con cumplidos. Ella puso cara larga.

—Lo sé. No siempre me satisface. —Le miró con entereza—. ¡Pero lo mejoraré! —declaró y pareció brillar con una luz interior.

—Sí.

En todo caso, la cosa tenía poca importancia. Quizá sería aún beneficiosa. *L'heure bleue*..., una vez vista era imposible olvidarla. Una rielante bruma azul entre la oscuridad del registro más bajo y el brillo de la cúspide.

—¿Me enseñará?

La intensidad de su semblante la sobresaltó de nuevo. ¿Era hermosa, o bonita, o vulgar? No tenía la menor idea. Él era lo bastante viejo para encontrar atractiva cualquier cara joven. En todo caso, esto carecía de importancia. La voz, sólo la voz importaba.

—No. —Ella levantó la cabeza y él estuvo seguro de que estaba ya pensando en la manera de hacerle cambiar de idea. Era obstinada. Y esto era buena cosa. Su camino sería difícil, muy difícil—. Yo no soy profesor. Un profesor es... como un mecánico, como un médico. Yo soy un artista. —Hizo una pausa—. Y en todo caso, usted no está preparada, es demasiado joven.

—¿Qué quiere usted decir? ¿Se refiere al tono medio?

—No, no. —Hizo un ademán de impaciencia—. Esto no es importante. La inestabilidad se curará por sí sola al madurar la voz. No, no es la voz, sino usted, quien es demasiado joven.

—No lo entiendo. —Su expresión era ahora desafiadora—. ¿Puedo o no puedo cantar?

—Claro que puede cantar. Esto es indudable. Pero la ópera no es sólo cuestión de cantar, sino también de sentir. Aquel aria de *I Pagliacci* la ha cantado usted como una diosa, como una inmortal. Pero Colombina es también Nedda, una campesina siciliana. Está casada con un hombre y enamorada de otro, y es demasiado débil para decidirse por uno de los dos. Esta debilidad le costará la vida. Usted la cantó... demasiado pura, demasiado fuerte. Demasiado joven. —Ella trató de interrumpirle, pero él la atajó—. No me lo diga. Sé lo que es ser joven. Se siente demasiado, se piensa que se sabe todo acerca del sentimiento. Pero cuando se canta, no se hace para desahogar estos sentimientos, sino para comunicarlos a los demás. Esto requiere disciplina, práctica, experiencia. Y, sobre todo, valor. Ahora, en este momento, usted piensa que es valiente, pero en realidad está asustada, tan asustada de fracasar que compite con el personaje. Nedda no es un gran personaje. Si canta usted como si fuese una heroína trágica, destruye su encanto. Tiene que aprender a cantar el papel con la ligereza y la emoción de un pájaro que vuela. Debe parecer natural, simple, nada forzado. Esto es lo más difícil del mundo. Si puede conseguir esto, cantará una Nedda más verdadera a los noventa y cinco años de lo que la cantó a los treinta. Pero entonces su corazón se habrá roto muchas veces. —Observó su cara vivaz y rebelde—. Hay un dicho vasco que siempre me gustó. Es muy sencillo. "Recuerda la muerte." ¿Qué quiere decir? ¿Quiere decir que nada vale la pena, ya que la muerte se acerca, o que hay que reír ahora, porque la vida es maravillosa? ¡Quién sabe! Pero esto es lo que debe recordar cuando cante el papel de Nedda. Recordar que, como el amor, ella muere al fin.

—Pero a mí no me gusta el final —dijo ella, enrojecido el semblante.

—Claro que no. Usted es joven y quisiera que Nedda y su amante se escapasen y viviesen eternamente felices. Es natural. Pero, si fuese así, nadie vendría a ver *I Pagliacci*. Sería una fruslería, una simpática comedia. Un juego.

—Pero, ¿por qué no se fuga ella con su amante? No hay nada que se lo impida.

—No, nada... Salvo la debilidad, el miedo, el hábito, todas esas cosas a las que no están sujetos los jóvenes.

—¿De qué ha de tener miedo? Él la ama.

El hombre se encogió de hombros.

—De la dicha. Del futuro. De la muerte del amor.

—¡Pero ella muere al fin!

—Sí, pero por amor. Muere tratando de salvar la vida a su amante.

—Inútilmente, pues él muere también.

—Desde luego. El amor muere o destruye. O uno pierde una parte de sí mismo y sigue amando, o se conserva entero y pierde el amor.

Hubo una larga pausa. Ella estaba visiblemente sumida en sus pensamientos. Al fin, dijo con brusquedad:

—Yo me habría ido. Quiero decir que me habría escapado con él.

—Lo sé —dijo sonriendo el hombre—. Por esto le he dicho que es demasiado joven para cantar el papel de Nedda. El de Colombina, sí, pero no el de Nedda.

Otra pausa.

—Entonces, ¿qué debería cantar?

¡Oh, que práctica era! Él le había hablado con más franqueza de lo que se habría atrevido a hacer con una estrella consagrada, y, sin embargo, ella no se había acobardado.

—Nada. No cantará nada. —Impulsado por un súbito vigor, saltó al escenario y se dirigió al piano—. Hará simplemente esto. —Tocó unas cuantas notas en tono mediano, cantando con ellas en una escala de creciente intensidad—. Cantará esto una y otra vez, controlando cada respiración. Y cuando lo haya hecho el tiempo suficiente..., puede ser meses o incluso años..., vendrá de nuevo a verme.

El rostro de ella reflejaba la atención con que grababa la secuencia en su memoria. La intensidad de la joven hizo que él se sintiese de nuevo cansado. Quizá sería mejor que no triunfase.

—Y nunca empleará toda su voz; procederá gradualmente, perfeccionando los sonidos más tenues, que son los más bellos. Después, ya veremos.

—¿Es esto todo?

Él sonrió.

—¿Si es esto todo? Posiblemente será lo más difícil que haga en su vida, tan difícil como su primer aliento cuando vino al mundo. Quizá no lo consiga nunca. Pero, mientras esté practicando, tal vez adquirirá también el atributo más esencial del artista: un corazón dividido.

—¡Hum! —Un destello divertido brilló en sus ojos de color de amatista—. Supongo que no sabrá usted decirme dónde podré encontrarlo.

—Más pronto o más tarde, se le presentará una oportunidad. La vida es pródiga en sorpresas desagradables. Si yo estuviese en su lugar, no tendría mucha prisa. Y ahora... —Con ligera contrariedad, se dio cuenta de que no le había preguntado su nombre—. Temo que, por un día, le he enseñado ya bastantes cosas.

La idea del ensayo de la tarde le resultaba curiosamente apaciguadora. Al menos trabajaría con artistas acabados, por muchos que fuesen sus defectos. Lo que le aterrorizaba era la piel sin curtir.

—Espere. —Corrie urgó de pronto en su bolso—. No se lo había dicho, pero creo que tenemos un amigo común.

Sacó un pedazo de papel y lo sacudió. Éste se desplegó inesperadamente en una cadena de payasos danzantes.

Él la miró fijamente y las piezas se acoplaron de súbito en su mente. Conque era la protegida de su viejo amigo...

—¿Por qué no me lo dijo?

—No quería predisponerle en mi favor. Quería conseguirlo yo sola.

—Querida niña, soy demasiado viejo para los prejuicios.

—Nadie es demasiado viejo para los prejuicios. Vamos, confiéselo. —Sus ojos la miraban con una fijeza desconcertante—. Habría sido diferente, ¿verdad?

Él tuvo que confesar que tenía razón. Habría sido diferente. Se habría mostrado más circunspecto, menos franco.

—Lo siento. Esto lo cambia todo. Dado que es usted su protegida, le prestaré toda la ayuda que necesite.

—¿Quiere decir que me enseñará?

—Desde luego.

Corrie sonrió, con una sonrisa tan amplia y tan brillante que pareció como si se hubiese encendido de pronto una luz en el teatro.

—Gracias, monsieur Beyer, pero no. Ahora sé de buena tinta que todavía no estoy preparada para lo que usted puede ofrecerme, y no cambiaría esto por nada del mundo.

Le tendió la mano y su apretón fue sorprendentemente enérgico.

—Volveré.

Su voz sonó casi como una amenaza. Él la vio alejarse por el pasillo con alivio. Su espalda era extraordinariamente expresiva. Él se alegró y entristeció al mismo tiempo al verla marchar.

Corrie desanduvo pesarosamente su camino entre las cariátides doradas y las columnas de mármol del enorme local. Era el teatro más grande del mundo, y ansió verlo lleno hasta el dorado techo de una multitud enjoyada y de caras afanosas alineadas sobre las barandas cubiertas de terciopelo de los palcos con cortinas de brocado. Miró por última vez el gran escenario. Su imaginación coloreó la escena, eliminando la oscuridad, llenando el vacío con el inconfundible y eléctrico murmullo de la espectación. Con los ojos de su mente, se vio como una figura diminuta sola, en el centro del escenario. Se apoderaría de los espectadores. Su voz penetraría como un rayo de luz en los rincones más oscuros de sus almas. Les inflamaría, les mostraría mundos que apenas sospechaban que existiesen. Éste era el último sueño, la última magia.

Y podía hacerlo, sabía que podía hacerlo. Entró en el desierto y gran salón de descanso, extraordinariamente bello con su escalera de mármol blanco y ónix y su techo pintado por Chagall, y se hizo un juramento. Un día estaría lleno de personas que habrían venido a verla y oírla. Sucedería así, porque ella haría que sucediera.

Salió a la calle soleada, compró un pérsico en un tenderete y clavó los dientes en la dulce pulpa hasta que el zumo resbaló por su barbilla. Aceptaba lo que había dicho monsieur Beyer sobre el medio tono. Tenía que aceptarlo, porque Arlequín le había dicho que era el mejor. En cuanto a lo demás..., se negaba a creer que era preciso haber estado enamorado para cantar acerca del amor. Si era así, todas las doncellas irlandesas del Savoy hubiesen tenido que ser mejores cantantes que ella.

Sin embargo, era extraño y un poco inquietante que él hubiese hecho tanto hincapié en la disciplina y la restricción. Sus palabras se parecían desagradablemente a algunas de las cosas que le había dicho un tal monsieur Guy de Chardonnet, aunque en un contexto diferente. Meditó un rato y, después, escupió el hueso del pérsico con satisfactoria puntería al agujero más próximo de la cloaca. Disciplina, restricción... Estaba cansada de oír estas palabras. ¿Qué sabían ellos? Habían olvidado lo que era ser joven, o quizá no lo habían sabido nunca. Ella les enseñaría. Cuando fuese famosa, llevaría lo que quisiera, cantaría como quisiera. ¡Ya lo verían!

CAPÍTULO VIII

Pero de alguna manera, después de todo un día de practicar el sencillo pero inesperadamente pesado ejercicio de monsieur Beyer ante un público inexistente, y de una comida a solas en el espacioso comedor, su confianza menguó considerablemente. Después de comer, se retiró a su habitación y se consoló con unos cuantos bombones y una carta a Arlequín.

Querido Arlequín,
Tengo tantas cosas que contarte que casi no sé cómo empezar.

Aquí hizo una pausa, chupando el mango de su pluma. ¿Cuánto podía contarle sin vulnerar la cláusula novena del contrato con Guy de Chardonnet? Él había cumplido su parte del trato; ella debía tratar de cumplir la suya. Pero sería difícil. No estaba acostumbrada a llevar una doble vida.

Estoy en París, y todo es como tú dijiste que sería. Me siento como si hubiese muerto y subido al Cielo. Y, sin embargo, si no hubiese sabido que era tu ciudad, si no me hubieses hablado tanto de ella en tus cartas, creo que me sentiría aquí muy sola. Si no fuese por ti, me sentiría como una extraña. ¡Y pensar que quería tomar París por asalto! Me asusta un poco; es tan hermoso, tan distinguido... una Belle Dame Sans Merci. *¿Por qué tendría que ser amable con una campesina recién llegada de provincias?*

Pero he tenido suerte y no debo olvidarlo. De momento estoy trabajando como secretaria social de un hombre de negocios francés, que ha sido lo bastante amable para encontrarme un alojamiento. Pero, por favor, sigue escribiéndome por medio de Mr. Whitaker, pues no sé cuánto tiempo permaneceré en esta dirección. Esto depende mucho de M. Beyer.

Sí, fui a verle en cuanto pude. Me gusta. Tú dijiste que me gustaría, ¿te acuerdas? Estaba excitadísima; pensaba que no podría cantar en absoluto, pero había algo en él... Escucha como si esto fuese la ocupación más importante del mundo. No sé lo que pensó, pues no quiso decírmelo claramente. Me despidió, después de ordenarme unos ejercicios, y me dijo que no cantara hasta que volviese a verle.

Ahora comprenderás por qué siento lo que siento. Es como si me hubiese dicho que dejase de respirar o de comer. ¿Cómo voy a mejorar, si no puedo cantar? ¿Cómo puedo saber si hago progresos? Es terrible estar por fin en París y no cantar. Quizá no hubiese debido venir; quizá no estoy preparada. Mi mente está llena de dudas. Quisiera que estuvieses aquí, poder verte, poder hablarte. ¿No podríamos encontrarnos, sólo por una vez? Me gustaría tomar café contigo en un pequeño bar; podríamos hablar de música y de París y de la gente, e imaginarnos que la ciudad es nuestra.

Quiero verte. Por favor.

Tu pobre y provinciana Colombina.

Al menos, mientras esperaba su respuesta, tuvo otras cosas en que emplear sus energías. Llegó su nuevo vestuario y descubrió, regocijada, que Guy de Chardonnet había numerado cada traje; desde el uno hasta el veinticuatro. Algo típico en él; ni siquiera podía confiar en que eligiese el vestido que tenía que ponerse. Y esto hizo que aumentase su resolución de frustrar sus autoritarias decisiones. Proyectó e hizo cuidadosos planes, prestando toda la meticulosa atención a los detalles que, de otra manera, habría puesto en su canto. Su campaña tenía varios frentes. Conociendo la preferencia de él por las mujeres de refinada palidez, estudió el progreso diario de cada rayo de sol que penetraba en el jardín interior y aprovechó todos sus momentos libres para salir allí y exponer a dichos rayos toda la piel que le era posible descubrir. En el jardín sólo había verdura: sencillos arbustos y setos tan recortados que parecían peligrar sus vidas, y por esto compró una bolsa de semillas de amapola y las plantó en los arriates de la galería, que era donde daba más la luz. Por la noche pasaba muchas horas detrás de la puerta cerrada de su habitación, estudiando las posibilidades de su indumentaria delante del espejo. Gradualmente, inexorablemente, su plan fue tomando forma.

Cinco días más tarde, llegó la respuesta de Arlequín.

"Paciencia, mi querida Colombina. Te dije desde el principio que, cuando estuvieses en París, pronto dejarías de sentirte desplazada. Pero no tenía la menor idea de que llegases tan pronto. ¿Qué clase de brujería has estado practicando? Es extraordinario pensar que puedes estar solamente a una puerta o a una calle de distancia, que quizá si me asomase a la ventana podría oír tu voz practicando escalas. Creo que la reconocería inmediatamente.

Pero no, mi Colombina, no debemos encontrarnos. Todavía no. Precisamente ahora sé que puedo ayudarte más permaneciendo entre bastidores, como una especie de deus ex machina. *Para lo cual necesito mi máscara. Sin ella, ¿quién sería yo? Sólo una cara más, un hombre entre la multitud.*

No quiero correr este riesgo. Lo que compartimos tiene demasiada importancia para mí. Tú eres mi talismán, mi tesoro oculto, un elemento inmarcesible en mi vida. Trata de comprenderlo. Un día, ¡quién sabe...!

En cuanto a tu canto, sé que es difícil, pero debes creer en tu talento. Yo creo en él, y no te he oído nunca cantar. M. Beyer cree también; pudo no decírtelo claramente, pero te escuchó. No puedes esperar que te aplaudan antes de levantarse el telón para el primer acto. Y tu talento no desaparecerá por falta de uso, si es verdadero. El oro no se enmohece. Piensa en tu don como en una semilla dormida bajo tierra. Algunas semillas necesitan un toque de escarcha antes de que empiecen a crecer. Cuando llegue tu momento, descubrirás que toda la espera ha valido la pena.

Corrie, arrepentida, volvió a sus ejercicios. Permanecía junto al piano del salón, cantando en voz baja, suavemente, mesuradamente, tal como le habían ordenado. Fueron unas horas largas y aburridas, animadas solamente por la idea de la sorpresa que iba a darle a Guy de Chardonnet cuando volviese.

Una semana más tarde, otra nota escrita a máquina, colocada sobre la mesa del vestíbulo, anunciaba que Guy de Chardonnet necesitaría sus servicios la tarde siguiente. La nota era breve y concreta. "6,30 tarde. N.º 9." El número nueve era un modesto blusón de punto lila de cuello alto y una falda haciendo juego, sin el menor adorno y con tanta personalidad como un pescado hecho filetes. Corrie sonrió, arrugando la nota entre sus dedos. Conocía las reglas, pero las reglas podían torcerse. No añadiría nada a la austeridad de la prenda elegida por Guy de Chardonnet; sólo... la retocaría un poco.

La tarde siguiente, a las cinco y media en punto, Toinette llevó a su habitación un ramito de violetas. Habían sido mantenidas frescas en el frigorífico desde que las habían traído por la mañana, y unas gotitas de agua helada se adherían a los aterciopelados pétalos.

—¡Qué previsor! —dijo Corrie, deseando que por una vez, sólo por una vez, se creyese Guy de Chardonnet capaz de una acción impremeditada.

A las seis y diez, André la recogió y la llevó a una dirección del Faubourg St. Honoré, una casa entre una hilera de clásicas mansiones de gran estilo. En el vestíbulo, ante la mirada de asombro del portero, dio los últimos toques a su indumento.

—¿Querrá guardarme esto, por favor? —dijo suavemente al hombre, al meterse en el ascensor.

Él estaba demasiado pasmado para pensar una respuesta. Corrie encontró la puerta sin dificultad. Un alegre zumbido de conversaciones llegaba desde el interior al alfombrado y débilmente iluminado pasillo. Esperó un momento, se arregló el blusón e hizo su entrada.

Siempre guardaría como un tesoro en su memoria la expresión de Guy de Chardonnet cuando vio lo que había hecho con el número nueve. Éste había sido, en su origen, una modesta túnica china de cuello alto, pero ahora sólo quedaba su recuerdo. Se la había puesto del revés, con la espalda delante, y dejado desabrochado el mayor número de botoncitos que se había atrevido. Había suprimido el rígido cinturón de tela, de manera que el sedoso género de punto se pegaba a su cuerpo al andar. El collar de plata, en vez de pender de su cuello, aparecía enrollado en uno de sus brazos. Y había otro pequeño detalle. Había prescindido de la falda. Debajo de la túnica, sólo podía verse un buen pedazo de pierna dorada y desnuda.

El efecto fue electrizante. Al entrar, fingiendo una tranquilidad que no sentía en absoluto, pudo advertir que los ojos de todos los hombres se fijaban en ella. Lo cual no era de extrañar. El espejo le había dicho que su aspecto era extraordinario, medio de joven esclava, media de dama sofisticada, con su moño severo y el rico color tostado de su piel. Se había pintado de escarlata las uñas de los pies y acentuado el sesgo de las comisuras de sus párpados con unos trazos negros de laca. Esperó lo bastante para que el silencio se hiciese más palpable y, entonces, gritó con voz clara, fuerte e indiscutiblemente inglesa:

—¡Guy! ¡Ya estoy aquí, querido!

Todas las miradas se fijaron ahora en Guy, que, con furioso semblante, se abría lentamente paso entre los invitados.

—¿Qué significa esto?

Su mirada era feroz.

—El número nueve —dijo ella, abriendo inocentemente los ojos—. ¿Acaso no lo reconoce?

—Pero, ¿dónde están las medias, el cinturón..., la falda?

—¡Pero monsieur de Chardonnet...! —¡Y cómo disfrutaba ahora!— Pensé que había dicho que el secreto estaba en la eliminación. Y mire... —Levantó un pie calzado con un delicado zapato de ante—. No olvidé las violetas.

Estaban allí, diestramente prendidas en un fino tobillo.

El rostro de él era sombrío. Ella sonrió con aire triunfal.

—No se enfade. Quería que llamase la atención. Sólo estoy haciendo mi trabajo. Y mire a su alrededor. —Señaló con orgullo a los fascinados mirones—. La cosa funciona.

Guy, haciendo un esfuerzo, se puso su máscara apacible. Sus modales, al besarla en la mejilla e introducirla en la reunión, eran la cortesía personificada. Sólo ella pudo oír las palabras que le murmuró al oído:

—Entonces, ¿es la guerra?

Ella sonrió satisfecha a la aristocrática y madura pareja de los que sin duda eran los anfitriones y a los que él la presentó, pero no se molestó en disimular su respuesta con un murmullo:

—La guerra total.

Guy tenía el semblante hosco mientras discurrían entre los reunidos. Corrie se apiadó de él.

—No se preocupe —dijo, haciendo un guiño descarado a una rubia de grandes ojos con traje de seda gris y adornos de perlas—. Al menos no se aburrirá. Creo que puedo garantizárselo.

—Su consideración me abruma —respondió él, apretando los dientes. Pero, al fin, una forzada sonrisa se pintó en su semblante. Se encogió de hombros, con fatalismo galo—. Pero, ¿qué importa? Ya estoy arruinado. Pórtese lo peor que pueda.

Y así lo hizo ella. Al día siguiente, en el famoso almuerzo mundano del Ritz, llevó no uno, sino dos vestidos, y se quitó el de encima después del primer plato. Algo descarado, pero innegablemente eficaz.

Pero éste no era el límite de su inventiva. Mientras progresaba con Guy en plena temporada parisiense, en una incesante ronda de cócteles, recepciones nocturnas, asistencia a las carreras de caballos y cenas selectas en el Plaza-Athénée, el Crillon, Prunier's, Fouquet's y Le Doyen, perfeccionó y refinó su técnica. Él hizo algunos intentos para frenarla, pero era imposible. No podía arrancarle la ropa que llevaba. Trató de ponerla a raya antes de salir de casa, pero entonces ella se limitaba a meterse en el tocador de señoras en cuanto llegaban a un sitio, y allí se arreglaba a su satisfacción. En Prunier's, después de unas almejas exquisitas que habían dado fama al restaurante, Guy la estuvo observando inquieto durante media hora antes de darse cuenta de que llevaba dos zapatos diferentes. En la Tour d'Argent, mientras comían pastel de pato con su propio número de serie, sobre el telón de fondo de Nôtre Dame, Guy advirtió que algo que llevaba Corrie llamaba la atención de los otros comensales. Sólo cuando ella le volvió la espalda para ir al tocador de señoras, vio que había fijado un papel con el número 3 sobre sus omóplatos. "Sólo un pequeño *aide-mémoire* —le explicó ella— para no olvidar el vestido que quería que llevase esta noche." Para una cena en el restaurante del primer piso de la Torre Eiffel, para ver las fuentes iluminadas de la Place de la Concorde, se pintó las uñas con un barniz luminoso, mientras que, en la retumbante magnificencia de La Coupole, que, según declaró rotundamente, le recordaba la estación de St. Pancras, aceptó con modesta complacencia los cumplidos de Guy sobre su capa gris delicadamente escarolada. Sólo más tarde, entre los arenques del Báltico y los helados con uvas empapadas en ron, añadió: "Me sorprende que no la haya reconocido. Es la falda que llevaba ayer."

Sólo después de tres semanas febriles, se dio cuenta de que su campaña, por muy afortunada que hubiese sido, no había logrado su principal objetivo. En vez de provocar un gran escándalo, sus travesuras habían sido simplemente motivo de diversión. Todavía era bien recibida en todas partes; sus excentricidades eran perdonadas e incluso esperadas. Se había ganado un apodo: *"La folle anglaise"*, la inglesa loca, y, al cabo de un tiempo, todos dejaron de arquear las cejas al entrar ella en un salón. Y, por fin, comprendió por qué no había tratado Guy de Chardonnet de controlarla con más energía. Él conocía la sociedad en la que se movía, sabía que debía recibir aquello con hastiada indiferencia, como se trata a un gato de pura raza, esperando que se suba a la falda y suplique una caricia.

Sin embargo, tuvo unos cuantos triunfos. En un té danzante de gala, la anfitriona se escandalizó al enterarse de que el vestido que llevaba había sido enteramente confeccionado con pañuelos de seda sujetados con aretes de plata, mientras que, en una recepción literaria en honor de un ganador del Premio Goncourt, un eminente escritor francés fue a duras penas convencido de no intentar pasar a mayores con ella.

Y su papel de carabina, aunque nada ortodoxo, era eficaz. Advertía la atención que despertaba Guy dondequiera que fuese; las miradas de reojo de las jóvenes y elegantes parisienses, y las expertas de las mayores, de una intimidad que, sospechaba ella, no se fundaba en la pura amistad. Siempre que una conversación con una mujer sola parecía llegar a un punto interesante, ella soltaba uno de sus más drásticos comentarios ingleses, de manera que sólo él pudiese oírlo. "¿Por qué ella? Camina como un rinoceronte", fue una frase muy eficaz, sobre todo en la tercera o cuarta ocasión, cuando el mero hecho de verla acercarse con un brillo belicoso en los ojos era suficiente para destruir su compostura.

Las especulaciones generales sobre sus relaciones les divertían a los dos. Ella representaba de buen grado el papel de mujer liviana, y una vez, después de una fiesta que duró hasta altas horas de la noche en los talleres modernos del sector de las antiguas Halles, Guy le murmuró al oído cuando salieron al vestíbulo para despedirse de su anfitrión, un escultor español: "Vamos a darles algo de qué hablar", y la atrajo hacia sí en un abrazo a lo Valentino. Ella hizo instintivamente ademán de darle un bofetón, pero el malicioso guiño de Guy se lo impidió.

—No olvide que estamos perfectamente seguros en mutua compañía.

Y era verdad; la antipatía de ella por todo lo que él representaba la protegía con tanta seguridad como protegía a Guy su preferencia por las rubias.

Pero incluso los enemigos declarados podían aprender a respetarse mutuamente. En el Louvre, él escuchó con expresión de cortés interés cuando ella le dijo que los grandes tesoros del museo, la Venus de Milo y la Mona Lisa, no eran francesas sino italianas. Más tarde, aquel mismo día, en la Comédie Française, donde habían sido invitados al palco del ministro francés de Cultura, no pareció en modo alguno sorprendido cuando Corrie se volvió a él, después del primer acto de la comedia de Marivaux, *"El Juego del Amor y la Suerte"*, y declaró en alta voz que pensaba que la intriga era una tontería y los personajes unos imbéciles al dejarse engañar por un simple cambio de traje. Él se encogió simplemente de hombros.

—El amor nos convierte a todos en imbéciles, *n'est-ce pas?*

—A mí no —replicó vivamente ella—. Yo sé exactamente lo que busco.

Él le preguntó con la misma expresión de divertida curiosidad, cuáles consideraba que eran las credenciales del perfecto amante. Y ella le respondió sin vacilar, pensando en Arlequín:

—Un hombre que me quiera por lo que soy, no por lo que él piensa que soy.

—¡Ah...! —La cara de él se nubló momentáneamente y su voz adquirió un tono ligeramente acerbo—. ¿Quién es ahora el perfeccionista?

El único tema que seguía siendo tabú era la prometida de Guy. La compasión que sentía Corrie por la pobre muchacha aumentó cuando se enteró de que vivía en el campo. ¿Cómo podría una prima campesina soportar la sofisticada vida ciudadana de un hombre como Guy de Chardonnet? Parecía que su novia era también muy delicada, ya que no podía aguantar el calor de París ni siquiera en junio y pasaba los primeros días de verano en el *château* familiar de las afueras de la capital y todo el mes de agosto en la costa bretona.

Los días transcurrieron, adquiriendo un curioso ritmo propio. La servidumbre se levantaba tarde después de las francachelas de la noche. Por la mañana, Corrie observaba sus amapolas secretas, que empezaban ya a brotar; por la tarde, cuando los criados estaban ocupados y no podían oírla, practicaba sus ejercicios, y, bien entrada la noche, se iba a la cama con su ración diaria de chocolate, que siempre la estaba esperando sobre la mesa del vestíbulo cuando regresaba; también escribía cartas y estudiaba partituras. A veces, Guy se quedaba a pasar la noche en la casa, pero ella nunca le veía después de darle él las buenas noches en el vestíbulo. Otras veces, muy pocas, cenaban juntos y leían en el salón, en un silencio de extraña camaradería.

—Estar con usted es casi tan agradable como estar solo —le dijo él un día.

—Gracias.

Era un cumplido raro e irónico, pero ella comprendió lo que él quería decir. Ambos empezaban a disfrutar secretamente con su comedia.

Pero entonces ocurrió algo que lo cambió todo. Una noche, regresaron tarde de una función en el Elysée Palace, y flotaba en el vestíbulo un extraño y fuerte aroma. La cara de Guy se transformó al instante. A pesar de lo avanzado de la hora, llamó a Toinette.

—¿Cuándo?

—Esta tarde, monsieur.

Mirando a su alrededor en la penumbra, Corrie descubrió el origen de aquel olor: grandes cestas de lilas blancas en todas las mesas, con sus flores transparentes como la cera exhalando su perfume. Miró de las flores a Guy y de éste a las flores. Él tenía la cara sombría, con una expresión que ella no había visto nunca. De pronto, le pareció un extraño. Y no entendió lo que había pasado. ¿Cómo podía algo tan inocente como un regalo de flores producir un efecto tan extraordinario?

Cuando los ojos de él se encontraron con los de ella, eran curiosamente inexpresivos, como si apenas advirtiese su presencia. Hubo un largo momento helado, en el cual sintió ella la corriente de aire que entraba por la puerta todavía abierta y rozaba sus hombros desnudos como el primer soplo del invierno. Tuvo un estremecimiento.

—Tiene frío, Corrie. —Su voz era distante, totalmente desprovista de emoción—. Váyase a la cama.

Su tono era tan perentorio, tan rotundo, que ella empezó a subir la escalera sin darse cuenta. Al entrar en su habitación, la escena del vestíbulo persistía en su retina: Guy, solo e inmóvil, rodeado de flores y con el aire frío del exterior agitando sus cabellos.

Se metió inmediatamente en la cama, pero por alguna razón, incluso después de cubrir el lecho con toda la ropa de repuesto que encontró, no pudo entrar en calor. Pensó con añoranza en el chocolate que había quedado sobre la mesa del zaguán. Había olvidado recogerlo. Permaneció despierta, temerosa de moverse, no sabía por qué. Después de lo que le parecieron horas, oyó cerrarse la puerta de Guy, pero la luz de su dormitorio permaneció encendida. Por último aferrándose a la idea de Arlequín, su única certidumbre en el extraño y resplandeciente mundo en que habitaba Guy de Chardonnet, se quedó dormida.

Entonces, súbitamente, se despertó. Estaba desorientada. Todavía era de noche. La luz de la luna entraba como plata sólida por la ventana abierta. Se estremeció y se arrebujó en la colcha. Era tarde, una de las frías horas que preceden a la aurora. Habría podido estar en cualquier parte, en ninguna parte. Sonó un ruido en el zaguán, el golpe de una portezuela de coche al cerrarse, y el sonido de unas voces acaloradas. ¿Qué sucedía? Por alguna razón, se sintió de pronto presa de pánico. Incluso medio dormida, podía percibir el ambiente que flotaba en el aire. Le recordaba cosas que habría querido olvidar: la noche en que murió su madre, la súbita, sofocada y urgente conmoción en los pasillos del hotel, luces que se encendían y se apagaban, el ruido de pisadas oficiales en su puerta...

Pero ahora era mayor, podía cuidar de sí misma. No tendría que esperar, como un animalito impotente acurrucado en la oscuridad, que se decidiese su destino. Podía luchar con sus temores y vencerlos.

Con ojos legañosos, saltó de la cama. El suelo estaba frío y la luz de la luna le daba vértigo. Asomó la cabeza a la puerta. El vestíbulo inferior resplandecía de luz. En la puerta se erguía la figura de una mujer totalmente vestida de blanco.

Corrie pestañeó, medio deslumbrada. Durante un largo momento, no pudo descubrir, cegada por la luz, si aquella mujer era joven o vieja. Era alta y esbelta, con aquella inconfundible blancura natural de la piel que no puede lograrse con medios artificiales y sin embargo parece artificial. Una corona de cabellos de un rubio casi blanco encuadraba una cara pura y severamente clásica, pálida como la luna, desde la aristocrática y fina nariz hasta los pálidos ojos grises que brillaban como diamantes. Su piel era tan fina que Corrie casi podía ver la sangre azul que fluía debajo de ella. Si es que tenía realmente sangre..., tan irreal era su aspecto.

Pero esto no era un sueño. El murmullo de voces allá abajo era demasiado real. A pesar de su somnolencia y de lo avanzado de la hora, pudo percibir la tensión de la atmósfera, de fuerzas extrañas que no comprendía. Se sentía como una niña que, por accidente, hubiese entrado tambaleándose en un mundo adulto que escapaba a su comprensión.

—*Eh bien, ou èst elle?* —La voz de la mujer restalló, cortante y aguda, cada sílaba con una claridad helada—. Ardo en deseos de ver ese nuevo descubrimiento tuyo.

—Tendrás que tener paciencia, mi querida Blanche. Es demasiado tarde para... visitas de sociedad.

La voz de Guy, grave y seca, tenía un tono tenso que era nuevo para ella.

—No me importa. —Los ojos de la mujer echaron chispas—. Quiero verla ahora, en este instante. Insisto en ello. Tengo derecho.

Guy suspiró. Cuando volvió a hablar, su voz era apagada, con un sonido de infinito cansancio.

—No es mi amante, Blanche.

La mujer le miró curiosamente entre los párpados entornados.

—*Vraiment*... ¿Es posible que estés perdiendo facultades, *mon petit Guy?* Entonces, ¿por qué la has traído aquí?

—¿Por qué no había de hacerlo? Ella no tenía adonde ir, no tenía amigos. Me dio lástima.

—¡Qué caballeroso...! —La voz de Blanche era ahora sarcástica—. Lo creeré cuando la vea.

Tardíamente, con una fuerte impresión de ultraje, comprendió Corrie exactamente que estaban hablando de ella. Al instante despertó del todo, sintiendo correr la ira por sus venas. ¿Cómo se atrevían...? "Me dio lástima..." La voz casual y rotunda de Guy seguía resonando en sus oídos.

—¡Guy! —dijo, dominando su voz con un esfuerzo.

La discusión se había desarrollado enteramente en francés; no debía demostrar que había entendido todas sus palabras.

—¿Corrie?

Guy salió de debajo de la escalera y miró hacia arriba.

Corrie vio con sorpresa que había cambiado su traje de etiqueta por el blanco, tan elegante, que había llevado para cenar con ella en el Belvedere. Pero esto era todo lo que le pareció familiar en él. Al cruzarse sus miradas, la cara de Guy era inexpresiva, como una máscara sombría; la cara de un desconocido.

Él se volvió a Blanche. La mirada que le dirigió era indescifrable, pero su voz tenía un tono de advertencia.

—Permite que te presente a Corrie, una amiga inglesa que en la actualidad reside aquí conmigo. No habla francés.

Incluso su voz era apenas reconocible. El tono era impersonal y las palabras carecían de significado. Era la voz de un autómata.

Se hizo un profundo silencio, electrizado, mientras la mujer empezaba a subir la escalera.

—Corrie —dijo Guy, hablando de nuevo en inglés—. Le presento a mi prometida, Marie-Blanche de Chardonnet.

El asombro dejó momentáneamente a Corrie sin habla. ¿Era posible que fuese su prima provinciana? Pero, al mirarla con más atención, pudo ver un vago parecido familiar, sobre todo en los pálidos ojos grises, incoloros como nieve fundida.

De pronto estridente como el sonido de un cristal al romperse, sonó la risa de la mujer.

—*Mais qu'est-ce que tu fais là, mon ange?* —Prescindiendo de la advertencia de Guy, siguió hablando en francés, como si Corrie no existiese—. Me avergüenzo de ti. ¿Dónde está tu buen criterio, tu sentido de discriminación? Mírala...

Corrie, al recibir aquella mirada afilada como una navaja, tuvo de pronto viva conciencia de sus propios ojos legañosos y sus revueltos cabellos. Se arrebujó más en su viejo salto de cama. Era casi como si Blanche pudiese ver su cuerpo desnudo debajo de la tela.

—Pobrecito mío. —Blanche se acercó más a Guy y le miró a través de las pestañas—. ¿Tan sólo te encontrabas sin mí?

—Tal vez—. Su voz era de nuevo dura—. O quizá sentí la necesidad de una compañía menos... exigente.

Los ojos de Blanche centellearon.

—No juegues conmigo, *chéri.* Conozco todos tus juegos.

—Tal vez no conozcas éste.

Guy sonrió débilmente, con una sonrisa que nada tenía de alegre.

Blanche se encogió de hombros.

—Sigue jugando, querido. —Su propia sonrisa era amenazadora y desafiadora—. Con tal de que no te olvides de quien dicta las reglas.

Levantó un brazo blanco, largo y lánguido, y le tocó los labios con un dedo largo y blanco. Corrie, inmóvil en la escalera, ardía de enojo. Había sido un ademán sumamente personal, pero extrañamente teatral, casi como si se lo hubiese dedicado a ella. Vio que la mano de Guy apretaba la muñeca de Blanche.

—*Assez.* —Su voz era ruda—. No estamos solos.

A Corrie le ardían las orejas. Claro que era... bastante. Blanche sonrió, con ligera expresión de triunfo, y se volvió en un remolino de tela blanca como la nieve. Corrie envidió la calculada elegancia de este movimiento. Aquella mujer parecía invencible, abroquelada en su concha de luz, con el sin par y el congénito aplomo de la mujer que consigue siempre lo que quiere.

—*Tu viens?*

La indiferencia con que Blanche volvió la espalda a Corrie fue exquisita y espantosamente ruda, mientras su mano se apoyaba en el brazo de Guy con una naturalidad insolente, predatoria, posesiva.

Durante un instante, al verles plantados juntos en el umbral de la puerta, Corrie tuvo la impresión de que sus imágenes se confundían. Ambos vestían de blanco, eran casi de la misma estatura y sus ojos eran turbadoramente parecidos, pero la semejanza no era solamente física. Había algo más que los unía, algún lazo invisible, alguna extraña fuerza de gravedad. Quizá no se tocarían nunca, pero girarían eternamente uno alrededor del otro, como la tierra y la luna.

La mirada de Guy se cruzó un instante con la de Corrie; después se cerró la puerta y la pareja desapareció. Fuera, se oyó el zumbido de un motor de gran potencia, el chirrido de la arena bajo los neumáticos y, después, silencio.

Corrie permaneció en la escalera, temblando, y no solamente de frío. "Las prefiero rubias", había dicho él. Lo que no había dicho que tenía en Blanche de Chardonnet la rubia definitiva, la obra maestra original. Todas las demás eran simples y pálidas copias.

Y había algo más que él no le había dicho, una omisión tan evidente que era imperdonable. La última traición. ¡Cómo debían de haberse reído sus amigos a espaldas de ella, al exhibirla él como un payaso de circo! Conocían a Blanche, sabía que igual habría podido una linterna tratar de superar la luz de la luna. Pues Blanche, la pobre primita sobre la que había vertido ella tanta compasión débilmente teñida de desdén, era la mujer más hermosa que hubiese visto jamás.

Por la mañana, su furia había menguado, convirtiéndose en fría y serena resolución. Guy la había traicionado, la había empleado como un peón en una turbia partida de ajedrez, pero ella no dejaría que se saliese con la suya. Con un poco de tiempo, se le ocurriría la venganza adecuada.

Como había esperado, no vio a Guy en todo el día. Aquella noche no recogió su chocolate después de la cena. Se le habría atragantado. Guy, que sin duda se disponía a acudir a otra cita con Blanche, se tropezó con ella en mitad de la escalera.

—¿Qué le sucede? ¿Está a dieta?

—Claro que no. —En aquel momento, le odiaba, con un odio total, irracional. Se irguió con dignidad todo lo que le permitía su estatura—. He renunciado simplemente al chocolate.

—¿Por qué?

—¡Oh, no lo sé! —Se encogió de hombros con lo que esperó que fuese un ademán de cansancio mundano—. Es una costumbre infantil. En realidad, creo que no me gustó nunca.

—Como quiera. *Bonsoir.*

Por lo visto, tenía prisa en marcharse.

Aquella noche, a las cuatro, Corrie bajó al vestíbulo y recogió el chocolate. En la habitación de Guy no había luz y la puerta estaba abierta, señal de que la estancia estaba vacía. La casa pareció de pronto muy silenciosa. Volvió a subir la escalera y se comió toda la tableta entre sábanas, deseando no volver a ver nunca a Guy de Chardonnet.

A la mañana siguiente, después de unas pocas horas de sueño inquieto, se miró al espejo y no le gustó lo que vio en él. Mis cejas son demasiado negras, pensó con irritación. Quizá debería teñirse unos mechones de cabellos. Se pintó los labios en forma de arco de Cupido, hizo una mueca y se quitó la pintura. En el mejor de los casos, hacía que pareciese una actriz, y en el peor, una ramera. ¿Por qué? Tal vez influía también su cuerpo, la curva llena de sus senos, la línea robusta de su cuello. Parecía basta y sensual, como una campesina, cuando habría querido parecer una princesa de cuento de hadas.

No era de extrañar que Blanche la hubiese desechado por completo, sin un momento de vacilación. De pronto, se sintió gorda, desaliñada e irremediablemente vulgar. Necesitaba palidez, un perfil aristocrático, unos cabellos de platino...

Y nada de esto podía encontrarlo en su guardarropa. Pasó un dedo sobre la apretada hilera de vestidos, eligió un traje gris claro, lo rechazó porque hacía que se sintiese como una mujer de cuarenta años, y por fin escogió una blusa y una falda lilas, se puso unas medias de seda y se dio unos toques de colorete.

Como había sospechado, Guy estaba ya en la mesa del desayuno. Le había oído ir de un lado a otro, aunque no le había oído llegar la noche pasada. Parecía desagradablemente alegre y reposado.

—Parece usted cansada. ¿No ha dormido bien?

Inmediatamente lamentó Corrie haber elegido el lila; sólo servía para acentuar las sombras violáceas de sus ojos. Se sintió amargamente ofendida. Sabiendo lo que sabía, le repugnaba incluso su solicitud.

Se sentó y miró con desagrado los croissants calientes, que normalmente solía devorar.

—Sólo café, Toinette, por favor. Sin leche.

Sorbió su café y observó cómo abría Guy la correspondencia de la mañana con un cortapapeles de marfil. Contra su voluntad, se sintió fascinada por los rápidos y diestros movimientos de sus manos. Era muy ordenado, clasificando la correspondencia en invitaciones, circulares, cartas urgentes y cartas de rutina que podían ser contestadas por su secretaria. Corrie esperaba, tratando de disimular su impaciencia, que él le dijese cual sería su próxima función. Apenas podía dominar la tentación de estirarse para mirar por encima de su hombro.

Un respetable montón de tarjetas impresas crecía a su izquierda. Las miró con súbitos celos, casi como si fuesen de su propiedad. Eran sus invitaciones..., pero, ahora que Blanche había vuelto a París, ¿no ocuparía su sitio? En todo caso, no le gustaba la idea.

El montón de invitaciones seguía subiendo y Guy seguía sin decir nada. Una de aquéllas, en particular, le llamó la atención.

—¿Puedo ver ésa? —dijo, sintiendo de pronto una gran curiosidad. Él vaciló, añadiendo con ello leña al fuego. Con una naturalidad que la sorprendió a ella misma, Corrie añadió—: Me intriga el escudo.

Él se encogió de hombros y le tendió el papel, con sólo un ligero matiz de renuencia. Era una invitación a un Grand Baile, la Nuit Blanche, en el Château de Corbeville. La respuesta debía dirigirse a Blanche de Chardonnet. En el ángulo superior, con elegante escritura inclinada, una sola palabra: *Chéri*. Querido. Corrie dejó caer la invitación como si le quemase los dedos.

—Supongo que no necesitará mis servicios para este acto.

—Me parece que no se divertiría —dijo él, con un gesto decisivo—. No es más que un baile anual, una fiesta de familia. Muy aburrido.

Ella frunció los párpados, hirviendo de rabia contenida. Él trataba deliberadamente de engañarla. La semana pasada había visto un viejo ejemplar de Paris Match describiendo la Nuit Blanche, aunque entonces no había establecido ninguna relación. Era una fiesta brillantísima, el acontecimiento de la temporada, su triunfal y lógica conclusión. Todos los invitados, siguiendo una norma no escrita, vestían de negro o de blanco: negro para los hombres, blanco para las mujeres. Para éstas, era una prueba, un desafío, un ejercicio de ingenio y de distinción social. Era sabido que las casas de alta costura incluían un modelo blanco especial en sus colecciones, sólo para aquel acontecimiento. En la Nuit Blanche, se ganaba o se perdía prestigio, se cimentaban o destruían amistades, se doraban o desdoraban imágenes. Era un campo de batalla elegante, incruento. Todos los que eran alguien, o pretendían serlo, estarían allí.

Menos ella. A la luz de un cegador relámpago interior, vio que ésta era la razón de que él no hubiese permitido que hubiese un solo vestido blanco en su guardarropa. No era porque ella no fuese una belleza clásica —¿cuántas otras invitadas podían aspirar a serlo?—, sino simplemente para que no pudiese ir a la Nuit Blanche. Tendría que quedarse sumisamente en casa, mientras él y Blanche representarían los papeles estelares en el acontecimiento más importante de la temporada. Ella había hecho todo el trabajo duro —asistencia a cócteles interminables, agotadoras series de recepciones y noches de gala— sólo para preparar el camino del triunfo de Blanche. Ella, Corrie, había sido abnegada, cumplidora, incluso alegre y divertida; en realidad, como una esposa perfecta, sin ninguno de los privilegios de una esposa. Y ahora recogería Blanche toda la fama y todo el provecho al mismo tiempo.

La envidia, los celos y un puro furor pasaron por su cabeza como un torrente de agua hirviendo. Con súbito sobresalto, descubrió algo en su interior. No estaba pensando como una esposa, sino como una amante. Y tampoco lo era. Haciendo un esfuerzo, recobró su ecuanimidad.

—¿Le gustaría venir?

Él la observaba atentamente. Su mente era un torbellino, pero no lo dejó traslucir en absoluto.

—El blanco no me sienta bien. Lo sé de buena tinta.

Sonrió, sintiendo que le dolían los músculos de la mandíbula a causa del esfuerzo. Dejó a un lado su servilleta y se levantó de la mesa. Tenía la impresión de que la había atropellado un automóvil. Casi no podía moverse. Subió despacio al primer piso y se cambió de ropa, poniéndose un vestido de seda castaño claro. Todavía aturdida, bajó al salón. Su corazón latía desaforadamente, y sentía oleadas de calor en todo su cuerpo.

—Voy a salir.

Él estaba de pie junto a la ventana, leyendo una carta. Ni siquiera levantó la mirada; sólo asintió con la cabeza. Era como si ella no existiese. Corrie estuvo inmediatamente, instintivamente, segura de que era una carta de amor lo que leía; era lo único que podía merecer una atención tan absoluta. Mírame, estuvo a punto de gritar. Mírame, y dime con los ojos si soy bonita o no. ¿Me sienta bien este vestido? ¿Te gusta mi peinado? Pero él no la miró. Corrie salió dando un portazo. Por primera vez en muchos años, pareció haber perdido el control de las acciones más corrientes.

Pasó la mañana en las *boutiques* de la Orilla Izquierda, mirándolo todo y sin comprar nada. Cuando volvió a la casa por la tarde, cansada y malhumorada, una nota sobre la mesa del vestíbulo la informó de que Guy pasaría los tres días anteriores al baile en el campo, ayudando en los preparativos, y no necesitaría sus servicios hasta ulterior aviso.

Tres días. Fueron los tres días más largos que había pasado Corrie en su vida. Andaba de un lado a otro por la casa, incapaz de leer y de estudiar y de cantar y de hacer nada. Empezó una carta a Arlequín, pero no pudo decidir lo que quería decirle. Se había convertido en una extraña incluso para ella misma. Los días eran malos, pero las noches eran peores. En vez de sumirse en el sueño de la fatiga, se angustiaba, soñaba una y otra vez en la venganza. En blanco y negro.

No estaba segura de cuando concibió la idea. Empezó como una fantasía, como una loca escena de medianoche que representaba en su cabeza, algo con que matar las horas. Pero se fue desarrollando. Era como una última trinchera, como quemar las naves; sin embargo, tenía un atractivo destructor. Trató de resistirla, se dijo que Arlequín no la aprobaría. Apenas si la aprobaba ella misma. Pero era demasiado tarde. La semilla había arraigado y florecía.

La mañana antes del baile sabía lo que iba a hacer. Una vez tomada la decisión, el resto era fácil. Fríamente, eficientemente, con sólo un temblor interno para recordarle la enormidad de lo que estaba tramando, empezó los preparativos. Llevó sus dos piezas gris de Dior a un traficante en ropa usada y, con el dinero que éste le dio, visitó una sastrería teatral cerca de la Ópera. Sabía exactamente lo que quería y estaba dispuesta a pagar el precio exorbitante. Subió sus paquetes al piso de arriba sin que nadie la viese y esperó a que el sol se hubiese puesto en el jardín interior, para cortar del arriate un ramo de espléndidas amapolas carmesíes y de negro corazón. Brillaron como rubíes de Birmania en sus manos.

Canceló la cena y dio la tarde libre a la servidumbre. Sola ya en casa, desempaquetó su nueva adquisición. Sólo sería suya para una noche, pero esta noche dispondría de ella. Apenas se atrevía a mirar lo que había elegido en los apretados percheros del sastre. ¿Era demasiado? En el ambiente espartano de su dormitorio, sí que lo parecía. Pero cobró ánimo. Nada podía ser demasiado para esta ocasión. Él había dicho que tenía un gusto exagerado... Pues bien, ahora le enseñaría que no tenía la menor idea de lo que significaba aquella palabra. Ella había llevado margaritas y caminado descalza, pero aquello era peccata minuta en comparación con esto. Esta noche, de una vez y para siempre, iba a llamar la atención.

Deslizó la pesada tela por encima de su cabeza, forcejeó con los desacostumbrados broches. Después se soltó el cabello, prendió en él las amapolas y se calzó las babuchas con abalorios. Por último, palpitándole el corazón en los oídos, se miró al espejo y asintió una vez con la cabeza. Sí, causaba efecto. No sonrió al ver su imagen; la ocasión era demasiado seria para esto. Esta noche no sería una parisiense frívola y divertida. Esta noche sería una italiana, peligrosa, poseída por el diablo. Se envolvió los hombros con la larga capa negra y se cubrió la cabeza con la ancha capucha. Con esto había terminado sus preparativos, salvo por una cosa. Sin hacer ruido con sus babuchas adornadas con abalorios, bajó la escalera, se dirigió al salón y recogió la invitación que Guy había dejado sobre la repisa de la chimenea. Sin vacilar, añadió una "e" atrevida y negra a la inscripción de Blanche, de modo que ahora decía *"Chérie"*, secó cuidadosamente la tinta y guardó la tarjeta en su capa.

Sonó el timbre de la puerta. El taxi estaba esperando. Y ella estaba dispuesta.

CAPÍTULO IX

Feux d'artifice de plata tejían blondas en el cielo. Los invitados observaban desde la terraza de piedra, mirando entre las columnas de los altos cipreses los lugares donde jugaban las fuentes, reflejando la luz de los fuegos artificiales. Otros paseaban por el clásico jardín verde y blanco que había dado justa fama al Château de Corbeville. Faros ocultos en las negras profundidades de los cipreses iluminaban las diminutas estrellas de los jazmines, las translúcidas campanillas de los convólvulos, entrelazados en pérgolas o derramándose de jarrones de piedra. En el centro del laberinto erguíase una vieja magnolia sobre un lecho de romeros verde mar, recortando la negra silueta de su tronco entre dos esfinges gemelas de Falconnet.

En la terraza, velas perfumadas de lirio, altas y blancas, iluminaban el *buffet* frío. Pero los invitados apenas si tocaban la comida. La noche era demasiado importante, demasiado magnífica para pensar en el hambre. El champaña estaba helado, las conversaciones eran exquisitas. Los fuegos artificiales terminaron con un último estallido incandescente, dejando el aterciopelado cielo de verano más negro que antes. La luna ascendía, pálida, detrás de los cipreses. En el momentáneo silencio, mientras los invitados volvían de la terraza al salón del siglo dieciocho con sus grandes columnas, y donde una orquesta de veinte músicos tocaba una majestuosa gavota, Guy de Chardonnet se tomó unos instantes de descanso. Sus ojos se fijaron en Marie Blanche, que se movía graciosamente entre sus invitadas. Las eclipsaba a todas. Nadie comprendía como ella el sutil lenguaje, las posibles entonaciones del blanco. Esta noche, para el anuncio oficial de su noviazgo, había dado un paso más, permitiéndose una licencia en su doble calidad de anfitriona y de futura esposa. Su vestido de seda blanco, de elegancia y sencillez supremas, estaba adornado con franjas de plata ondulante que captaban y reflejaban toda la luz de la luna. Era un hábil artificio, casi una trampa, pero sumamente eficaz. Diamantes cetrinos engastados en platino brillaban en sus orejas y en su cuello, pero sus dedos, dispuestos para el clímax de la noche, estaban desnudos.

"La Belle Blanche..." Guy percibió el murmullo de admiración y asintió con la cabeza. Aquí, en su ambiente natural, Blanche era invencible. Ninguna mujer podía rivalizar con ella en perfecta y clásica

belleza. Cada vez que la miraba, recordaba la primera vez que la había visto. Él era un muchacho torpón de dieciséis años, y ella tenía un año menos. Pero incluso a aquella edad temprana, su belleza era ya madura, indeleble.

Ya entonces había parecido intocable, inalcanzable, aceptando como un derecho natural todo aquello de lo que carecía él: seguridad, admiración, un sentimiento de dominio. Incluso ahora, años después de haber dejado él de ser aquel torpe muchacho, soñaba a veces que la tocaba y que su carne se fundía entre sus manos...

En el gran salón, había empezado de nuevo el baile, un vals lento. Vio que Blanche se excusaba con unos invitados y venía hacia él. Su perfume de muguete, elegido por él, le envolvió al tomarla en brazos y conducirla a la pista de mármol para el primer vals de la noche. Guy percibió los murmullos de los invitados mientras daban seriamente vueltas en la pista, y percibió también la piel suave y fresca de su pareja debajo de su mano. Los ojos pálidos y grises, indescifrables, espejo de los de Guy, se fijaron en los de éste. Él y Blanche se comprendían, estaban hechos el uno para el otro. Ella era suya, él era Guy de Chardonnet, todo era como debía ser en su mundo elegido, el único mundo que importaba.

De pronto, algo interrumpió los pausados acordes de la música. Hubo un momento de confusión discordante en la orquesta. Los músicos dominaron su desconcierto y prosiguieron, pero era demasiado tarde. Blanche frunció el ceño. Ahora había una conmoción, débil pero inconfundible, entre los invitados que se hallaban más cerca de la entrada, unas vibraciones de interés y curiosidad y ligera impresión tan perceptibles como un cambio de temperatura. La orquesta tocó más fuerte, perdiendo algo de su armonía al hacerlo. Blanche apretó ligeramente el brazo de Guy en una señal secreta.

Él se volvió. Plantada en un charco de luz estaba la extraña y dramática figura de una mujer envuelta en una capa negra. Llevaba una máscara enjoyada. Los otros invitados, casi como si percibiesen un peligro, se habían apartado formando un círculo a su alrededor. Guy sintió que se erizaban sus sentidos. Hubo un largo momento de inmovilidad cuando la orquesta, al advertir que la pareja principal había abandonado la pista, enmudeció. Todos estaban como petrificados, silenciosos, como los cortesanos de un cuadro. Lentamente, como si gozase de la expectación despertada, la mujer enmascarada se quitó la capucha y dejó que la capa resbalase de sus hombros.

Un murmullo ahogado brotó de los reunidos, como si todos ellos sintiesen un ligero sobresalto. Era como si el sol hubiese salido bruscamente de detrás de una nube, como si, ante sus ojos, hubiese surgido una mariposa esmaltada de una negra y polvorienta crisálida. Estaba deslumbradora; su vestido de tisú de oro resplandecía con una multitud de joyas, amatistas y zafiros, rubíes y esmeraldas, que adornaban el borde de su larga falda y orlaban el pronunciado escote de su ajustado corpiño, del cual emergían el cuello y los hombros dorados, que brillaban con una irradiación pagana.

Se habría podido oír el tictac de un reloj, el ruido de un alfiler al caer al suelo, el latido de los corazones. Había algo tan innegablemente teatral, tan descaradamente exótico en aquella aparición, que Guy casi esperó que la música empezase a tocar de nuevo. No le habría sorprendido ver aparecer un oso bailarín, un paje negro, un gitano con su acordeón. Aquella mujer era una encarnación del verano, un icono, una reina azteca, una princesa Médicis. Y desde luego, no vestía de blanco.

—¿Cómo ha podido entrar?

Blanche tenía pálido el semblante, apretados los labios. Guy apartó con dificultad la mirada de aquel ídolo dorado.

—No tengo la menor idea. Ni siquiera sé quien es.

Prendidas en los cabellos de la mujer y sujetas con un hilo de oro, había flores escarlata, contrastando con el lustroso negro-azul de su melena.

—¿Qué querrá? —dijo Blanche, mirando a la mujer con la primera muestra de nerviosismo que Guy veía en ella.

Guy avanzó. La mujer le observó, negros e insondables los ojos detrás de la máscara enjoyada. Sus labios se arquearon en una sonrisa extrañamente familiar. Blanche hizo una seña a la orquesta. Ésta, vacilante, empezó a tocar de nuevo.

—*Bonsoir, madame...*

En realidad, no sabía cómo empezar. Ella parecía tan serena, tan segura de sí misma... Parecía un leopardo. Entonces, súbitamente, se echó a reír, con una risa plena, fresca, que él no había oído nunca pero que reconoció inmediatamente. Giró delante de él, en un torbellino de fuego desprendido por su loca multitud de joyas.

—¡Corrie! —dijo él, debatiéndose entre la ira y una curiosa y ridícula excitación emocional. Mantuvo su compostura haciendo un gran esfuerzo.

—¿Qué diablos está haciendo aquí?

Ella sonrió descaradamente debajo de su máscara de seda.

—Naturalmente, he venido a estropear su fiesta.

Como siempre, su franqueza era incontestable.

—¡Al menos habría podido vestirse de blanco!

—Ya lo he hecho. —Tuvo la audacia de parecer ofendida—. Aparte de mis joyas, que no cuentan. —Señaló su vestido de tisú de oro—. Es oro blanco..., ¿ha oído hablar alguna vez de él?

—¿Y eso?

Señaló las amapolas que llevaba ella en el pelo.

—¡Oh! —Levantó un suave brazo dorado, desprendió una sola flor escarlata, se inclinó hacia delante y la prendió en la solapa de él—.

Éstas me las he puesto por usted. Soy su mujer escarlata, ¿no se acuerda?

Él miró a su alrededor. Caras de asombro les rodeaban. Estaba claro que las palabras de ella no pasarían inadvertidas. Guy la asió dc un brazo y casi la arrastró desde la pista de baile hasta el refugio ligeramente menos comprometedor de una columna.

—Usted no es mi mujer escarlata.

Obligado a hablar en voz baja, percibió con inquietud el zumbido especulativo de los mirones.

—¡Sólo por falta de oportunidad! —dijo ella, sonriendo dulcemente.

Él la miró fijamente tratando de leer en su semblante.

—Quítese esa ridícula máscara.

—No. —Se retiró fuera de su alcance—. No, a menos que se quite usted la suya.

—¿Qué quiere decir? —Guy sonrió, apretando los dientes, al acercarse de nuevo a ella—. Yo no llevo máscara.

—¿No? ¿Está seguro?

Tomó delicadamente una copa de champaña de la bandeja de un camarero y sus ojos brillaron como diamantes sobre el borde de aquélla. Guy vio que Blanche le estaba haciendo furiosas señas desde la pista de baile. Lo más disimuladamente que pudo, llevó de nuevo a Corrie a la sombra protectora de la columna. Pero incluso en aquella relativa oscuridad brillaban y centelleaban sus joyas. Él no podía apartar los ojos de la piel dorada del cuello de Corrie, de sus redondeados hombros que palidecían imperceptiblemente en un color cremoso donde el borde del escote rozaba sus senos.

—¿Son auténticas esas joyas?

Era una pregunta inconsecuente, pero es que le daba vueltas la cabeza.

—¿Me amaría si lo fuesen?

Su mirada era insultante. Él sintió renacer la ira en lo más hondo de su pecho.

—¿Qué sabe usted del amor? —La agarró del brazo con tal fuerza que la presión de sus dedos dejaron marcas blancas sobre la piel dorada—. No olvide que sé qué clase de mujer es usted.

Ella le miró ahora reflexivamente, frotándose lentamente el brazo. Él podía sentir aún el calor traidor de su piel.

—Tal vez no sepa mucho del amor, como usted dice... —Hizo una pausa, llevó una mano a su máscara—. Pero estoy dispuesta a aprender. ¿Y usted?

Con un rápido y brusco movimiento, se quitó la máscara.

Él se quedó súbitamente sin hablar. La orquesta atacó una nueva pieza, la Invitación a la Danza, de Gluck; pero Guy apenas lo oyó. Estaba viendo la cara de ella como por primera vez, como si fuese el rostro de una desconocida. ¿Cómo no lo había advertido antes? Era hermosa. Su piel era dorada como el trigo en contraste con la misteriosa negrura azulada de sus cabellos, y sus rasgados ojos violetas, bajo los oscuros párpados, tenían el color exacto de la luz de la luna sobre una corriente de agua. Su boca, con aquel inquietante hoyuelo en medio del labio superior, estaba hecha para cantar y reír. Era como una brillante moneda recién acuñada, tan perfecta y mágica, como un día sin nubes. Le recordaba cosas que pensaba que había olvidado, cosas que era mejor olvidar, placeres infantiles: el olor del heno recién segado, el sabor del agua de primavera, las manzanas recién cogidas del árbol... ¿Qué era ella? ¿Una bruja? ¿Una diosa de las cosechas? ¿Una cortesana? Estos sentimientos estaban fuera de lugar, sobre todo para él y en este momento. No podía permitírselos.

—Baile conmigo.

Corrie había aprovechado su silencio y se acercaba ahora a él con los brazos levantados. Él la asió de las muñecas.

—De ninguna manera. No bailará conmigo ni con nadie.

—¿Por qué no? —dijo ella, sonriendo—. ¿Está celoso?

Antes de que pudiese detenerla, se escabulló con la suavidad de una brillante serpiente y se mezcló con los invitados en la pista de baile. Un momento después, Guy la vio en brazos de un invitado vestido de negro, sonriendo y echando la cabeza atrás.

—Corrie...

Ahora estaba realmente furioso, y le costaba controlar su ardiente ira.

—Trate de detenerme —le gritó ella, riendo.

No había nada que hacer. El baile era una polca rápida y ligera, un mareante torbellino en el que apenas podía él seguir sus movimientos. La vio primero en brazos de un hombre y después en los de otro..., no parecían faltarle las parejas. Guy ardía en cólera sin decir palabra.

El movimiento del baile llevó a Corrie cerca de él, tentadoramente cerca.

—Baile conmigo.

Él pudo apenas oírla sobre el estruendo de la música, pero el mensaje era claro.

—No.

Corrie se encogió de hombros y se alejó antes de que él pudiese alcanzarla, arrastrada como un resto de naufragio por la corriente de la música. Él la estaba esperando cuando volvió a pasar.

—He estropeado su fiesta, ¿no?

—Sí.

—¡Bravo!

La cara de su pareja era un estudio de incomprensión al alejarse de nuevo los dos, pero estaba claro que ella le había deslumbrado. Guy esperó con cara osca que la música volviese a acercarla a él.

—Nunca me lo perdonará, ¿verdad?

—No.

—¡Bravo!

Su cara estaba brillantemente sofocada y sus ojos centelleaban. Corrie se alejó de nuevo, bailando, consciente de que apenas veía a su nueva pareja. Sólo veía la cara de Guy, pues bailaba para él. Miraba continuamente por el rabillo del ojo, escrutando la multitud hasta que percibía su oscuro y serio perfil. Al fin había conseguido que se fijase en ella. Pero ignoraba lo que sucedería cuando terminase la música. Había montado sobre un tigre y le sería difícil desmontar graciosamente. Pero no le importaba. Su cabeza daba vueltas por el furioso ritmo del baile y el champaña que había consumido, pero su corazón estaba rebosante de victoria. La venganza era más dulce que cualquier vino... Pasaba de los brazos de un hombre a los de otro en una vertiginosa espiral, siempre consciente de la figura inmóvil de Guy en el borde de la pista. Éste se había puesto su máscara cortés, pero sus ojos ardían, inflamando el aire que había entre los dos. Y aquella mirada ardiente estaba fija, no en sus invitados, no en su prometida, sino en ella. Por una vez, sólo por una vez, acaparaba ella toda su atención.

De pronto, terminó la música. Corrie se tambaleó mientras su pareja le pedía otro baile con insistencia. Ella apenas le oyó. Sólo tenía ojos y oídos para Guy, cuyo brazo la aprisionaba a medias y la sostenía a medias, mientras le decía al oído:

—Ya es bastante. Ha bailado como quería. Es hora de que se vaya.

—Es que no quiero irme.

—¿Ah, no?

Sus ojos ardían, pero su voz era helada.

—No. Quiero bailar un poco más. Con usted.

—Muy bien. —Suavemente, sin aparente esfuerzo, Guy se inclinó y la levantó en sus brazos—. Si no quiere marcharse de buen grado, tendré que llevarla yo.

A ella le sorprendió tanto esta acción que, por un momento, quedó completamente inmóvil. Después empezó a patalear y a debatirse.

—¡Bájeme!

—Mi querida Corrie... He estado tratando de bajarle los humos desde el día en que nos conocimos. Pero sin resultado.

Ella le golpeó inútilmente el pecho. Los brazos de él eran de hierro. Un murmullo divertido brotó de la multitud. Súbitamente consciente de su dignidad, Corrie dejó de luchar. Guy la miró con recelo.

—No se preocupe. Me iré mansamente. —Sacudió la cabeza—. A fin de cuentas, lo mejor de la fiesta ha terminado ya.

Él la soltó bruscamente.

—¿Se puede saber qué ha sido?

A ella le encantó advertir lo difícil que le resultaba mantener su acostumbrado tono irónico. Le sonrió satisfecha.

—Yo, naturalmente.

Él apretó los labios.

—Espere aquí.

Corrie le observó mientras se abría paso entre la muchedumbre para disculparse con Blanche. Vio que los labios de ésta se apretaban hasta formar una fina línea blanca y vio que lanzaba una mirada envenenada en su dirección. El brete en que había puesto a su anfitriona la llenó de maligno regocijo. Pues ¿qué podía hacer Blanche? Estaba atrapada por su propia buena educación, por su vanidad, por sus invitados... Sacudió su adorable cabeza rubia y volvió la espalda a Corrie, como si ésta fuese demasiado insignificante para prestarle atención. Pero Corrie no se amilanó. Nada podía mitigar su entusiasmo, aquella oleada de locura que la invadía con la fuerza de un mar alborotado.

Guy la acompañó en silencio a un Corniche convertible blanco aparcado en el patio enarenado. Hizo chascar los dedos y al punto acudió un criado con las llaves. Puso en marcha el potente motor y lanzó el coche a toda velocidad por el paseo flanqueado de cipreses, como si no pudiese soportar tener a Corrie a su lado un momento más de lo estrictamente necesario. El silencio entre los dos se hizo más profundo mientras rodaban en la tibia oscuridad del mes de junio. Las luces de la autopista brillaban hipnóticamente, convirtiéndolo todo en oro. La cara de Guy era una máscara dorada; las joyas de ella habían pasado del verde y el carmesí al topacio. Corrie cerró los ojos, gozando del viento que agitaba sus cabellos. Nada podía ser más alentador que el seguro y cierto conocimiento de su propia afrenta. Podía sentir cómo se desprendían las amapolas una a una. Por la mañana, sus pétalos mustios, desparramados en el Boulevard Périphérique, serían todo lo que quedaría de la aventura de esta noche. A menos que... Por un loco instante, lo habría dado todo, sus sueños, sus ambiciones, incluso su alma, por poder rodar al lado de él hasta el fin del mundo y más allá.

Pero no sería así. Aunque parezca extraño, la resolución de Guy de librarse de ella lo antes posible fue causa de que no lo consiguiese. En las afueras de París, poco después de haber dejado la Périphérique, el grande y pesado automóvil escapó de pronto de su control. No hubo tiempo de pensar o de preguntarse qué había sucedido. Corrie se sintió envuelta en los estridentes chirridos de los neumáticos, y la recta carretera que tenía delante se transformó de pronto en un calidoscopio vertiginoso. El coche se encabritó y saltó, lanzándola de un lado a otro. Percibió vagamente a Guy a su lado, luchando con el volante, y después, con la misma rapidez con que había empezado, terminó la pesadilla. El coche se detuvo contra la barrera de protección, con el capó levantado en un ángulo estremecedor.

El silencio que siguió al choque pareció ensordecedor. Poco a poco, al recobrar sus sentidos y menguar los latidos en sus oídos, se dio cuenta de la mano de Guy apoyada en su hombro desnudo.

—¿Se encuentra bien?

Si no le hubiese conocido tanto, habría pensado que su mirada era de preocupación.

—¿Qué ha pasado?

Tenía rígidos los músculos de su cara y de su boca, y su voz casi no la obedecía.

—Un ladrillo en la carretera. —Ahora la voz del hombre era tranquila, carente de emoción. Guy alargó una mano y cerró el contacto con una calma que la irritó—. Nada pude hacer.

Súbitamente, sintió Corrie los efectos del shock. Se puso furiosa con él y con ella misma.

—¡Conducía demasiado aprisa!

Él se encogió de hombros.

—Siempre conduzco demasiado aprisa.

Su portezuela estaba aplastada contra la barrera. Bruscamente, alargó el brazo por delante de Corrie para abrir la otra portezuela y se apeó. La furia de ella aumentó. Ni siquiera le había dicho "Discúlpeme". Era un bruto, un bruto egoísta e insensible. ¡Y pensar, que hace un momento, había deseado ir con él hasta el fin del mundo! Debía de estar loca. Él pasó por delante del capó y se inclinó para mirar debajo de éste. Sin decir palabra, volvió al lado de Corrie y abrió la portezuela.

—Baje.

—¿Que baje? —No podía comprender lo que pasaba—. ¿Qué le ocurre al coche?

Él hizo un expresivo ademán.

—*Foutue.*

Corrie se apeó, tambaleándose un poco por la impresión, el champaña y el peso de su enjoyada falda. Desgraciadamente, él había dicho la pura verdad. Ambas ruedas estaban terriblemente torcidas, por no hablar del capó, que parecía una hoja de papel doblada. Una visión imponente. Era una suerte que siguiesen vivos.

—¿Qué vamos a hacer?

—No hay problema. Telefonearé a André y le diré que venga a recogernos.

—Es una buena idea. —Entonces, ¿por qué tenía este curioso sentimiento depresivo?—. Salvo por una cosa.

—¿Cuál?

—Le he dado la noche libre.

Él la miró en silencio. Por fin dijo:

—¡Qué admirable previsión! ¿Qué haría yo sin usted?
Ella se estremeció interiormente; pero se recobró en seguida.
—No importa. Podemos llamar a un taxi por teléfono.
—Es una idea muy buena —dijo él, imitando desagradablemente el tono de ella—. Salvo por una cosa.
—¿Cuál?
—Generalmente, los taxistas, sean cuales fueren sus otras virtudes, tienen una mala costumbre.
—¿Cuál es?
—Quieren que les paguen.
—¿Sí?
No sabía adónde quería ir él a parar, pero sospechó algún contratiempo.
—¿Lleva usted dinero?
—¿Yo? —Corrie señaló de mala gana su complicado traje—. ¿Dónde quiere que guarde mi bolso?
Naturalmente, su bolso estaba en el bolsillo de la capa, que se había quedado en el lugar de la fiesta.
—Lo que me imaginaba.
Su tono era irritante por lo tranquilo.
—Seguro que traerá usted algún dinero.
Una horrible duda empezaba a forjarse en su mente.
—Si lo tuviese, no sostendríamos esta conversación.
Su tono era cáustico.
—¿Qué? —Estaba pasmada—. ¿Quiere usted decir que no lleva... ningún dinero encima?
Él sacudió la cabeza.
—Cuando salimos, estaba un poco distraído. No pensé en absoluto en el dinero.
La miró con torva satisfacción, casi como si le echase la culpa de todo lo ocurrido.
—Bueno, miss Modena, ¿qué sugiere que hagamos?
Ella pensó furiosamente.
—¿Cree que el taxista no nos llevaría si supiese quien es usted?
Él sonrió fríamente.
—¿Sin ningún medio de identificación? No lo creo. —Hizo una pausa—. A menos, naturalmente, que haya traído usted su pasaporte.
Ella le dirigió una mirada fulminante, pero tuvo que confersarse que se sentía frustrada.
—¿Tiene usted alguna idea mejor?
Él se apoyó con irritante naturalidad en el coche inservible.
—Me parece que hay dos alternativas posibles. Podemos pasar aquí toda la noche...
—No, gracias.
—...o uno de nosotros puede ir en busca de ayuda.

Ella miró a su alrededor; las calles estaban débilmente iluminadas y desiertas. Después hizo de tripas corazón.

—Iré yo —dijo.

—¿Cree que iría muy lejos, vestida así y sin ningún documento de identidad? —Señaló sus revueltos cabellos y su provocativo escote—. La detendría un guardia en menos que canta un gallo. No; es mejor que se quede usted aquí y vaya yo.

—¡No! —De pronto, las calles de por allí empezaron a parecerle, no sólo desiertas, sino vagamente siniestras. El ruido de la tapa de un cubo de basura despertó un eco fantástico en una calle lateral cercana. Corrie dio un respingo—. No voy a quedarme sola aquí.

Él la miró divertido, gozando claramente de su momento de flaqueza.

—¿Qué ha sido de aquel sentimiento de independencia del que estaba tan orgullosa? No tendrá miedo, ¿verdad?

—Claro que no. —Se irguió con dignidad—. Pero pueden pasar horas..., empezar a llover..., ¡qué se yo!

Él se encogió de hombros.

—Entonces, sólo podemos hacer una cosa.

—¿Qué?

—Caminar.

Dio media vuelta y echó a andar rápidamente. Ella le alcanzó en el momento en que doblaba la esquina. Caminaron por las grises y monótonas calles suburbanas durante media hora y media hora más. Él no hablaba y ella tenía que concentrar toda su energía en mantener su paso. Guy no hacía la menor concesión a su andadura ni a sus babuchas con abalorios, que no eran el calzado más adecuado para una larga caminata sobre pavimentos de hormigón. Ni siquiera se paró cuando ella se detuvo para quitárselas. Corrie ató rápidamente las cintas y colgó las zapatillas de su cintura. Cuando le alcanzó, él la miró sorprendido, como si no se hubiese dado cuenta de que se había quedado atrás. Cuando vio sus pies descalzos, una débil sonrisa se pintó en sus labios.

—Parece que está condenada a ir descalza en mi compañía.

—Al menos, hoy no está nevando.

Pero pensó que nada podía ser tan frío como la atmósfera que había entre los dos. Era una deliciosa noche de verano, tibia y suave, y todas las estrellas estaban en su sitio; pero ella era joven, rebosante de sentimientos que a duras penas reconocía, y él..., bueno, él no era viejo, aunque, por la atención que le prestaba, igual habría podido ser un anciano padre de familia. Esto no podía seguir así, era malo para su moral..., y todavía les quedaban millas por delante.

—¿Es virgen?

—¿Qué?

Guy casi tropezó, pero se recuperó pronto.

—Me refiero a Blanche. ¿Es virgen?
—Realmente, Corrie... ¡Vaya una pregunta!
Ella sonrió para sus adentros. Al menos había conseguido sacarle de su preocupación.
—¿Y bien? ¿Lo es?
—Por el amor de Dios, Corrie, ¿qué quiere que le diga? Y en todo caso, ¿por qué quiere saberlo?
—Estaba tratando de imaginar una buena razón para que quiera casarse con ella. Sé que es un poco mayor para ser virgen, pero...
—¡Basta!
Guy alzó súbitamente la voz, imponiéndole silencio, pero sin lograr extinguir del todo la chispa de regocijo que brillaba en el corazón de Corrie. Ésta esperó unos minutos y, después, le miró de reojo. Él meneaba la cabeza. Esperó un minuto más y, entonces, su paciencia se vio recompensada. Él se volvió bruscamente.
—¿Tan sorprendente es?
Ella mantuvo la mirada modestamente fija en el interminable pavimento.
—¿Qué es lo sorprendente?
Guy hizo un ademán de impaciencia.
—Que yo quiera casarme con Blanche. A nadie más le parece extraño.
Ella encogió los hombros.
—Casarse es siempre extraño. Al menos, yo lo creo así. Es como... suicidarse. No se puede estar seguro de lo que vendrá después, pero las perspectivas no son buenas.
Él meneó de nuevo la cabeza.
—Tan joven... y tan cínica. ¿No ha estado nunca enamorada?
Ella pensó durante un largo rato.
—El hecho de enamorarse no tiene nada que ver con el matrimonio; usted debería saberlo.
Él la miró fijamente.
—No me dirá que está enamorado de Blanche, ¿verdad? —Corrie empezaba a divertirse—. Si lo estuviese, no se casaría con ella. Esto lo echaría todo a perder.
—Es usted muy amable al preocuparse tanto por mi felicidad. —Hizo una pausa y frunció el ceño—. Pero, ¿por qué está tan segura de que no amo a Blanche?
Ella sonrió.
—No le creo capaz de enamorarse de nadie. Creo que es usted malcriado y egoísta e irrazonable. Como yo. Por esto me preguntaba si ella sería virgen. No puede ser que se case usted por su dinero, pues ya tiene bastante.
Él sacudió la cabeza con asombro.
—¿Por qué la estoy escuchando?

—Porque sabe que tengo razón.

Su mirada era de pura inocencia. Él respiró hondo, esforzándose en disimular su mal humor. Ella fingió no advertirlo.

—Veo que tendré que explicárselo de pe a pa. —Hizo una pausa, adoptando una expresión de cansada paciencia—. No sé si es usted capaz de entender esto, pero Blanche es... una dama. Cuando se es una dama, la cuestión de la virginidad, como ha dicho descaradamente usted, carece de importancia.

—¿Y cómo se llega a ser una dama?

La expresión de Corrie era la propia de una alumna deseosa de aprender. Él suspiró.

—Las damas nacen, no se hacen. Es una cuestión de distinción natural, de cierta reserva. Sea cual haya sido su vida, una dama será siempre diferente, singular, eternamente fascinadora. —Hizo una nueva pausa—. Lo contrario es también verdad, desde luego. Hay algunas mujeres, como usted...

—¿Qué?

La sonrisa de él tenía un filo cortante que la inspiraba desconfianza.

—No se ofenda, no quiero decir que tenga un pasado despreciable. Es simplemente que, en términos de esta..., bueno..., discusión puramente académica, usted y Blanche representan los extremos opuestos del espectro. Algunas mujeres pierden su virginidad en cuanto aprenden a hablar, y usted es una de ellas. Es algo que un hombre puede percibir inmediatamente.

—Ya. —Estaba furiosa—. Conque Blanche es la Reina de las Nieves, ¡y yo soy la tosca fregona!

—Yo no he dicho esto. ¿Por qué toma siempre las cosas tan al pie de la letra? Es solamente que su... afán, su empeño en catarlo todo, la delata. Cuando un hombre mira a Blanche, piensa una cosa; cuando la mira a usted, piensa algo completamente diferente.

Ella se sintió un poco apaciguada y terriblemente curiosa.

—¿Qué es ese algo? ¿Qué piensa un hombre de mi cuando me mira?

Él le lanzó una mirada de reojo.

—Pensaba que estábamos hablando de Blanche.

—¡Oh! Está bien, ¿qué piensa usted cuando mira a Blanche?

—Pienso... en el futuro. Blanche es una mujer de la que sé que podré fiarme, que dirá siempre la palabra adecuada, que mostrará una educación perfecta, que tendrá un gran valor para mí. Piense, por ejemplo, en esta noche. ¿Qué habría hecho usted si otra mujer le hubiese estropeado su baile de noviazgo y se hubiese empeñado en bailar con su prometido?

Corrie lo pensó un momento.

—Le habría sacado los ojos.

—Exacto. En cambio, Blanche se ha comportado perfectamente. Y hay otra cosa. Puedo confiar en su palabra. Nunca quebrantará una promesa.

Corrie dio una patada a una piedra sin pensarlo y se hizo daño en el dedo gordo del pie.

—Supongo que piensa que yo lo haría, ¿no?

Él la miró reflexivamente.

—Sí, supongo que lo haría si le viniese en gana.

Ella sonrió a su pesar.

—Tiene razón. La vida no vale la pena si no se puede cambiar de idea.

—Y aún hay otra cosa. Cuando miro a Blanche sé que, cuando tenga ochenta años, será tan hermosa como ahora.

—¡Qué aburrido!

Sus alabanzas de la inmaculada Blanche empezaban a atacarle los nervios. Quizás había hecho mal en iniciar esta clase de conversación.

—¿Y qué dice de mí? ¿Qué piensa un hombre cuando me mira?

Él hizo una pausa, observando su cara.

—Sólo puedo decirle lo que pienso yo. Pienso... que sus ojos tienen una forma extraña, que sus labios son demasiado rojos, que su cabello es demasiado negro. Pienso en lo mucho que me irrita. No lo sé. Me pregunto qué va a hacer la próxima vez.

—¡Oh! —Corrie no supo qué replicar. ¿Había sido un cumplido o un insulto?— ¿Cómo seré yo cuando tenga ochenta años? ¿Qué pareceré entonces?

—No sabría decirlo. Dependerá de la vida que lleve. Conociéndola como la conozco, probablemente tragará lo más que pueda. Entonces podría terminar con cinco pliegues debajo del mentón y unos pechos hasta las rodillas.

—¡Bastardo!

Levantó un brazo para golpearle, pero él le asió la muñeca antes de que pudiese establecer contacto.

—No malgaste sus energías. Todavía tenemos que andar un largo trecho.

Ella apretó los dientes. Estaba cansada, sí, pero se habría dejado matar antes que confesarlo a Guy de Chardonnet. Él y su preciosa Blanche: eran tal para cual. Su furia le dio nueva fuerza. Al cabo de una hora, pudieron ver Montmartre. Las estrechas, onduladas y empedradas calles subían en dirección a la blanca y adorable cúpula del Sacré Coeur, la iglesia del Sagrado Corazón. Una luz débil teñía el horizonte, pero allí, en el corazón privado de París, había aún calor y vida. Los anchos escalones al pie del Sacré Coeur estaban llenos de gente, juerguistas de última hora, amantes, personas sin hogar o insomnes o simplemente demasiado enamoradas de la noche de verano para despedirse de ella.

Corrie se olvidó inmediatamente de sus doloridos pies y de su maltrecho amor propio. Descalza, subió corriendo los peldaños, deslizándose entre los que se bañaban en rayos de luna. Abajo, París se desplegaba en un panorama azul y centelleante, mientras una brisa suave traía el olor de las calles recién regadas. Él la alcanzó en el tramo inferior, donde los escalones terminaban en un ancho rellano de piedra. Corrie se sentía aturdida; tan hermosa, tan perfecta era la ciudad de Arlequín. Se alegró de no estar sola; el momento era demasiado maravilloso para no ser compartido.

—Mire —murmuró, negándose a romper el mágico silencio que precedía a la aurora.

Él siguió su mirada sobre la ciudad dormida, cariñosamente acunada en los brazos brillantes del Sena.

—No es la primera vez que estoy aquí, ¿sabe?

Ella cerró el corazón a su insensibilidad. No permitiría que le estropease este momento; podía hacerle ver lo que veía ella.

—Pero nunca lo ha visto así. Es imposible. No como es ahora.

El azul estaba palideciendo, se estaba iluminando, innumerables velos diáfanos se alzaban uno a uno en un teatro inmenso y callado. El prólogo había terminado, iba a empezar el primer acto. El escenario cambiaba ante sus ojos. La luz les atraía, prometiéndoles otro mundo por un minuto, por una hora, por un día, por todo el tiempo que sus memorias pudiesen conservar intacto el recuerdo. Sólo hay un ahora, decía la luz. Recordad esto: el perfil exacto de una pluma perlina de humo sobre las plateadas tejas de pizarra; el vuelo de un pájaro de alas temblorosas como la aguja de una brújula sobre las calles desiertas. Esta luz, este momento, no volverán jamás.

Corrie se volvió a él. Estaba tan llena de sentimiento que éste se derramaba. Era tan extraño..., el brillo y la tensión del baile, y ahora esto. Las sombrías calles con cenefas azules y lilas; el frágil arco del cielo, tan sencillo, tan de siempre, pero tan milagroso como la sonrisa de un extraño. El mundo estaba lleno de tesoros. ¿Tendría ella tiempo de descubrirlos todos?

Se habría puesto a cantar, si se lo hubiesen permitido. Tenía que dar salida a sus sentimientos, tenía que celebrar aquel momento. Sólo podía hacer una cosa. La persona era inadecuada, la hora también, pero no tendría otra ocasión. Se volvió a Guy, tendiendo los brazos.

—Baile conmigo. Por favor.

Alguien empezó a tocar una guitarra en un escalón debajo de ellos; un sonido triste disonante, pero en el que había algo bello. Nada es perfecto, decía la guitarra, nada dura eternamente. Aprovechad el momento que pasa.

—Sólo un baile. Ahora ya no importa. Nadie nos observa.

La media luz convertía la cara de él en la de un extraño. El hombre estaba inmóvil, como un cortesano alto y petrificado, de ojos vacíos.

Corrie esperó, sintiéndose suspendida entre el pasado y el futuro, entre la noche y el amanecer. Él no se movió. Ella cerró los ojos y se sintió girar con el movimiento de la Tierra alrededor del Sol. Lo primero que sintió después fue que estaba en brazos de Guy.

Lentamente, como tanteando el suelo, atados por el frágil hilo de la música, empezaron a dar vueltas sobre las viejas losas. El mentón de él rozaba apenas la cabeza de ella y sus brazos eran inesperadamente cálidos. La sostenía con tanta ligereza y con tanta firmeza que se sentía ingrávida. Oía el susurro de la tela dorada sobre su piel, sentía el movimiento de los músculos de los brazos en su pareja, como si sus cuerpos estuviesen enzarzados en un diálogo secreto. Algo estaba pasando, algo sobre lo que ella no tenía control. Estaban bailando en el borde de un precipicio, con los ojos vendados...

Corrie abrió los ojos. A fin de cuentas, ¿quién era él, quién era aquel hombre que la sostenía tan tierna y hábilmente? ¿Le conocía, le había visto alguna vez? Ahora era demasiado tarde. No podía ver su cara; estaba demasiado cerca, o demasiado lejos. Sentía que su aliento agitaba suavemente sus cabellos, y esta sensación continuaba a lo largo de toda su espina dorsal, como si pasase por ella una corriente eléctrica. Estaba indefensa. Tenía los párpados pesados, como bajo los efectos de una droga. Percibió vagamente que otras personas se habían levantado de los escalones y bailaban también. Un chico y una muchacha con jeans reían en voz baja, girando abrazados, y una pareja mayor sonreía y murmuraba. Era el momento adecuado, era la magia adecuada. Cada Arlequín tenía su Colombina... Al desvanecerse la oscuridad en el aire, tuvo la impresión de que también ella se estaba vaciando gota a gota de su antiguo yo, para llenar el vacío... ¿con qué?

Levantó la cabeza. La cara de él era una sombra, pero podía sentir el calor de su piel. Al inclinar él la cabeza, sintió que la boca rozaba ligeramente su mejilla. Sus ojos se cerraron, irresistiblemente. El mundo se redujo al contacto de sus labios, la corriente de su cálido aliento en su oído. Su corazón latía con tal fuerza que sacudía todo su cuerpo. No podía pensar, no podía respirar. Estaba ciega, sorda y muda, llenos sus oídos de un tumulto que no hacía ruido. Estaba posada en el borde de un precipicio, deseando lanzarse, pero temiendo el choque contra el suelo. ¿Qué le sucedía? Se estaba disolviendo; todos los límites familiares se fundían bajo el contacto de los labios del hombre. Se estaba destruyendo, pulgada a pulgada. Iba a morir.

Los labios de Guy encontraron los de ella. Corrie sintió que su corazón galopaba y después dejaba bruscamente de latir. Se sintió caer, caer a plomo e interminablemente hacia el centro de la tierra. Los brazos de él la estrechaban sin piedad. Era su prisionera, pequeña e indefensa. Aunque hubiese querido, no habría podido hablar. Estaba en un lugar oscuro, la boca de él era lo único real y toda la sangre de su cuerpo respondía a su insistente presión. Se extinguía, como si él la devorase. La oscuridad la envolvió por entero. Dejó de existir.

Nunca supo cuánto duró aquel beso. Cuando al fin echó él la cabeza atrás, sintió que su boca estaba hinchada y ardorosa. Apenas podía abrir los ojos. Se sentía extraña y pesada, casi enferma. No podía moverse. Si él no la hubiese sostenido, habría caído al suelo.

Con un enorme esfuerzo, levantó la cabeza para enfrentarse con él. Sus miradas se cruzaron. Las pupilas de Guy estaban tan dilatadas que sus ojos eran negros. Ella no podía desviar los suyos. Había echado raíces en el lugar. Sentía, como el tirón de una resaca irresistible, el calor del cuerpo de él. Sin darse cuenta, escrutó aquel rostro oscuro como si no lo hubiese visto nunca. La línea de las cejas, el ángulo de la mandíbula inferior, la crespa espesura de los cabellos ondulados sobre las sienes... Quería tocarle, devorarle, absorber cada hueso y cada tendón. ¿Cómo era posible que no hubiese advertido antes el triángulo perfecto de sus pómulos, la punta negra de sus cabellos en el centro de la frente, el olor peculiar de su piel, un olor a pino, a nieve, a almendras...? Habría podido pasar cada minuto de cada día sólo mirándole, observando todos los destellos de sus admirables ojos, todos los movimientos de su boca. Advirtió que estaba contemplando sus labios como si le perteneciesen.

—¿Es otro de sus trucos, miss Modena? —Su voz era dura, casi desgarrada. Sus ojos ardían—. Pensaba que los ingleses creían en el *fair play*.

Corrie se echó atrás al hacer él una dolorosa presa en sus brazos, mientras la taladraba con la mirada. De pronto, se sintió perdida, desorientada. ¿Qué había hecho? Había cruzado una barrera invisible de un país que no había soñado que existiese y cuyo lenguaje no comprendía. ¿Cómo podría volver al suyo? Haciendo un esfuerzo sobrehumano, se arrancó al influjo del semblante de él.

—¿Qué es un beso entre amigos?

Trató de hablar ligeramente, pero su voz le pareció de otra persona; tenía que buscar a tientas las palabras.

—Nosotros no somos amigos. —Los ojos de él eran fríos, sus pupilas se habían reducido de nuevo a dos puntos acerados—. Nunca hemos sidos amigos y nunca lo seremos.

—¿Tanto le disgusto?

Para su propio y terrible asombro, sintió que unas lágrimas traidoras subían a sus ojos. Pestañeó furiosamente para contenerlas. Estaba cansada y confusa, esto era todo.

—¿Qué quiere que sienta por usted? —dijo él, y Corrie sintió que una corriente de ira pasaba de los brazos de Guy a los suyos—. No sé si me gusta o me disgusta. Pero desde el día que nos conocimos sólo me ha traído dificultades. Desde el primer momento, se empeñó en herirme por todos los medios a su alcance. Ha hecho todo lo posible para indisponerme con mis amigos, para estropear mi baile de noviazgo, y ahora quiere destruir mi matrimonio. ¿Qué he hecho yo, qué crimen he cometido, para merecer esto? He tratado de excusarla teniendo en cuenta su... su juventud, su... desgraciado pasado; pero esta vez ha ido demasiado lejos. Estoy harto. Voy a poner fin a esto de una vez para siempre.

—Perdóneme. No le crearé más dificultades, se lo prometo.

Por alguna razón, no podía corresponder a la ira de él con su propio enojo. Se sentía pequeña y culpable e impotente, como una niña.

—Es demasiado tarde para las promesas. En todo caso, ambos sabemos que no es usted de fiar. Quizás en otro tiempo habría creído en usted. En realidad, creí. La creí cuando me dijo que tenía buenas e importantes razones para querer estar en París. Fui un imbécil. ¿En qué ha empleado usted su tiempo aquí? En nada. No ha hecho nada. Dice que es diferente de las otras mujeres, pero no lo es. Es como la mayoría de ellas: perezosa, inútil, trivial. Sólo piensa en usted misma. Es vana, miss Modena. Vana, alocada y superficial. —Hizo una pausa—. Me alegro. —Su voz adquirió un tono desdeñoso—. Así me será más fácil tratar con usted.

—¿Qué va usted a hacer?

Estaba temblando, no sabía si de miedo o de frío o de vergüenza.

—Voy a cobrarme su engaño, miss Modena.

Sin soltarle el brazo, se volvió y empezó a bajar los escalones. Ella no tuvo más remedio que seguirle. Su mano parecía de hierro.

—¿Qué quiere decir? —Le castañeteaban los dientes, y sus pies descalzos resbalaban en las piedras frías—. ¿Estoy despedida?

Él soltó una fuerte y fría carcajada.

—No, miss Modena. Nada de eso. Sería demasiado fácil. —Se detuvo tan súbitamente que ella tropezó—. ¿No lo entiende? ¿O es tan ciega como alocada? —Su cara era sombría; sus labios, una línea muy fina—. La deseo. —Sus dedos apretaron con más fuerza. Corrie no supo si él la sacudía o si el estremecimiento brotaba de su propio interior—. No ponga esa cara de sorpresa. No hace falta que se las dé de inocente conmigo. ¿Qué esperaba? A fin de cuentas, soy un hombre y usted no ha hecho más que provocarme a la menor oportunidad.

Sus labios se torcieron con malicia.

—Debería sentirse satisfecha, miss Modena. Ha ganado. La deseo. Tanto que estoy dispuesto a arriesgar todo mi futuro por poseerla.

—¿Me está pidiendo que sea su amante?

Le desafió, resuelta a negarse, pero él se anticipó.

—No. La hora de la... galantería pasó hace ya tiempo. En todo caso, sería una posición honrosa que no merece en absoluto. Su total falta de tacto, su carencia de *savoir faire*, su tosquedad general, la incapacitan completamente. —Su voz se hizo sedosa—. Sólo he dicho que voy a poseerla.

—¿Así, sin más? —dijo ella, percibiendo que su voz se debilitaba y que le flaqueaban las rodillas.

—Así, sin más. —El tono de su voz era rotundo—. Ha llegado la hora.

Tenía razón. Todos los planes y proyectos de ella, sus esfuerzos, sus argucias, habían tendido a este momento. Entonces, ¿por qué no sentía el entusiasmo del triunfo? ¿Por qué se sentía tan... vacía, tan triste, como si en vez de ganar la partida la hubiese perdido enteramente?

—Espere... —Pugnó por recobrar el aliento mientras él la medio sostenía y la medio arrastraba sobre el empedrado. La incomodaban las miradas sorprendidas de los transeúntes, pero él parecía inconmovible—. El contrato, ¿qué me dice del contracto? Usted estuvo de acuerdo...

—¿El contrato? Yo he cumplido mis obligaciones. Usted lo incumplió primero. Cláusula primera, ¿no se acuerda? Nada de galanteos.

Despiadadamente, siguió tirando de ella. Las calles se estaban haciendo ahora familiares; Corrie tenía la terrible impresión de sentir que el tiempo se acababa. La adorable media luz, que hacía que las cosas pareciesen insustanciales como un sueño o una comedia, no existía ya. En su lugar, brillaba la luz del día, incómodamente clara, reveladora de un mundo demasiado real. Buscó desesperadamente en su mente. Tenía que haber alguna escapatoria, algo que él no hubiese previsto.

—¡Pero usted no me ama!

Una sonrisa torcida se dibujó un instante en el perfil desviado del hombre, pero éste no aflojó la presión sobre el brazo de ella.

—¿No es esto un poco inconsecuente por su parte, miss Modena? ¿Qué tiene que ver el amor con nosotros? Como dijo acertadamente, yo soy incapaz de amar a nadie.

Toinette, con su uniforme almidonado, estaba esperando en la puerta de la casa. Ni la menor expresión se dibujó en su adiestrado semblante al verles llegar. Corrie se estremeció al pensar en lo que debía parecer, sofocada y desgreñada, con los pies sucios y cubiertos de polvo. Desconsideradamente, Guy medio la empujó y medio tiró de ella al subir la escalinata. Nada quedaba de su antigua y burlona cortesía. El juego había terminado.

—Monsieur Guy. —La voz de Toinette era vacilante, y su expresión, dudosa—. Ha telefoneado su prima...

—Desde luego. —Guy abrevió el incómodo momento, prescindiendo completamente de Corrie—. Llámela de mi parte y dígale que me he retrasado. Y que... —Por un instante, su mirada se cruzó con la de Corrie—. Y que tengo asuntos urgentes que resolver.

Su mano ceñía el brazo de Corrie como una argolla de hierro al subir la escalera. Ella se sentía laxa, enervada, como una muñeca de trapo. Él no la llevó a su propia habitación, sino a la de ella. La hizo entrar con una mano y, con la otra, cerró la puerta a su espalda.

La luna derramaba su luz sobre la ancha y blanca cama, lisa la colcha como la página de un libro. Por un breve instante, al aflojar él la presión de su mano, pensó Corrie que tal vez había cambiado de idea. Entonces, él alargó una mano y, con rápido y seguro movimiento, cerró la puerta con llave y guardo ésta en su bolsillo.

—Ahora, miss Modena...

Su voz era sedosa y su aliento cálido sobre la oreja de ella. Corrie sintió que se le cortaba la respiración. Se estremeció. Le daba vueltas la cabeza. Contra su voluntad, recordó el contacto de los labios de él. Una debilidad traidora invadió su cuerpo.

Poco a poco, gozando en ello, la mano de Guy resiguió la curva de la mejilla de Corrie y se hundió en la tupida mata de pelo sobre su nuca. Ella sintió que cada cabello de su cráneo se erizaba a su contacto. Él le tomó las manos e hizo que las introdujese debajo de su chaqueta. Y Corrie, a través de la fina tela de la camisa, pudo sentir el calor de su piel, los latidos de su corazón. Tuvo la impresión de que era la cosa más íntima, más desaforada, que hubiese hecho jamás. Sintió que empezaba a temblar irremediablemente, como un pájaro caído en la trampa. La respiración de él era más rápida; la suya había cesado en absoluto.

—Guy...

Si había esperado hacerle flaquear, le bastó una mirada a su sombrío semblante para convencerse de que era inútil.

—No más palabras. —La voz del hombre era grave y dura—. *C'est décidé.*

La enlazó por la cintura. Con despiadada presión, la empujó hacia la cama. Sus ojos, entre los párpados entornados, no se apartaron de la cara de ella mientras levantaba las manos detrás de su espalda y, con súbito y firme movimiento, soltaba los pequeños broches de su vestido. Éste resbaló de los hombros con un ligero susurro.

—Sí, me lo había imaginado. —Sus manos recorrieron su espina dorsal. Corrie sintió que las lágrimas le escocían en el fondo de los ojos; era como si nadie la hubiese tocado hasta ahora, como si estuviese perdiendo una piel que había llevado toda su vida—. Eres hermosa.

Corrie observó cómo se quitaba la chaqueta y la camisa. Su pecho y sus hombros tenían un lustre sedoso bajo la luz azul. ¿Por qué no me lo dijo nadie?, pensó. Sintió un deseo ardiente de tocar con un dedo la curva de las clavículas; pero él estaba demasiado lejos, como un personaje en un sueño. Cerró los ojos, sintió la suave frialdad de las sábanas de lino sobre su piel, y sintió que la cama oscilaba y se encorvaba a su alrededor al tenderse él a su lado. A lo largo de todo un costado pudo sentir el calor de su cuerpo. Una mano cálida y firme resiguió la curva de su cuerpo desde el cuello hasta la cadera.

—Corrie...

Un profundo calor floreció instintivamente en ella al oír el sonido de su voz, como si rompiese un hechizo. No lo sabía, pensó, pero sólo he estado medio viva hasta este momento. Alargó una mano vacilante para tocarle el hombro. El cuerpo de él la atrajo como una profunda corriente marina, como el Gulf Stream. Sus cuerpos se tocaron en toda su longitud, y ella se estremeció y menudas burbujas de pura alegría subieron desde los dedos de sus pies hasta su coronilla.

—Piel...

Él olía tan bien..., como el pan recién cocido, como la arena caldeada por el sol... La voz de ella era un murmullo, un profundo ronroneo gutural. Como respuesta, una risa ahogada brotó del pecho de él. ¿Cómo había podido pensar alguna vez que era frío y distante? Era ardiente, ardiente de los pies a la cabeza, y ahora estaba tan cerca de ella que apenas podía verle; era como parte de ella misma.

Yacieron así, inmóviles, hasta que ella casi no pudo soportarlo. Sentía que su mente galopaba, giraba vertiginosamente, muy por encima de su cuerpo, presa en un trance de gozo irreflexivo. Entonces, poco a poco, él empezó a hacerle el amor. Era como un festín que él le ofrecía, un banquete de pequeños platos, ofrecido con la mayor delicadeza a un paladar de *connoisseur.* Y ella comió, al principio con asombro, después con regocijo, después con ansia, como si hubiese pasado hambre toda su vida. Descubrió apetitos que nunca había sabido que poseía. Él la moldeaba y le daba forma, trazaba nuevos límites a su cuerpo y después la envolvía en una red de seda para desplegarla una vez más. No se parecía en nada a lo que ella había podido imaginar. Era otro mundo. Y cuando él la penetró por fin, sintió profundamente conmovido el corazón. Estaba llena de él, llena de ella misma; era la mujer más rica del mundo.

Después, yació inmóvil, ciega, fláccida, sintiendo el golpeteo del cuerpo del hombre sobre el suyo, como si su propio movimiento interno no hubiese de cesar jamás.

—Guy...

—Ssht... Ahora duerme.

Su voz autoritaria era irresistible. Cerró los ojos, preguntándose en lo más hondo de su ser cómo había podido pensar alguna vez que algo era importante, comparado con esto, con la presión de la barbilla de él sobre su mejilla, con su brazo musculoso debajo de su nuca. Y se durmió.

Cuando se despertó, supo inmediatamente que había cometido un tremendo error. Se sentó en la cama y el brusco movimiento hizo que la cabeza le diese vueltas y le doliese ¿Cómo podía haber hecho esto? Volviéndose con cuidado sobre el codo, miró la negra cabeza dormida, los cortos cabellos revueltos sobre la almohada. Con los ojos cerrados, Guy parecía infantil, casi inocente, con las largas pestañas fluctuando apenas sobre las tostadas mejillas.

Ya lo he hecho, pensó con súbita y desesperada hilaridad. He comido las semillas de la granada. Si al menos hubiesen estado rotuladas...

Él se movió en sueños, suspiró, alargó una mano casual y posesiva. ¡Dios mio!, pensó ella, mientras parecían fundirse sus entrañas. ¿Qué voy a hacer ahora?

Enrojeció al pensar en todos sus planes y proyectos. Había pensado que era muy lista con su descaro, con sus alardes de sofisticación. Había flirteado y provocado y atrapado a su presa tal como había proyectado. Pero no se había dado cuenta de que la trampa que había preparado con tanto esmero era lo bastante grande para dos. En alguna parte, entre el gran salón del baile y los escalones del Sacré Coeur, entre la oscuridad y el amanecer, se había enamorado irremisiblemente de Guy de Chardonnet.

Nunca supo cuánto tiempo estuvo sentada allí. Permanecía inmóvil como una piedra, pero podía sentir que todo el mundo daba vueltas a su alrededor. ¿Cómo había podido estar tan ciega? Sabía lo que era enamorarse; por algo era medio italiana y conocía bien el repertorio operístico. Pero no estaba preparada para ello. Nada en el mundo podía haberla preparado para este momento. Era tan súbito, tan violento, el deseo de seguirle hasta el fin del mundo, de caminar sobre sus pisadas, de vivir en sus sueños. Quería asirle la mano. Quería escapar. Quería meterse en su bolsillo y quedarse allí. Quería observarle mientras se afeitaba. Quería conocer a todas las personas a quienes él había amado.

Pero esto era imposible. Lo sabía, con la asustada certeza instintiva de un animal. Él la destruiría. No; el hecho de amarle la destruiría. Porque él era incapaz de corresponder a su amor. Se había enamorado de una sombra, de un sueño, de un hombre que no existía. El hombre verdadero —lo sabía demasiado bien— era frío y calculador y despiadado. La tomaría y gozaría de ella, y muy pronto, porque ella le amaba, se cansaría y la arrojaría por la borda. Y éste sería el fin. Todos sus sueños y planes orgullosos, cancelados por una noche en brazos de un hombre.

Y su cuerpo la había traicionado, y le había engañado a él más de lo que nunca podría imaginar. Para ella, había sido la primera vez, pero no había habido sangre ni dolor. Su madre le había dicho que era algo así, con el hombre adecuado... Y le había parecido tan fácil, tan natural. Él no había podido sospechar que poseía a una virgen. Ella se había fundido con él como un pez con el mar. Era lo que él había dicho aquella misma noche: algunas mujeres pierden la virginidad en cuanto aprenden a hablar, y se había dado el caso de que ella era una de éstas.

Sí, no había habido sangre, ni dolor; nada que delatase una noche de abandonada pasión. Sólo este pesar, este lento fluir de una herida que no cicatrizaría nunca.

Pero no dejaría que ocurriese, no dejaría que su propia inexperiencia la convirtiese en víctima. Era una superviviente, no tenía intención de malgastar su vida anhelando lo imposible. Había una oportunidad, una posibilidad, si era lo bastante fuerte para afrontarla.

Poco a poco, recorrió la habitación, recogiendo sus cosas. No había tiempo que perder. Tenía que actuar ahora, con la brutalidad deliberada de un cirujano. No había nadie que pudiese confortarla o aconsejarla; debía realizar ella sola la operación. Se estremeció al ponerse el vestido amarillo de algodón. Tenía frío, más frío del que había sentido jamás.

Ya pasará, se decía. Pero no le servía de nada. Cada movimiento era un esfuerzo. Le dolía la cabeza, tenía seca la garganta. Cada nervio de su cuerpo percibía la forma que dormía en silencio en la cama. Vaciló. La suave y firme curva de aquel hombro moreno era turbadora, tentadora. Quizá si le despertaba, sólo para decirle adiós, resolvería este terrible vacío, mitigaría el dolor de su corazón.

Y fue entonces, cuando, con una angustiosa claridad inoportuna, se dio cuenta de que todavía no había llegado lo peor. ¿Por qué, por qué no le había dicho nadie que era tan fácil soltar al tigre de su jaula, pero tan difícil hacerle entrar de nuevo en ella? Ahora estaba aturdida, pero pronto, demasiado pronto, volvería la sensación y empezaría la verdadera lucha. No con Guy de Chardonnet. Él no era realmente su enemigo, ella no le importaba lo bastante para esto. No, tenía otro adversario mucho más serio contra el que luchar, un adversario del que le sería imposible escapar. Ella misma.

—¡Toinette!

La doncella, sobresaltada por el duro acento de la voz de su señor, casi dejó caer la jarra de agua que llevaba para refrescar los ramos de lirios del vestíbulo.

—¿Qué, monsieur?

—¿Dónde está mademoiselle Corrie?

—¿Mademoiselle Corrie? —Toinette vaciló. Su señor parecía pálido y cansado, tenía fruncido el semblante—. Creo que no está aquí, monsieur.

—¿Qué quiere decir? —Su ceño se frunció más—. ¿Ha salido?

Toinette meneó la cabeza. Sin decir palabra, le tendió un sobre.

—Se ha marchado, monsieur. Dejó esto para usted.

Él escrutó su cara.

—¿Cuándo?

Su voz era brusca, aunque ahora su cara carecía de expresión.

—No lo sé, monsieur. No la vi cuando se iba. Debió de ser muy temprano. Puedo preguntarle a André...

—No, no hace falta.

Sus modales eran secos, pero la doncella vio que sus dedos temblaban ligeramente al rasgar el sobre. Dentro de él había un fino retazo de tela amarilla, sin almidonar, pero cuidadosamente doblado. Casi imperfectibles sobre el tejido recién lavado, había unas débiles líneas escritas. Sujeto a él, había un trozo de papel. Decía así: "Contrato terminado. Cláusula quinta. Circunstancias de fuerza mayor."

Guy lanzó una maldición, arrugó furiosamente el papel y lo tiró. Toinette, que le observaba ansiosamente, vio que su expresión era tormentosa.

Él se volvió a ella.

—Esto es imposible. Completamente absurdo. Ella no tiene dinero, no conoce a nadie en París. ¿Adónde puede haber ido?

Toinette vaciló. Nunca había visto tan furioso a su señor. Y pensó que comprendía su preocupación. París era la ciudad menos adecuada para una joven sola. Vaciló un momento más y por fin se resolvió a decir:

—Creo, señor, que quizá conoce a alguien... Al menos ha estado recibiendo cartas con regularidad.

—¿Cartas? —Entornó los párpados para observar la cara de Toinette—. Supongo que de Inglaterra, ¿no?

—Sí, señor. Pero había otra. —Toinette estaba inquieta por la expresión del rostro de él, pero había empezado y tenía que continuar—. No pude dejar de ver los sobres, señor, al vaciar el cesto de los papeles de su habitación. Llevaban el matasellos de París.

Mantuvo los ojos bajos, percibiendo temerosa la calidad explosiva del silencio que siguió.

—Comprendo. —La voz de su señor era fría como el hielo. Y había una extraña rotundidad en su tono cuando dijo—: Esto es todo, Toinette. Gracias.

Dicho lo cual, entró en el salón y cerró la puerta sin ruido.

CAPÍTULO X

—¡No, no, no!

Karl Beyer frunció los párpados echando chispas por los ojos y pasando una mano por su mata de cabellos blancos de modo que quedaron erizados. El mentón de la soprano empezó a temblar. Él no le prestó atención. El coro rebulló inquieto, presintiendo el temporal.

—Madame... —Su tono hizo que el respetuoso tratamiento sonase como un insulto—. ¿Puedo recordarle una cosa? Ésta es una ópera francesa, está usted representando el papel de una cortesana francesa. Pasión, sí, desde luego; pero no debemos olvidar cierta ligereza, cierta delicadeza. *Du tempérament, je vous en prie!*

La soprano se engalló. Beyer dio un respingo. Odiaba los ensayos generales de la obra. Odiaba la manera en que las artistas alteraban su indumento sin permiso para estar más cómodas o más atractivas, de modo que el diseñador de los trajes refunfuñaba a su lado todo el rato. Odiaba la inevitable confusión entre bastidores cuando el miriñaque de la primera dama se enredaba en las piernas del barítono. Odiaba el torpe revuelo, los arrebatos y los sobresaltos, la malhumorada barahúnda, el retraso en encenderse las luces, los afligidos gritos de "esperen" y de "¡stop!" desde el fondo del escenario, y su propia voz repitiendo inexorablemente: *"Encore.* ¡Otra vez!" Y, sobre todo, odiaba el hecho de que la orquesta, fiel observante de las normas del sindicato, se marcharía dentro de diez minutos, estuviese o no estuviese satisfecho de su interpretación.

—Otra vez, madame. Mire a Sergio. Como si fuese su amante, no el fontanero que ha venido a revisar los desagües. ¿Es pedir demasiado?

Suspiró para sus adentros. Ella tenía una hermosa voz, pero esto era todo. Tenía el alma, no de una artista, sino de un cerdo. Y una cintura haciendo juego.

—Pero maestro...

La soprano tenía lágrimas en los ojos; él se ablandó. Sería mejor que le hablase con dulzura.

—Escuche, *chérie...*

¡Oh, cómo odiaba también este juego! Dejó su sitio al pie de las candilejas subió al escenario, tomó la sudorosa y rolliza mano y se dispuso a pronunciar palabras melosas. Y entonces advirtió algo. Todos los del coro callaron de pronto, interrumpiendo sus murmullos y los disimulados reajustes de sus trajes. También la soprano miró a otra parte, olvidando sus lágrimas, y sus ojos se fijaron en el fondo de la platea. Contra su voluntad, Beyer siguió su mirada.

—*Bonsoir,* monsieur Beyer.

Una voz rica y clara que reconoció al instante flotó en el pasillo.

—Es usted.

Ella llegó a las candilejas y alzó la cabeza para mirarle limpiamente. Llevaba el mismo traje amarillo y el chal escarlata. La luz que venía de abajo iluminaba los huecos de su cara y aquellos ojos sesgados de pesados párpados. Parecía mayor, más delgada, más madura. Pero implacable como siempre.

—Sí, soy yo.

Los del coro respiraron hondo, al unísono, espantados por su temeridad.

—Mi querida joven, ¿se da cuenta de que estoy dirigiendo un ensayo definitivo?

Su tono era amenazadoramente tranquilo. La soprano se permitió una taimada sonrisa de satisfacción por la oportuna llegada de la joven que venía a distraer al maestro.

—Lo sé. —La mirada de la joven no vaciló. En sus ojos había conmiseración, respeto y un atisbo de regocijo—. También me doy cuenta de que no marcha muy bien. Pensé que le gustaría descansar un poco.

Él la miró fijamente, pasmado por su audacia. Ella respondió serenamente a su mirada. Y él reconoció aquella expresión, la expresión de alguien que no tiene nada que perder.

Bruscamente, despidió a los cantantes. Lentamente, con ruido de espadas y un susurro de sedas almidonadas, pasaron entre bastidores. La soprano, erguida la cabeza, desapareció haciendo crujir los aros de su miriñaque. La orquesta se disolvió con débiles ruidos metálicos, como cucarachas asustadas por una súbita luz.

Beyer volvió en silencio a su asiento y recogió su partitura. Su irritación se mezclaba con cierto alivio al volverse a su inesperada visitante.

—Ya que es usted tan observadora, jovencita, quizá podría aconsejarme... —Su tono era melífluo—. ¿Qué le pasa a mi soprano? Ayer cantó como un ángel y hoy lo hace como un cuervo. Dígame, ¿a qué puede deberse?

—Es sencillo, monsieur Beyer. Algo que un hombre no puede advertir. —De nuevo aquella mirada límpida—. Lleva unos zapatos inadecuados. No se puede cantar con miriñaque sin el calzado correspondiente.

Él la miró fijamente. Aquella chica estaba llena de sorpresas. Tal vez tenía razón. Con lo corpulenta que era, su primera dama estaba terriblemente orgullosa de sus pequeños pies. Era muy capaz de llevar tacones de aguja debajo de su miriñaque.

—¿Debo suponer que ha venido para cantar otra vez para mí?

Ella asintió con la cabeza. Él suspiró. No había duda: aquella chica iba a ser un problema. Casi lamentó haberla invitado a volver, por Arlequín o sin Arlequín. Un hombre en su posición podía a duras penas dedicar tiempo a comer y a dormir, y mucho menos a hacer favores a un amigo.

—Debe comprender... que éste es el fin de una larga jornada, y no buena por cierto. El diseñador de los trajes no me ha dejado en paz, la orquesta está furiosa conmigo y el barítono insiste en cantar en sueco.

—Esto no es de mi incumbencia. Es su problema.

Él abrió mucho los ojos. Su franqueza era inconcebible. Podía tomarlo o dejarlo. Resolvió tomarlo.

—Bueno, cante de una vez.

La observó mientrás subía al escenario, advirtiendo con aprobación que esta vez no lo hacía encaramándose a él, sino subiendo la escalera. Se movía despacio, deliberadamente. Beyer se preguntó si su primera impresión habría sido errónea. Tal vez, bajo el fuerte resplandor de las candilejas, su atractivo resultaría un espejismo. Lo que vio cuando llegó ella al centro del escenario le satisfizo y le inquietó al mismo tiempo. Sin luces, había sido atractiva; con luces era extraordinaria. Desde la otra vez que la había visto, su cara había cambiado, había adquirido un vigor y un aplomo que antes no tenía. De alguna manera, permaneciendo absolutamente inmóvil, conseguía dar una impresión de movimiento. Su silencio tenía la cualidad de un latido. ¿Qué le había ocurrido? Aquella vitalidad que recordaba tan claramente no había menguado, pero estaba de algún modo reprimida. Corrie era como un ave marina cerniéndose en el cielo. Bastaría que agitase una vez las alas para que se elevase sin esfuerzo y se perdiese de vista.

Sacudió la cabeza, obligándose a pensar en términos prácticos. La cara de ella era como un libro abierto, cosa bastante rara en sí misma. Incluso sin maquillaje, le sería fácil al público seguir cada expresión, cada matiz emocional. Pero esto era simplemente una cuestión de forma, un accidente del destino. Más extraordinaria era su facultad de proyección. Era raro encontrar alguien de estatura adecuada —no solamente en términos físicos— para papeles realmente grandes, de heroínas trágicas, de mujeres legendarias, de diosas. Alguien capaz de llenar un teatro con su sola presencia, incluso antes de abrir la boca. Como hombre de teatro, sabía que no bastaba con tener talento. Sobre todo, había que llamar la atención.

—El lamento de Nedda, supongo.

—No. Mozart. "Porgi Amor", de "Fígaro".

El hombre se asustó. Una elección peligrosa, totalmente inadecuada. La música de Mozart, tan sencilla superficialmente, era una trampa mortal para cualquier cantante sin experiencia. Era como una maroma, que no perdonaba el menor error. Cantada sin sentimiento parecía muerta; cantada con demasiado sentimiento podía ser físicamente dolorosa para el oído. Bizet, por ejemplo, había dicho que podía hacerle vomitar.

Se preparó para lo peor. Mozart no era para los jóvenes, ni para una voz muy potente. Ella había cometido un imprudente error, posiblemente fatal. Mozart requería ligereza, delicadeza, al menos una Schwarzkopf. Sólo una soprano lírica, una graciosa experimentada, podía hacerle justicia.

Pero cuando ella abrió la boca, todas las ideas, todas las comparaciones, se borraron instantáneamente de la mente del hombre. Cantaba suavemente, sin emplear el enorme volumen de su voz, pero con una pureza perfecta, pronunciando exactamente cada nota. Aquí no había fría y desapasionada perfección. Serenidad, sí, pero una serenidad frágil, humana, ganada con esfuerzo; la calma después de la tempestad. La voz no era ya potente, sino suplicante, como el sonido de una flauta lejana en un bosque. Ni alardeaba de sus misterios ni los explicaba; simplemente, los contenía, en una delicada burbuja dorada de sonido. Ser humano, decía la voz, es una cosa muy sencilla.

Pero él sabía que era algo más. Sabía lo que costaba abandonar la técnica, dejar que la música hablase. Ella cantaba con delicadeza, con flexibilidad, con serenidad, pero todo esto no significaría nada sin humildad. La transformación le asombró. ¿Dónde había aprendido este control, esta perfecta sumisión a la música? ¿Qué la había persuadido a bajar de su pedestal, a convertirse en la servidora, no la amante, de la música? No habría creído que pudiese producirse semejante cambio en los pocos meses transcurridos desde que la había oído por primera vez. Pero quizás había olvidado la flexibilidad y el entusiasmo de la juventud. Su voz le decía lo mucho que él había olvidado. No forzada, sumamente natural, desafiaba la crítica, borraba todo pensamiento de su cabeza, hacía que olvidase todas las otras interpretaciones que había escuchado. El futuro estaba en su voz. Ahora, demasiado tarde, lamentó que hubiese cantado Mozart. La melodía permanecería durante días en su cabeza, interfiriéndose en su producción actual, haciendo que cada nota que oyese le pareciese demasiado rica y adornada.

Cuando hubo terminado, Corrie guardó un silencio absoluto. Él la contempló.

—Es usted inteligente, muy inteligente.

Ella inclinó la cabeza.

—Gracias, monsieur Beyer.

Él hizo una pausa, sin saber qué decir.

—¿Y la media voz?

—¡Ah! —Lo había olvidado. ¿Qué importaba la media voz? Igual podía uno preocuparse de que Paganini rompiese una cuerda en mitad de un concierto—. La media voz todavía no es muy buena, pero sí mejor, mejor.

Había empleado el cambio de tono en su interpretación, aprovechando su color para distinguir su voz de cualquier otra.

—No debe volver a cantar Mozart, hasta que tenga al menos treinta años.

El tono del maestro era dogmático.

—¿Por qué, monsieur Beyer?

—Por mi bien. —Se permitió una pequeña sonrisa—. Confío en que, para entonces, estaré muerto.

—¿Tan terrible ha sido?

Sí. —La miró con fingido enojo—. Me ha hecho desear ser joven otra vez.

Ella le miró reflexivamente.

—Cantaré Mozart si me apetece, monsieur Beyer.

Sus miradas se encontraron. Él reconoció en la de ella una obstinación tan grande si no mayor que la suya propia.

—Sí. Tiene derecho a hacerlo.

Ahora, al mirarla a la cara, pudo ver que se lo había ganado. Había una sombra en sus ojos, una nueva severidad en la línea de su boca grande. En alguna parte, de algún modo, había aprendido que se necesita más valor para ser débil que para ser valiente.

—¿Dónde ha estado? ¿Qué ha estado haciendo?

Le dirigió súbitamente esta pregunta, torva la mirada bajo las gruesas cejas blancas. Ella se encogió de hombros.

—He estado haciendo lo que usted me dijo, monsieur Beyer. Practicando... mis ejercicios.

No sólo los que yo te prescribí pensó él, mirando aquellos ojos sombríos. Pero si tenía una fórmula secreta, estaba claro que no se la daría.

—¿Y ahora?

Él frunció interrogadoramente el ceño.

—Y ahora... —Corrie suspiró profundamente, torcida la boca en una maliciosa sonrisa—. Ahora estoy dispuesta a aprender. He descubierto que necesito más la música de lo que ella me necesita a mi. ¿Me enseñará?

Él la miró pensativamente. Corrie aguantó su mirada sin vacilar.

—No. —Recogió su partitura—. No le enseñaré. Aprenderemos juntos.

Fue el peor y el mejor verano de su vida. Nunca había conocido a nadie como ella. Ni siquiera flaqueó cuando el mes de julio dio paso al de agosto, un agosto seco y sofocante. Devoraba partituras y ejercicios con una avidez que él encontraba casi espantosa, como si en ello le fuese la vida. Su afán de trabajar era asombroso; vivía, respiraba y comía trabajo. Beyer estaba preocupado por ella. Al suceder septiembre a agosto y empezar a ser todo más oscuro y más fresco, vio que estaba adelgazando y palideciendo mucho.

—Pronto tendrá que comprarse un abrigo —le aconsejó, señalando la lluvia que caía gris al otro lado de la ventana.

—No hasta que usted me dé un papel, monsieur Beyer.

Su cara estaba seria. Era algo que se había jurado a sí misma, algo tan inconmovible como su decisión de pagarle cada hora de lección al precio corriente. Él no se atrevía a preguntarle de dónde sacaba el dinero. Aquella chica era capaz de todo, y su orgullo hacía que fuese inabordable como un erizo cuando se trataba de cuestiones de dinero. Cuando él le ofreció darle clases gratuitas, se puso furiosa.

—¡Nada de favores!

Tenía los labios apretados y sus ojos lanzaban chispas. Dándose cuenta de que entraba en territorio prohibido, el hombre decidió prudentemente contener su lengua. En cambio, adoptó una aproximación oblicua. Empezó a preparar *cassoulet* o sopa de cebolla o algunos de sus pastelillos austríacos, teniéndolos a punto para la hora de la lección. Al principio, ella sospechó que era un acto caritativo, pero toda una vida de tener que engatusar a caprichosas prima donnas le había mantenido en buena forma. Consiguió convencerla de que era demasiada comida para un pobre viejo que vivía solo.

—Debe proteger la voz —añadió, casualmente, como deben jugarse siempre los triunfos—. La Callas estuvo acabada a los cuarenta años porque había adelgazado con demasiada rapidez. Usted debe mantenerse tan vigorosa como una atleta olímpica, para conservar su vabría él mismo.

—No necesariamente —replicó ella, con firmeza—. Puede que piense que no m aplicaba a su
trabajo. La próxima vez que volvió a su fría y oscura casita cerca del Boulevard Saint Michel, en cuyo ambiente flotaba el fascinador aroma del *strudel* recién cocido, el maestro reanudó su tarea. Contra su voluntad, descubrió que se estaba aficionando a ella, que se preocupaba por ella como un padre. Seguramente, la vida de una joven sola en París debía tener sus dificultades.

—Puedo arreglarme. —Todavía estaba a la defensiva, pero aquel delicioso olor minaba claramente su resistencia—. En todo caso, no estoy sola. Tengo a Arlequín.

Y, entonces, para alivio de él, pues empezaba a pensar que, aunque podía cantar con sentida dulzura sobre la fragilidad humana, se consideraba inmune a ella, un débil rubor subió a sus mejillas. Mientras plegaban sus partituras y la emprendían con el *strudel,* Corrie bajó su defensa, por primera vez.

—Dígame, maestro... —Su voz era vacilante, casi recelosa—. ¿Hace mucho tiempo que le conoce?

—¿A quién, miss Modena? —dijo él, sirviéndose meticulosamente una reluciente y rubia tajada.

—A Arlequín.

Su rubor era ahora más intenso, pero él fingió que no lo advertía.

—¡Oh, Arlequín! —Le dirigió una rápida mirada—. Temo que no le gustaría que se lo dijese. Si quisiera que lo supiese, se lo habría dicho él mismo.

—No necesariamente —replicó ella, con firmeza—. Puede que piense que no me interesa. Bueno... —Frunció el ceño—. Antes no me interesaba.

—¿Antes de qué?

Ella le dirigió una de sus miradas apaciguadoras.

—Antes de ahora, monsieur Beyer.

Siempre le llamaba por su apellido cuando se sentía molesta. Y ponía tanta dignidad victoriana en ello, que él se sentía avergonzado.

—Muy bien. Lo poco que puedo decirle no perjudicará a nadie. —Se sirvió una taza del espeso café que siempre se estaba calentando en la cafetera de aluminio encima del piano—. Conocí a ese hombre hace muchos años, no recuerdo cuántos. Llegó una noche a los vestuarios, después de una representación particularmente mediocre de *I Puritani,* y me dijo, con todo detalle, lo que había estado mal en ella. —Sonrió al recordarlo—. Desde luego, le habría echado de allí a patadas si no hubiese estado de acuerdo con todo lo que decía.

—¿Cómo era? —preguntó ávidamente ella.

—¿Por qué esta súbita curiosidad? A través de sus cartas, le conoce desde hace casi tanto tiempo como yo.

—Lo sé. Sólo que nunca se me ocurrió preguntarme cómo sería. Tenía la impresión de que le conocía. Como uno de esos sueños en lo que todo tiene sentido, pero que se olvidan al despertar. Era como... uno de la familia. Nunca necesité saber cómo era, porque... —y se tocó ligeramente el pecho— ...estaba aquí. —Hizo una pausa, llena de ansiedad—. ¿Le parece una estupidez?

—No. —Por un instante, sintió él la punzada de un antiguo dolor. Había tenido una familia, hacía muchos años—. A veces, sólo cuando se pierde a alguien se da uno cuenta de lo mucho que significaba.

Pestañeó, como para borrar la película de los años. La cara joven que tenía delante, vital y ansiosa, era el mejor antídoto. Ella y los jóvenes talentos como ella eran ahora su familia.

—Esto es lo que quería decir. —Lanzó un profundo suspiro—. Estoy asustada. Y antes no lo estaba. Lo daba todo por seguro. Ya sabe usted lo que pasa cuando se es joven. Se piensa que todo seguirá siendo igual eternamente. Pero ahora... tengo miedo de perderle.

—¿Y piensa que, preguntándome por él, lo conservará? —Sonrió—. A veces es mejor no saber demasiado. Recuerde la caja de Pandora.

—Pero, ¿por qué? ¿Por qué no quiere que nos conozcamos? Antes no me importaba, me bastaba con las cartas. Pero ahora...

—Ahora se ha dado súbitamente cuenta de que es una persona real, como usted misma.

—Sí. Él es mi amigo. Quiero saber cómo es.

Él se encogió de hombros.

—¿Qué puede decir un hombre acerca de otro? Probablemente le conoce tan bien o mejor que yo. Cuando le vi por primera vez era muy joven, muy intenso. Orgulloso, terriblemente independiente, ambicioso, pobre. Quería estudiar música, pero no tenía medios para ello.

—No sabía nada de esto —dijo ella, abriendo mucho los ojos—. ¿Tenía talento?

—¡Oh, sí!

—Entonces, ¿por qué...?

—No todo el mundo es tan resuelto o tiene tanta suerte como usted. Le dije lo mismo que a usted, que volviese a verme.

—¿Y lo hizo?

—Sí. Pero entonces habían cambiado ya las cosas. No podía continuar sus estudios.

—¿Por qué?

Estaba claro que no podía imaginar una razón lo bastante grave para interponerse en el camino del talento.

—No puedo decírselo. Pero, para él, la cosa era ya imposible. Nunca me contó toda la historia. Había... problemas familiares. Digamos simples circunstancias que escapaban a su control.

—Es terrible.

—Supongo que sí, en cierto modo. Pero piénselo de otra manera. De no haber sido por esto, si él no se hubiese visto obligado a transigir con las circunstancias, es posible que usted no estuviese hoy aquí.

—Lo sé. Todo se lo debo a él. Por esto quiero conocerle. Quiero decirle... ¡Hay tantas cosas que no se pueden decir por carta! ¿Piensa que podría persuadirle?

Él sacudió la cabeza.

—Lo dudo. Por esta vez, creo que debería conformarse con la mitad del pastel. A veces, simplemente... es imposible quedarse con todo.

—¿Piensa que soy codiciosa?

—Un poco. —Sonrió para quitar acritud a sus palabras—. ¿No lo ve? Si le conociese, ambos perderían una muy rara y preciosa libertad, una libertad casi inaudita entre un hombre y una mujer. La libertad de contárselo todo.

Hubo una larga pausa. Después, ella levantó la cabeza.

—Dígame solamente una cosa más. —Su expresión era muy seria—. ¿Le aprecia usted?

Él se sintió sorprendido una vez más. Había esperado que le preguntase qué aspecto tenía Arlequín o cualquier otra trivialidad.

—No lo sé. —Era una pregunta muy sencilla, pero hacía tanto tiempo que el aprecio o el amor habían representado un papel importante en su vida, que casi había olvidado lo que eran—. Es... reservado, difícil de conocer. Pienso que quizás es usted la única persona que ha estado cerca de conocerle. Y que... —Se levantó y la fulminó con la mirada, por encima de las tazas de café y de lo que quedaba del *strudel*. No voy a decirle una palabra más sobre el asunto.

Esperó que, como mujer que era, no tomase el "no" por una respuesta, pero ella le sorprendió una vez más. Nunca volvió a hablarle de Arlequín.

Transcurrió octubre. Los badenes se llenaron de hojas muertas, el viento adquirió un filo cortante. Pero dentro de la casa de Beyer, era verano perpetuo. Ella llenaba el aire de oro. Era delicioso trabajar con alguien que pasaba del francés al italiano con la facilidad de una golondrina, que comprendía instintivamente que un lenguaje es un instrumento perfectamente afinado, una música por derecho propio. Pero todavía temía por ella. Su don era natural y su técnica mejoraba milagrosamente de un día a otro, pero la vida que quería y la rapidez con que la quería provocaría tensiones antinaturales sobre los dos. ¿Tendría ella la decisión, el espíritu necesario para sobrevivir?

—Es tan joven...

Sacudió la cabeza, mientras observaba cómo hincaba los pequeños y blancos dientes en un suculento pedazo de pastel Black Forest, pródigamente regado con kirsch y adornado con cerezas del tamaño de ciruelas.

—No tan joven como era.

Esbozó una nueva sonrisa, que tenía un poco de amargura. Si él no hubiese sabido que no tenía tiempo para los galanes, habría sospechado que había un hombre en su vida. Y no era que ella se esforzase en parecer bonita. No se maquillaba, vestía con sencillez, sujetaba sus negros cabellos en un severo moño sobre su nuca. Quizá su corazón había sido ya herido. Si era así, había sido para bien. Su voz era llena, más llena de lo que había sido antes. Algunos canarios cantan mejor cuando han sido cegados.

Ella meneó la cabeza para librarse de su escrutinio. Basta de charla insustancial, pareció decir, mientras lamía la última miga tostada en sus dedos.

—¿Cuándo podré empezar a cantar?

—¡Pero si canta todos los días!

—Ya sabe a qué me refiero. Quiero un papel. ¿Cuándo podré tenerlo?

—Yo no soy Dios —respondió agriamente él—. Podrá tenerlo cuando se lo ofrezcan.

—Pero ya estoy preparada.

—Mi querida Corrie..., el mundo no funciona de esta manera. El mundo no dice "Ahora", sino que dice: "Un día..., quizás..."

Y entonces llegó noviembre. Una tarde oscura y lluviosa, Corrie se presentó a la seis, puntual como siempre. Pero no tenía buen aspecto. Él estuvo seguro, por su palidez y por su mano ardorosa, de que se había enfriado. Y no era de extrañar. Todavía llevaba su fino vestido de algodón. Viéndola de esta manera, y sabiendo que ella no le permitiría que la ayudase, se enfureció. Puso más leña en la estufa —la calefacción central era anatema, tanto para las voces como para el piano— e hizo que se sentara lo más cerca posible de ella.

Pero la lección no se desarrolló tan bien como solía. Por una vez, Corrie parecía distraída, incapaz de concentrarse. El hombre advirtió que su mano temblaba ligeramente al sostener la partitura. Y toda su preocupación, que tanto se había esforzado en disimular, sobresalió de nuevo.

—Corrie, ¿cómo se las arregla para vivir?

Ella pestañeó al mirarle. Por una vez, no se mostró enfadada. De pronto, pareció perdida, joven, terriblemente vulnerable.

—Maestro..., cuando no estoy en esta habitación, no vivo en absoluto.

Él trató de persuadirla de que se quedase a comer una carbonada a la flamenca y judías verdes, pero ella se excusó. Dijo que se le había hecho tarde. Distraída, enrojecido el semblante, se marchó corriendo, dejándose olvidada su querida partitura de *Manón,* de Massenet. Este descuido era tan impropio de ella que Beyer se sintió invadido de malos presentimientos.

CAPÍTULO XI

Eran más de las ocho de la tarde cuando Corrie llegó al metro. Corrió a lo largo del débilmente iluminado andén, ansiosa de gozar del relativo calor del tren. Su vagón iba casi vacío. Todo París estaba cenando, o no tardaría en hacerlo. Cerró los ojos. A pesar del calor, sentía pequeños escalofríos en todo el cuerpo, se sentía alternativamente sofocada de calor y helada de frío. Concentró su atención, repasando mentalmente la música de la tarde como una hilera de cálidas perlas.

"¿Cómo vivo?", pensó irónicamente. "¿Qué importa esto? La cuestión es que vivo." De canapés y de retazos de música, de caridad y de esperanza. Pero, ¿por cuánto tiempo podría seguir así?

Pronto, demasiado pronto, llegó a su estación. Cruzó a toda prisa las calles brillantemente iluminadas, arrebujándose en su chal para protegerse del viento cortante, y se deslizó por una puerta pintada de verde de una calle lateral.

—Salud, Philippe.

El barman, que estaba alineando los vasos debajo del verde pabellón de plástico que quería dar al lugar el aspecto de un bar hawayano, le sonrió y guiñó un ojo. Ella suspiró para sus adentros mientras recorría el laberinto de atestados pasillos que conducían al pequeño teatro del sótano. En su diminuto camerino pintado de blanco, sin ventanas, sin calefacción, con sólo un agujero enrejado y que daba a la calle por toda ventilación, era al mismo tiempo maloliente y frío. A la luz fluorescente de encima del manchado espejo, su cara parecía pálida y macilenta, sin más color que las sombras verdosas de sus ojeras. Sacó la lengua a su imagen y se quitó el vestido amarillo.

Su rutina era ahora automática. Se envolvió los hombros desnudos en el chal escarlata y se sentó ante el espejo. Sistemáticamente, extendió una capa de crema blanca sobre toda la piel de la cara y del cuello. Sonrió, empezando a divertirse al ir desapareciendo poco a poco sus facciones naturales bajo aquella máscara de almidón. Lentamente perfiló sus ojos con una gruesa raya negra, corrigiendo su inclinación hacia arriba con un melancólico sesgo hacia abajo en las comisuras externas de los párpados y completando el efecto con una sola lágrima negra debajo del ojo izquierdo. Repintó las borradas cejas con un arco exagerado y triste sobre su línea natural y, después, se pintó los labios en forma de un pequeño arco de Cupido de color escarlata oscuro.

Se echó atrás y estudió su reflejo. Nunca dejaba de asombrarla, no sólo la transformación de su aspecto, sino también el efecto que éste producía sobre su manera de sentir. De pronto, las calles frías y grises estuvieron a cien millas de distancia. Aquí y ahora, ella era Colombina, la joven de cara blanca como la luna que aparecía en el cartel de la fachada, la heroína y el tema de un millón de comedias agridulces, presta a bailar bajo las estrellas de la noche de verano...

Se levantó, se puso el breve y ajustado vestido negro y completó su disfraz con un largo boá de plumas rojas. Trenzó sus cabellos y enroscó las trenzas en dos ruedas pequeñas e iguales a ambos lados de la cabeza. Esto hacía que pareciese la cabeza de una muñeca y acentuaba los grandes ojos orlados de negro. Hubiérase dicho una marioneta, una niña luna, una criatura de la noche. ¿Qué pensaría ahora de ella Guy de Chardonnet? Desterró este pensamiento. Era fácil de olvidar cuando era Colombina, pero mucho menos fácil cuando volvía a su habitación del Louisiane, el hotel de la Rue de Seine que había elegido por tres buenas razones: era típico de la Orilla Izquierda; Jean-Paul Sartre y Juliette Greco se habían alojado antaño en él, y, más importante aún, era barato.

Había tardado exactamente una semana en convencerse, final y definitivamente, de que París no era lugar adecuado para una mujer pobre y que sólo dependía de sí misma. Para una persona semejante, y especialmente en agosto, la ciudad de la luz se aproximaba mucho al infierno. Las calles eran cálidas y polvorientas, atestadas de turistas aficionados a diversiones de las que sólo dos podían disfrutar. Los pocos parisienses auténticos que permanecían allí estaban malhumorados y resentidos por aquella invasión, deseando claramente estar en la orilla del mar o en la Luna, o en cualquier parte que no fuese París en agosto.

Sí, era una ciudad muy diferente. Sin un chófer, sin las comodidades de una casa tranquila en la Avenue Pierre I de Serbie y la guía de alguien que conociese bien París, era una ciudad de trayectos en metros llenos de polvo, y de duros pavimentos, donde el césped, o lo que quedaba de él bajo el calor abrasador, no podía ser pisado nunca, y donde los tenderos se enfurecían si una se atrevía a tocar un melocotón. Y, sin embargo, casi habría sido mejor si hubiese acabado de llegar a la ciudad. Sentía una extraña impresión al pasar por lugares que había visitado con él y saber que estaban cerrados para ella, al mirar la terraza iluminada por la luna de la Closerie des Lilas y saber que no podía pagar siquiera el precio de un aperitivo. También descubrió algo más: no le gustaba pasar hambre, y todavía le gustaba menos la siempre presente alternativa que adivinaba en los ojos de los hombres bien vestidos que rondaban las calles del barrio pobre donde ella se alojaba o que rozaban su hombro en el metro. Pero, ¿qué podía hacer? París estaba lleno de trabajadores emigrantes, de estudiantes, de extranjeros, pues todo el mundo sabía que eran las grandes vacaciones. Probó en varios sitios, pero todos los empleos, incluso los más bajos, estaban ya ocupados.

El séptimo día, se dirigió al Marché aux Puces y se compró un ceñido vestido rojo. Se perfiló los ojos con kohl, se pintó las uñas de color de rosa, se gastó los últimos cinco francos en una libra de cerezas y se encaminó a Montmartre. En el primer club que encontró y le pareció un poco respetable, pidió ver al gerente y que le diesen un vaso de agua y un empleo. Lo consiguió todo menos el vaso de agua.

—¿Sabe bailar? —le preguntó el gerente, acercándose demasiado y prestando demasiado interés al escote de su vestido rojo.

Ella le miró a los ojos y mintió descaradamente. Pero, aunque parezca extraño, al esperar aquella noche en el exiguo espacio junto a la escalera, donde hubiesen debido estar los bastidores, no se sintió siquiera nerviosa. El olor a polvo calentado por las bombillas, el ruido de cubiertos, el humo que llenaba el aire y el parloteo en diferentes idiomas, le recordaban los años felices pasados con su madre. En cuanto a bailar..., bueno, pronto los atraería a su manera de pensar. La dirección podía tener ideas diferentes, pero había allí un público, que nada sospechaba pero al que podría hacer suyo si le tocaba la cuerda sensible.

Al hacer su aparición aquella primera noche, hubo un murmullo de sorpresa. Sólo el pianista, ciego para todo lo que no fuese la perspectiva de su sueldo de cincuenta francos y de la bebida gratis que la dirección le ofrecería antes de cerrar el club, permaneció imperturbable. Corrie sonrió. La reacción a su vestido y a su maquillaje correspondió a lo que había esperado. Ahora contaba con toda la atención del público.

Hizo una pirueta, ejecutó unos cuantos pasos de baile y apaciguó al gerente, que era como una sombra hostil en el borde de su campo visual, exhibiéndole una pierna. Sabía muy bien que su cara de payaso sobre el traje provocativo era lo bastante impresionante para disimular todas las imperfecciones. En cuanto a lo demás... Respiró cuando el pianista, obediente como un caballo de circo, atacó el sencillo blues que ella había elegido para empezar su actuación. Sólo que no tenía que actuar, sino interpretar una sola pieza. Sin vacilar, se plantó en el centro del escenario. No había micrófono, pero ¿acaso lo había necesitado alguna vez?

"Bueno, me marcho, me marcho, baby,
y no volveré hasta el otoño..."

Hizo una pausa, mimosa, apoyando un dedo en su mentón y torciendo la boca en una descarada sonrisa. Su voz era profunda, grave, gutural, como un crepúsculo del sur.

"Pero si encuentro un buen chico,
no volveré jamás..."

Cerró un ojo orlado de negro en un guiño atrevido. Mantuvo la nota, dándole todo su atractivo sensual. Vio, por las caras, que se había hecho con el público. Había elegido bien. El blues americano era absorbido por las gargantas continentales con la misma facilidad con que se habrían tragado un helado americano. Era lo bastante exótico para intrigar y lo bastante familiar para ser digerible. Afortunadamente, había también unos cuantos americanos en el auditorio. Entonces pasó rápidamente del melancólico blues a una pieza de tiempo rápido, de esas que gustan a las muchedumbres. Después de tres números, hizo triunfalmente mutis y se encontró con el gerente que la estaba esperando entre bastidores.

—Esto no resulta. —Su rostro estaba agitado cuando la siguió hasta el pequeño camerino que tenía que compartir con Annie, una auténtica bailarina de cabaret—. Me arruinaría usted. ¿Se ha fijado en ellos? ¡No han pedido una sola botella de vino durante toda su actuación!

—Monsieur Grasset... —Corrie borró los círculos rojos de sus pómulos con mano experta que temblaba ligeramente—. No se preocupe. ¿Cuál es el precio de ese mejunje que sirve usted como vino de la casa? ¿Diez francos, quince como máximo? Necesita una clientela mejor, más americanos. Yo les haré venir. Le garantizo que, dentro de una semana, servirá champaña. —Le miró de reojo—. Ya sabe el precio del champaña.

Le había tocado la cuerda sensible. Era un argelino, un *"pied noir"*, uno de los miles que habían invadido París después de la independencia, y, por consiguiente, un hombre práctico.

—Muy bien. Le doy una semana. Pero, por favor, busque canciones más alegres. Mis clientes vienen al Chat d'Or para divertirse un poco, para pasarlo bien, no para... ponerse tristes.

Ella se echó a reír. No tenía la menor intención de cambiar su material. El ruido de los tapones de las botellas de champaña sería música suficiente para los oídos del hombre. Éste la miró apreciativamente; después, apoyó una mano de propietario sobre su brazo desnudo.

—Tiene talento, *ma petite.* Un hombre de mi posición podría servirle de gran ayuda en su carrera.

Ella le miró inexpresivamente a través de los restos de su máscara de payaso. El efecto fue curiosamente disuasorio. El hombre se encogió de hombros y apartó la mano.

—Gracias, monsieur Grasset. Me alegro de que hayamos llegado a un acuerdo. —Abrió cortésmente la puerta—. Una semana. Se lo garantizo.

Al cabo de una semana, como ella había pronosticado, se percibía un silencio expectante cuando ella salía de entre bastidores, y se veían trajes de noche entre el público. Viendo la gran oportunidad y oyendo los taponazos del champaña, monsieur Grasset cubrió la puerta y las paredes del club con fotografías de Corrie. Ésta no vaciló cuando él le preguntó, tardíamente, su nombre artístico. "Colombina." Era su única y pequeña venganza, su única rebelión contra la andrajosa camisa de fuerza que la sujetaba. Pues era una camisa de fuerza, a pesar del creciente número de fieles partidarios, que siseaban cuando alguien llegaba tarde a sus interpretaciones y gritaban los títulos de sus canciones. Corrie sabía lo que se exigía de ella, lo que habían venido a ver, una actuación, una rutina, y se ceñía a ella con triste resolución, aunque a veces añoraba algo más sustancioso para cantar, algo que les hiciese agitarse en sus asientos, que provocasen lágrimas y espanto, como había hecho una vez el blues.

Pero era una profesional y hacía un trabajo de profesional, por una única razón: sobrevivir.

Y sobrevivió. Aunque fue difícil. Había muchas cosas que no sabía y tenía que aprender de prisa. Cómo esquivar las desagradables manos masculinas que trataban de tocarla, con una palabra oportuna y una mirada vitriólica. Cómo pasar sin detenerse por delante de las confiterías, apartando la mirada y manteniendo bien cerrado el bolso. Cómo hacer durar dos días una barrita de pan y sostener un agudo en el escenario cuando se sentía desfallecer de hambre y mareada por el humo de los cigarrillos. Cómo desviar los ojos del sucio suelo y las desconchadas paredes de su camerino e imaginarse que eran algo completamente distinto, una playa iluminada por el sol o la verde ladera de una montaña...

Durante todo aquel largo y sofocante agosto, cantó y ahorró dinero. En cuanto tuvo lo bastante para pagar sus lecciones, fue a ver a monsieur Beyer. Como sabía que éste no aprobaría que cantase en el club, no se lo dijo. Quería hacer las cosas de este modo. Quería que sus días estuviesen enteramente llenos de trabajo, para no tener tiempo de pensar en nada más.

Pero por la noche, cuando volvía a su pequeña habitación de la última planta del Louisiane, yacía insomne en el calor asfixiante, contemplando los tejados y las centelleantes luces de la ciudad, y pensando en algo que le había dicho su madre sobre María Callas... Que una vez, en una ciudad provinciana italiana, estaba cantando un dúo de amor en su ventana cuando, desde muy lejos, en la oscuridad, llegó una voz de hombre que le respondía, la voz más bella y apasionada que había oído jamás. El dúo se repitió noche tras noche, pero

María no supo nunca la identidad de su Mario; éste siguió siendo solamente una voz en la oscuridad, algo brotado por un sueño.

Y quizá fue mejor así. Ella, por más que lo intentase, no podría olvidar a Guy. Era como una sonámbula; nada más le parecía real. A veces se preguntaba si no estaría realmente enferma. Alternaba una actividad febril con un profundo letargo. Excesivamente sensible a todos los ruidos, empezó a imaginarse que oía sus pisadas en la escalera y su voz en el vestíbulo inferior. La mitad del tiempo no podía comer, y la otra mitad se consumía con el afán de comer fresas, ostras y caviar. Empleaba el dinero que no podía ahorrar en *crêpes* rellenas de crema Chantilly, sólo para descubrir que sabían a cuero y a jabón de afeitar cuando las comía.

Querido Arlequín:

¿Qué me sucede? ¿Por qué no puedo dejar de pensar en él? No es nada especial, sólo un montón de células y corpúsculos como yo, y, sin embargo, pienso que, si le viese por la calle, arrojaría por la borda todo lo demás, todo el futuro que hemos proyectado, sólo para volver a oír su voz... ¿Te parece una locura? Ojalá supiese cuánto tiempo va a durar. Hay días en que pienso que estoy curada, en que apenas pienso en él, y, entonces, por la noche, revive de nuevo en cuanto me quedo dormida, y me despierto llorando.

¡Qué tonta fui! No sé por qué tuve que enamorarme de él entre todos los demás. Es el hombre peor que puedas imaginarte, frío, despiadado, egoísta, un verdadero Rey Plutón. Sólo se preocupa de lo que posee. Ni siquiera me gustó jamás, te lo juro. Ya sabes lo que siento por los hombres ricos... Habría tenido que ser inmune a él, ¿verdad?

Por favor, díme que he hecho lo que debía.

Colombina

Querida Colombina:

El primer amor... Siempre hay una primera vez, pero esto no facilita las cosas, lo sé muy bien. Recuerdo que, cuando vine por vez primera a París, como un ingenuo muchacho provinciano, seguro de que el mundo era mío, también yo me enamoré de alguien inadecuado, imposible, inalcanzable... Pero tú eres más valiente de lo que fui yo. Le has apartado completamente de tu vida. Ésta es la mejor manera, puedes creerme. El amor es más peligroso cuando se agria, cuando se envenena con pesar y amargura e inquietud. El amor se hace más difícil después de la primera vez: uno se arriesga menos a seguir creyendo. Cuando te enamores de nuevo lo comprenderás.

¿Te parezco cínico? Si es así, perdóname. Temo que estoy bastante celoso.

Tu Arlequín

Querido Arlequín:

Una vez más, ¿qué quieres decir? ¿Es que la gente pasa por esto una y otra vez? ¿Cómo es posible? Yo pienso que no podría soportarlo. ¿No es verdad que el rayo nunca cae dos veces en el mismo sitio?

Espera un momento... Se me acaba de ocurrir una idea terrible. ¿Hablas acaso por experiencia? ¿Estás ahora enamorado de otra persona?

Sí, es esto. He sido ciega y tonta al desesperarme tanto por mi desgraciado amor, como si fuese la primera en descubrir esta emoción. Esto explica muchas cosas... Por qué no has querido nunca que nos viésemos, por qué no mencionas nunca a otras mujeres en tus cartas. Lo siento; tenía que haberme dado cuenta, y es que presumía, egoísta, que me pertenecías. Nunca pensé en ti —y sé que esto suena mal— como en un hombre, una de esas criaturas peligrosas que destruyen la vida de las mujeres con una palabra, o callándose. Tú eras mi amigo, estabas siempre presente cuando te necesitaba, me sentía segura...

Y ahora... no sé qué pensar. Estoy esforzándome en ser una mujer mayor, espero que te habrás dado cuenta. Pero es muy difícil. ¿Por qué no me lo dijiste? Ya no soy una niña, lo habría comprendido. ¿Quién es ella? ¿Cómo es? ¿Es hermosa? ¿Te ama?

Lo siento, pero creo que ya la odio. Ella puede hablar contigo, reír contigo, verte siempre que quiera... No es justo. Yo te conocí primero.

Y, sin embargo, empiezo a darme cuenta de lo poco que realmente sé de ti, mi hombre en la luna. Tal vez sería hora de que bajases de ella.

Tu Colombina

Querida Colombina:

Ya me conoces demasiado bien. Sí, estoy enamorado. ¿Por qué no te lo dije? Porque estaba avergonzado. Toda mi vida he soñado en el perfecto amor... Creo que todos los hombres sueñan en él en algún rincón secreto de su alma, aunque no quieren confesarlo. Yo no he dejado nunca de buscar esta perfecta unión de pasión y lealtad, de belleza y vigor...

Bellas palabras. ¡Si hubiese sido capaz de mantener este ideal! Pero no. En vez de esto, me he enamorado de la peor clase de mujer posible. Inadecuada, imposible, inalcanzable. Hermosa, mercenaria, sofisticada. Un hombre mayor hubiese tenido que ser capaz de resistir esta locura, pero, de alguna manera, ella consiguió pillarme desprevenido, cruzar todas las barreras que con tanto cuidado había construido, como... una paloma volando al palomar. La Colombe, *era así como la llamaba. Quizás un juego de palabras, una caprichosa manera de pensar. Ahora lo veo. Ella es completamente distinta de ti, mi Colombina, y, sin embargo, esperaba que hubiese algo en ella..., alguna dulzura detrás de su dura apariencia... Y fui atrapado, fui más allá de lo que hubiese debido.*

Ella me producía un efecto extraño. Con ella, me sentía de nuevo como un muchacho, torpe, inseguro, desmañado. Sé que cometí errores. Si no los hubiese cometido, quizás habría conseguido que me amase. Pues ella no se muestra fría ni indiferente conmigo. Creo que incluso la atraigo un poco. Pero no soy yo el único.

Y hay otra cosa. Quiere dinero, muchísimo dinero. Me dice que no soy lo bastante rico para ella. Yo admiro su franqueza. Si no fuese por esto, si pudiese darle todo lo que necesita, pienso que podría retenerla.

Si no fuese por ti, mi Colombina, mi talismán, mi as en la manga, pienso que renunciaría a mi búsqueda del perfecto amor. Es doloroso, n'est-ce pas? *Había estado enamorado antes, pero esta vez, lo confieso, mi dolencia es grave. Cada vez que la veo me quedo sin aliento. Desde luego, me curaré más pronto o más tarde, lo sé; pero temo que te mentí cuando dije que la experiencia mitiga el dolor. Cuando te enamoras, parece que cada vez sea la primera. Y no estoy seguro de si es éste un motivo de esperanza o de desesperación.*

Conque ya lo ves, somos tal para cual, mi Colombina. Dos tullidos que tratamos de ayudarnos mutuamente a saltar una valla.

Te quiere,

Arlequín

Querido Arlequín:

Sabía que la odiaría. ¿Qué le pasa, cómo es posible que no te ame? ¿Y cómo has podido tú enamorarte de una mujer como ésa? Conozco el tipo, todo dulzura por fuera, ¡pero duras como clavos por dentro! ¿Es que no hay otras mujeres en el mundo? Ella no vale la pena, ¡no es digna de ti!

Sí, sé lo que estás pensando. Yo no soy mejor que tú. No es tan fácil elegir a la persona a quien amar. Difícilmente sería el Rey Plutón un buen ciudadano de Uscady. ¿Sabías que, en griego, "pluto" significa la riqueza en piedras y metales preciosos ocultos debajo del suelo? Sean cuales fueren los tesoros ocultos de mi Rey Plutón, están ciertamente muy bien enterrados...

Pero esto no quiere decir que vaya a retractarme de lo que he dicho sobre tu Colombe. Todavía la odio, pero, por ti, trataré de ser caritativa. Supongo que tiene que haber algo bueno en ella, para que tú la hayas amado.

No estoy segura, pero creo que ahora me siento un poco mejor. Es agradable saber que no soy la única que tiene los pies de barro.

Tu tonta

Colombina

En los meses que siguieron, discutieron sus dolencias y sus síntomas como dos inválidos, empleando su clave secreta. Después de una noche sin dormir, ella podía escribirle: *"Hoy me está fastidiando el Rey Plutón"*, y él la comprendería sin más explicaciones. Y podía preguntarle por la *Colombe,* actualmente en una de sus periódicas ausencias en brazos de otro hombre más rico, y él le diría que hoy se encontraba un poco mejor, muchas gracias, y los dos podrían reírse un poco de sus tonterías.

Una noche, cortó un gran corazón de seda roja y lo prendió en la manga corta de su traje. Era una payasa enamorada y no le importaba que se supiese. No disimularía más; no era una autómata. Era una artista, y no enterraría su dolor en la dura y fría tierra; la tallaría y puliría hasta que brillase con toda la luz y la belleza del sol.

Llena de nuevo entusiasmo, empezó a trazar planes. Haría las paces con el amor, y quizá podría ahora desviar toda esta emoción mal enfocada en dirección a Arlequín. No podía permitir que se enfriase su nueva intimidad. Le escribía tenazmente, de un modo persuasivo, recalcando lo mucho que la ayudaría en su trabajo lo que ahora pretendía.

"Sé que convinimos en no encontrarnos nunca, pero significaría tanto para mí saber que un día —quizá dentro de años, quizá dentro de décadas—, en mi primera noche en un papel importante, tú estarías entre el público, escuchándome... No tengo a nadie más. Lo serías todo para mí; dame algo por lo que trabajar. ¿Lo harás? Hazlo, por favor."

Por fin, él se dejó convencer. *"Sí. Iré a tu primera noche. Cuando sea, y donde quiera que esté, iré a escucharte. No puedo prometerte más. Pero estaré allí."*

Ella acarició la idea como un talismán secreto. Era el único punto de luz en su horizonte. Un día, cantaría para Arlequín.

Unos secos golpes en la puerta sacaron a Corrie de su ensueño. Se estremeció. Aquel día estaba aún muy lejos, si es que llegaba alguna vez. Ahora, como siempre, sólo había una realidad; la función de la noche, el público que esperaba. Salió corriendo del pequeño camerino y casi chocó con Jean-Louis, el prestidigitador, que acababa de salir del escenario. Se esquivaron recíprocamente, como dos grandes potencias, ella para no asustar a las palomas escondidas en el traje almohadillado, él para no arrancarle ningún abalorio del vestido.

—¿Cómo está hoy el público?

El hombre meneó la cabeza, escupió y murmuró brevemente:

—*Cochons.* Cerdos.

Ella hizo una mueca compasiva. Al aumentar el frío, los artistas que representaban los primeros números encontraban más difícil su tarea. Corrie reprimió otro escalofrío. ¿Qué le pasaba? Generalmente, la adrenalina que segregaba antes de la representación bastaba para calentarla. Debía ser la corriente de aire del estrecho pasillo. En cuanto estuviese en el escenario, las luces lo remediarían todo.

—Ha habido dificultades, ¿no?

—El gerente no debería poner aquellas mesas tan cerca del escenario. Juraron que podían ver mis bolsillos secretos. Incluso hubo una que trató de hacerme caer.

—La recompensa del éxito, Jean-Louis.

Él gruñó, muy poco apaciguado.

—Lo creeré cuando él me doble el salario.

Prevenida, Corrie atisbó a través del bastidor. Se le encogió el corazón. Jean-Louis tenía razón. Resuelto a sacar provecho de la inesperada popularidad del club, monsieur Grasset había embutido tres mesas junto a las candilejas. Estaban ocupadas por un grupo bien vestido y, a juzgar por los tapones de champaña que había sobre las mesas, se estaban divirtiendo de lo lindo. En parte a expensas de los artistas.

Pero ella sabría manejarlos. Observó a las mujeres bien peinadas y exquisitamente vestidas, que aprovechaban la oportunidad de esta correría por los barrios bajos para lucir su caro color tostado de invierno, e inmediatamente les cobró antipatía. Cualquiera de ellas podía ser la Colombe, empeñada ahora en romperle el corazón a Arlequín, y en cualquier momento podía reunirse con ella Blanche de Chardonnet, que estaba ahora trabajando para romper el suyo...

¡Pero ya verían! Las haría reír, las haría llorar, haría que se diesen cuenta de que la vida tenía aún algunas sorpresas...

Lástima que sintiese tanto frío... Las candilejas tenían una aureola azulada, como si fuesen lunas en una noche helada. Pestañeó para aclarar su visión. El pianista tocó los primeros compases de su pieza, pero ella esperó entre bastidores, alargando la pausa, haciendo cantar al silencio. Bien adiestrado, el pianista repitió la introducción. El parloteo se extinguió en un simple murmullo, con vibraciones de curiosidad. Corrie entró, caminando ligeramente, casi despreocupadamente, sin hacer ruido con sus pequeñas zapatillas negras. Cuando llegó al centro del escenario, no antes, se volvió de cara al público. Avanzó un paso, miró a la izquierda y a la derecha, para que pudiesen ver bien los extraños ojos de payaso en la máscara blanca de su cara. Esperó unos instantes a que el calor de las luces tocara su piel y penetrara en su cuerpo helado.

Pero no ocurrió nada de esto. Miró fijamente el pequeño y atestado teatro, vio las caras atentamente levantadas como si fuesen rostros en un sueño. De pronto, se sintió extraña, desplazada. ¿Qué estaba haciendo aquí, cantando sobre el amor a una sala llena de desconocidos? ¿Qué les importaba lo que ella fuese o sintiese? ¿Qué importaba nada a nadie? Miró al grupo que estaba al pie del escenario. Sonreían expectantes, casi con benevolencia. Habían venido por el blues, para oír canciones de soledad y de abandono en un idioma que podían permitirse despreciar.

De pronto, con una sensación de ahogo en la garganta, supo que estaba harta de aquello. Estaba cansada de representar un papel, de encerrarse en una pequeña y conveniente cápsula para que ellos pudiesen engullirla con facilidad. Quería ser cargante, indigesta; quería que se acordasen de ella. Quería, sólo por una vez, cantar para ella misma, además de hacerlo para su comida.

—Luna de Invierno.

El pianista la miró, sorprendido. Ella no anunciaba nunca sus números, era uno de sus trucos. Él la miró vacilante. Ella asintió con la cabeza, en breve y decisivo gesto. Una débil sonrisa se pintó en la cara del hombre. Era fanático de Hoagy Carmichael.

Corrie empezó a cantar, empleando toda su voz por primera vez. La quejumbrosa, obsesionante y aparentemente sencilla melodía llenó el aire. Ella la manejaba a su antojo, tallando las notas en el silencio con regocijo de artista. Cuánto había deseado algo en lo que hincar los dientes, algo con clase y estilo, que pasase de mayor a menor, que requiriese todo el poder singular de la voz humana. Jugaba con la melodía como un gato, poniendo todo lo que tenía en un solo hilo de sonido y recogiéndolo de nuevo. Allanaba una nota, la reconstruía, estiraba furiosamente la melodía para que saltase atrás, como un muelle, sólo para transformarla una vez más. Las notas cobraban vida al ser tocadas, acariciadas por ella, invertidas y desviadas. El pianista tocaba como un poseso y en el público reinaba un silencio sepulcral. No sabían si estaban presenciando un nacimiento o un entierro. Su voz era a veces una flauta y a veces un clarinete. Siempre llega el invierno, decía la voz. Siempre llega la oscuridad. No sois inmunes a ella. Siempre hay alguien que se queda solo.

Era una representación que sabía que tendría que lamentar. Al enterrar de mala gana la última nota, se dio cuenta de que todos los de la sala habían dejado de comer y de beber. En las caras pálidas de allá abajo había una expresión de inquietud, de afrenta, de pérdida: la expresión del hombre que acaba de descubrir que alguien le ha hurtado la cartera. El gerente no estaría satisfecho. Ni un solo pedido había recibido el bar desde que había empezado la representación.

Pero a Corrie no le importaba, no le importaba en absoluto. Le bastaba con haber roto el molde, hecho lo que quería hacer. Ahora volvía a tener calor, un calor febril que se iniciaba en la boca del estómago y se transmitía hasta las puntas de sus dedos. Un sudor frío goteaba en su frente, mezclándose con la pintura blanca. Volvió a dar un paso al frente. Más Hoagy Carmichael; tenía que ser así.

—*No Puedo Vivir sin Ti.*

¡Oh, cuántas mentiras se decían los unos a los otros..., ninguna mayor que la que uno se decía a sí mismo! Respiró hondo, dando rienda suelta a todos sus conocimientos y sentimientos reprimidos. Las cosas que tenía que decir... no las olvidarían nunca.

No podrían olvidarlas. Lo vio en sus caras al terminar. Nadie se movía, nadie sonreía. El pianista se enjugó disimuladamente la frente. Corrie pudo ver, por la cara que ponía monsieur Grasset, que éste reflexionaba seriamente. En el impresionante silencio, su mirada tropezó con un recién llegado, un hombre vestido de blanco, que avanzaba por el estrecho pasillo entre las mesas apretadas. Su cara era una máscara oscura bajo la luz de las candilejas. A ella le dio vueltas la cabeza al tratar de verla bien. Frases de la canción que acababa de cantar resonaban en su mente, y se preguntó si seguía aún cantando. Se sintió vacilar, vio que las luces se borraban y confundían en una sola y enorme fosforescencia. El hombre estaba ahora al pie del escenario, inmóvil, mirando hacia arriba. Sus amigos de la mesa próxima a las candilejas le llamaron. Él tenía el ceño fruncido. Se parecía un poco, sólo un poco, a Guy de Chardonnet. Ilógicamente, sintió una momentánea punzada de contrariedad por haber llegado el desconocido demasiado tarde para oír su canción. Después se desmayó.

—Está enferma. Tocadle la frente; está ardiendo.

—Llamad a un médico.

—Traed un poco de agua.

—¿Qué le pasa?

—Está enferma, ¿no lo ves? Llamad a un médico.

—Aquí está el agua. ¿Qué hago con ella?

—Dámela. Por el amor de Dios, ¿dónde está el médico?

Corrie yacía inmóvil, vagamente consciente del vocerío sobre su cabeza. Éste turbaba su paz. ¡Era tan agradable, tan cómodo, estar allí tumbada! Alguien le tiró de un brazo.

—Es inútil; está inconsciente.

—Dejadme a mí.

—La impresión del agua fría en su cara la volvió a la realidad. Trabajosamente, se sentó en el suelo.

—¡Cuidado con mi boa!

Si se mojaba, se estropearía.

Alguien le dio unas palmadas tranquilizadoras en un brazo.

—No tenga miedo, el médico está en camino.

—No.

Se irguió un poco más. No podía permitirse la atención de un médico; cobraban una fortuna por las llamadas de urgencia. Sintió vértigo. Se echó atrás para descansar de nuevo sobre las tablas amigas.

—Bajad el telón, por el amor de Dios.

Era la voz de monsieur Grasset, que revelaba cierto pánico. Sí, estoy despedida, pensó Corrie. Abrió de nuevo los ojos. Nunca se había fijado en lo interesantes que eran los pies de la gente vistos desde este ángulo. Esperó que ninguno de ellos la pisaran.

—¡Déjenme pasar!

Era una voz autoritaria. Debía ser el médico. Corrie trató de protestar, pero no tenía fuerza ni para abrir los ojos. Su cabeza empezó a girar vertiginosamente, aunque estaba yaciendo inmóvil. Alguien hizo que apoyase la mejilla sobre una tela fina y que olía bien. Arriba, brillaban las luces sobre sus párpados cerrados. Su cabeza le parecía extraña, enormemente grande, pero sin espacio bastante para una sola idea coherente. Entreabrió los ojos y se dio cuenta de que la tela sobre la que descansaba su mejilla era blanca, y en el mismo instante pensó que debía ser negra en los trozos tiznados por su maquillaje.

Con dificultad, apartó la cabeza. Otra cosa que no podía permitirse eran las cuentas de la lavandería.

—Déjenme. Ahora estoy bien.

—Silencio.

Era una voz agradable, oída desde tan cerca, y extrañamente familiar. Demasiado autoritaria, pensó, pero no tenía fuerzas para enfadarse. Sólo cuando sintió el frío aire de noviembre en la cara se dio cuenta de que estaba fuera del teatro.

—¿Adónde me lleva? —Pensó que, por cortesía, debía preguntarlo.

—¿Dónde le gustaría ir?

La misma voz, con aquel tono de mando extrañamente tranquilizador. Se abrió la portezuela de un automóvil y se encontró instalada en el asiento delantero y envuelta en una esponjosa manta de pelo de camello, de colores suaves y brillantes como una alfombra mágica. Por fin sentía calor. Sobre su cabeza, a través del cristal de color del techo del coche, podía ver el cielo escarchado de estrellas. Respiró hondo. Había luna, alta y pálida. Una Luna de Invierno...

—¿Dónde le gustaría ir?

Su voz sonó ahogada incluso a sus propios oídos, pero nada podía hacerle. Estaba agradablemente adormilada en el calor de la manta. Tenía una fe absoluta en su salvador; estaba claro que era un mago.

—A cualquier parte... —Suspiró, arrebujándose más en la suave manta—. Cualquier parte donde haya *calor*.

Oyó que el motor se ponía en marcha. Entre sus pesados párpados miró al conductor, tratando de distinguir su cara. ¿Qué aspecto tenía el mago? La oscuridad era grande, pero aquel hombre seguía pareciéndose un poco a Guy de Chardonnet. Aunque no podía recordar qué otro hombre que no fuese Guy de Chardonnet se parecía a él. Desde aquella noche en su casa había padecido una especie de ceguera. Cerró los ojos. Parecía extraño, y, sin embargo, completamente natural y justo, viajar en la oscuridad invernal con un hombre que se parecía a Guy de Chardonnet. Tratando de recordar por qué tenía que ser esto así, se quedó dormida.

Se despertó sólo una vez, para ver a través de sus párpados medio cerrados que estaban rodando a la que parecía ser velocidad enorme por una carretera recta y desierta. Los pinos, negros e impenetrables a ambos lados, enmarcaban el cielo nocturno. Pero la luna estaba todavía allí, flotando ingrávida como ella misma. No tenía la menor idea de la hora que era, del sitio donde se hallaba, ni de quien era ella. Volvió a quedarse dormida y soñó que cabalgaba en un enorme caballo negro a través de campos de narcisos.

CAPÍTULO XII

Abrió los ojos en una habitación completamente desconocida. Pestañeó, tratando de recordar cómo había llegado allí. Una luz suave brillaba detrás de las persianas y una débil brisa agitaba las finas cortinas blancas. Por primera vez desde que había abandonado la casa de la Avenue Pierre I de Serbie, había dormido dulce y profundamente como una niña pequeña.

Pero, en algún lugar a lo largo del trayecto, había contraído también una debilidad infantil. Lo único que era capaz de hacer era levantar la cabeza de la mullida almohada de lino. Tenía una curiosa impresión de flojedad en los huesos, como si una cuerda larga y tensa se hubiese roto de pronto en su interior.

Llamaron a la puerta.

—*Entrez.*

La luz inundó la habitación en penumbra, deslumbrándola, perfilando la figura de un hombre vestido de blanco. Con un esfuerzo, Corrie se incorporó sobre las almohadas. La sangre acudió a su cabeza al recordar al hombre que se parecía a Guy de Chardonnet. ¡Vaya si se parecía! Porque era él.

Su visión, tan igual y sin embargo tan diferente de la que había conservado en su corazón —pues vivía, respiraba, se movía y era tan real que la dejó sin aliento— hizo que se sintiese súbitamente aturdida. Se dejó caer de nuevo sobre la almohada, convencida de que estaba gravemente enferma. ¡Cuántas veces había soñado en este momento y ensayado mentalmente lo que pasaría si volvían a encontrarse! Desde luego, él no debía saber jamás que ella le amaba, pero quizá percibiría una diferencia en ella, una nueva profundidad, una dulzura, una madurez, y se sentiría conmovido por ello. Ahora era una mujer, madura, misteriosa, atractiva, incluso un poco trágica.

Sólo que no se sentía así, ni mucho menos. A pesar de las muchas veces que había representado la escena en su cabeza, nunca había soñado que sería así. Había estado orgullosa de la manera en que se había rehecho después de la primera impresión al darse cuenta de que estaba enamorada de él. Había trabajado de firme en su recuperación, guardado su amor por él en una pequeña urna secreta, para poder hacer su vida. Pero la mera visión de él derribaba todas las murallas que había construido con tanto esmero, como si estuviesen hechas de papel. Su corazón, al que había disciplinado tan bien, se desbocaba y escapaba a su control; la sangre tamborileaba en sus oídos; se sentía débil, sin aliento y muy asustada. Era como salir al escenario en el Chat d'Or, pero infinitamente peor. No tenía ninguna interpretación que ofrecer, y esta vez, el corazón adherido a su manga no era de satén rojo y brillante, sino de sangre y carne viva. Llagado, dolorido, vulnerable, con todos los nervios sensibles descubiertos.

Tanto peor para sus ingenuas decisiones. Se estremeció interiormente. Había estado tan segura de que había hecho las paces con el amor que incluso se había jactado de ello ante Arlequín.

¡Si hacerlo fuese tan fácil como decirlo...! Sólo la hechura de su oscura cabeza, tan familiar y tan misteriosa, hacía que se derritiese su corazón y que se clavase un garfio en la boca de su estómago. Estaba atada a él, como un pez en un sedal, como una marioneta a un cordel.

—¿Qué me has hecho? —murmuró, con una voz que apenas reconoció como propia.

—¿Yo? —El sonido de su voz, fría y segura como la recordaba, devolvió a Corrie un poco de su aplomo—. Al menos no puedes culparme de esto. Has estado enferma.

Entró en la habitación, cerrando la puerta a su espalda. Ella se acurrucó contra las almohadas en una especie de pánico. Le zumbaba la cabeza; quería esconderse o gritar o desvanecerse en una voluta de humo azul. No te acerques más, suplicó interiormente. No es justo. He estado enferma. Ya no puedo luchar.

Afortunadamente, él no la miraba y le dio tiempo de disimular su pánico. Guy dejó cuidadosamente al lado de la cama el tazón blanco que llevaba en la mano.

—¿Dónde estoy?

—En el Château des Basques.

—¿Otra de tus casas?

El nerviosismo hizo que lo dijese con más desdén de lo que había pretendido, pero él permaneció impávido.

—Temo que sí. Sin embargo, da la casualidad de que ésta es mi predilecta.

Se volvió inesperadamente y vio que ella le estaba observando. La expresión de sus ojos se hizo interrogadora.

—¿Qué te pasa?

Ella bajó la mirada, inquieta al sentir el rubor que teñía sus mejillas. Le había estado mirando como si hubiese sido la primera vez que le veía.

—Sólo pensaba que debe ser un gran lujo tener una casa predilecta. Algunas personas no tienen ninguna.

Él frunció el ceño. Ella no podía verle los ojos. El silencio se alargó de un modo insoportable.

—¿Cómo me encontraste?

Él arqueó una ceja.

—Demasiadas preguntas. ¿Por qué estás tan segura de que te estaba buscando?

—No quise decir esto...

Su rubor aumentó. No sabía lo que había querido decir; ni siquiera sabía lo que estaba diciendo.

—Me alegra ver un poco de color en tus mejillas. Debes encontrarte mejor.

Apoyó suavemente una mano en su frente. Ella se estremeció a su contacto, echó la cabeza atrás con inquietud, consciente de que sus trenzas se habían deshecho mientras dormía y estaban ahora extendidas sobre la almohada. Debía parecer una colegiala.

—¡Humm! —murmuró él con naturalidad. Después se sentó en la cama, sosteniendo el tazón blanco—. Toma. Bebe esto.

Ella le miró con recelo.

—¿Qué es?

Él sacudió la cabeza.

—Todavía no te fías de mí, ¿verdad? Olvidas... que soy tu galante salvador. Difícilmente me habría tomado tanto trabajo sólo para envenenarte.

Ella había olvidado que siempre les había resultado imposible entenderse. Tomó sumisamente el tazón, irritada al descubrir que su mano temblaba. Una deliciosa y rica aroma flotó en el aire. Sorbió un poco de líquido. Era chocolate, caliente y sabroso y de un dulzor casi pecaminoso.

—Gracias. —Ahora bebió copiosamente, sorprendida al ver el hambre que tenía—. Te estoy muy agradecida, puedes creerlo.

—Muy bien. —Él la observó, sin sonreír, hasta que hubo apurado la última gota—. Ahora... tengo que decidir lo que voy a hacer contigo.

Corrie sonrió. No sabía si era por el chocolate o por el calor extrañamente confortable del hombre sentado en su cama. Pero se sentía mucho mejor. Tal vez sobreviviría a fin de cuentas.

—Lo siento. Siempre tengo que ser un pequeño problema para ti.

Se reclinó de nuevo en la almohada. Era agradable ser un problema para alguien. No se había dado cuenta, pero se había cansado, cansado terriblemente de abrirse camino por sí sola. Si no hubiese sido por Arlequín...

Él la estaba observando con semblante inescrutable.

—Hubieses debido elegirme a mí.

Su voz era normal.

—¿Qué quieres decir?

Él se encogió de hombros y se puso en pie. Corrie advirtió de nuevo la curiosa elegancia de sus movimientos, nunca estudiados, sino tan peculiares de él como sus cabellos o su piel.

—Deberías haberme escogido a mi como protector. Te habría cuidado mejor. Al menos, no habrías pasado hambre.

Ella se incorporó de un salto, súbitamente ofendida. Hubiese debido pensarlo: él se imaginaba que había pasado directamente a los brazos de otro hombre.

—¿Qué te hace pensar que no puedo cuidar de mi misma?

—No me habías dado ninguna prueba en contra. —Hizo una pausa, claramente divertido al ver su indignación—. Pero por favor... no pretendí ser crítico. Simplemente apuntaba que hubiese sido más sensato por su parte elegirme a mí. Al menos puedo mantenerte en el estilo de vida a que te habías acostumbrado.

No había nada que hacer. Era el Guy de Chardonnet de siempre, ciego, y cínico e insensible hasta las puntas de los dedos.

—En inglés tenemos un dicho que es posible que conozcas. —Su tono era ácido, pero consiguió reclinarse en la almohada con la dignidad propia de una inválida—. No sólo de pan vive el hombre.

—Es verdad. —Se detuvo en el umbral—. Pero yo te habría dado chocolate. —Estaba sonriendo, con aquella fría y provocadora sonrisa de sus ojos grises. Ella no sabía qué decir, y él lo advertía—. No tienes que levantarte.

Su voz tenía aquel tono familiar de mando. Ella se enfureció inmediatamente.

—¡Conque vas a tenerme prisionera!

Él suspiró.

—¿Por qué tienes que ser siempre tan teatral? No hago más que informarte de las órdenes del médico.

—¡Pero yo no estoy enferma! —Se negaba a reconocer su propia debilidad—. Nunca estoy enferma. Sólo... fatigada; esto es todo.

—Quizás. —Inclinó cortésmente la cabeza—. ¿Cuánto tiempo has estado aquí?

—¿Qué quieres decir? —La súbita pregunta la había hecho vacilar—. Tú mismo me trajiste aquí la noche pasada.

La sonrisa de él se hizo más amplia.

—Me lo había imaginado. Quizá te interese saber que has estado durmiendo durante casi tres días.

La puerta se cerró detrás de él. Ella se quedó mirando boquiabierta. ¡Tres días! Tuvo la impresión de que le habían robado algo. Esto explicaba el sordo dolor en la boca de su estómago, su impresión de debilidad cuando se había despertado, su desvanecimiento cuando le había visto por primera vez. No era de amor, ¡sino de hambre! No era de extrañar que se sintiese en tanta desventaja.

Pero él no tendría otra oportunidad de jugar con ella. No sabía lo fuerte que era. Con decisión, apartó la ropa que la cubría y puso los pies en el suelo. Sus piernas estuvieron a punto de doblarse, pero se agarró a tiempo a la cabecera de la cama. Advirtió por primera vez que llevaba un largo camisón de franela blanca que le llegaba hasta los tobillos y tenía el cuello alto y largas las mangas. No era exactamente de su gusto, pero presumió que era lo que correspondía a su papel. Sonrió para sus adentros. Dada la ocasión, podría disfrutar representando el papel de inválida. Apoyándose en los muebles, y bastante impresionada por la sensación algodonosa de sus rodillas, se acercó al espejo del tocador y se miró en él. Una palidez angélica, unas mejillas hundidas, unos párpados hinchados: era lo menos que esperaba ver. Pero al percibir su imagen, lanzó un débil grito. Delante de ella había un fantasma, con las mejillas manchadas de blanco bajo unos grandes ojos tiznados de negro. Había olvidado el maquillaje que usaba para salir a escena. Esto y el revoltijo de sus trenzas en parte deshechas hacían que pareciese más una muñeca Raggedy que una heroína romántica.

Sus orejas ardían de vergüenza mientras se lavaba la cara con jabón perfumado de espliego y destrenzaba sus cabellos. No era de extrañar que él le hubiese dirigido aquella mirada protectora. Se duchó con agua terriblemente fría hasta que toda su piel se puso colorada, se lavó los cabellos hasta que estuvieron completamente limpios, y después buscó su ropa. En el anticuado armario de nogal encontró un montón de blancas mantas de lana un travesero de recambio y un pijama a rayas azules y blancas, evidentemente el marido del camisón que acababa de quitarse. El vestido que llevaba al llegar no se veía en parte alguna. Lo único que quedaba eran sus zapatillas negras, cuidadosamente colocadas en el suelo del armario, y el boa rojo, colgado con aire de abandono en una percha. Como materia prima, muy poco prometedora.

Cuando hubo acabado de secarse el cabello, concibió el germen de una idea. Se probó el pijama. Era demasiado grande, pero estaba bien cortado, y podía reducir fácilmente la talla arremangándose las mangas y el pantalón. Sólo necesitaba otro detalle... Tomó el boá rojo y se lo ciñó a la cintura, dejando caer elegantemente a un lado lo que sobraba. Su imagen en el espejo le gustó. Las rayas azules de la tela hacían juego con el color de sus ojos, y sus cabellos un poco húmedos caían en mechones alrededor de su cabeza. Parecía atrevida, excéntrica, como un bucanero en miniatura. Salió de la habitación con más entusiasmo del que había sentido desde hacía meses.

La estrecha escalera de piedra conducía a una oscura alcoba de un pasillo. De una puerta a la derecha llegaba un ruido de cubiertos y un murmullo de voces. Esperó un momento a que se afirmasen sus piernas y acabase de darle vueltas la cabeza, y después empujó resueltamente aquella puerta. Guy estaba sentado a una larga mesa de blanco mantel, leyendo el periódico. Detrás de él, una doncella estaba atareada sacando platos de una alacena. Corrie esperó impaciente en la puerta a que él se diese cuenta de su presencia. Guy no se movió.

—Buenos días.

Por fin levantó Guy la cabeza, y a ella le satisfizo ver un destello de sorpresa en su semblante.

—Bueno, ¿qué te parezco?

Se volvió en el umbral, para que pudiese admirar su conjunto.

Hubo una larga pausa, mientras él la miraba de los pies a la cabeza.

—Pienso que si me hubiese dado cuenta de que tu palidez era artificial, habría resuelto no rescatarte. Pareces, si puedo expresarme así, grotescamente rebosante de salud.

—Gracias.

No supo si había de sentirse satisfecha u ofendida. Él sonreía de una manera que conocía de antiguo. Una súbita sospecha pasó por su mente. ¿Por qué no le ordenaba que volviese inmediatamente a la cama?

—Pensabas que bajaría, ¿no?

Él sonrió ampliamente.

—Desde luego. Sabía que si te ordenaba que volvieses a la cama..., reaccionarías ante el desafío. —Dejó a un lado el periódico—. Pero no pensaba que lo harías con tanto estilo.

—Entonces, ¿te he sorprendido un poco?

—Mi querida Corrie, eres una fuente constante de sorpresas. Pienso que puedes considerar que tu honor ha quedado realmente satisfecho.

Haciendo caso omiso de la ironía de su tono, se apoyó ella en la jamba de la puerta, con lo que esperaba que fuese una naturalidad convincente. En realidad, trataba a duras penas de disimular el temblor de sus rodillas.

—¿Estás bien?

Guy la miró con ceño al ponerse en pie.

—Perfectamente.

Le faltó un poco el aliento al acercarse cuidadosamente a la mesa y sentarse con más brusquedad de lo que había pretendido. Se concentró hasta que menguaron las palpitaciones en sus oídos, y después levantó la cabeza.

Lo que vio borró todos los demás pensamientos de su mente. Apenas podía dar crédito a sus ojos. A su alrededor, en tres de los cuatro lados, como una vidriera medieval de cristales de colores engastada en las paredes de piedra gris, se desdoblaba el panorama azul del mar. Estaban muy altos sobre él, pero rodeados por él, casi dentro de él, como marineros encaramados en el aparejo de un barco muy alto. La luz del sol brillaba, deslumbradora, sobre las olas de peltre batido, Miró perpleja a su alrededor. Había pasado de una habitación gris a un pleno verano.

—¿Qué ha sido de él?

—¿Tu vestido? Lo di a Sylvie para que lo hiciese lavar. Se habrá olvidado de volverlo a su sitio.

Corrie sacudió la cabeza con impaciencia.

—No me refería a eso.

De pronto, nada podía ser menos importante.

—Entonces, ¿a qué?

Ella señaló las ventanas, todo aquel mar resplandeciente de sol.

—El invierno. ¿Dónde está?

—¡Oh, era eso! —Sonrió bonachón y se puso en pie—. Ven; te lo mostraré.

Ella se alegró de poder apoyarse ligeramente en su brazo al salir del comedor a la estrecha terraza enlosada. Debajo de ellos, el candil descendía vertiginosamente hasta el agua reluciente y coronada de espuma al chocar contra las rocas. Estaban a media altura de una torre de piedra. Sobre ellos se alzaban pequeños muros almenados, un palacio de cuento de hadas rematado por un esbelto y puntiagudo tejado de pizarra y flanqueado por torres más pequeñas y pequeñas terrazas, todo ello encaramado de un modo inverosímil sobre un saliente rocoso que se proyectaba sobre el mar de manera que era casi una isla. Debajo, en las grietas de las rocas, había un jardín todavía más inverosímil, lleno de pequeñas palmeras y tamarindos enanos y diminutos eucaliptos.

Como si esto no fuese bastante milagroso, el cielo que se extendía hacia el infinito era de un azul muy claro, y el aire que acariciaba su cuello desnudo tenía la frescura juguetona de la primavera.

Era casi insoportable. En aquel momento, Corrie habría creído cualquier cosa: que había dormido cien años, que había vendido su alma al diablo, que seguía durmiendo y soñando. Fue algo tan súbito, tan mágico, aquella transición de las calles de la ciudad gris al Paraíso...

—¿Y bien?

Ella sacudió la cabeza. No podía expresar con palabras lo que sentía, pero tenía que decir algo. Se echó atrás y medio cerró los ojos.

—Es como... es como ser un ángel.

Él se echó a reír.

—Un sentimiento desacostumbrado, palabra. Pero no inadecuado, dadas las circunstancias. —Señaló un promontorio rocoso en la lejanía, donde una alta figura envuelta en un manto azul se perfilaba sobre el perlino horizonte—. Es el Rocher de la Vierge, desde el cual lleva María a los marineros a puerto seguro.

—No lo comprendo. —De pronto, se sintió desorientada. No sabía si era a causa de la altura o de su propia debilidad, pero le daba vueltas la cabeza—. ¿Quieres decir que estamos aún en Francia? ¿Cómo es posible? ¿Cómo puede ser noviembre en París y primavera aquí? —Se tambaleó y se apoyó en él para mantener el equilibrio—. ¿Qué eres tú? ¿Un especialista en viajes en el tiempo?

Durante un largo y sofocante momento, él la miró directamente a los ojos. Su cara estaba tan cerca del deslumbrante azul del cielo que se sintió como hipnotizada. Pero, cuando él habló, su voz era dura.

—¿No te dijeron que el tiempo y el dinero son intercambiables? —Su tono era helado y provocó un escalofrío en su espina dorsal—. Todo lo que ves ahí, desde la luz del sol hasta el viento del oeste, ha sido alquilado expresamente para ti.

Fue como si él se hubiese vuelto y le hubiese dado una cuchillada. Le dolía más de lo que había podido imaginar, porque había bajado su defensa. Y después de la herida vino el rencor, contra ella misma por haberse dejado herir, contra él por haber hecho que el aire se enfriase y se oscureciese el cielo.

—Si es así, ¡no quiero tener nada que ver con ello!

Por mucho que se empeñase, nunca le comprendería. Para su propio asombro y desolación, sintió que dos lagrimones cálidos brotaban de sus ojos y rodaban por sus mejillas antes de que pudiese detenerlas. Él la ciñó con un brazo, casi con rudeza.

—Lo siento. He dicho una tontería.

—También yo te pido disculpas —dijo ella, sin mirarle—. No sé lo que me pasa. Generalmente no soy así. —Se enjugó disimuladamente las mejillas—. Temo que tenías razón. Todavía no estoy bien.

—Estás llorando.

Corrie sacudió valientemente la cabeza y esbozó una sonrisa lacrimosa.

—Yo no lloro nunca.

—¿Y nunca estás enferma?

Ella se rió; una risa vacilante que amenazaba con provocar más lágrimas.

—*Touché.* Está bien, soy una inválida. Esto quiere decir que tendrás que seguirme la corriente. Hasta que recobre las fuerzas.

Él la miró reflexivamente.

—¿Una tregua?

Corrie respiró profundamente. Sí, estaba cansada... De luchar, de debatirse y de defender unas creencias que ignoraba que tenía hasta que conoció a Guy de Chardonnet.

—Por favor. Hasta que esté mejor.

Él le sonrió, con aquella sonrisa turbadora que amenazaba y prometía al mismo tiempo.

—Pronto estarás mejor. Biarritz te curará.

—¿Biarritz? ¿Quieres decir...?

—Temo que sí. —Ahora sus ojos bailaron con regocijo contenido—. Côte Atlantique. —Hizo una pausa y desvió la mirada, con fingida seriedad—. Desde luego, no es un lugar sobre el Mediterráneo..., pero a fin de cuentas, tiene sus méritos, ¿no crees?

Ella sacudió la cabeza, incapaz de hablar. Había caído en la trampa una vez más. Precisamente Biarritz..., elegante, refinado, un campo de juego para la gente rica y con buenas relaciones. No le gustaría nunca.

Se encogió de hombros, con tardía naturalidad.

—Me... me reservo el juicio.

—Como quieras. —El irritante destello de regocijo brillaba todavía en sus ojos—. No trataré de persuadirte. Lo hará Biarritz por mí. Dicen que hay algo en el ambiente. Nadie sabe por qué, pero en Biarritz, todo..., los juicios, el invierno, la muerte misma..., puede demorarse casi indefinidamente. Los científicos tienen una palabra para esto; lo llaman "microclima", un accidente geográfico causado por la configuración de la bahía, la corriente del Gulf Stream y las montañas del fondo. Podrás comprobar sus efectos por ti misma. Una semana, dos semanas, y te olvidarás de que existió alguna vez el invierno.

En los días que siguieron, Corrie empezó a comprender lo que él había querido decir. Ninguna de las normas corrientes parecían estar en vigor en Biarritz. Trató empeñadamente de que no le gustase, pero no lo consiguió. Como decía él, Biarritz suspendía los juicios. La luz del sol quedaba atrapada en las estrechas y serpenteantes calles, con sus atisbos de mar incrustado como lapislázuli entre el oro y el crema y el rosa de las pequeñas casas. Siempre flotaba un olor a pan salido del horno, a café recién molido, a papeles recién pintados. Habríase dicho que siempre era la hora del desayuno, que el día no había hecho más que empezar. Era un lugar fuera del tiempo, con la calma recoleta de un sitio de veraneo cuando no es verano, y algo más..., el encanto de una belleza de la alta sociedad en *deshabillé,* relajada y desapercibida. Bajo su influencia, ella tampoco podía dejar de relajarse.

Y tenía que confesar que él cuidaba bien de ella. Le costaba más de lo esperado recobrar sus fuerzas, se sentía presa de una especie de lasitud de ensueño que nunca había sentido; pero él nunca perdía la paciencia. Tal como ella le había pedido, le seguía la corriente, sonriendo indulgente cuando, un día, había bajado corriendo la escalera, muy excitada porque había encontrado una mosca zumbando en su habitación de la torre, prueba evidente de un verano perpetuo. Incluso consintió en que le llevase a ver el milagro con sus propios ojos.

Más tarde, insistió en un régimen de aire de mar y suave ejercicio. La llevó primero al Port Vieux, una caleta abrigada donde cada grano de arena tenía un color diferente. Era como andar sobre joyas. Una piedrecita, de puro cuarzo blanco, tenía la forma exacta de un pequeño corazón. Ella se la dio. Le pareció que era lo más natural que podía hacer. Cuando estuvo más fuerte, la llevó a ver la bahía en perfecto cuarto creciente de la Chambre d'Amour, mostrándole de pasada el dorado Hôtel du Palais, donde un día había recibido la emperatriz Eugenia a la mitad de las testas coronadas de Europa. Un perro que corría por la playa se reunió con ellos, saltando entre las pequeñas olas cristalinas con enorme regocijo. Cada tarde, al volver de la siesta que él insistía en que debía hacer, lo hacía cargada de conchas y de piedrecitas y de luz de sol y de un alivio que sentía hasta en la médula de los huesos. Y también podía sentir que su vitalidad renacía como una marea verde.

Y por primera vez en su vida, se contentaba con solamente aquello: comer y dormir y pasear sin rumbo fijo bajo aquella milagrosa y plateada luz. Su nueva indumentaria —camisas a rayas y pantalones holgados embutidos en botas de cuero suave— correspondía perfectamente a lo que sentía. Era cómoda y corriente y no atraía las miradas.

Desde luego, sabía, en lo más hondo de su corazón, que aquello no podía durar eternamente. Su verdadero yo, con sus punzantes afanes y ambiciones, estaba solamente de vacaciones, no se había ido de una vez para siempre. Y también dudaba de que la solicitud de Guy de Chardonnet tuviese que ser eterna. Era uno de esos hombres fríos e impacientes, capaces de inesperada ternura a corto plazo, con tal de que pudiesen prodigarla a seres que consideraban inferiores. Pero, por alguna razón, este convencimiento no la preocupaba. Por una vez, estaba dispuesta a aceptar las cosas tal como viniesen. Había estado tan segura de todo en su vida, tan presta a sacar conclusiones, tan impaciente en espera del verano... En el interminable otoño de Biarritz, largo período de gracia que se sumía imperceptiblemente en el invierno, que empezó a ver que las medias tintas, incluso cierto grado de compromiso, podían tener un encanto propio. Sus prejuicios se desprendían de ella poco a poco, como la savia amarga de los pinos, dejando solamente aquella luz variopinta, aquel aire suave y fresco, aquel mar plateado.

Cuando estuvo más fuerte, él empezó a llevarla más al campo, tentándola con delicias que estaban a la vuelta de la esquina. Fueron a las Landas, el extraño y severo bosque, todo arena gris y arbustos desgarrados y altos y negros pinos, que se extendía cientos de millas a lo largo de la costa atlántica sobre Biarritz. Al principio, en el perpetuo crepúsculo bajo los árboles, donde el ruido de cada pisada quedaba ahogado en la alfombra parda de hojas muertas, sentía que era un paisaje siniestro, incoloro. Pero Guy lo transformó para ella, haciéndole observar el malva y oro y amarillo limón de los hongos, aterciopelados como frutos de mar sobre la seca corteza de los troncos; el verde luminoso y el gris fantástico de los líquenes; la silueta de un cuervo que les observaba con ojos brillantes y negros como el carbón. Almorzaron en un pueblecito a la orilla del mar, silencioso y desierto, cerrados los postigos de colores blanqueados por la sal. Él la obligó a comer unas ostras pequeñas que se deslizaban por la garganta, suaves y salobres como lágrimas. Al ponerse el sol volvieron al bosque, para ver los cazadores de verdes botas altas cazando patos al acecho, bajo la niebla rosada, al pie de los árboles.

El día siguiente, para cambiar, la llevó a Bayona y la hizo subir por la Rue de la Monnaie, pavimentada con piedras calcinadas por el sol, para ver las torres gemelas de la catedral. Parecía que cada tienda era una chocolatería, tan lleno estaba el aire del dulce aroma del chocolate.

—Bayona es la capital mundial del chocolate —explicó Guy a Corrie, apartándola de otro escaparate lleno de trufas y bombones de licor.

Sus palabras le recordaron algo, pero se sentía demasiado relajada y feliz, demasiado aturdida por el sol y el aire de mar, para identificarlo.

Sólo más tarde, cuando hubieron comido *pipérade,* huevos revueltos con jamón de Bayona y pimientos, *tioro,* la sopa de pescado local, salchicha con especias y un pastel de almendras adornado con pasta de avellanas y fruta confitada, cristalizó el recuerdo.

—Esto —dijo él, señalando un plato del menú— debería atraerte de manera especial.

—¿Qué es?

El nombre no significaba nada para ella.

—Es un plato vasco, de *isard,* la gamuza pirenaica, con una rica salsa de chocolate amargo.

Ella apartó a un lado las últimas tajadas de pastel de almendra, olvidando de pronto su apetito. La coincidencia era demasiado notable para que le pasara inadvertida. Asado de chocolate, como el que servían en la imaginaria Uscady de Arlequín.

—¿Has dicho vasco? —Su corazón empezó a latir más de prisa, con un ritmo irregular que era casi doloroso. Tenía la impresión de estar al borde de una revelación tremenda, de algo que podría cambiar completamente su vida—. Conque ésta es la región vasca. —Trató de mantener la voz tranquila. Si él supiese lo que estaba pensando, nunca le diría lo que quería saber, lo que tenía que saber—. No me había dado cuenta. Hubieses debido decírmelo.

Él la miró con curiosidad.

—No sabía que te interesase tanto. Biarritz y Bayona tienen poco de vascas, su ambiente es más bien francés. Para encontrar a verdaderos vascos, hay que adentrarse mucho más en el campo. —La observó durante un largo momento—. ¿Por qué este súbito interés?

Ella sonrió y se encogió de hombros.

—Balenciaga era vasco. Tú mismo me lo dijiste. ¿No es esto una buena recomendación? Me gustaría saber más. ¿Quieres decírmelo?

—Haré algo más. Ven. —Se puso bruscamente en pie—. Te mostraré algo.

Rodaron tierra adentro, a lo largo de estrechas y serpenteantes carreteras, a través de valles verdes de vertientes abruptas y poblados de robles y aulagas. Corrie podía dar apenas crédito a sus ojos. Era como si hubiese abierto un libro de cuentos de hadas y las ilustraciones hubiesen cobrado vida en sus manos. ¡Cuántas veces, en las heladas noches de invierno, se había calentado en el mundo imaginario de Uscady. Entonces le había parecido real, pero no había soñado que pudiese existir en realidad. Sin embargo, estaba aquí, desplegándose ante sus ojos por todos lados, y todos sus detalles eran tan exactos como le habían sido descritos en los años pasados. Aquí estaban las casas enjalbegadas, con sus tejados en punta, decoradas con pájaros y flores y sirenas, con sus vigas de color de chocolate sosteniendo ristras de pimientos rojos y guirnaldas de cebollas secándose al sol. Aquí estaban los brillantes arroyos y los campos que parecían hechos de retazos, los viñedos y los manzanales. A los lados de las carreteras, cada pedazo de tierra disponible, cada pulgada cuadrada era un huerto plantado amorosamente de maíz, de patatas y de rábanos, y había campos de heno del tamaño de pañuelos.

Por alguna razón, la vista de estas buenas parcelas verdes, cubiertas de polvo de la carretera pero cuidadosamente escardadas, rebosantes de orgullo campesino, le daban ganas de llorar. Había algo tan humano, tan tenaz, tan locamente optimista en todo aquel esfuerzo, lleno de presagios y esperanzas como un mensaje en una botella...

Se asomaba a la ventanilla, escrutando cada cara que se cruzaba con ellos, pensando que podía ser la de Arlequín. Adelantaron a un hombre que caminaba despacio, con insolente y fácil contoneo, detrás de una pequeña carreta de ruedas macizas tirada por un buey de color leonado. La carretera era estrecha y peligrosa, los camiones rugían y pasaban veloces, pero aquel hombre no miraba a la derecha ni a la izquierda. Era como si no existiesen para él. Estaba fuera del tiempo, y todos los demás eran meros intrusos.

Al adelantarle, Corrie tuvo ganas de llamarle. Los ojos estaban ocultos bajo la negra y calada boina, pero ella pudo verle la cara de refilón. Ahora tenía al fin una imagen de Arlequín. Sin duda tenía este porte erguido y natural, esa cara larga y severa, esos vigorosos hombros cuadrados, como los de los jeroglíficos egipcios, y ese aire de pertenecerse sólida y enteramente a él mismo. Sin duda tenía la piel curtida y andaba en mangas de camisa, balanceando un bastón en la mano y con un pañuelo escarlata embutido debajo del ancho cinturón de cuero.

Era como despertar de un sueño. Milla a milla, al dejar atrás cada pueblo, marcado su término por un rótulo cruzado por una raya roja en diagonal con típica limpieza gala, aumentaba su certidumbre. Uscady no era una fábula inventada para distraer a un niño solitario; era un lugar real, en el mundo real.

—Bueno, ¿qué piensas?

Guy la observaba con curiosidad. Ella sacudió la cabeza. No hubiese podido explicarle lo que sentía, aunque hubiese querido, era como ver a un amigo desaparecido mucho tiempo atrás, o como abrir un regalo de Navidad y encontrar que, por una vez, era lo que siempre se había deseado.

—Es... diferente. Diferente de todo lo demás.

—Sí, los vascos son un pueblo muy notable. Nadie sabe quienes son en realidad ni de donde vinieron. Pero una cosa es segura: fueron los primeros en llegar aquí. En los tiempos medievales, solían cazar la ballena en el golfo de Vizcaya. Incluso hoy en día, todas sus casas, como el Château des Basques, son construidas como torres de vigilancia y de cara al mar. Es lo que queda de un pasado glorioso, cuando navegaban hasta puntos tan lejanos como Terranova. Algunos dicen que descubrieron América antes que Colón.

—¿Pero volvieron siempre?

—Hasta ahora, sí. —Su sonrisa se extinguió—. Pero dudo de que puedan sobrevivir mucho más tiempo.

Ella sintió un escalofrío en todo el cuerpo. Su tono era tan seguro, tan definitivo...

—¿Por qué?

Él encogió los hombros.

—Es una cuestión de carácter. Son gente orgullosa, insular, intransigente. Furiosa y locamente independientes.

—¿Por qué dices locamente?

Él volvió a encoger los hombros.

—Esta clase de independencia total es un anacronismo en el mundo moderno. Es tan rara como la Gran Ballena Blanca, e igualmente cara. Cuesta a los vascos sus vidas, su libertad y, en definitiva, su tierra.

—No lo comprendo.

—Es muy sencillo. Los gobiernos modernos, o los gobiernos que quisieran ser modernos, consideran que el deseo de independencia es muy inconveniente, en especial cuando cruza las fronteras, como en el caso de los vascos. Hay varias maneras de luchar contra él. Se puede elegir, como España, la opresión directa, o como Francia, otros medios más sutiles. Aquí, el gobierno se ha limitado a abandonar la zona, fomentando el turismo en la costa, pero sin hacer otras inversiones económicas. La sangre vital de la región se ha secado sin ruido. Es un método menos dramático pero creo que más eficaz. Los vascos han sido empujados uno a uno fuera de su país; los vascos españoles, a América del Sur, y los vascos franceses, a las ciudades industriales. Desde luego, tienen que sacrificar su lengua y su cultura, pero al menos viven. Y a veces tienen éxito. —Señaló con un ademán las márgenes laboriosamente cultivadas—. Como puedes ver, son un pueblo resuelto y trabajador.

—Pero esto es tan hermoso... ¿Cómo pueden soportar abandonarlo?

Estaba pensando en Arlequín. Sabía, por la manera en que él le había descrito Uscady, que tenía que haber amado esta tierra. Pero también Arlequín había sido expulsado de aquí, absorbido por la vida impersonal de la gran ciudad. Lo que esto había significado para él, sólo podía presumirlo. Debía de haber tenido la impresión de que le arrojaban del Paraíso.

—Incluso el vasco tiene que comer. —Su voz era súbitamente dura—. En España, es un poco diferente, pero no mejor que aquí. No te llevaré, porque no te gustaría. La industria florece allí, pero esto es casi todo. Si vieses Bilbao, te escocerían los ojos. La ría está contaminada, el cielo es negro por el humo de las chimeneas de las fábricas, el aire es casi irrespirable. Por las calles patrulla la Guardia Civil, la policía militar; los propios vascos viven apretujados en moradas sucias y ruinosas. —Sacudió la cabeza—. Pero ni ellos dan su brazo a torcer. Incluso entre toda aquella mugre y todo aquel polvo, hay en cada balcón una cuerda con ropa tendida blanca como la nieve... Nadie es más orgulloso que un vasco. —Se volvió a Corrie con hosca expresión—. Pero pienso que saben que el fin está cerca. Al otro lado de la frontera, se ve en todas partes un cartel en el que se dice, en vasco y en español: *"Nuestra gente, nuestra ilusión"*.

Ella guardó silencio. No era justo, no podía ser. Miró fijamente aquellos campos que parecían retazos. Un hombre estaba segando heno en una vertiente de cuarenta y cinco grados, donde no habría podido operar el más perfeccionado tractor. Se había volcado tanto esfuerzo, tanto amor, en aquel paisaje, que podía sentirlo. No podía creer que tanto esfuerzo pudiese ser vano. Tal vez era mucho optimismo por su parte, pero no podía creer que aquella gente, que podía comer en las márgenes de la carretera y llevar ropa blanca en los barrios bajos, pudiese ser vencida.

—¿No podría significar "Nuestra gente, nuestro sueño"?

Él frunció el ceño.

—Supongo que sí, pero ¿qué diferencia habría?

—Una diferencia enorme —dijo Corrie, con absoluto convencimiento—. Los sueños pueden hacerse realidad.

Él sonrió forzadamente.

—Siempre esa fe conmovedora en los milagros...

—No son milagros. Es el pueblo. —Hizo una pausa, reflexionando—. ¿No podrías tú hacer algo?

Guy arqueó las cejas.

—¿Qué estás pensando? Un hombre no puede invertir la Historia.

—Tal vez no, pero podrías intentarlo. Conoces a mucha gente, gente importante. Te escucharían. Podrías hacer campaña, despertar simpatía por la causa vasca...

—Lo que necesitan es trabajo, no simpatía.

—Entonces, dales trabajo. Persuade a la gente de que invierta dinero aquí, de que devuelva la vida al lugar.

—No es tan fácil como crees.

La irritó su tono de tranquila superioridad.

—No lo has intentado. Está muy bien que vengas aquí y disfrutes de todo lo que la región puede ofrecerte cuando te apetezca, pero, ¿qué te parecería si les dieses algo a cambio? —Se acaloró al hablar—. Tú eres rico y, por una vez, podrías arriesgarte. Una persona de tu posición podría hacer muchísimo, y tú lo sabes.

Hubo una larga pausa. Él contempló su rostro colorado y su expresión combativa. Después, asintió con la cabeza.

—Sí, me parece que estás casi restablecida.

—¡No cambies de tema!

No le dejaría escapar tan fácilmente. Él frunció la frente.

—Permite que te dé un pequeño consejo. Pienso que no deberías meterte en esto, ya que nada puedes hacer. Sería mejor que olvidases todo lo que acabo de decirte y te limitases a ser una simple turista.

—Es demasiado tarde. ¡Ya me he comprometido! —replicó acaloradamente Corrie—. ¡No se puede ser turista durante toda la vida!

No trató de disimular el tono acusador de sus palabras.

—Muy bien.

Apretó los labios al inclinarse hacia delante para poner de nuevo el motor en marcha.

—¿Qué vas a hacer?

Él le dirigió una mirada torcida mientras maniobraba para poner el coche en la dirección por la que habían venido.

—Algo que probablemente lamentaré toda la vida.

Condujo rápidamente y en silencio durante lo que pareció varias millas y después torció hacia una carretera recién construida. Después de unas doscientas yardas, aquélla se convertía en un camino pedregoso y lleno de baches. Las piedras volaban a su alrededor, golpeando el parabrisas y chocando contra la carrocería; pero él no les hizo caso. El camino se adentró en un bosque de pinos y desembocó al fin en un ancho claro.

La escena que se ofreció a los ojos de Corrie era totalmente caótica. Grandes cráteres parecían bostezar en la tierra removida; enormes máquinas excavadoras y bulldozers desgarraban los bordes del claro. El aire estaba lleno de arena y el ruido era ensordecedor. A través del polvo, podía ver una brigada de obreros de la construcción en pleno trabajo, grandes montones de bloques de hormigón, jácenas de hierro, andamiadas...

—Espera aquí. —La dejó, pasmada y ensordecida, y volvió al cabo de un rato con dos brillantes cascos amarillos—. Ponte éste.

Corrie le siguió, vacilante, hasta el corazón del caos. Él le mostró todo aquello, haciéndole observar las herramientas de los trabajadores, las grandes zanjas donde se pondrían los cimientos, los movimientos aparentemente casuales de las grandes máquinas. Sin duda había alguna lógica detrás de toda aquella actividad, pero no conseguía captarla. Los hombres trabajaban de firme en todas partes; hombres resueltos y morenos, con la misma cara larga y severa y el mismo porte erguido que había visto en el boyero, pero que vestían monos de color azul oscuro de buena confección. Se tocaban el casco con un dedo al acercarse Guy, pero no interrumpían ni un instante su labor.

Ella aprovechó una interrupción momentánea del estruendo para hacer la pregunta que embargaba su mente:

—¿Qué diablos es esto?

—Depende del punto de vista de cada cual. —Guy vaciló—. Para ti, probablemente una desaforada explotación comercial. Para ellos —y señaló a los trabajadores—, para ellos y sus familias, un milagro.

—¿Y para ti?

Él sonrió ligera y fríamente.

—Para mí..., llamémoslo una inversión.

—Espero que provechosa.

Él hizo caso omiso del sarcasmo.

—Lo será. Cuando esté terminada, será una de las instalaciones fabriles más modernas de la región y dará empleo a más de doscientas personas.

—¿Una fábrica?

No pudo disimular su sorpresa y su disgusto. Él le dirigió una triste sonrisa.

—No es el milagro que esperabas, ¿verdad?

Corrie meneó la cabeza.

—Ya me lo imaginaba. Pero no juzgues demasiado de prisa. Quizá te gustaría saber lo que vamos a fabricar aquí.

Ella reprimió un escalofrío.

—¿Hormigón? ¿Cerrojos de hierro?

Él negó con la cabeza.

—Es algo que a ti te gusta mucho.

—¿Chocolate?

—No..., aunque es una buena idea para el futuro.

—Entonces, ¿qué?

Guy hizo una pausa que la impacientó.

—Deberías ser capaz de adivinarlo. Es un lujo, como la belleza y la libertad. A veces la gente, y en especial las mujeres, están dispuestas a pagar muchísimo dinero por ello.

Corrie hurgó en su cerebro.
—¿Se puede comer o llevar?
—No. Como la belleza y la libertad, es... intangible.
—Me rindo. Tendrás que decírmelo.
Él sonrió.
—Perfume.
—¿Perfume? —No pudo ocultar su sorpresa—. ¿Aquí? ¿Es una fábrica?
Él asintió con la cabeza.
—¿De dónde pensabas que venía? ¿De las abejas?
—No lo había pensado... —Empezó a mirar a su alrededor con nuevos ojos. De pronto, aquellos grandes cráteres no le parecieron tan siniestros—. Pero, ¿estás seguro de que éste es el clima adecuado? ¿No sería mejor el Mediterráneo?
Estaba pensando en los grandes centros de perfumería de Niza y de Grasse, en los campos de espliego que recordaba desde su infancia.
Él sonrió ante su ingenuidad.
—Los tiempos han cambiado. La mayoría de las esencias, bergamota, almizcle, benjuí, son hoy en día importadas, y el resto puede conseguirse por destilación. Desde luego, lo sintético puede producirse en cualquier parte. Lo único que se necesita es un caudal de agua de lluvia pura y una fuerza de trabajo laboriosa. Aunque parezca extraño, el ingrediente más importante de un perfume no son los aceites esenciales, sino el fijador, el ámbar gris, una extraña sustancia parecida a la cera, muy rara, segregada por ballenas moribundas. Como ésta fue antaño una gran zona ballenera, es hasta cierto punto adecuada para que en ella se fabriquen perfumes.
—¡Oh!
Contra su voluntad se sintió impresionada por la evidente experiencia de Guy. Quizá no era el *dilettante* que ella había imaginado.
—¿Fabricarás tus propias marcas?
—Desde luego. Ya estamos produciendo una en otra fábrica, en Auvernia.
—¿Cómo se llama? Quizás habré oído hablar de ella.
Él vaciló, con expresión ahora difícil de interpretar.
—Probablemente, no. —Su tono parecía indicar que no quería seguir hablando del asunto—. Es un perfume sofisticado, a base de lirio con un toque de jazmín. Dudo mucho de que fuese adecuado para ti.
Esto aumentó su curiosidad.
—Pero, ¿cómo se llama?
Él se encogió de hombros
—Bueno, ya que quieres saberlo..., Nuit Blanche.
—¡Oh!
Se sintió extrañamente desilusionada. No era más que el nombre

de un perfume, pero a nadie se le había ocurrido poner a un perfume el suyo. Hubo un breve e incómodo silencio.

—Desde luego, tengo otros en proyecto. —Hizo una pausa. Cuando volvió a hablar, pareció hallarse en un apuro—. ¿Sabías que el perfume de violeta es tan volátil que nunca se ha destilado en su forma natural? Es decir, todavía no se ha conseguido; pero nuestro equipo de investigación ha descubierto un procedimiento que podría tener éxito.

—¡Qué interesante! —Corrie trató de fingir un cortés entusiasmo, pero había perdido todo interés en la conversación. De pronto, se sentía cansada y malhumorada y presa de una contrariedad infantil—. ¿Lo fabricaréis aquí?

—Sí, creo que sí. No en su forma pura, sino con una mezcla. Tenía pensada una fragancia ligera, fugaz, de esas que seducen cuando menos se espera. Fresca, primaveral, pero de una dulzura obsesionante. ¿Conoces el olor irresistible de un bosque después de la lluvia? Esto es lo que estoy buscando: algo que evoque el rocío y el crepúsculo y las noches en el campo.

Ella sorbió por la nariz. Era muy propio de él mostrarse romántico con un perfume, con algo que podía darle dinero.

—¿Y cómo vas a llamar esta mixtura? ¿Hojas Muertas?

Guy no pareció afectado por el tono desagradable de su voz.

—No estoy seguro... Algo atractivo, romántico, incluso un poco anticuado. Los nombres son muy importantes. Hay una flor que solía verse en todos los jardines de las casitas de campo, muy graciosa, de colores lila y crema y plateado, con largas espuelas blancas, como una pequeña bailarina. Se llama Colombina. Pensé que el frasco podía tener la forma de una flor arrancada por el viento, con un matiz violeta en el cristal.

Ella le miró fijamente, cortado de pronto el aliento. Pero la expresión de Guy era práctica y sus ojos indescifrables.

—Es un nombre estupendo. ¿Cuándo... se te ocurrió? —Le costaba pronunciar las palabras. De repente, esto tuvo gran importancia para ella—. ¿Fue antes o después de que fueses al Chat d'Or?

—¡Oh, mucho antes! —Hizo un ademán de indiferencia—. Ésta fue una de las razones que me llevó aquella noche al club. Me intrigaba la coincidencia. Una afortunada casualidad, *n'est-ce pas?*

—¡Oh, sí!

Pero en aquel momento no se sentía en absoluto afortunada. Su corazón, de pronto tan boyante, le pesaba ahora como el plomo. No se había dado cuenta de lo mucho que había esperado contra toda esperanza, que él la hubiese estado buscando realmente.

En cuanto a la elección de su nombre artístico para designar el perfume, nada podía estar más lejos de la verdad.

Miró a su alrededor con ojos ictéricos.

—¿Has visto bastante?

—Más que suficiente. —La había asaltado una súbita ola de amargura—. Ahora comprendo por qué te tomaste tanto trabajo en informarte acerca de los vascos. Es importante que conozcas a tu fuerza de trabajo.

Él palideció.

—Quieres decir que voy a extraerles hasta la última onza de trabajo, ¿no?

Como siempre, su acento francés era más marcado cuando ella le irritaba.

Se miraron fijamente y sin hablar durante un largo instante.

—En todo caso, ¿por qué me has traído aquí?

—No puedo imaginarlo. —Su voz era cortante como el hielo—. Hubiese debido pensarlo mejor. Hubiese tenido que dejarte tirada en el escenario del Chat d'Or. Es tu mundo.

Viendo la expresión de la cara de Guy, se sintió amarga y oscuramente satisfecha. Había estado viviendo en un sueño, en un paraíso de los tontos. Al menos sabía ahora el terreno que pisaba.

—Mañana volveré a París.

Prefería dimitir a ser despedida el día menos pensado.

—Muy bien.

Volvieron a casa en silencio, muy de prisa, sin que el potente motor hiciese el menor ruido, pero indicando el fuerte viento en las ventanillas la velocidad de su carrera por el centro de la carretera teñida de violeta.

CAPÍTULO XIII

Era ya de noche cuando llegaron a Biarritz. En un silencio helado, Guy aparcó el coche en la Promenade des Anglais, la ayudó cortésmente a apearse y la acompañó hacia la escalera de piedra por la que se bajaba al Château des Basques. Éste es el fin, pensó, aturdida, Corrie. Todo ha terminado, y yo lo he destruido. No había costado mucho. Su frágil tregua, a diferencia de los torreones vascos, no había sido construida en piedra. Unas pocas palabras, un soplo de realidad, y se había derrumbado...

Y para ella, el fin no sería nunca lo bastante rápido. Si el amor era esto, esta mezcla explosiva de odio y celos y puro terror, no quería saber nada de él. Quería volver a ser ella misma, no esta violenta e imprevisible extranjera que pasaba del éxtasis a la desesperación en un tictac del reloj, que decía cosas terribles que nunca hubiese querido decir... ¡Oh, cómo lamentaba que él la hubiese llevado a ver aquella fábrica! ¿Por qué había de trastornar siempre sus ideas? ¿Por qué no podía dejarla en paz? Hacía pocas horas, se habría sentido feliz al rechazarle como un explotador; pero ahora, al pensar que estaba ayudando al pueblo de Arlequín, fuesen cuales fueren sus motivos, no sabía qué pensar. No estaba acostumbrada a los tonos grises. De una cosa estaba segura: él era más fácil de resistir cuando se portaba como un villano.

Se esforzó en no mirarle. Ahora volvía a ser ella misma, era libre, él no podría herirla nunca más. Contempló el mar centelleante que se extendía al pie de la Promenade des Anglais y se dijo que era una linda vista, ni más ni menos, algo que recordaría con agrado en años venideros, pero sin que acelerase los latidos de su corazón.

Y entonces, en la playa, donde el perfecto cuarto creciente de la Chambre d'Amour describía una curva debajo de la Promenade, vio algo tan hermoso que se le cortó la respiración. La playa estaba cubierta de una multitud de luces que giraban, resplandecían y oscilaban, como una fosforescencia oceánica.

Tiró de la manga a Guy.

—¿Qué es aquello de allá abajo?

—La Feria de Noviembre. —Su semblante era frío; su voz, dura—. Lo había olvidado. Se celebra todos los años.

Corrie contempló la playa con afán. Era una luz frágil y fugaz, sin un calor duradero; no era una defensa segura contra la oscuridad, pero la atraía como un imán. Sin mirar atrás, empezó a bajar corriendo los escalones de roca, flotando sus cabellos detrás de ella. Sus pies resbalaban sobre la piedra mojada, pero no le importaba. Era como si la persiguiese el mismísimo diablo. ¿Se sumergía en la luz y el ruido y el color como un pez en el agua. La música regolfaba y se arremolinaba y, detrás de ella, melódicas como una orquesta, las olas suspiraban mansamente. Cerró los ojos. Quería olvidar, sólo por un momento, quién era y dónde estaba, recordar días lejanos, libres de preocupaciones...

—¡Corrie!

Oyó que él la llamaba, abrió los ojos y vio su alta figura como a la distancia de toda una vida. Las luces de colores del tiovivo brillantemente pintado jugaban sobre el traje de él transformándole en un actor ambulante, en un Arlequín. Corrie oyó el principio de una vieja canción, triste como toda la música que se toca cerca del mar; una canción, tan antigua que no podía recordar su nombre. Antaño, siglos atrás, se habría quitado los zapatos y bailado sobre la arena, pero ahora era mayor y más prudente; aquellos días se habían ido para siempre...

De pronto, como si hubiese descendido la mano enguantada de un gigante, se apagaron las luces y los músicos dejaron de tocar.

—Se acabó.

Él estaba ahora a su lado, tan cerca que le habría tocado con sólo alargar la mano, tan cerca que hubiese podido verse reflejada en sus ojos. En la oscuridad y el silencio, sus palabras parecieron hacerse eco de su propia tristeza.

—Lo sé. Hemos llegado demasiado tarde.

Detrás de ellos, entre las sombras, los mozos empezaron a empaquetar su equipo. De común acuerdo, como los asistentes a un entierro, dieron media vuelta y se alejaron.

Demasiado tarde... Por primera vez, caminando sobre la arena y sintiendo la muda presencia de él a su lado, Corrie se dio cuenta de lo que significaba aquello. Parecía casi imposible; pero, después de esta noche, no volvería a verle nunca. Se habrían acabado las discusiones, los besos, las sorpresas. Todo. Poco a poco, caminando sobre la arena mojada, llenándose sus pisadas de agua que se filtraba en seguida casi invisiblemente, sintió que su amargura se iba desvaneciendo. Detrás de ellos estaban las luces lejanas de la ciudad, y delante, la murmuradora inmensidad del mar.

—Corrie... —Su voz era grave. No era necesario hablar más fuerte, porque eran las dos únicas personas vivas en todo el mundo—. Quisiera saber una cosa antes de que te marches.

—Pregunta.

A fin de cuentas, ¿qué importaba ahora?

Él vaciló, pero, cuando habló, su voz era tranquila, casi con un tono de objetividad.

—¿Por qué te resulta tan difícil entregarte a un hombre?

—Yo... yo...

Para su propia congoja, advirtió que tartamudeaba como una colegiala. En otra ocasión, le habría replicado con una cuchufleta; pero algo, el suave calor de la noche, la claridad de la luz sobre las olas, hacía que toda chanza y comedia y disimulo pareciesen triviales y fuera de lugar. Sabía que había algo de verdad en lo que decía él. En lo más hondo de su ser, la espantaba comprometerse, perder su independencia. Quería ser dueña de su propio destino. Y tal vez esto, a su manera, era la peor clase de cobardía.

—No lo sé... Quiero, tengo que hacer cosas, satisfacer ambiciones que sólo podré alcanzar con mi propio esfuerzo. Necesito tiempo, y esto es lo que se pierde cuando uno se interesa demasiado por la vida de otro.

—¿Y estás dispuesta a renunciar a todo lo demás, al amor, al matrimonio, a los hijos, para satisfacer tus ambiciones? ¿Estás segura de que es esto lo que quieres?

Ella vaciló.

—Ya lo sé. Es difícil. Pero, ¿por qué no puedo tener ambas cosas? No al mismo tiempo, sino una detrás de otra. La fama seguida de la familia. ¿Por qué no?

—Pero la fama primero.

Ella asintió con la cabeza.

—Es como debe ser...

Se interrumpió, reflexionando. ¿Cómo podría explicárselo? Probablemente, él lo atribuiría a vanidad, a locura; pero tenía que intentarlo.

—Mira, yo... tengo algo que ofrecer. Lo sé. Siempre lo he sabido. Es como... como tumbarse en la falda de un monte por la noche y mirar las estrellas. Hay tanta oscuridad, tan poca luz... Pero también hay mucho, mucho brillo. —Respiró hondo—. Puedo andar mucho, quizá llegar hasta la cima. Recibí algo y tengo que devolverlo. Es... una deuda de honor. Es algo brillante que he de dar al mundo antes de morir.

Bueno, ya lo había dicho. Le había dicho todo lo que podía decir, más de lo que había dicho nunca a nadie, aparte de Arlequín. Él podía reírse, podía rechazarlo como una vanidad infantil..., pero era algo tan suyo como el aire que respiraba.

Pero él no se rió. Por una vez, al volverse a ella, su expresión era puramente seria.

—Un hombre cabal podría ayudarte a conseguirlo. Si tú le dejases.

—Tal vez sí. —Le miró—. Pero no puedo exponerme a cometer errores.

—Nadie puede hacerlo. —Su voz era grave—. Pero esto explica muchas cosas.
—¿De veras?
Se sintió extrañamente halagada por su interés.
—Desde luego. —Hizo una pausa didáctica—. Por ejemplo, tu necesidad de un protector. Dadas tus particulares exigencias, es la única solución posible. No puedes permitirte algo más... absorbente; tienes que estar a la altura adecuada. Tal vez como están las cosas, tienes la solución perfecta. Segura, limitada, conveniente en grado sumo. Y algo más: una absoluta disponibilidad.
La irritó el súbito tono desdeñoso de su voz.
—¡No más "conveniente" ni "disponible" que tus relaciones con mujeres sólidamente casadas! ¡No pienses que no lo he advertido!
—*Touché.* —Esbozó una de sus perezosas y familiares sonrisas—. Pero nunca he dicho que las amase.
—De nuevo esa palabra. —Sacudió la cabeza con reproche burlón—. Parece que hemos hablado mucho de amor, a pesar de ser dos personas que ni siquiera nos tenemos simpatía.
—Tal vez ésta es la razón. —La voz de Guy era inesperadamente seria—. Los esquimales tienen diecisiete nombres diferentes para la nieve. Como es lo que más temen, hablan continuamente de ella, la observan pacientemente, como lo haría un amante. Quizás es también por esto que los franceses hablamos tanto del amor. Va contra lo que apreciamos más: la lógica, la eficacia, el estilo...
Corrie sintió un calor extraño, agridulce. No podía dejar que él supiese que le amaba, pero hablar de amor era lo que más se le acercaba.
—¿Piensas que existe, en la vida real?
Él desvió la mirada.
—Sí, creo que sí. Pero es muy raro y uno no sabe nunca dónde lo encontrará. Es como el ámbar gris de que te hablé. No se puede ir en su busca a alta mar; lo único que hay que hacer es esperar. Un día, cuando menos lo esperas, una ola puede depositarlo a tus pies.
—Entonces, todos podemos tener esperanza.
—Me gustaría creer que sí.
Guy se detuvo y se volvió de cara a ella. Se miraron fijamente durante un momento largo y doloroso. Todo parecía moverse a su alrededor: la marea que crecía, las estrellas que giraban en sus cursos. Ellos dos eran las dos únicas cosas inmóviles y separadas en el mundo.
—Me pregunto... —dijo Guy en voz muy baja. Tenía el ceño fruncido, como si tratase de resolver algún teorema—. Quizás aún es posible, a fin de cuentas...
—¿Qué?
Por alguna razón, casi no podía respirar.
—Empezar de nuevo. Releer el libro y escribir nuestro propio final.

—No daría resultado. —Corrie se esforzó en mantener su tono ligero—. Seguiríamos sin poder acoplarnos. Nunca podría confiar en un hombre que nunca ha sabido qué es ser pobre.

—Desde luego. —Su voz era ahora ligeramente triste—. Y yo no podría confiar en una joven que no sabe lo que es ser rica. —Hizo una pausa y la miró interrogadoramente—. Porque supongo que no eres rica en secreto, ¿verdad?

Ella sacudió la cabeza.

—Desgraciadamente, no. Pero lo seré algún día. Cuando sea famosa.

—Algún día... —De nuevo aquel ligero tono pesaroso—. Pero entonces será demasiado tarde.

Otra pausa, larga, resonante. El mar murmuraba y suspiraba a sus pies, como un enorme y manso animal.

Guy tomó la mano de Corrie, la alzó distraídamente hasta sus labios y sopló delicadamente sobre sus dedos. Contra su voluntad, recordó ella aquella noche en la Avenue Pierre I de Serbie, y todo su cuerpo se estremeció a su contacto.

—No hagas eso. —Le daba vueltas la cabeza; la realidad parecía alejarse más y más—. No daría resultado. No es el momento para nosotros.

—¿Por qué no? —Su voz era tranquila, enteramente razonable. Entonces, ¿por qué sentía aquel temblor en todo su ser, como si la tierra fuese a abrirse a sus pies?—. Es como aquella pregunta que me hicieron una vez: "¿Cómo defines la eternidad?" No hay respuesta; cada cual tiene que inventar la suya. Nosotros podríamos hacer lo mismo. Podríamos olvidarlo todo, el pasado, el futuro..., limitarnos a ser nosotros mismos. Tú y yo.

—No es fácil. —¡Oh, si pudiese serlo!— No hay un "tú y yo"; nunca lo ha habido. La mitad del tiempo que estoy contigo, no sé quién soy.—Buscaba las palabras, esforzándose en ser sincera—. Descubro que estoy... representando papeles, como si no me bastase mi ser real.

—Pero no aquí. —Hizo esta declaración tan clara y convincentemente como si fuese una ley de la Naturaleza—. No en Biarritz.

Sus miradas se encontraron.

—Tienes razón. —Corrie rió, con una risita temblorosa—. Pero esto no sirve de nada. No puedo quedarme aquí para siempre.

Él hizo una pausa para reflexionar.

—Bueno, si empiezas a aburrirte en Biarritz, podemos ir a otra parte. La semana próxima se celebra en Borgoña una feria alimentaria que tal vez te gustaría. Piénsalo: tú, yo y montañas de *pâtè de foie-gras...*

—*Pâtè de foie?* —De pronto, tan inesperadamente como la aparición de un narciso en invierno, sintió una oleada de pura y ridícula alegría. Un día, una semana, retrasar el invierno un poco más, ¿qué podía importar?– ¿Qué significa esto, una declaración o una proposición?

—Ninguna de ambas cosas. —La miró gravemente y después se inclinó en una reverencia extrañamente elegante y de otros tiempos—. Es simplemente... una invitación.

—¡Oh, si fuese posible...!

—¿Y qué me dices de Blanche?

El semblante de Guy se endureció.

—No puedo prometer nada. Ni planes, ni contratos, ni explicaciones. Tú y yo. Y nada más.

Ella le miró fijamente, recordando con súbito pesar el amor que siempre había deseado, hecho de risas y música y finales felices. ¿Y qué había conseguido? Esta dolorosa mezcla de dudas y contradicciones, esta vertiginosa, terrible e ingrávida espiral, como una caída eterna a través del espacio. No era de extrañar que llamasen a esto *falling in love* (caer en el amor).

—¿Y bien?

Su voz era ahora ronca. Ella no podía hablar. Tenía la impresión de que se estaba ahogando. Durante todas aquellas largas noches de insomnio en el Lousiane, había soñado y anhelado este momento; pero ahora era tan alarmante como si se encontrase de pronto con la luna en las manos. Pesaba más de lo que había imaginado.

—¿Cómo saber si puedo fiarme de ti?

Estas palabras brotaron de su boca antes de que pudiese impedirlo.

—No puedes saberlo. —La cara de él era inescrutable. La expresión de sus ojos producían un escalofrío en su espina dorsal—. Pero, ¿qué tienes que perder?

Mi corazón, mi alma, mi vida; sólo esto.

Él debió leer en sus ojos lo fuerte que era la tentación, pues sin decir palabra, sin mirar siquiera atrás, dio media vuelta y echó a andar en dirección al automóvil. Ella le miró fijamente, con enojo y admiración al mismo tiempo. Había sido su gran momento, pero él la había ganado por la mano. Desalentada, le alcanzó a veinte yardas playa abajo.

—¡Pero todavía no he dicho que sí!

Él le sonrió.

—Lo dirás. Y no veo por qué tendría que morirme de hambre mientras tú tratas de decidir exactamente las frases que vas a emplear. Puedes pensarlo mientras cenamos en el Hôtel du Palais.

—¡Estás tratando de sobornarme!

—Desde luego. —Su tono era sedoso—. Carezco de escrúpulos. Tú deberías saberlo.

El Hôtel du Palais, aquella ancha y blanca sonrisa atlántica..., ¿cómo podía resistirla?

—¡Pero no puedo ir así!

Él observó su jersey de pescador y sus botas cubiertas de arena, con cara muy seria.

—¿Por qué esta súbita preocupación por los convencionalismos? Creo recordar que nunca influyeron en tu estilo.

—Lo sé. —Sintió que se ruborizaba—. Pero esto era antes. Antes de que me enamorase. Ahora quiero brillar más que cualquier otra mujer en el comedor.

—Muy bien. —Guy suspiró—. Cámbiate de ropa, si quieres. Te doy diez minutos.

Ella se irguió con dignidad.

—Tenga la bondad de recordar, monsieur de Chardonnet, que ya no estoy a su servicio.

Él echó la cabeza atrás y rió con fuerza.

—Aprende muy de prisa, miss Modena. Digamos quince minutos. Estaré esperando aquí. —Sus miradas se encontraron por un breve instante. Lo que vio ella en los ojos de él le hizo sentir frío y calor al mismo tiempo, y flaquear sus huesos—. Y soy un hombre muy impaciente.

Corrie subió corriendo los escalones de piedra que llevaban al Château como si tuviese alas en los pies. Al llegar a la puerta, se detuvo para mirar por encima del hombro. Guy estaba plantado inmóvil allá abajo, perfilada su oscura cabeza sobre el mar plateado. Él la miró y Corrie sintió temblar su corazón. Era un sentimiento extraño, amedrentador, como si una cuerda invisible atase su cuerpo al de él.

Se estremeció a pesar suyo. ¿Sería capaz de ejecutar al fin ese loco ejercicio de equilibrio que es el amor? Era un juego tan peligroso... Necesitaría la agilidad de un acróbata, la audacia de un trapecista, el aplomo de un funámbulo. Había aún tantas cosas que no sabía de él, tantas cosas que no comprendía...

Pero, ¿cuánto podía saber realmente una persona de otra persona cualquiera? Quizás esto era todo: dos extraños buscándose a tientas en la noche. Pero ya aprendería. Le amaba, de esto estaba segura. Tenía que haber una manera de lograr que él la amase también. Al menos, había ahora una esperanza. Lo único que necesitaba era tiempo.

Entró en el zaguán, cerrando de golpe la puerta a su espalda. Habría cenas y cenas y aventuras, y noches que harían cantar sus sentidos... ¿No era esto suficiente, para empezar?

—*C'est toi, Guy?*

La aguda y clara voz autoritaria flotó en el vestíbulo. Corrie se quedó helada, sin dar crédito a sus oídos. La puerta del comedor estaba entreabierta. Se oyeron unos pasos rápidos sobre las baldosas y después se abrió la puerta de par en par. Y allí, recortando su silueta sobre el fondo iluminado, con un abrigo blanco de alpaca soberbiamente sencillo colgando casualmente de un hombro, imponente y majestuosa, como una visión en un sueño, estaba la última persona del mundo a quien hubiese querido o esperado ver. Blanche de Chardonnet.

—Bien, bien, bien... —Blanche hablaba con suavidad, casi como consigo misma—. *La folle anglaise.*

Sus ojos pálidos y de largas pestañas, enervantes por lo mucho que se parecían a los de Guy, examinaron a Corrie de la cabeza a los pies con minuciosidad. Cubierta de sal y de arena, desalentada, Corrie sintió que un escalofrío recorría todo su cuerpo. El tiempo se detuvo. Fue como si la estancia se vaciase lentamente de aire y éste fuese sustituido por un vapor que sólo Blanche podía respirar.

—Guy no está aquí —dijo Corrie, en voz baja y temblorosa.

—Ya lo he visto. —Blanche arqueó una ceja perfecta, con fingida sorpresa—. Pero es posible que yo haya venido para verla a usted.

Corrie la miró, pasmada, tratando de disimular una oleada irracional de puro pánico.

—Lo siento, pero tengo prisa.

Lo dijo apresuradamente y con torpeza. Blanche la miró con curiosidad entre sus párpados entornados.

—¿Tiene una cita? Si es así, mi chófer puede llevarla.

—No, gracias. —Corrie sintió que empezaba a flaquear bajo aquella inexpresiva y gélida mirada; después se puso sobre sí con un esfuerzo—. Está bien, creo que puedo disponer de unos minutos.

Con la mayor dignidad de que fue capaz, siguió a la otra mujer al comedor.

Dolorosamente consciente de los minutos que pasaban, tuvo que esperar a que Blanche sacase un largo cigarrillo turco de una pitillera de platino, lo insertase en una boquilla de marfil, lo encendiese, diese una chupada y apagase el resto del cigarrillo sin fumarlo. Como exhibición de complacencia mezclada con autodominio, fue enormemente convincente.

—Creo que debo felicitarla.

Blanche hablaba despacio, casi reflexivamente, acabando de apagar el cigarrillo sobre el cenicero, con un delicado movimiento de sus largos dedos de uñas nacaradas. Corrie miró instintivamente a la ventana que daba al mar. ¿Cuánto tiempo llevaba Blanche aquí? ¿Qué había visto?

—¿Qué quiere usted decir?

Blanche encogió los hombros.

—Su recién adquirido dominio del francés. Es formidable, en una joven que hace tres meses no sabía una palabra... Tengo que mencionar esto a Guy.

—Gracias.

Corrie sintió que el rubor cubría sus mejillas. Sin darse cuenta, bajo la tensión del momento, se había delatado. En cuanto al uso que haría Blanche de su descubrimiento, no se atrevía a imaginarlo.

—Me estaba preguntando... —dijo Blanche, sacudiendo ligeramente la falda para expulsar la última pizca de ceniza que se había introducido en el tejido metalizado. Por un loco instante, aquello recordó a Corrie la piel brillante de una serpiente—. Me estaba preguntando qué haría Guy encerrado aquí, donde no podía telefonearle. Algo muy impropio de él. —Sacudió la cabeza, con gesto de reprobación—. ¿Se da usted cuenta del embrollo que ha creado? Mi primo es un hombre muy ocupado; ha perdido ya demasiado tiempo con usted, más del que podía permitirse. Siento decirle que esto no puede continuar.

—No veo por qué. —Corrie se mantuvo firme, tratando de olvidar que Blanche había dado en el blanco. Las obligaciones de negocios de Guy no le habían pasado por la cabeza—. Mientras Guy lo quiera.

—¡Qué idealismo...! —La voz de Blanche tenía un matiz sarcástico—. Supongo que usted piensa que está enamorada de él. Sí, claro que lo piensa. Es fácil interpretar a los jóvenes, pues carecen totalmente de imaginación. Pero temo que esta vez ha cometido un error. Guy no se casará nunca con usted.

—No me importa. —Algo (el insufrible aplomo de Blanche, su convencimiento de que dominaba completamente la situación) llenó a Corrie de enojo—. ¡No estoy buscando marido!

—¿De veras? —Por un instante, una chispa de auténtico interés brilló en los ojos de Blanche. Después se encogió de hombros—. Pero esto no es más que una variación de un tema conocido. —Sonrió—. Oh, sí, no es usted la primera y dudo mucho de que sea la última. Guy ha tenido muchas mujeres pero siempre vuelve a mí.

—¿Y si esta vez se ha enamorado?

Blanche frunció los párpados.

—¿Se lo ha dicho él?

—¡Esto no es de su incumbencia!

Los labios de Blanche se torcieron en una débil sonrisa de satisfacción.

—Ya me lo imaginaba. Nunca lo hace. No es tonto.

Pasó una mano por sus cabellos, dando ocasión a Corrie de admirar su perfecto perfil. Ésta observó con envidia que cada pálido y reluciente mechón volvía, obediente, a su sitio.

—Y aunque la amase, no habría ninguna diferencia. Hay algo que es más importante para él que cualquier mujer. La ambición. —Se volvió de cara a Corrie, con ojos chispeantes—. Y para esto, me necesita a mí. Mis amigos, mis relaciones, son indispensables para un hombre como Guy. Yo lo comprendo y lo acepto. Guy y yo nos parecemos en muchas cosas. Yo disfruto también con el poder. En cambio usted... —Sacudió desdeñosamente la cabeza—. Usted no puede ser más que un interludio en su vida. ¿Se conformaría con esto?

—Sí —dijo Corrie, con una confianza que estaba bastante lejos de sentir. Guy había despertado en ella un hambre exigente que no podía satisfacerse con sólo media hogaza de pan—. Si es esto lo que él quiere. Creo que puedo hacerle feliz.

—¿Feliz? —Blanche inclinó hacia atrás el largo y blanco cuello y rió sin ruido—. Es usted muy vanidosa... Ni siquiera yo me atrevería a prometerle tanto. —Sacudió la cabeza, casi compasivamente—. Pero, ¿de qué vivirían? ¿De teatro y de sueños? Guy necesita lucha. ¿Le recluiría usted en algún remanso?

Corrie la miró fijamente, dudando de pronto. Aquí había algo que no acababa de comprender del todo. Blanche se mostraba tan descuidadamente confiada, tan segura de sus derechos de posesión, que apenas parecía natural.

—Nunca trataría de retenerle. Puedo no aprobar todo lo que hace, pero respeto su derecho a hacerlo.

Blanche sonrió, con un brillo divertido en sus ojos.

—¡Qué moderna es usted, querida! ¡Y qué extraña! —suspiró—. Pero temo que ya es hora de que entre en el mundo real. —Sacudió la cabeza—. No es justo; él hubiese debido decírselo. Veo por qué no lo hizo, pero aún así...

—Decirme, ¿qué?

Haciendo un esfuerzo, Corrie mantenía su voz normal. Pero tenía la impresión de que estaba luchando envuelta en una niebla invisible que amenazaba con asfixiarla. Si pudiese ver a su adversaria, podría defenderse.

Blanche hizo una pausa, saboreando claramente aquel momento. Corrie se tragó su irritación. No importaba; nada de lo que Blanche pudiese decir cambiaría su manera de sentir. Amaba a Guy, y esto era cuanto necesitaba saber.

Blanche se echó atrás, acomodándose mejor en su sillón.

—En realidad, es muy sencillo. Según las cláusulas del testamento de mi padre, Guy no hereda nada a menos que...

—¿Qué?

—¿No lo adivina? La cosa salta a la vista... —Blanche se arrellanó complacida en su sillón—. A menos que se case conmigo.

—No lo comprendo.

—¿Ah, no? —El tono de Blanche era paciente, casi solícito. Parecía que estaba hablando con una niña particularmente atrasada—. Veamos cómo puedo explicárselo mejor.

Lentamente, graciosamente, con su vestido metálico resplandeciendo como una delicada cota de malla, se puso en pie, cogió de encima de la repisa de la chimenea una pequeña figurita de porcelana de Dresde, una rolliza lechera de mejillas coloradas, dio perezosamente la vuelta a la figura en su mano; después, con una indiferencia tan estudiada que fue casi brutal, la dejó caer en el hogar de piedra.

—¿Cómo ha podido...?

La voz de Corrie, que miraba pasmada los trozos de porcelana, brotó como un murmullo.

—Muy fácil. —Blanche sonrió—. Todo lo que usted ve, esta casa y todo lo que contiene, me pertenece.

Corrie la miró con los ojos muy abiertos. Poco a poco, infaliblemente, como una capa de hielo cerrándose sobre una charca, las piezas del rompecabezas empezaron a colocarse en su sitio. ¿Cómo no lo había sospechado nunca? Ahora que lo sabía, parecía sencillísimo, evidente. Era lo que Blanche había dicho con anterioridad. Guy podía jugar como quisiera..., mientras recordase quién dictaba las reglas del juego. Lo que no podía imaginar era lo que esto podía haber significado para él: vivir su vida en estas condiciones, pendiente siempre de la aprobación de otra persona.

—¿Y se casaría usted con él sobre esta base, tanto si él la ama como si no?

Su propia voz le sonaba extraña, casi imposible de reconocer.

Blanche se encogió de hombros.

—¿Qué importa la manera de obtener lo que se quiere, con tal de que se pueda conservar? La posesión es el noventa por ciento de la ley. Yo quiero a Guy, y le tendré. En definitiva, me amará. Soy... necesaria para su supervivencia.

—¡Pero esto es asqueroso!

Blanche rió, ligeramente y sin humor.

—No. Simplemente... práctico. Pero comprendo que se sienta agraviada. Ser la amante de un hombre sin perspectivas es muy poco romántico, *n'est-ce pas?*

—No me importa. Soy feliz con él, tal como es. Le amo.

Los labios de Blanche se apretaron en una fina línea.

—¿Llama amor a eso? ¿Es amor querer privarle de todo aquello por lo que ha trabajado, de todo aquello que tiene importancia para él? Si le conociese, se daría cuenta de lo mucho que significa para él esta casa. ¿Por qué cree que no le dijo nada sobre las cláusulas del testamento? Porque sabía, en lo más hondo de su ser, que nada le haría cambiar de intención. Pregúnteselo a él, si no me cree.

Corrie desvió la mirada. Quería negarlo, pero la realidad se impuso a ella como una ola fría y gris. Blanche tenía razón. Sólo hacía unos momentos que el propio Guy le había dicho, ligeramente pero con un matiz de tristeza, que hasta ahora no había comprendido: "No serás rica en secreto, ¿verdad?" Si... si su rival no hubiese sido más que otra mujer, incluso tan adorable como Blanche, habría luchado contra ella como un gato panza arriba. Pero ahora no podía hacerlo. Precisamente porque le amaba, era impotente. No podía arrancarle todas las cosas que él ambicionaba. Necesitaba dinero, poder: eran sus herramientas. Separarle de Blanche y de su herencia habría sido como condenarle a cadena perpetua. Era su trato con el destino, su contrato con las circunstancias, firmado hacía tanto tiempo que ella no podía incitarle a romperlo. Corrie sabía, más que nadie, lo mucho que importaba la ambición. No podía destruirle, ni destruir todo aquello por lo que él había trabajado. Le sería insoportable ser testigo de su propio entierro, testigo de la lenta e inexorable muerte del amor.

—No hace falta; la creo.

La habitación le pareció de pronto muy oscura, muy fría.

—Quizá será ahora tan amable de decirme dónde puedo encontrar a mi primo.

—Desde luego. —Poco a poco, arrastrando los pies como si vadease una corriente, Corrie se acercó a la ventana. Se sentía curiosamente tranquila, casi adormecida—. Está allá abajo, en la playa...

Tan cerca... y ya tan lejos. Casi le parecía un desconocido. Sabían, sin necesidad de que se lo dijesen, como si estuviese representando una comedia en un escenario, que sería Blanche quien le acompañaría al Hôtel du Palais. Era lo que debía ser. Era el futuro de Guy.

—¿No va a decirle adiós?

Sintió la curiosa mirada de Blanche y se alegró de estar vuelta de espaldas.

—Creo que no.

Al mirar por la ventana, vio que la luna se había ocultado detrás de una nube, que las olas tenían crestas blancas. Había cambiado el tiempo. Se frotó los ojos. Le escocían, como si tuviese arena en ellos. Los estridentes chillidos de las gaviotas que volaban hacia tierra tenían para ella el sonido más triste que hubiese oído jamás. Con un dolor que sabía que aumentaría con el paso de los días, añoraba ya a Guy, añoraba todas las cosas que nunca había hecho, las peleas que no habían tenido, los desayunos que no habían compartido, las auroras que no habían contemplado. Luz de luna y de sol poniente, luz de estrellas y de fuego del hogar... Sin él, no había luz en el mundo.

Al volverse, halló fuerzas en alguna parte para esbozar una sonrisa torcida.

—Dígale solamente... Dígale que, a veces, también nieva en Biarritz.

CAPÍTULO XIV

Oh, mi Colombina:

Por nada del mundo hubiese querido que te sucediera esto. Siento como propio tu dolor. Estoy indignado, pero ¿cómo puedo ayudarte? Sé demasiado bien que nada se puede hacer ni decir, cuando no basta el amor.

Salvo una cosa. Hay algo que quiero decirte, algo que quizás hubiese tenido que decirte hace mucho tiempo. Al principio, eras demasiado joven para comprenderlo. Tenía miedo de que te espantases. Y ahora que eres lo bastante mayor, me da miedo otra cosa: que, cuando oigas lo que tengo que decirte, termine nuestra amistad. Pero no tengo opción. Por mor de la amistad, debo correr este riesgo.

Sin embargo, es difícil encontrar las palabras adecuadas. Nunca he contado a nadie lo que voy a contarte ahora, y después de tantos años de silencio y de secreto, no sé cómo empezar. Ojalá no fuese esto más que un cuento, como los que solía contarte acerca de Uscady, para ayudarte a pasar las noches de invierno...

¿Cómo lo adivinaste? A veces pienso que me conoces mejor de lo que yo mismo me conozco, Colombina. Sí, Uscady, o Euskadi, como lo llaman los vascos, es un país real del mundo real. Yo me crié allí. Mi padre había nacido en Francia, pero, siendo todavía joven, marchó a luchar junto a los republicanos en la Guerra Civil española. Allí conoció y se casó con una vasca, e intervino en la desesperada lucha de los vascos por la independencia. Fue detenido y encarcelado muchas veces, pero no le ejecutaron ni juzgaron. Se convirtió en una especie de héroe y sus camaradas rebeldes creyeron que poseía alguna fórmula mágica. Le llamaban Arlequín.

Pero ni una vida hechizada puede durar para siempre. Murió en la cárcel, en San Sebastián, a pocas millas de la frontera francesa, y donde, tres días después, su esposa dio a luz un hijo varón.

Y, sin embargo, mi infancia fue muy buena. No era pobre ni rico; estaba contento, seguro de que mi padre había luchado y muerto por algo en lo que creía, de que él y mi madre se habían querido, de que yo podía estar orgulloso de quien era y de lo que era. Nuestra casa, que mi padre había construido con sus propias manos, estaba aislada; mi vida era solitaria, y, sin embargo, tenía todo lo que quería: la certidumbre de ser amado, el mar por compañía, la música en el aire... y una cabra de mi propiedad. ¿Qué más podía pedir un muchacho? Con frecuencia estaba solo, pero nunca solitario.

Salvo cuando murió mi madre. Pero entonces tenía ya dieciséis años. Me consideraba un hombre y me negué a llorar en su entierro. Más tarde pagué aquel indebido orgullo, plantado en la puerta de la casa que habíamos compartido y que nunca, hasta entonces, me había parecido vacía. Y, sin embargo, incluso entonces, en el peor momento de mi vida, sabía que allí estaba seguro, firme y sólidamente arraigado como un joven roble. Porque pertenecía a aquel lugar.

¿Por qué, si era tan feliz en Uscady, me marché de allí? Yo mismo me he hecho esta pregunta muchas veces en el curso de los años y no he hallado la respuesta. Tres semanas después de la muerte de mi madre, recibí una carta de un bufete de abogados de París, rogándome que me pusiese en contacto con el hermano de mi padre.

Tal vez no hubiese debido contestar aquella carta. Pero era joven y confiado y curioso... Quería saber más acerca de la familia de mi padre, de aquellos nuevos parientes cuya existencia no había sospechado antes de entonces. Y, además, estaba París, llamativo y desafiador, irresistible como la primera visión de la Gran Ballena Blanca por un pescador vasco..., la fuente en el aire, promesa de realización de todos los sueños, de aventura, de emoción, de incalculables riquezas. Yo estaba lleno de ambiciones y proyectos. Tenía talento, y lo sabía. Iba a conquistar el mundo. Y todavía era lo bastante joven para pensar que el Paraíso me estaría aún esperando cuando volviese.

Por consiguiente, fui a París, a la casa de mi tío. Eran tiempos difíciles. Mi tío era un hombre circunspecto. Desde la muerte de mi abuelo, se había encargado del negocio de la familia, en grave aprieto después de dos guerras mundiales, y lo había levantado con la ayuda de un ventajoso matrimonio con la hija de un banquero suizo. Su esposa, medio inválida y mucho mayor que su marido, se pasaba la vida en la cama; pero el matrimonio había tenido descendencia: una hija. Si no hubiese sido por ella, creo que habría tomado el primer tren de vuelta a Uscady. Desde el primer momento fue detrás de mí, pareció encontrar una satisfacción especial en mi compañía, curiosa por saber todo lo que a mí se refería. Esto me complacía y halagaba y confortaba, pues, a pesar de mi confianza, me sentía bastante solo.

El primer amor... Ella era hermosa. Yo era joven... Añade a esto la proximidad y París, y la conclusión estaba dictada de antemano. No se me ocurrió preguntarme por qué una jovencita tan adorable, rodeada de admiradores, prefería un torpe muchacho provinciano. Podía hablar mal en francés, pero mi cabeza estaba llena de música maravillosa. Y era hijo de un héroe. Nada ni nadie podía quitarme esta fuerza.

Una vez le pregunté por qué me amaba, más para oír su voz que para escuchar lo que tuviese que decirme. Me dijo que me quería porque era diferente de todos los demás. Por un instante, me miró como si fuese un animal exótico al que había capturado, raro e imprevisible. Y fui lo bastante tonto para sentirme halagado. "Me perteneces", dijo. "Yo te vi primero. Eres mio."

Sólo cuando cumplí los veintiún años me di cuenta de que la idea del amor de un muchacho campesino y la que tenía de él una joven parisiense eran cosas muy distintas. Aquella mañana, mi tío me llamó a su despacho y me ofreció un cargo permanente en el negocio de la familia. Debo confesar que aquello me sorprendió. Había trabajado a horas en la empresa, en pago de mi cama y mi comida; pero, desde luego, no ponía en ello el corazón, y dedicaba todas mis horas libres a la música. Rehusé con el mayor tacto posible. Le dije que debía gozar de libertad, para seguir la música que llevaba en la cabeza.

Por alguna razón, mi respuesta pareció gustarle. Por un instante, brilló una chispa de emoción en sus ojos indiferentes de lagarto. Siguió explicando que yo tenía ahora veintiún años, que había rechazado un cargo en la empresa, y que él, como jefe de la familia, no veía por qué tenía que seguir manteniéndome. Le respondí que no aceptaría su ayuda aunque me la ofreciese. Pretendía triunfar por mi propio esfuerzo. Cuando salí de la habitación, el ambiente era muy frío.

Fui en seguida al encuentro de su hija, le dije que me marchaba y le pedí que viniese conmigo. Al principio se enfadó porque había rechazado la posición que me había ofrecido su padre. Dijo que le había costado meses convencerle. Su padre creía que yo era un chico atolondrado e irresponsable, y estaba seguro de que acabaría mal, como mi padre. "Si me marchase contigo", siguió diciendo, "¿de qué viviríamos? ¿Cómo podrías mantener a una esposa?"

¡Oh, el sentido práctico de las mujeres! Sentí un extraño escalofrío. Ella no sabía nada de la casa de mi padre, la casa donde yo había nacido y que había pasado a ser mía al cumplir yo los veintiún años. Había tenido una visión de los dos viviendo juntos, de una cabra blanca como la nieve en el jardín, yo sentado al piano y ella con un niño en brazos.... Se lo dije.

Nunca olvidaré la expresión de su cara. Su belleza pareció disolverse ante mis ojos. Soltó una carcajada y me llamó tonto romántico. "¿Cómo voy a abandonar París y todos mis amigos, para vivir contigo en una casa de campo olvidada de Dios y en los confines de la tierra? Tienes que estar loco. Vuelve ahora mismo junto a mi padre y dile que has cambiado de opinión."

Había algo en la manera en que lo dijo. Perdí la cabeza. Era mi sueño íntimo, y ella me había herido en lo más vivo. La agarré de los hombros —yo era muy fuerte— y la sacudí. Siempre recordaré sus ojos al mirarme: medio impresionados, medio fascinados, totalmente satisfechos. Se desprendió de mis brazos y se quedó plantada allí, brillando en sus ojos una especie de triunfo. "Vete pues..." Sonrió. Su voz era desafiadora y burlona al mismo tiempo. "Pero volverás."

Aquella noche, al tomar el expreso de Aquitania para volver a Uscady a reclamar mi herencia, me consumía la amargura. Ahora todo estaba claro para mí. La idea de llamarme a París había sido suya. Le había intrigado el hecho de tener un primo desconocido en el campo, un muchacho ingenuo al que podría moldear a su antojo. Todos mis sueños y proyectos no habían significado nada para ella. Yo era su juguete, sometido a su dominio. Ella sería la reina, y yo su consorte. ¿Y mi recompensa? Ser cuidado con esmero y mimado y exhibido a los que eran mejores que yo, y, en ocasiones, espoleado con una palabra a portarme como un salvaje...

Y esto no era todo. Al observar el paisaje familiar de mi infancia, todo me pareció cambiado. Parecía que lo veía a través de sus ojos, los ojos fríos de un extraño. Sus palabras resonaban continuamente en mi cerebro, hostigándome. "Volverás."

A la mañana siguiente, recogí los títulos de propiedad de la casa de mi padre, pero no pude resolverme a ir allí. ¿Qué pasaría si me seguía su voz? Sentía ya que todo el pasado, todas las sólidas convicciones de mi infancia, cedían como arena bajo mis pies. Estaba lleno de furor y de vergüenza, y sin embargo... todavía la amaba. Esto era lo peor de todo.

Cuando la tarde tocaba a su fin, supe lo que debía hacer. Volvería..., pero esta vez, cuando entrase en la casa de mi tío, impondría condiciones.

Tenía los títulos de propiedad de la casa y la tierra de mi padre. Fui al Casino aquella misma noche. Gané y volví a ganar. Al cabo de una hora, era rico.

No sé lo que entonces se apoderó de mí. Una especie de locura, un negro afán de autodestrucción. Era rico, más rico de lo que nunca había sido y de lo que quería ser, pero no era suficiente. Necesitaba más: borrar el recuerdo de su voz y de su sonrisa, anular la conciencia de lo que me había hecho el amor. Seguí jugando, con apuestas cada vez más elevadas. Estaba poseído por el diablo. Al terminar la velada, había perdido todo lo que tenía y más. Estaba en deuda por una suma tan grande que sentí vértigo. Irónicamente, había podido seguir jugando gracias al prestigio del nombre de mi tío...

Volví a la playa. Recuerdo que miré mis pisadas y me di cuenta de que eran borradas por el agua. La marea había subido, alta y plena y negra. Me sentía extrañamente ligero. Había llegado al final del camino. No tenía ningún lugar adonde ir. En cierto modo, esto era un alivio. Donde había habido furor y pasión, ahora había solamente un vacío. Yo, el yo que pensaba conocer, había dejado de existir. Vi, con diáfana claridad, lo que había hecho. Me había jugado la herencia por la que había luchado y muerto mi padre, perdido para siempre toda posibilidad de permanecer en Uscady. Y no podía culpar de ello al destino, ni al amor contrariado, ni al mundo. Sólo a mí mismo.

Al entrar en el agua, supe exactamente lo que estaba haciendo. Había sido despojado del amor, pero algo, una pizca de bondad o de idealismo, un vestigio de honor, permanecía. No volvería allí para pedir limosna, pero tampoco sería un cobarde. Comprendía el convencionalismo. No se debía morir por amor, pero el suicidio por deudas era, al menos honroso.

Fue entonces, mi Colombina, cuando encontré tu mensaje. Un fragmento de música, sobre un trozo de papel, llegó hasta mi empujado por una ola casual. Pero me dijo más de lo que podía expresarse con palabras. Era una voz en el silencio, una mano cálida en la oscuridad. Decía: no eres tú el único. Todavía hay esperanza. Incluso los pájaros siguen volando en la oscuridad y la tormenta. Siempre hay una opción. Siempre hay otro camino.

Y algo más. Sentado allí, en la playa desierta y con tu mensaje en la mano, me invadió un sentimiento de obligación. Había estado tan sumido en mi desesperación egoísta que había olvidado que existía alguien más. Pero ahora, en mi mano, había un grito sin palabras que pedía... ¿qué? Ayuda, reconocimiento, seguridad, compañía, una señal de que alguien, en alguna parte, sabía lo que era estar solo. Y yo debía responder a aquel grito mudo. Pues sino lo hacía yo, ¿quién podría hacerlo?

Lo demás, como suele decirse, es agua pasada. Volví. Mi tío, presionado por su hija, se comprometió a pagar mi deuda a cambio de una promesa de buen comportamiento. Acepté el cargo que me ofrecía en la compañía y renuncié a todos mis proyectos para una carrera musical. Puse a mal tiempo buena cara. No tenía elección. Estaba en una trampa que había montado con mis propias manos. Pero te aseguro que la carga de la gratitud es una cosa terrible. Por esto te dije que nunca debías aceptar pensiones de nadie. No podía dejar que cayeses en los mismos errores que yo había cometido.

En cuanto a su hija, percibió inmediatamente el cambio que se había operado en mí. Ya no era el muchacho provinciano maleable, lleno de sueños y de ambiciones ingenuas. El equilibrio de poder había cambiado. Yo me limitaba a sonreír y encogerme de hombros en respuesta a sus preguntas. Nunca le conté lo que me había sucedido en la playa de Uscady. Ahora las explicaciones no tenían objeto. Cuando la miraba veía en ella lo que era, ni más ni menos. Pero era todo lo que yo me merecía.

Por consiguiente, me propuse demostrarme a mí mismo y demostrar al mundo que el pasado había quedado atrás y no me importaba. Forjaría el futuro según mi voluntad. Y lo hice. Nunca escribí aquella frase musical perfecta que me había obsesionado, pero descubrí que la indiferencia tenía un poder propio. Para no perder en el amor o en la vida, hay que tomarlo como un juego. No me faltaron mujeres. En compensación, yo era bueno con ellas, en todos los sentidos menos en el único que cuenta.

Hay algo en mí que he aprendido a aceptar. Desde aquel día en la playa, sé que la oscuridad está en mí, no en el mundo. He aprendido a desconfiar de la pasión: la posesión es lo único que importa.

Tuve que esperar a conocer a mi Colombina para darme cuenta de que había vivido la vida de un autómata, y entonces el mundo de las mujeres se dividió en dos campos: tú, a quien amaba y en quien confiaba, y todas las demás, a las que nunca debía permitir que se me acercasen demasiado. De momento no reconocí mi sentimiento, pero tú me ayudaste a ver lo que era. Amor.

Deja que te diga que, si el primer amor es doloroso, el último lo es más. El fin, cuando llega, parece mucho más definitivo. Pero creo que siempre supe que ella no sería nunca mía. Nunca podría decirle lo que acabo de decirte a ti. Algo..., una fe infantil en los finales felices, una confianza natural e irreflexiva, quedó destruida en mí aquella noche en Uscady. Desde entonces, nunca he confiado en nadie, y menos en mí mismo.

Salvo en ti, mi Colombina. Sólo a ti, entre todas las mujeres a quienes he conocido, he cumplido todas mis promesas; sólo a ti he sido completamente fiel. Tú has visto lo mejor que llevo en mí. Te has ahorrado mi amargura, mis irrefrenables accesos de malhumor, mi frialdad. En las cartas que te he escrito, he tratado de ser el hombre que tú querías que fuese, tu alegre y amante Arlequín, tu animado compañero, tu ventana a un mundo mejor. Resucitar mi Paraíso perdido para ti ha sido el placer redentor de mi vida, la única empresa que no ha fracasado. Tú has sido... mi realidad, mi desconocida en la oscuridad, mi amiga constante. El único lazo entre mi yo actual y el muchacho que fui antaño y que quería la luna.

Y ahora... ahora esto puede ser el fin del mundo que tú y yo hemos compartido. Soñé en conocerte un día, como un sueño de América. Un nuevo mundo, un empezar de nuevo... Pero ahora sabes qué clase de hombre soy —un tonto, un jugador, un suicida fracasado— y esto puede ser el fin de nuestra amistad. Y sin embargo... si te he ayudado, si el hecho de conocer mi flaqueza hace que tú seas más fuerte entonces mi relato habrá valido la pena. Tú tienes una voz y debes emplearla... por todos aquellos que son mudos, por las almas perdidas, por los desconocidos solitarios que no pueden hablar por ellos mismos. Están allí, en la oscuridad, esperando que tú les liberes. Debes acercarte a ellos siempre que puedas. Quién sabe, quizá puedas salvar una vida. Como salvaste la mía.

Conque... adieu, *mi Colombina. Ésta puede ser mi última carta, pero seguiré escribiéndote. En mi corazón.*

Arlequín

CAPÍTULO XV

—Monsieur Beyer.

Por tercera vez trató Corrie de cortar el torrente de palabras francesas, austríacas, italianas y rusas, de su maestro.

—Monsieur Beyer, sabe usted que se lo habría hecho saber si hubiese podido. Pero, simplemente, no podía.

Él la fulminó con la mirada.

—Pero hace dos semanas que regresó a París, ¡usted misma lo ha confesado! Dos semanas, y no se puso en contacto conmigo. ¿Por qué? ¿Ha estado enferma?

Ella vaciló y después sacudió la cabeza.

—Estaba... pensando. Tenía que aclarar algo en mi mente.

—¿Está claro ahora?

—Creo que sí.

Una sombra pasó por su semblante. La carta de Arlequín había llegado a su poder cuando estaba más deprimida, y, poco a poco pero con seguridad, le había remontado el ánimo de la misma manera que la luna hace subir la marea. Sólo que él no sabría nunca lo que había sufrido ella en aquellas terribles semanas. Su secreto estaba seguro con él, como el de él lo estaba con ella. Le escribió.

Querido amigo:

¿Se puede amar a un desconocido? ¿Se puede amar a alguien a quien no se ha visto nunca? No lo sé... Lo único que sé es que hay tantas clases diferentes de amor como hojas en un árbol, y quizá nuestra clase es la mejor de todas.

Tu Colombina

Monsieur Beyer miró a su protegida. No, ella no comprendería nunca, no compartiría su miedo de que pudiese haber perdido esta oportunidad única. Sospechaba que, durante toda su vida, otras personas gritarían y se agitarían a su alrededor, por ella y para ella, mientras que ella permanecería en el centro de la tempestad, vigilante, inconmovible, con su oscura y serena mirada, reservando sus energías para el momento en que debiese empezar su papel. Esto era a su manera un excelente atributo, tanto para una cantante de ópera como para un caballo de carreras: este afán tranquilo antes de empezar. La mantendría en buena forma, siempre que sus compañeros pudiesen soportar la tensión.

Y ella había cambiado una vez más. Daba una rara impresión de plenitud, una especie de audacia controlada, una especie de conocimiento de sí misma. Como si hubiese estado en el fondo del abismo y salido de él más fuerte que antes, como si hubiese viajado hasta el fin del mundo y sobrevivido para contar la historia, como si hubiese caminado sobre la luna. Un aspecto de Colón. El aire de alguien que ha encontrado oro y lo ha arrojado por la borda.

—Monsieur Beyer —dijo, en tono de débil reproche—, ahora estoy aquí. —Sí. —Sabía que lo que estaba diciendo era definitivo—: Ahora está usted aquí.

Ella estaba al fin aquí, con todo su poder mantenido ligeramente bajo control. Tenía aquel aura, inconfundible para un ojo experto, que los menos enterados sólo descubren más tarde en las primeras fotografías de los famosos: una calidad como de cristal pintado, una especie de brillo interior. Ahora, Corrie era casi como un icono.

—¿Qué es lo que quería decirme?

Él respiró hondo.

—No voy a enseñarle más.

Ella inclinó la cabeza, con aquel insoportable dominio de sí misma más fuerte que nunca.

—Como usted quiera, monsieur Beyer. —Un destello de la antigua malicia apareció en su ligera sonrisa—. ¿Y en qué sugiere que emplee mi tiempo?

—Le sugiero...

Señaló una partitura que estaba delante de ella. Corrie la tomó. Era de *I Pagliacci.* Debajo de la tapa había una hoja de papel mimeografiada. La leyó... y los nombres resplandecieron delante de sus ojos como luces de Navidad: Padua, Verona, Génova, Turín, Florencia, Nápoles...

—Voy a hacer una gira. El tren sale mañana, a las siete de la mañana. Usted estará en él.

Ella levantó la cabeza y le miró.

—¿Voy a cantar? ¿Qué papel?

El hombre suspiró, desesperado.

—¿Cuántas veces tengo que decirle que la vida no es un cuento de hadas escrito expresamente para usted? Será la suplente de Camilla Bergsen. ¡Quién sabe! Puede que cante... si tiene mucha suerte.

—Pero ¿qué papel?

¡Oh, esa terca intensidad...! Estaba seguro de que si el papel no le gustaba, rechazaría de plano la oportunidad. Hizo una pausa, saboreando el momento.

—Nedda.

Frunció el ceño y la miró fijamente. Pudo ver que la mente de

Corrie se desbocaba ya, proyectando, preparando. Era una profesional; la había adiestrado bien. Corrie asintió una vez con la cabeza y recogió sus cosas.

Él le gritó al ver que se marchaba:

—Recuérdelo: a las siete de la mañana. Sé cómo duerme usted. Ni Armagedón sería capaz de despertarla.

—He cambiado. —Se detuvo en la puerta. Por un instante, vio él en los ojos azules de Corrie aquel hambre esencial característico de ella—. Estaré allí. No tengo otro sitio donde estar.

—¡Dentro de cinco minutos se levantará el telón!

La sangre de Corrie se llenaba de adrenalina cuando oía los murmullos teatrales del traspunte. No podía impedirlo. Aunque no tenía que cantar, cada fibra de su ser respondía a la tensión, a los débiles susurros y ruidos del público al acomodarse al otro lado del telón, al oscurecimiento de las luces de la sala, solamente adivinado a través de la gruesa tela, al desfile de brillantes trajes en los pasillos de detrás del escenario.

Se mordió furiosamente el labio. En este momento, Camilla daría los últimos toques a su persona, arreglando los últimos rizos de la lustrosa peluca negra que cubría sus cabellos rubios, quizás haciendo unos gorgoritos de práctica... Una cosa era indudable: sabía cantar. Tenía bien merecida su fama de artista. Pero, ¿representaba el papel de campesina? No; era demasiado precisa, demasiado controlada, demasiado melodiosa para esto. Corrie ardía por dentro, con su propio conocimiento instintivo de cómo debía representarse el papel de Nedda. Pero, si las cosas seguían así, nunca podría mostrar a nadie este conocimiento. Se pasaría el resto de la gira fuera del escenario, esperando entre bastidores una oportunidad que no llegaría hasta que se extinguiese la llama que ardía en su interior.

Se puso en pie. No podía estar ociosa, no en aquel momento. Miró a través de los bastidores el escenario familiar, la plaza del pueblo siciliano con sus brillantes tonos pardos y dorados, en contraste con el cielo gris de enero de fuera del teatro. Ni siquiera el Nápoles de su madre, empapado en sol, era inmune al invierno. En aquel momento estaba lloviendo, aunque no hacía tanto frío como una semana atrás en Venecia, cuando una niebla húmeda se había levantado de los canales y Camilla se había negado a salir a la calle para proteger su voz.

Corrie suspiró. Si Camilla no hubiese sido tan prudente, tan sensible... Habría podido caerse en un canal, pillar un resfriado, algo... cualquier cosa. En realidad, no disfrutaba mucho en aquella gira. Corrie sabía que pensaba que la gira era poco para ella, que los públicos italianos, con su inmediata reacción a cuanto pasaba en el escenario, interrumpían su concentración; que no le gustaban las pizzas, ni la pasta, ni los helados. Por aquel entonces, cualquier miembro de la *troupe* sabía casi todo lo que gustaba o disgustaba a Camilla. Pero era la diva, la estrella consagrada, aunque su reputación se hubiese forjado en el norte de Europa, y aunque este debut italiano no resultaba tan triunfal como había esperado... Conque Camilla se había quedado sin ver Venecia, y Corrie había tomado innumerables tazas de chocolate espeso y caliente en cafés sin calefacción, y esperado furiosamente que Camilla sufriese una pulmonía o hidrofobia o un ataque de miedo, y vuelto al hotel de la *troupe* sintiéndose tan culpable que se ofreció a llevar las zapatillas de la diva (que se quejaba de que eran demasiado estrechas) al zapatero remendón para que las pusiese en la horma. Así se hizo, y la diva estuvo más tranquila durante un rato.

—¡Arriba el telón!

Inmediatamente, Corrie olvidó todas sus preocupaciones. Tonio, el feo jorobado (en realidad un joven y guapísimo francés con un raro sentido de lo grotesco) entró en el escenario para el prólogo. La orquesta del teatro tocaba más de prisa de lo acostumbrado, porque estaban en Nápoles, donde los corazones latían más de prisa y la ira despertaba más pronto y las tormentas eran más furiosas. Artistas y comparsas invadieron el escenario, presas de súbita tensión por el tiempo acelerado. Vio que incluso Edmundo, el italiano que representaba el papel de Canio, celoso marido de Nedda, luchaba por mantener el ritmo, pero respondiendo al desafío con una decisión que conmovió a aquel público voluble. Su trágica actitud en el papel de Pagliacci, medio siniestro y medio bufo, le valió unos cuantos bravos.

"Digo que el escenario es una cosa y la vida otra muy distinta... Si sorprendiese a Nedda con otro hombre en la vida real, mi historia tendría otro final. Más vale no jugar a estos juegos, creedme..."

Corrie cerró los ojos. La respuesta de Nedda era tan familiar para ella que ni siquiera la esperaba. Pero cuando llegó, fue una sopresa incluso para ella. Sabía que Camilla encontraba difícil su papel, incluso de poco lucimiento, y que prefería los personajes dramáticos heroicos, donde un golpe de efecto (un gran ademán, las notas agudas sostenidas que eran su punto fuerte) podía provocar siempre un aplauso, a los más complicados papeles realistas. Pero esto era una aberración, incluso para ella. El aparte fue atacado con poca convicción, sofocado, casi desperdiciado. Un murmullo de desagrado brotó del público. Corrie vio que Camilla parecía enfurruñada, tirando melindrosamente de su peluca. Ahora recordó que, desde el primer momento de su llegada a Nápoles, la diva había cambiado la naturaleza, ya que no la cantidad, de sus quejas. Éstas se habían hecho más concretas —la calidad de la orquesta del teatro, la calefacción del camerino, las corrientes de aire en el hotel—, casi parecía que estuviese tramando algo.

Corrie apretó los dientes. De pronto, deseó que Camilla se superase, que no dejase a la compañía en la estacada después de lo mucho que habían trabajado. Pues ésta era la ciudad de Leoncavallo, el lugar donde había nacido el compositor, y el público lo sabía. *I Pagliacci* era un bien común y no debía tomarse a la ligera.

Pero aún quedaba tiempo. Quizás, en la pausa antes de su primera aria importante, Camilla se relajaría, se afirmaría su voz y el público la animaría. Era esencial, pues entonces ocuparía sola el escenario, su voz sería como un grito de pájaro silvestre, mezcla de anhelo, esperanza y desesperación.

Tocaron las campanas de la iglesia, llamando a los demás personajes fuera del escenario. El público guardó silencio. Camilla miró a su alrededor, se envolvió en sus faldas en un intento poco convincente de generar la tensión que caracterizaba su papel. A Corrie se le encogió el corazón al empezar el público a sisear y a silbar. Empezó a comprender por qué muchos cantantes, incluida Camilla, preferían grabar en el estudio a una rigurosa actuación en directo.

La orquesta atacó la famosa aria. El corazón de Corrie se encogió aún más. La voz de Camilla era inexpresiva. Fulminó con la mirada a la orquesta, que de pronto había decidido tocar más despacio de lo normal. Omitió una nota aguda, cometió la atrocidad de respirar en medio de una frase. Una oleada de protestas brotó del público, un furioso torrente de siseos y gritos y silbidos.

Camilla se irguió en toda su estatura. Desde su asiento entre bastidores, Corrie vio que la diva se había provocado un terrible y frío ataque de furor escandinavo. Sus ojos azules echaban chispas. La música se extinguió, dejando un silencio total. Camilla se arrancó la peluca con una mano, la arrojó al suelo y emitió una larga frase en sueco que nadie comprendió pero todos pudieron interpretar. Tras los primeros segundos de pasmo, empezaron a relampaguear las cámaras desde el foso de la orquesta. Camilla, recobrando de pronto su sentido de la dignidad, miró rápidamente a su alrededor, se llevó una mano a la frente y se desplomó graciosamente sobre las tablas. El silencio fue ahora electrizante. La orquesta empezó a tocar, ahogando el desesperado grito de "¡Abajo el telón!" del director de escena.

Despacio, ¡pero qué despacio!, bajó el telón. Camilla permaneció valerosamente inmóvil, aunque Corrie vio que su mano se acercaba poco a poco a la desechada peluca. Al otro lado del telón bajado hubo un enorme griterío, al ver el público sediento de sangre con qué astucia se había escapado su presa. M. Beyer, aparentemente impertérrito, entró en el escenario y ayudó a Camilla a levantarse. Ésta se apoyó correctamente en su brazo.

—No puedo... —Lanzó un profundo suspiro—. Sencillamente, no puedo continuar, maestro. Mi cabeza...

—Desde luego, querida. —M. Beyer era la simpatía en persona; sólo sus ojos preocupados revelaban la rapidez de su proceso mental—. Venga, la acompañaré a su camerino. Pero ante todo, pues es lo más urgente, debemos librarla de su traje.

—Sí, gracias... —La soprano tiró con impaciencia de su ajustado corpiño—. Casi no puedo respirar.

—¡Corrie! —M. Beyer apenas había levantado la voz, ni había dejado de mirar a Camilla; pero sus palabras sonaron con asombrosa claridad—. Quizá querría acompañarme para ayudar a miss Bergsen.

Corrie le siguió, observando con admiración su rápida mirada dirigida al reloj y las instrucciones en voz baja al director de escena, sin apenas interrumpir sus palabras de aliento a la soprano.

La servidora de Camilla estaba esperando, llena de preocupación. M. Beyer le murmuró algo al oído y ella puso manos a la obra con toda rapidez. Sin ninguna ceremonia, el traje —corpiño de terciopelo negro con cordones, ancha falda carmesí, blusa blanca de encaje, zapatillas negras— fue depositado en los brazos de Corrie. M. Beyer le dirigió una mirada penetrante.

—Ésta es su oportunidad. Ya sabe lo que ha de hacer.

Puso una bandeja de afeites en sus manos y la empujó hacia la puerta.

Corrie se encontró plantada en el pasillo. A su alrededor, era el caos; los comparsas del primer acto iban de un lado a otro, sin saber si tenían que cambiarse de traje o volver al escenario. Oyó vagamente que la orquesta tocaba un intermezzo de su repertorio, sofocando a duras penas el griterío del público. Alguien, en alguna parte, trataba de anunciar algo.

De pronto, su mente adquirió la frialdad del hielo. Corrió al atestado lavabo y se quitó la ropa que llevaba. El corpiño le estaba muy ancho en la cintura; pero apretó las ballenas lo más que pudo, dobló los bordes y cubrió la juntura con su chal escarlata. La pesada falda, con sus rígidas enaguas, era un poco larga, pero tendría que pasar así. El calzado era imposible.., pero no importaba. Se quitó sus zapatos. Iría descalza. Apresuradamente, se puso crema oscura en los pies. Ella era campesina; debía parecer como si hubiese andado descalza toda su vida.

Con mano experta, bendiciendo las veces que se había maquillado en el Chat d'Or, perfiló sus ojos de negro y su boca de carmesí y oscureció su tez hasta darle un tono moreno meridional. Pero, ¿y los cabellos? La peluca no alcanzaría a cubrirlos, y no había tiempo de recogerlos en una redecilla. Los soltó sobre sus hombros y los despeinó con las manos.

Un repiqueteo como de ametralladora sonó en la puerta. Corrie la abrió y alguien le asió la mano y tiró de ella en el pasillo, mientras revoloteaban sus enaguas. Desde cien millas de distancia, oyó a Tonio, que luchaba por hacerse oír en el prólogo sobre un coro de maullidos del público. Sin aliento, latiéndole tan de prisa el corazón que creyó que iba a darle un ataque, fue empujada hasta el centro del grupo de artistas que esperaba entre bastidores. Percibió un olor a afeites y a sudor humano; vio lo pálidas que estaban las caras de los otros bajo los abigarrados maquillajes, y observó el miedo que se reflejaba en sus ojos. Todos ellos tenían buenas razones para estar espantados, pues se hallaban al borde del desastre. Corrie se tranquilizó de pronto. Miró fijamente y sonrió a Canio, su marido en la obra.

—*Inbocca di lupo!*

En la boca del lobo... Era lo que siempre decía a su madre antes de que ésta saliese al escenario. Los ojos de Canio parpadearon sorprendidos y contentos detrás de la máscara blanca. Fuesen o no fuesen enemigos en el escenario, formaban parte de la misma compañía y se hundirían o flotarían juntos.

Entonces llegó el momento. Nada la había preparado para aquel torrente de luz. Se esforzó en recordar sus lecciones, en transformarse, en un abrir y cerrar de ojos, en una criatura lo bastante grande para llenar un escenario y mil ojos y oídos. Al menos hubo una pausa antes de la primera intervención de Nedda, y esto le dio tiempo de acoplarse a la situación. Las tablas eran ásperas y calientes bajo sus pies descalzos. Las sintió y, sin embargo, le pareció que no las sentía. Era Nedda, veterana de cien plazas de aldea como ésta, llena de los reiterados lamentos de su marido. Ansiaba paz y amor, en compañía de su gentil y tranquilo Silvio. Él estaba en alguna parte, en la oscuridad, presto a facilitarle la huida... ¡ay!, si era posible. Lanzó una mirada nerviosa a su marido. Con otra parte de su mente, observaba al público que esperaba su triunfo o su fracaso. Sacudió su cabellera. Percibió que estaban intrigados por sus cabellos sueltos..., truco escénico impuesto por las circunstancias. Empieza la magia, Arlequín, dijo para sus adentros, dejando que la frase la arrastrase como una ola de entusiasmo. Este momento no es para mí, es para ellos, los que están ahí delante, hambrientos de pasión y risas y desastres, esperando que mi voz se convierta en la suya propia...

"Tocad, campanas... El sol besa las alturas de poniente. Tocad, campanas... El mundo resplandece de luz y de amor. Tocad, campanas."

Canio movió la cabeza y sonrió despidiéndose de ella al salir del escenario con el resto de los artistas. Corrie vio que, desde los bastidores le hacía un último guiño deseándole suerte.

Entonces se quedó sola. Escuchó atentamente mientras la orquesta atacaba la entrada de su aria. Esperó. Debía empezar despacio, dominar su afán por aquella música adorable. Permaneció rígida en el centro del escenario; sólo sus ojos se movieron para dirigir una mirada de soslayo a los bastidores.

"¡Qué fuego en sus ojos! Casi no me atrevía a mirarle por miedo de que leyese mis secretos pensamientos." Se estremeció. *"¡Oh, si me sorprendiese, con lo bruto que es."*

Poco a poco, sondeando el silencio, se permitió tomar conciencia de su soledad. Desplegándose dentro de ella, estaba no sólo el papel de Nedda, sino también la realización de que ella estaba por fin allí, donde siempre había querido estar. Cerró los ojos y levantó los hombros desnudos en un movimiento de pura delicia. La luz del foco la envolvió en un calor tropical. Se había acabado el invierno con todas sus molestias, por un minuto, por una hora.

"¡Oh, hermoso sol del verano...!"

Todos los sueños que había tenido en su vida estaban ahora en su voz. Sintió más que oyó el murmullo que brotó del público, un suspiro profundo y sin palabras, mitad de ansia, mitad de apreciación. Les había interesado, pero no satisfaría su hambre, todavía no.

Giró sobre sus pies y el súbito movimiento hizo volar sus faldas.

"¡Oh, los pájaros..., cuán furiosamente se llaman en lo alto!"

Sus manos aletearon, vacilantes, buscando. Su mirada se tendió sobre el público, más allá de las candilejas. Ahora se sentía atraída, tentada, temerosa, pero atraída. En alguna parte, en alguna parte estaba el amor, todas las cosas en que sueñan los hombres.

"Un extraño país lejano, que ellos buscan en vano..."

En vano. Su voz era un oscuro sollozo. Un eco vasto y vacío volvió a ella desde la oscuridad, como si todos contuviesen al mismo tiempo la respiración. Sabían, y ella sabía, lo que iba a venir.

Pero no se lo daría. Cantó con su voz más suave, con un filo de acero azul.

"Vagabundos del cielo, que sólo obedecen
La fuerza secreta que les empuja..."

El público, sorprendido en su propio secreto, herido en el corazón, se estremeció: Soñaremos juntos, decía la voz de ella. Soñaremos, con la violencia de los condenados. Pues esto es lo que significa ser humano. Soñar, sufrir, morir.

De pronto, como una presa que se rompe, el aire se llenó de un torrente ruidoso, un rugido sin voz y sin palabras. Sofocó la orquesta, lo sofocó todo, salvo los latidos de su corazón. Y siguió y siguió, como el bramido del mar, como el grito de rabia y añoranza y soledad de un niño perdido. Era una tormenta, un alud..., y, sin embargo, en medio del estruendo, oyó, tan claramente como un toque de trompeta, una sola voz. *"Ecco tutto"*, decía, una y otra vez. Esto es todo. Esto es todo. Esto es todo.

En aquel momento, mientras miraba la oscuridad sin rostro, supo que su vida no volvería nunca a ser la misma. Ella era su voz, su espejo, les pertenecía por entero. Extendió las manos e inclinó la cabeza. Sobraban las palabras. *"Ecco tutto."* No hay más que esto, ni para vosotros, ni para mí. A fin de cuentas, no somos unos desconocidos, no hay distancia entre nosotros. Porque, mirad..., mi corazón anda también descalzo bajo todas mis galas.

Al terminar el primer acto, monsieur Beyer estaba esperando entre bastidores. Su semblante estaba serio, totalmente concentrado. No dijo nada a Corrie sobre su actuación; no hacía falta. Ambos sabían que aquella noche sería un milagro, una maravilla. Una de aquellas noches que serían recordadas siempre con nostalgia, con orgullo y con asombro. Era simplemente un privilegio estar allí.

En el camerino, Corrie se dio cuenta de que estaba temblando. Él la obligó a sentarse e hizo que todos los demás artistas saliesen de la habitación.

—Mire usted —dijo, tendiéndole un vasito de agua helada—, va a beber esto, pero no más. Y usted... —Hizo un ademán a la asistenta de Camilla, que esperaba allí con la boca muy abierta—. Usted ayudará a madame a vestirse para el segundo acto. —Se quedó sólo un momento más, para tomar entre sus manos la cara de Corrie, húmeda bajo el maquillaje, y depositó un sonoro beso en sus revueltos rizos—. Mi Colombina.

CAPÍTULO XVI

—*Écoute, chêrie.*

—*J'écoute.*

Había un filo helado en la voz de Blanche. Guy sonrió para sus adentros. No debía verla a solas el día antes de la boda; así lo mandaba la tradición. Un toque de alejamiento sentaba bien a la ruborosa novia. Tanto como la gran ostentación de lirios sudafricanos enviados a Chamonix por vía aérea para la más blanca de las bodas blancas.

Pues ¿podía haber algo más blanco que Chamonix en plena temporada de invierno? Blanche, con su acostumbrada eficiencia, había conseguido incluso que se produjesen nuevas nevadas por la noche, o al menos así lo había prometido la previsión metereológica. Nevaría. Blanche, según sabía muy bien Guy, siempre obtenía lo que quería.

Guy se interrumpió un momento, sin soltar el teléfono y contemplando una vez más el trozo de papel que tenía en la mano. Por fin... tomó una resolución.

—Tengo que pedirte disculpas. —Su tono era suave, no delataba en absoluto sus sentimientos—. No podré acompañarte esta noche a casa de los Saint-Evrémond.

Hubo un instante de silencio en el otro extremo de la línea.

—Ya veo. —El tono helado se agudizó—. Pero hemos aceptado ya la invitación. No puedes cancelarla de repente.

Su tono era grave y confiado.

—¿No puedo?

Su tono era ligero. Hubo otra pausa.

—Sería indigno de un caballero.

Guy frunció los párpados, pero su voz no cambió.

—Debes perdonarme, mi querida Blanche. —Se permitió un ligero matiz de ironía—. Tú, más que nadie, tienes que haberte dado cuenta de que no soy, ni nunca he pretendido ser un caballero.

—Entonces, ¿estás resuelto?

—Sí.

Extrañamente, al decir esto, le pareció sentir que se quitaba un gran peso de encima, un peso que casi no se había dado cuenta de que llevaba.

—Pero ¿qué les diré a los Saint-Evrémond?

Él comprendió que Blanche había aceptado lo inevitable, con aquel frío pragmatismo que era su mayor fuerza. Ahora, más que nunca, necesitaba Guy su frialdad, aquel sentimiento de soledad y de aislamiento que ella le daba, para borrar para siempre el recuerdo de una luz plateada que llenaba el aire de radiaciones y de un calor que desafiaba el tiempo y la soledad y la desesperación. La otra muchacha se había ido, si es que había existido en alguna parte que no fuese su imaginación.

—Diles... —Sonrió de nuevo para sí, repasando el curso de los años que habían conducido a este momento. ¿Cómo podía ella, cómo podía alguien comprender lo que significaba para él esta cita con el joven que antaño había sido, un joven al que a duras penas reconocería hoy si lo encontraba por la calle? —Diles... que tengo un compromiso más importante.

Colgó el teléfono y guardó en su cartera el trozo de papel que había tenido en la mano. Rápidamente, cogió el pesado abrigo que tenía al lado y comprobó que llevaba el pasaporte. No necesitaba nada más. No era un viaje de negocios y lo realizaría solo.

—El Porsche está listo, señor.

—Gracias.

Sin mirar atrás, salió de la habitación y bajó los peldaños cubiertos de hielo, pensando ya en la carretera. Tenía el tiempo justo. Miró el cielo. Estaba gris, de un gris espeso y liso que amenazaba con descargar la prometida nieve. El aire helado mordía su cara y sus manos como un lobo. Se acomodó en el hundido asiento de cuero detrás del volante.

—¿No me necesitará, señor? —dijo Gastón, con semblante intrigado, junto a la ventanilla.

—Esta vez, no. —Guy puso el motor en marcha, sintiendo bajo sus pies el poderoso latido, un latido parecido al de la vida misma—. Será un trayecto largo, y voy ya con retraso.

Pero recobraría el tiempo perdido. Las carreteras hasta la frontera a través de los vastos eriales del Mer de Glace, eran buenas. Si los puertos de montaña estaban despejados, llegaría a la frontera antes de la próxima nevada. Quizás un poco tarde..., pero ¿qué importaba esto? Había esperado diez largos años a que llegase este momento...

—Un momento, madame... ¡Ya está!

La ayudanta insertó hábilmente una horquilla más en la red que retenía los cabellos de Corrie y se echó atrás con un suspiro de orgullo.

Lentamente, cuidadosamente, Corrie se levantó del taburete para observar su imagen en el espejo de cuerpo entero. El traje era nuevo, confeccionado especialmente para esta representación. M. Beyer había insistido en ello. No era una función corriente sino una noche de gala que tenía, además, un interés especial: la nueva y joven cantante, súbitamente encumbrada y de quien el corresponsal del *Corriere della Sera*, enviado a toda prisa para verla y oírla personalmente, había calificado de "inquietante, peligrosa y audaz". Había terminado su artículo con un desafío a los aficionados a la ópera y a la propia Corrie. "En el horizonte hay un nuevo fulgor. Esta noche, en el Teatro San Carlo de Nápoles, he oído cantar al futuro."

Corrie se estremeció. Apenas podía creer todo lo que había sucedido en los pocos días transcurridos desde su debut en Nápoles. A la mañana siguiente había oído decir que Camilla se había marchado para atender otro compromiso en Oslo que, de pronto, había decidido que merecía su atención. Al menos esto no fue ninguna sorpresa. Toda la compañía había advertido su ruidosa partida a primeras horas de la mañana, con todo el dramatismo que le había faltado ostensiblemente en su representación. Pero todo lo demás —las crónicas de los periódicos, las flores recibidas de desconocidos, la enorme cantidad de reservas de localidades, las llamadas de agentes, las peticiones de entrevistas— fue tan súbito, tan repentino, que pareció un sueño.

Pero tal vez esta noche despertaría bruscamente de aquel sueño. Pues esto era La Scala, el más temido y odiado y ambicionado teatro de ópera, el definitivo campo de prueba donde podía consolidarse o destruirse una carrera. Decía la leyenda que, si un cantante fallaba en una sola nota alta, todo el gallinero cantaba correctamente toda el aria o silbaba hasta echarle del escenario.

¿Qué pensarían de la nueva Colombina? Su traje era engañosamente sencillo, de terciopelo de seda de un azul violeta oscuro, que coincidía exactamente con el color de sus ojos, y completado con delicadas aplicaciones de encaje de plata. Al principio, el diseñador había sugerido el oro en vez de la plata, pero ella había insistido en ésta.

—Pero ¿por qué? el oro produce un impacto mucho mayor.

—De acuerdo. Pero la plata tiene más... estilo.

Era su secreto, un pequeño tributo a lo que había aprendido de Guy de Chardonnet sobre lo que era amar y vivir y perder. Pero ¿había acertado en su elección? Ahora, al contemplarse, vio una flor frágil y agitada por el viento, anémonas malva bajo los olivos de un gris plateado, luz de luna sobre un mar oscuro, y supo que a él le habría complacido.

—Está usted muy hermosa, madame.

La voz de su ayudanta la sacó de su ensueño.

—Ojalá sea verdad.

Levantó una mano insegura para tocarse los cabellos. Bajo su redecilla de plata, temblaron y se movieron como una cosa viva. Le parecía ver a una desconocida; sus ojos eran como largas manchas de luz violeta en la palidez de su semblante. Tenía las manos frías como el hielo.

Sólo una cosa podría calentarlas. Salió corriendo del camerino para atisbar desde los bastidores la sala llena de público. La iluminación era muy tenue, pero el brillo de los diamantes parecía llenar el teatro con una fosforescencia propia. Allí había ministros y dignatarios extranjeros, celebridades y representantes de alta sociedad, millonarios con sus enjoyadas esposas, las más altas autoridades italianas, incluido, en el palco presidencial tapizado de rojo, el propio presidente de la República. Sus ojos resiguieron la hilera de caras pálidas y expectantes de la primera fila... Todas las butacas estaban ocupadas... salvo una.

Esto fue para ella como una súbita e inesperada bofetada. Había temido muchas cosas, pero no ésta. Estaba tan segura... Se echó atrás. Apenas faltaban diez minutos para que se alzase el telón. Tiempo suficiente, pero no sobrado. Cerró los ojos, deseando ardientemente que aquella butaca estuviese ocupada cuando volviese a abrirlos. Pero siguió vacía, salvo por un abrigo de piel tirado descuidadamente sobre el asiento. En la piel, brillando fríamente como diamantes, veíanse restos de copos de nieve fundidos.

No sabía cuánto tiempo llevaba allí, esperando, esperando contra una certidumbre que helaba su cuerpo, cuando sonaron los primeros compases de la obertura y una mano tiró frenéticamente de su brazo.

—¿Qué le pasa? ¿Qué diablos está haciendo aquí?

—Nada.

Con un supremo esfuerzo, obligó a sus miembros a obedecerla. Tenía la impresión de que un enorme peso tiraba de ella a cada paso que daba. Todo lo que la rodeaba, incluso el brillante auditorio, le parecía oscuro y sin vida. ¿Qué *estaba* haciendo aquí? Tan importante como le había parecido hacía unos momentos, y ahora no podía recordar por qué. ¿Y qué importaba, a fin de cuentas? Entre el público, no había una sola persona que la conociese, un solo amigo que se preocupase por ella. ¡Oh, Arlequín...!

Como una autómata, siguió el pasillo hasta la entrada que le correspondía. Se detuvo allí, escuchando el prólogo de Tonio con una terrible impresión de irrealidad. ¡Todo esto era tan diferente de Nápoles! Del primitivo reparto, sólo Edmundo había sido conservado para representar el papel de Canio, y estaba demasiado preocupado por sus propios nervios para corresponder a la mirada de ella. Se sentía vacía, helada. ¿Y si su repentino éxito no hubiese sido más que una chiripa? En Nápoles, se había hallado entre los suyos, violentos, parciales, fácilmente atraídos por su acento napolitano y por el dramatismo de la ocasión. Pero el público de esta noche era de milaneses ricos, privilegiados, exigentes, prestos a censurar el más ligero error;

habían visto tantas brillantes representaciones y permanecido impávidos, que ¿cómo podía ella, una novata inexperta, esperar conmoverles? Era una locura presentarse aquí.

Mientras esperaba entre bastidores, tenía la impresión de haberse convertido en piedra. La música de la orquesta, más numerosa y más segura que la de Nápoles, llenaba todo el auditorio. ¿Cómo podría elevar su voz por encima de ella? En los ensayos, lo había conseguido fácilmente, pero todo el mundo sabía lo engañosa que podía ser la acústica de una sala vacía. Y peor aún..., había olvidado todas las notas de la partitura.

Pero, ¿qué importaba esto? Con éxito o con fracaso, todo sería igual dentro de unas horas. El público sólo quería distracción, diversión para una noche. Podía pasar inadvertida por el escenario, sumirse de nuevo en la oscuridad, y nadie la echaría en falta.

Avanzó como una sonámbula entre bastidores y salió al escenario fuertemente iluminado. No podía ver al público, pero lo sentía allí, sentía la burlona mirada indiferente de la butaca vacía en el centro de la primera fila. Nada puedes contarme sobre el amor, decía. Lo sé todo. El amor no es más que una ilusión, una ficción, convincentemente iluminada y brillantemente ataviada, pero, en el fondo, una mentira. Dura poco. Un poco de música, un poco de baile, y el teatro se oscurece.

Salvo que... la música vibró en el borde de su conciencia, la animó imperceptiblemente. Corrie sintió que se ablandaba un poco. La música había sido siempre su amiga, su primer amor. Y todavía estaba aquí. Ella le debía algo al compositor italiano muerto hacía tantos años: la alegría que le había dado, aquellas meriendas a base de chocolate, las carcajadas de su madre. Se aferró tenazmente a esta idea. ¡Maldita sea —pensó—, no voy a darme por vencida! Mi madre siempre se pintaba los labios cuando salía, para el caso de que se tropezase con Aristóteles Onassis. Llamadlo mentira, llamadlo ilusión..., ella lo llamaba hacerse valer. Amor perdido, promesas rotas..., nada tiene importancia. Puedo cantar. Y esto nadie podrá quitármelo.

Y las que estáis ahí, con vuestros brillantes y vuestras pieles, podéis no ser de mi clase..., pero yo os alcanzaré. Será el trabajo más duro de mi vida, pero no os dejaré marchar antes de que oigáis lo que tengo que deciros. Os sacudiré y os conmoveré, os haré reír y llorar, cambiaré o salvaré vuestras vidas. Es mi oficio, para el que nací. Escuchad.

El gran Porsche gris volaba en la oscuridad del invierno como un ave gigantesca. Guy, detrás del volante, advertía solamente el paso implacable del tiempo y el empeoramiento de las condiciones atmosféricas. Conectó la radio. Fuertes nevadas en las altas cumbres habían bloqueado algunas carreteras. Ahora eran todavía transitables, pero se esperaban que arreciase la nieve.

Guy frunció los párpados. Malas noticias..., pero no le harían desistir de su empeño. Si había un sitio por el que pasar, lo encontraría. Su meta parecía llenar ahora toda su mente, como si toda su vida hubiese estado sencillamente encaminada a este momento, a este conflicto definitivo con las circunstancias. No más concesiones, pensó furiosamente, con una especie de salvaje entusiasmo. Nada, ni lo peor que pueda depararme el destino, me detendrá esta vez.

Al aumentar la altura, decreció terriblemente la visibilidad. Ráfagas de nieve chocaban contra el parabrisas al subir el coche por la larga y serpenteante carretera, flanqueada a la derecha por un tenebroso abismo, en el que sólo se veían unas pocas luces de una estación de esquí o de un lugar de descanso. Siguió adelante, deteniéndose únicamente para quitar la nieve acumulada por los limpiaparabrisas y comprobar las cadenas. Afortunadamente, la nieve era reciente y no se había convertido aún en peligrosa y oscura capa de hielo bajo las ruedas. También por fortuna, la mayor parte del tráfico, disuadidos por las condiciones atmosféricas, había renunciado a salir a la carretera. Guy ascendía despacio pero seguro, mientras los potentes faros del Porsche alumbraban un infierno blanco y batido por el viento. En el punto más alto, la visibilidad era nula; el mundo quedaba reducido a un pozo negro dividido por la estrecha raya, en el centro de la carretera, que le incitaba continuamente a seguir adelante.

En la frontera italiana, un aduanero envuelto en un capote y doblado casi por la mitad contra la embestida de la nieve, le hizo seña de que pasara sin detenerse. Sólo un poco más allá de la frontera, se detuvo en un parador. El grande y bien iluminado edificio estaba desierto, a pesar de que aún no eran las ocho de la tarde. El hombre del bar pareció aliviado al ver a un parroquiano. Estaba colocado detrás del bar, resueltamente vuelto de espaldas a la gran ventana cristalera al otro lado de la cual rugía la tormenta, y con la radio a todo volumen para ahogar los aullidos del viento. Guy sorbió su taza de café hirviente y estaba a punto de marcharse cuando una voz italiana en la radio llamó su atención.

—¿Qué es eso?

El hombre del bar le respondió en francés, pero con el fuerte acento de un suizo italiano.

—La retransmisión desde La Scala, monsieur. Va a empezar dentro de pocos minutos. Esto es una entrevista grabada la semana pasada con una de las cantantes.

—Pero ¿cuál?

—¡Ah! —El hombre del bar se animó pensando que había tropezado con otro aficionado a la ópera—. ¿Le gusta la ópera, monsieur? A mí también. —Señaló la rugiente oscuridad exterior, y habló sencilla pero fervorosamente—. Me recuerda, en esta soledad, que soy humano. En una noche como ésta, es como un fuego que calienta.

—Pero la cantante...

Guy podía apenas dominar su impaciencia.

El hombre del bar se encogió de hombros.

—Nunca había oído hablar de ella. Es una nueva y joven revelación; todo el mundo habla de ella. —Frunció los labios—. En cuanto a si sabe o no cantar, es otra cuestión.

—¿Qué está diciendo?

Guy maldijo su desconocimiento del italiano. El del bar aumentó todavía más el volumen, con orgullo de propietario.

—Está diciendo..., bueno, lo que dicen todos. Que siempre quiso cantar; que un bonísimo amigo fue el primero en animarla, y que, cuando canta, tiene la impresión de que está cantando para él.

—¿Y la función de esta noche? No, no me lo diga. Creo que ya lo sé. —Guy sacó el trozo de papel del bolsillo superior de su chaqueta. Una cita, una hora, un lugar—. *I Pagliacci.*

El hombre del bar se inclinó hacia delante, curioso por saber por qué su único parroquiano sonreía de pronto como un muchacho.

—Ah, monsieur... —Sonrió con benevolencia al descifrar el misterio—. Es usted el afortunado.

—Sí. —Guy levantó la cabeza—. Sí, soy el afortunado.

El hombre miró el gran reloj cromado de encima del bar.

—Pero, monsieur, tiene que darse prisa, si no quiere perderse lo mejor.

Guy se ciñó rápidamente el cinturón del abrigo y apuró las últimas gotas amargas de café. Era lo más dulce que había catado en su vida. No voy a perderme lo mejor, pensó. Esta vez, no.

El calor persistió en él mientras conducía. Con dedos seguros, conectó la radio del coche con la emisora de Milán. La música llenó el interior del automóvil, expulsando la oscuridad, sofocando el ruido del motor y el aullido de la tormenta. Era como una cuerda vital que la uniese a ella. Podía no llegar a tiempo, pero sabía que ella le esperaría. Era su amiga, su estrella constante, su Colombina.

El descenso de una montaña es siempre más peligroso que la subida. Es cuando las mentes cansadas olvidan lo esencial para la supervivencia, cuando los escaladores, atolondrados con su propia sensación de alivio, se precipitan en la muerte.

Guy nada pudo hacer. Vio los faros delante de él y, como conductor experto que era, sin vacilar un momento, torció el volante, percibiendo solamente, por el súbito silencio, que el coche había salido de la carretera. Se vio envuelto en la oscuridad vertiginosa y supo en lo más hondo de su ser que, a fin de cuentas, había perdido su apuesta.

Y, sin embargo, en aquellos breves y últimos momentos, antes de que el coche chocase con las crueles rocas, se abrazó al hecho fútil pero triunfal de su conocimiento. No se había equivocado. Había valido la pena esperar aquellos largos años para oír aquella voz. Pues cerca de él, llenando el aire con la plenitud obsesionante de su voz, Colombina empezó a cantar, como una madre a su hijo, como una amante a su amante, con una intensidad suave que levantaba todas las capas del tiempo y de la madurez y del refinamiento, para clavarse en su corazón.

"Los pájaros vuelan, a través de las nubes o bajo el sol ardiente,
Buscando la luz, sedientos de cielo azul y de esplendor.
Deben seguir volando, pues también ellos persiguen un sueño."

Su última idea consciente, al sumirse en el frío y la oscuridad, fue que al menos había dejado en ella algo que sobreviviría. Nadie lo sabrá nunca, pensó con un extraño orgullo, pero ella está cantando para mí.

—¿Ha sido como en Nápoles?

Corrie cayó en los brazos de M. Beyer. Al otro lado del telón se había desencadenado una tormenta, ella no sabía si de furia o de aclamaciones.

—No. —M. Beyer tenía el rostro pálido y contraído—. Ha sido peor, mucho peor. Y mejor..., mejor de lo que podía imaginarse. No había visto nunca una Nedda como ésta. Ha destruido el papel. Nadie podrá nunca volver a cantarlo como usted.

Corrie oía sus palabras como si viniesen de muy lejos. ¿Era esto lo que había hecho? No lo sabía. Se sentía agotada, medio destrozada.

—No le creo. —No recordaba nada, no sentía nada, salvo que había dado todo lo que llevaba dentro—. Lo dice sólo por decir.

Él sacudió la cabeza mientras abría la puerta del camerino. Dentro de éste, doblada sobre la radio, estaba su doncella, con el rostro resplandeciente de orgullo. El pequeño espacio estaba lleno de la voz del locutor, casi estridente sobre el sofocado rumor de fondo que expresaba de un modo fantástico la emoción que reinaba en la sala.

"Muy notable, muy notable... Todo y más de lo que dijeron de ella en Nápoles es la pura verdad. No puedo recordar que me hubiese sentido jamás tan conmovido, tan entusiasmado, por una interpretación. Desde este momento, puedo asegurarles que Modena *es* Nedda. Puedo ver desde mi palco que algunos críticos salen corriendo para redactar sus artículos antes de que los periódicos entren en prensa. Comprendo su apresuramiento. Esto es un acontecimiento, una fiesta grande. Esta noche está ocurriendo algo que es un raro privilegio presenciar..., algo inconfundible, brillante: el nacimiento de una nueva estrella..."

Corrie cerró los ojos. Era extraño, pero todavía no sentía nada, no recordaba nada. Estaba en el limbo, sumida todavía en su papel, esperando, en su subconsciente, que los próximos acordes de la música le devolviesen la vida. No era como en Nápoles: M. Beyer tenía razón. Era peor, y sin embargo mejor, porque esta vez había cantado porque tenía que hacerlo, había gastado toda su energía cuando no tenía ninguna de repuesto.

"Pedimos disculpas por interrumpir esta emisión desde La Scala, para advertir a los automovilistas que circulan por la carretera principal entre la frontera francesa y Lugano que se ha producido un grave accidente que ha afectado a un camión y a un turismo. El conductor del camión ha resultado ileso, pero el conductor del automóvil, Signor Guy de Chardonnet, importante industrial francés, ha sido trasladado a un hospital de Ginebra. Ignoramos la gravedad de las heridas..."

Corrie se quedó helada. Le pareció que transcurría una eternidad antes de que su cerebro pudiese registrar lo que había dicho aquel hombre. ¿No era posible que, al hablar el locutor en italiano, hubiese confundido ella el nombre? No..., la coincidencia era demasiado grande. Era él. Se sentó, abrumada, mientras el primer locutor, todavía estridente e incoherente en su excitación, dejaba oír su voz de nuevo. "Dentro de pocos minutos volverá a levantarse el telón. ¿Qué nos espera en el próximo y último acto? El público casi no puede esperar..."

La voz siguió hablando, pero en la mente de Corrie sólo había sitio para una idea. Se levantó, haciendo caso omiso de la sorpresa de su doncella.

—Oiga, Martina. Vaya a buscar a monsieur Beyer. ¡De prisa!

La mujer se espantó.

—Pero madame, su traje, su peinado... Sólo faltan cinco minutos para que...

—Lo sé. —Con un enorme esfuerzo, Corrie mantuvo tranquilos la voz y los modales—. ¡Dése prisa!

CAPÍTULO XVII

En la sala hubo un murmullo de expectación mientras el público se acomodaba en sus butacas para el segundo acto. Las mejillas estaban enrojecidas, y brillantes los ojos; la atmósfera parecía electrizada por la anticipación y la expectación. Se apagaron la mayoría de las luces, pero la orquesta permaneció muda. Las pesadas cortinas se entreabrieron un poco. El personaje de blancos cabellos y vestido de frac que apareció ante el público fue reconocido por los entendidos como el empresario que había descubierto la nueva estrella, monsieur Beyer.

—*Signori.* —Su italiano con ligero acento extranjero y su voz tranquila y pausada impusieron silencio con inmediata autoridad. Esperó a que aquel silencio fuese total—. Han escuchado a Nedda, a Colombina. Ahora les dejo con... Modena.

Hubo un murmullo de asombro y todos los presentes contuvieron simultáneamente la respiración. Se irguieron en sus asientos. Algunos de las últimas filas se pusieron en pie. ¿Qué sucedía? ¿En qué volvería a desviarse ahora de la tradición la extraordinaria joven?

La cantante salió de detrás de la cortina. ¿O era Colombina en persona, con su antiguo atuendo, graciosa y esquiva, pero familiar como una figura de un viejo grabado? Relucía como un crepúsculo de primavera en su atuendo plata y malva, pero su traje no podía producir el magnetismo de sus ojos. Agitó levemente una mano para acallar un aplauso incipiente al retirarme M. Beyer.

El público y la cantante se miraron durante un largo momento.

—Quisiera poder verles a todos. —La voz de Corrie llegó en aquel silencio hasta los últimos espectadores. Como por ensalmo, empezaron a encenderse las luces de la sala. La figura solitaria, en el centro del escenario, sonrió. El público contuvo el aliento—. Así está mejor. —Tendió ambas manos en un extraño ademán de súplica—. Tengo algo muy importante que decirles. No voy a cantar.

Hubo un silencio de pasmo; después se oyeron voces de frustración, de enfado, de ira, de desengaño, de confusión. Ella esperó, como una figurita inmóvil en su traje centelleante; sólo la barbilla levantada y un ligero movimiento de la cabeza delataban su nerviosismo. Extendió una mano. El público, sorprendido de sí mismo, afanoso de una explicación, calló inmediatamente.

—Ahora les diré por qué. —Respiró hondo, sonrió y encogió los hombros—. Les aseguró que cantar es más fácil que encontrar las palabras adecuadas. Pero ustedes y yo hemos compartido algo, y por esto espero que me comprenderán. —Hizo una pausa, mirando directamente al foco de luz—. Verán..., *Io amo.*

Lo dijo en su más rico y coloquial napolitano. Sencillo, rotundo. Yo amo. Y, sin embargo, su tono decía más que esto, mucho más. Decía: "Amo, vivo, respiro, estoy enamorada. Esto lo explica todo: por qué están ustedes ahí, por qué estoy yo aquí. Es la materia de la vida misma."

Un ligero murmullo brotó del público, una especie de arrullo indulgente. Las mujeres empezaron a rebullir en sus butacas, mirando con ojos empañados a sus acompañantes. Todos hemos sido jóvenes, parecían decir, ¿lo has olvidado, *caro*? Hubo un tiempo en que...

Corrie se irguió en toda su estatura. Su semblante era severo.

—Pero aquel a quien amo... —Su voz flaqueó un instante, pero recobró su fuerza—. Me necesita. Ahora. Y esto es más importante para mí que todo lo demás. —Su voz tenía ahora un ligerísimo matiz de sorpresa—. Por consiguiente, debo ir junto a él. —Ahora su voz sonó vigorosa, en un tono apremiante que llenó el aire—. Hubiese podido marcharme sin decírselo; pero pensé que debían saberlo, porque me comprenderían.

Hubo un momento de silencio y, después, el público se puso en pie como un solo hombre, aplaudiendo y vitoreando y silbando. Empezaron a llover flores —rosas, claveles, orquídeas— desde la galería y desde los palcos. Corrie las miró fijamente, asombrada, y entonces se inclinó, cogió una flor y la prendió en su corpiño.

—No sé si volveremos a vernos, amigos míos. —Su sonrisa tuvo un brillo que oscureció la luz del foco, aunque sus mejillas estaban mojadas—. Pero puedo prometerles una cosa. —Avanzó un paso y abrió los brazos—. ¡Nedda no morirá esta noche!

—¡Doctor Ubermeyer!

El acento de pánico en la voz del empleado de recepción hizo que el cirujano se detuviese en seco. Éste se volvió, fruncido el ceño, ofendida su escrupulosidad suiza por aquella falta contra el reglamento.

—¿Qué está usted haciendo aquí? ¿Ha dejado vacía la mesa de recepción?

El empleado lanzó una mirada confusa por encima del hombro.

—No lo habría hecho, señor..., pero hay una visitante.

—¿Una visitante?

Haciendo un esfuerzo, el doctor disimuló su propia sorpresa. Parecía imposible, en esta noche de invierno, cuando todos los puertos a ambos lados de los Alpes estaban bloqueados por las peores condiciones atmosféricas que podían recordarse y todo el tráfico aéreo había sido interrumpido. Incluso los caminos de acceso al hospital, a pesar de los constantes esfuerzos de obreros y empleados, estaban enterrados bajo seis pies de nieve.

—Sí, señor. Ha venido a ver al paciente de la cincuenta y uno.

El doctor Ubermeyer acentuó el fruncimiento de sus cejas.

—¿Monsieur de Chardonnet? Pero mis instrucciones eran absolutamente claras. No debía permitirse ninguna visita.

—Esto fue lo que le dije, señor; pero ella no me hizo el menor caso. Dijo que, si no la acompañaba hasta él, iría ella sola a buscarlo. Lo único que pude conseguir fue que esperase en recepción mientras yo iba a buscarle a usted.

—Está bien. —El doctor Ubermeyer suspiró—. Dígale que ahora iré.

El empleado volvió a mirar por encima del hombro y sus ojos se abrieron de par en par.

—Demasiado tarde, señor. Aquí viene ella.

Al seguir el cirujano la dirección de su mirada, empezó a comprender un poco el pánico del hombre. Pues la persona que avanzaba resueltamente por el pasillo no era un visitante ordinario, sino la muchacha de aspecto más extraordinario que jamás hubiese visto. Llevaba una larga capa negra de ópera y, de no haber sido por la nieve que relucía sobre sus hombros y escarchaba los bordes de su capucha, quizá la habría tomado por una aparición. Debajo de la capa, inverosímil bajo la luz rígida y blanca del pasillo, había brillos de terciopelo y destellos de plata.

—¿Es usted el médico de guardia?

El cirujano frunció aún más las cejas.

—Sí. ¿Y puede saberse quién es usted?

Por un momento, viendo su expresión, Corrie estuvo a punto de flaquear. Estaba agotada después de la representación seguida del largo viaje de pesadilla a través de la nevada y de la noche desde Milán hasta los pies de los Alpes. Pero no podía renunciar ahora. Nada debía impedirle ver a Guy. Tenía que estar con él. Sentía su presencia con todas las fibras de su cuerpo. Nada de lo que pudiesen decirle, en este frío y muerto lugar, con sus paredes desnudas y millas de suelo helado y pulido, con sus carretillas de ruedas revestidas de caucho y sus caras uniformemente blancas, podría detenerla.

—¿Yo? —El tono de su voz tenía el acento de sorpresa y de impaciencia de una aristócrata auténtica. Puso en ella toda la convicción de que era capaz. Sus nervios podían estar a punto de estallar, pero no debía demostrarlo. Esta era la representación más importante de su vida—. Soy Blanche de Chardonnet.

—¡Oh...! —La cara del médico se iluminó milagrosamente—. Hubiese tenido que decirlo en seguida. Con un hombre de la importancia de monsieur de Chardonnet, todas las precauciones son pocas. —Vaciló y empezó a fruncir de nuevo el ceño—. Pero, después de nuestra conversación por teléfono, pensaba que, debido al cierre del aeropuerto, no podría usted venir hasta mañana.

—He venido en un avión particular —mintió rápidamente ella, instintivamente, soberbiamente.

El médico miró con recelo su indumento.

—Estaba en un baile de disfraces. Desde luego, vine inmediatamente. Y ahora... —Antes de que el hombre pudiese protestar, se lo impidió con la intensidad de su mirada—. ¿Puedo ver a mi prometido?

—Desde luego. —El médico se ablandó un poco mientras la acompañaba a lo largo del pasillo y de otros corredores en penumbra, alumbrados solamente por el débil y verdoso resplandor de las lámparas fluorescentes—. Lo siento. Tengo entendido que iban a casarse mañana.

¿Mañana? Corrie se alegró de que el médico no pudiese verle la cara. Ella no sabía, no se había enterado... Quizás era demasiado tarde. Cuando el doctor se detuvo delante de una puerta pintada de blanco y con un vidrio cuadrado en su mitad superior, el corazón le dio un salto.

—Dígame... —Tenía tan seca la garganta que apenas podía hablar—. ¿Cómo está?

—Básicamente, su estado no ha cambiado desde que hablé por última vez con usted. —Hizo una pausa; sólo unos segundos, pero que a Corrie le parecieron una eternidad—. Físicamente, como le dije, salió ileso del accidente. Por suerte, le encontraron antes de que la intemperie pudiese causarle un daño irreparable. Gracias a que tenía la radio encendida y ésta no se estropeó con el choque. Una feliz casualidad. Si hubiese estado media hora más allí, le habrían encontrado muerto.

Corrie lanzó un suspiro largo, entrecortado.

—Entonces, ¿se pondrá bien?

El médico vaciló de nuevo.

—Esperamos que sí. Pero, como le dije antes, hay en este caso algunos elementos... inquietantes. No hay señales de lesión en el cráneo, pero, cuando ingresó, mostraba síntomas de gran agitación mental. Parecía confuso sobre su propia identidad, declarando que no era ni había sido nunca Guy de Chardonnet. Cuando le dijimos que tenía que permanecer toda la noche en el hospital, bajo observación, pareció terriblemente alterado. Parecía dispuesto a continuar su viaje a toda costa. Tuvimos que administrarle un sedante. —Suspiró—. La montaña... Cuando brilla el sol, la gente piensa que es un campo de juego. Pero con la nieve...

—Sí, doctor.

Por fin, por fin, se abrió la puerta. Allí, en la cama, silencioso e inmóvil, estaba Guy. Su respiración era tan tenue que su pecho apenas se movía. Una de sus manos descansaba sobre la fina sábana.

Sin vacilar, Corrie cogió una silla dura y de rígido respaldo, se sentó y tomó aquella mano.

—Mademoiselle de Chardonnet... —El médico tenía una expresión de benévolo reproche—. Con el roce, el peligro de infección...

—Doctor Ubermeyer... —Corrie le miró con semblante amenazador—. Déjenos solos.

El médico pestañeó una vez; después, para su propia sorpresa, se encontró al otro lado de la puerta.

Al cerrarse la puerta sin ruido sobre sus engrasados goznes, Corrie bajó la cabeza y la apoyó en la palma de la mano abierta de Guy. Ahora que le veía, no podía comprender por qué había podido apartarse de él. No le importaba que no la amase; nada le importaba, salvo la realidad de su cabeza de negros cabellos sobre la almohada, salvo la impresión del calor de su piel sobre la de ella.

Y, sin embargo, estaba tan callado y tan inmóvil, bajo la sábana lisa, como si yaciese en un ataúd.

—Despierta, querido. estoy aquí.

Tiró de su mano, pero él estaba aún bajo el efecto de la droga y no reaccionó. ¿Qué era lo que le había traído hasta aquí, con riesgo de su propia vida? Había tantas cosas que ella no sabía acerca de él, y quedaba tan poco tiempo...

Pues dentro de pocas horas, en cuanto se abriesen los aeropuertos al tráfico, llegaría Blanche. Ésta le cuidaría con toda su solicitud, atándole con cadenas invisibles de gratitud y de culpa, y ella, Corrie, no volvería a gozar de una oportunidad semejante.

A menos que... Las líneas generales de un plan tan atrevido, tan imposible, tan imperdonable en definitiva que hacía que se sintiese incluso demasiado débil para considerarlo, empezaron a tomar forma en su cabeza.

¿Podía hacerlo? ¿Debía hacerlo? Le miró, tendido allí, y supo que sólo había una respuesta a su pregunta. Esta vez, no iba a consultar a nadie, salvo a su propio corazón. No había hurtado nada en su vida, pero siempre había una primera vez para todas las cosas.

Y más de un camino para salir con vida.

CAPÍTULO XVIII

Un día, es todo lo que necesito. Un día de tiempo tomado de prestado, hurtado. Corrie se arrebujó en los cálidos pliegues de su capa negra, mientras escuchaba el traqueteo de las ruedas del tren sobre los raíles. Frente a ella, en la estrecha litera, Guy dormía profundamente en la oscuridad, teñido de un pálido azul por la lámpara de noche. Corrie acariciaba la idea de su presencia dormida con un gozo ardiente, posesivo. Éste era el único lugar, en el frío mundo delimitado por la nieve, donde nadie podría encontrarles, donde, por un instante fuera del tiempo, podían estar solos los dos.

El doctor Ubermeyer había tratado de disuadirla, pero no lo había logrado. A fin de cuentas, ella era prima y novia de Guy y, por consiguiente, su pariente más próximo. Corrie había firmado el impreso de alta del hospital con una rúbrica flamante, e incluso ordenado una ambulancia para que les llevase a la estación. ¿En qué se había convertido? En una embustera, una impostora y, ahora, una secuestradora. No le importaba. Amaba a Guy. Este día le pertenecía y, a cada chirrido de las ruedas, el pasado iba quedando más atrás.

Metió la mano en el profundo bolsillo interior de su capa y sacó un sobre meticulosamente rotulado. Aquél había sido el peor momento de su escapada. Estaba en la puerta, observando cómo introducían los ordenanzas a Guy en la ambulancia, cuando había oído detrás de ella un grito apremiante de "Mademoiselle de Chardonnet... ¡espere!" Las posibilidades se habían agolpado en su mente —otra llamada telefónica de Blanche, una petición de identificación a última hora— y casi había echado a correr. Había necesitado todo su autocontrol para volverse, arqueando las cejas, y enfrentarse con el empleado de recepción, el cual le entregó un sobre.

—Los efectos de monsieur de Chardonnet, mademoiselle.

Ella había firmado de nuevo, temblándole la mano por el alivio que sentía, y, segundos más tarde, habían arrancado y se dirigían a toda velocidad a Lugano, bajo un cielo helado y lleno de estrellas.

Ahora, delicadamente, vertió el contenido del sobre en la palma de la mano. Se sentía como un arqueólogo. ¿Quién era realmente Guy de Chardonnet? No había muchas cosas dentro del sobre. Su reloj, que seguía funcionando humildemente en espera de que su señor se recobrase; su pasaporte y su cartera, y algunas llaves. Corrie acarició la tapa del pasaporte. ¿Por qué producía esta sensación el pasaporte de la persona amada? Era algo diferente, único. Las páginas del de Guy estaban cubiertas de sellos, europeos, del Oriente Medio, de América del Sur, todo un mundo que él conocía y ella no. Sintió una punzada de impotencia. Sólo un día... No podían dar la vuelta al mundo juntos en un día. La fotografía mostraba a un Guy serio y severo, como correspondía a su imagen oficial. Y era fotogénico.

No abrió la cartera, pero el hecho de levantar las llaves y sopesar cada una de ellas en la palma de la mano le produjo una extraña satisfacción. Eran parte de la vida de Guy, de todas las puertas que él podía abrir. Sabía que ésta era la llave de la casa de la Avenue Pierre I de Serbie; ésta, la del Porsche..., y esta otra, con su anticuado cilindro hueco, la llave de la habitación de la torre.

—¿Cómo se atreve? —Una mano apretó su brazo, sobresaltándola hasta el punto de que lo dejó caer todo al suelo—. Son cosas particulares mías. ¡Devuélvalas inmediatamente!

Era Guy, de voz destemplada por la ira y ojos que ardían en su pálido semblante.

Apresuradamente, tanteando en la penumbra, Corrie recogió aquellos objetos. Al hacerlo, sintió que estaba temblando. ¿Por qué tenía él que sorprenderla siempre cuando estaba en desventaja? Sin decir nada, le tendió sus cosas. Al acercarse más, pudo ver que los ojos de él estaban todavía nublados por los sedantes, pero vio también su repentina expresión de sorpresa al reconocerla.

—¡Tú! —Durante un largo instante, fuera del tiempo, se miraron fijamente los dos. Corrie vio duda en la cara de él; después, enojo, y por último, y más hiriente que nada, desdén—. Naturalmente. Tenía que haberlo sospechado.

Su voz era helada y despegada. Tomó sus pertenencias y las comprobó con rápida y experta minuciosidad que fue, para ella, peor que una bofetada. Contra su voluntad, Corrie recordó su primer encuentro. Entonces le había parecido el hombre más frío, más cruél y más insensible que jamás hubiese conocido. Y ahora... estaba claro que nada había cambiado. A pesar de todo lo que había ocurrido entre los dos, Guy no confiaba ni nunca confiaría en ella.

De pronto se sintió abrumada por toda su fatiga, por todas las tensiones acumuladas de los últimos días. Esto no era lo que había proyectado para su reunión. Era peor, mucho peor de cuanto había podido imaginar. No sabía qué decir. Lo había arriesgado todo para rescatarle, y ahora estaba clarísimo que él no había querido ser rescatado en absoluto. Sentada aquí, con sus llaves en la mano, se había estado preguntando cómo le diría que le amaba. Ahora, con los ojos llenos de lágrimas de confusión y desasosiego y pura frustración, gritó:

—Guy de Chardonnet, ¡te odio!

Él no la miró.

—Estás en tu derecho.

Su voz era normal Era como si ella no existiese. Ahora estaba comprobando de nuevo sus cosas, como si echase en falta algo importante.

—¿Es esto lo que estás buscando?

Corrie levantó un pedazo de papel que se había caído de la cartera. A la débil luz del compartimiento vio una sola línea manuscrita; más que un mensaje parecía una especie de clave: 31 22,30 A7. No tenía ningún sentido para ella, pero ahora no había ya nada que lo tuviese. Le tendió cortésmente el papel, como lo habría hecho con un extraño. Sus dedos no se tocaron.

—Gracias.

Tomó el papel como si fuese una carta de amor más que un revoltillo de números y letras sin significado, y lo guardó cuidadosamente en la cartera. Después miró su reloj. Al ver la hora que era, lanzó una maldición furiosa y ahogada.

—¿Dónde está mi ropa?

Ella señaló en silencio la percha de detrás de la puerta. Sin añadir palabra, como si se hubiese olvidado de la existencia de Corrie, Guy se volvió y empezó a vestirse.

—¿Qué estás haciendo?

Corrie le observó alarmada al ver que se tambaleaba sobre sus pies. Era evidente que aún no se había recobrado del todo de los sedantes.

—¿Qué piensas tú? Me marchó.

La determinación que se pintaba en su semblante era evidente. Estaba claro que no quería pasar un momento más en su compañía. Corrie sintió que se le encogía el corazón. ¿Qué había hecho? Recordó las palabras del doctor Ubermeyer. ¿Qué urgente compromiso había podido impulsar a un hombre a través de la tormenta y de la oscuridad, con peligro de su propia vida? Sólo una cosa...

—Temo que no podrás hacerlo. No podrás hasta dentro de otras cinco horas.

Él le dirigió una mirada larga, amenazadora.

—¿Por qué?

Corrie suspiró profundamente. Algo en la fijeza de la expresión del hombre le advertía que estaba jugando con fuego. Parecía tener el corazón de plomo.

—Porque estás en un tren. Un tren directo. La próxima parada será dentro de cinco horas.

—¿Qué?

Guy se agarró a la litera superior para sostenerse en pie. Ira, confusión e incredulidad pasaron por su semblante en rápida sucesión. Miró a su alrededor, y pareció que por primera vez se daba cuenta de cuanto le rodeaba. Después, súbitamente, se sentó en la litera inferior y hundió la cabeza entre las manos.

—Lo siento.

La voz de Corrie sonó más débil y tonta en el silencio. Guy no replicó. Permanecieron sentados, frente a frente, durante lo que pareció una eternidad. Por fin, sacando fuerzas de su desesperación, ella le dijo a media voz:

—¿Es muy hermosa?

Él levantó la mirada. Parecía muy pálido, muy cansado. Sus ojos se posaron en la cara de ella con una expresión extraña.

—Es más que hermosa. Es... amable, inteligente, amante.

"Todo lo que tú no eres." Estas palabras resonaron en el aire con tanta claridad como si él las hubiese pronunciado.

—Tu mujer ideal. —Corrie sintió que su cuerpo estaba vacío, como si toda su sangre se hubiese derramado—. Por fin la has encontrado. Me alegro.

—Tal vez. —Guy contrajo los labios y desvió la mirada. Hubo una breve y dolorosa pausa. Cuando volvió a mirar a Corrie, su expresión era furiosa—. ¿Has dicho cinco horas?

Ella asintió con la cabeza. Él no dijo nada; se tumbó simplemente en la litera y se volvió de cara a la pared.

Ella siguió sentada, escuchando aturdida el ritmo de las ruedas del tren. Cinco horas..., no mucho tiempo, pero Corrie habría querido que pasaran en un instante. Este oasis en el tiempo, que ella había proyectado con tanto cuidado, era para él una mera prisión. Las ruedas seguían repicando inexorablemente, devorando las millas, burlándose de ella. "Es amable, inteligente, amante." Todo lo que tú no eres. Todo lo que tú no eres. Todo lo que tú no eres. Pero podrías serlo, pensó ciegamente. Si tú me dieses solamente una oportunidad...

Pero no quedaba ninguna oportunidad. Lo sabía muy bien, mientras se arrebujaba en la larga capa negra, sintiendo que nunca volvería a tener calor. Él estaba muy cerca —podía oír su respiración en el silencio y podía tocarle con sólo alargar la mano— y, sin embargo, más lejos de lo que había estado jamás. En cuanto el tren llegase a su destino, Guy se marcharía. Y no volvería a verle nunca.

Porque él estaba enamorado, no cabía la menor duda. ¿Qué era aquella otra mujer, su mujer ideal? ¿Una especie de hechicera? ¿Cómo había conseguido robarle el corazón cuando ella, Corrie, que le amaba tanto, había fracasado? El extraño mensaje..., tal vez era ésta la esencia de su secreto. Algún ensalmo mágico, alguna fórmula química para el amor. Los números y la letra bailaban y giraban delante de sus ojos fatigados. ¿Qué querían decir? ¿Era un mensaje cifrado, un santo y seña secreto para entrar en un mundo del que ella estaba excluida? Con súbita y dolorosa añoranza, pensó en Arlequín. Ella había tenido una vez su propio mundo, pero éste se había caído en pedazos. ¿Dónde estaba ahora él, su fiel amigo? Si la butaca que había reservado para él hubiese estado ocupada, si él hubiese cumplido su promesa, no sentiría este vacío en su interior. Ahora podía ver aquella butaca con los ojos de su mente: una butaca en la primera fila, la fila A, número siete...

Una corriente de luz cálida y blanca pareció pasar por todo su cuerpo. Se irguió de un salto. A7. El último elemento de la fórmula. ¿Sería una coincidencia? Frunció el ceño, esforzándose en hacer funcionar su agotada mente. Una loca posibilidad, pero ¿y el resto? 31 era la fecha del día de ayer. Podía ser... ¿Y 20,30? Quizás alguna clase de medida... Su esperanza empezó a desvanecerse. Aquello no significaba nada.

Entonces, súbitamente, lo comprendió. El reloj de veinticuatro horas. Después de todos los años que había pasado en Inglaterra, casi lo había olvidado. Las 20,30, hora continental, eran las 8,30 de la tarde, la hora exacta en que debía empezar la representación.

Tan sencillo... Se puso en pie, tambaleándose vertiginosamente, y no sólo por el movimiento del tren. Tenía la impresión de que su mente iba a estallar. A su alrededor, todo parecía disolverse, recomponerse de nuevo en formas diferentes. Como si, sin darse cuenta, hubiese estado contemplando el mundo a través de un cristal roto, y ahora, de pronto y de un solo golpe, hubiesen caído los trozos de cristal, dejando entrar el aire y la luz del sol y el olor de hierbas recién cortadas, y ella pudiese verlo todo claramente por primera vez.

A7. Una butaca reservada. Reservada durante toda su vida, aunque ella no lo sabía. Para el único hombre que podía saber cómo era realmente ella, ver a través de todas sus ficciones y disfraces. Ella le veía ahora, veía a aquel joven en una playa desierta del Atlántico. Estaba mirando el mar. Ella le llamaba mentalmente y él se volvía y miraba por encima del hombro. Las piezas de colores desparramadas de un calidoscopio giraban y, por fin, se colocaban en su sitio. Ahora, al fin, le veía la cara.

Alargó una mano y tocó ligeramente a Guy en un brazo. Ya no puedo seguir escondiéndome de ti, pensó. Eres el otro lado de mí misma.

Lentamente, Guy volvió la cabeza sobre la almohada. Abrió los ojos, y algo debió ver en la cara de ella porque, cuando habló su voz era insegura.

—¿Qué pasa?

—Se me acaba de ocurrir una cosa. —Respiró hondo. Palabras... una cadena frágil y tenue que les había unido y, sin embargo, lo bastante fuerte para hacer girar el mundo—. ¿Recuerdas aquella vez que me preguntaste cómo se escribía eternidad? Creo que tengo la respuesta. Es la siguiente. —Cerró los ojos, concentrándose. La fórmula secreta, el santo y seña mágico, quizás una vez pronunciado perdiese su poder... —Treinta y uno, veinte treinta, A siete.

Él la miró fijamente durante un largo, larguísimo instante. Entonces se incorporó y la asió de un brazo. Sus ojos fulguraban. Corrie sintió que los suyos se llenaban de lágrimas contenidas.

—¿Quién eres?

Ella levantó una mano, se desabrochó la capa y la arrojó a un lado. Con ella cayeron todas las máscaras, todas las mentiras y los disimulos y las amarguras, fundiéndose y desapareciendo como la nieve invernal. Su reluciente vestido llenó el pequeño compartimiento con su radiación inconfundible, audaz y sobrecogedor como una noche de verano llena de estrellas. Se plantó delante de él, vacilante pero orgullosa.

—Soy Colombina.

—¿Era yo tan difícil?

Se acurrucó en la curva del brazo de Guy y su vestido derramó pródigamente plata sobre el borde de la estrecha litera.

—Eras imposible. —Guy resiguió delicadamente el perfil de su mejilla con los dedos, como si temiese que pudiese desaparecer en el momento menos pensado—. Tan distante, tan dueña de ti... Nunca podía saber lo que sentías en realidad. ¿Cómo podía saber que dentro de aquella muchacha hermosa, sofisticada, había otra completamente distinta, que gustaba de los lugares de veraneo fuera de temporada, de los perros de rabo retorcido, de las ancianas llamativamente vestidas de rosa, de la porcelana extraña, de las ventanas abiertas?

—¿Y cómo podía yo saber que dentro de aquella mesa escritorio del Savoy estaban las cartas que te había dirigido?

—¿Qué otra cosa tenía que valiese la pena guardar?

—Y aquella Colombe... Me sentía tan celosa... Pensaba que nadie sentiría nunca aquello por mí.

—¿Cómo crees que me sentí yo cuando te marchaste de Biarritz?

—¡Tenía que hacerlo! Sabía que a ti no te gustaría ser pobre.

—¿Y ahora?

—¡Oh, ahora todo es diferente! —Le sonrió con aire confidencial—. Casi he alcanzado ya la fama. Pronto podré ganar lo bastante para los dos. No tienes que preocuparte, podrás conservar tus fábricas. Comprendo lo mucho que esto significa para ti.

Él tomó su cara entre ambas manos, inclinó la cabeza hacia delante y la besó.

—Corrie... Colombina..., eres adorable.

Ella se desprendió de su abrazo y le miró con recelo. Había en su cara una expresión interrogadora que no podía interpretar del todo.

—¡Humm! —Corrie sorbió por la nariz—. Amor interesado, ya lo sé. Sólo porque yo tengo en la mano los cordones de la bolsa...

Él echó la cabeza atrás y soltó una carcajada. Ella le miró, completamente desorientada, hasta que se aplacó aquella risa. Las siguientes palabras de Guy la sorprendieron aún más.

—¡Pobre Blanche! —Permaneció sentado allí, enjugándose los ojos—. Puede ser una belleza clásica, pero vive todavía en el pasado. No se da cuenta de que la simple posesión de bienes está pasada de moda. En la actualidad, incluso el dinero tiene que trabajar para conservar la vida. Por esta razón, en el curso de los años, yo he invertido, no en bienes, sino en la gente. Ahora tengo mi propia compañía de asesoramiento de empresas. Y ha marchado bien. Por consiguiente, temo, mi pequeña empresaria, que a fin de cuentas no voy a ser pobre. Blanche puede tener un montón de dinero, pero yo puedo ganar muchísimo más.

—¿Una compañía propia? —Corrie estaba medio fascinada y medio espantada. ¿Qué había sido de su muchacho provinciano, de su dulce e inocente Arlequín? Ya era bastante duro descubrir que amaba a un hombre en vez de dos; pero ahora todo el mundo parecía volverse boca abajo—. ¿Cómo se denomina?

—¿Qué piensas tú? —Le devolvió su acusadora mirada con ecuanimidad, disfrutando visiblemente con su confusión—. Vive gracias a su ingenio, es pequeña y flexible, pero tiene algo de acróbata... Se llama Arlequín.

—¿Qué? La voz de Corrie se convirtió en un grito de indignación—. ¿Quieres decir que, durante todo este tiempo, he estado escribiendo a una corporación? ¡Supongo que dictarías todas tus cartas a tu secretaria! Sé como son los hombres de negocios: lo delegan todo.

—No todo. —Se inclinó para besarla de nuevo. Ella sintió que le daba vueltas la cabeza—. ¿Te casarás conmigo?

Haciendo un esfuerzo, Corrie se desprendió de la cálida red de sus brazos.

—No podría. Eres demasiado rico.

—Sólo sobre el papel.

Su tono no podía ser más razonable. El contacto de su boca debajo de la oreja de ella era turbadoramente persuasivo.

—No daría resultado. —Le costaba pensar serenamente—. Tus fábricas, mi carrera...

—Podríamos hacer turnos. —Ahora soplaba ligeramente sobre la nuca de Corrie—. Tiempo flexible..., el último invento. Muy moderno, muy eficaz. Máximo rendimiento y mínima inercia de capital. Seis meses para ti, seis meses para mí. Como el Rey Plutón y su esposa cautiva.

—Muy divertido. —El tono de Corrie era quisquilloso—. Pero muy poco romántico. Me parece que prefería cuando hablabas de mí en tercera persona. ¿Qué era lo que decías? "Cada vez que la veo me quita el aliento." ¿Era verdad?

Él apartó la mirada. Cuando volvió a mirarla de nuevo, su rostro era duro, serio, casi irritado.

—¡Oh! Si tú supieses... —dijo, con voz ronca. En la penumbra, sus ojos parecían arder con fría luz propia—. ¿Te acuerdas de Biarritz?

Su mirada se cruzó con la de ella durante un momento que pareció eterno. Corrie asintió con la cabeza, incapaz de hablar. Guy miró de nuevo a otro lado. Cuando volvió a hablar, su voz era muy grave.

—Cada vez que te miraba a los ojos, veía... un verano infinito, un sueño tan imposible que me hacía daño. Tienen el color exacto de aquella línea azul y oscura donde el mar se encuentra con el cielo. Si la eternidad tiene un color, éste es el de tus ojos. Quería seguir mirándolos. Pensaba que, si los miraba lo bastante, olvidaría todo lo demás, incluso a mi mismo, a este yo que he llegado a despreciar.

"Entonces te perdí. Pero no podía dejar de buscarte. Era como un paje de escoba en su primer viaje océanico, perdido y deslumbrado y muy asustado; pero, cuando hube visto el horizonte, supe que nunca podría volver a tierra. Soñaba en ti, tan a menudo, tan largamente..."

Se volvió de nuevo de cara a ella. La expresión de su cara le cortó la respiración. Durante un momento, mientras el tren oscilaba y traqueteaba en la oscuridad, Corrie perdió toda conciencia de donde estaba y de quien era él. La única realidad era la cara de Guy, su voz, sus ojos, llenos repentinamente de una ternura que le dio ganas de llorar.

—Pero ahora... ahora sé que el sueño es real. *Existe* una América, *existe* una Terranova. Estuvo siempre allí, todo un nuevo continente detrás del horizonte, y yo no lo sabía. El Paraíso, la tierra prometida. Y puedo ir allá, contigo, mi pequeño Colón. Por primera vez en mi vida, soy libre. Te amaba antes de conocerte; me enamoré de ti en el mismo instante en que te vi, y te amaré hasta el día de mi muerte. Porque llevas el horizonte en tus ojos.

Alargó las manos, torpemente, como un ciego. Ella se arrojó en sus brazos. Se estrecharon, hundida la cabeza de ella en los hombros de él, enterrada la cara de él en los cabellos de ella.

—Toma —dijo Guy, con voz ahogada—. Tengo algo para ti.

Corrie sintió que sus manos temblaban al rozar su nuca con los dedos. Después sintió un ligero peso sobre su piel. Lo levantó. Allí, montada en un sencillo alfiler de oro y suspendida de una fina cadena de oro, estaba aquella piedrecita blanca en forma de corazón.

—¿La has guardado todo este tiempo?

—Sí. —La voz de Guy era ronca—. Tú tenías mi corazón... Yo quería tener algo que fuese tuyo.

Ella lo tocó ligeramente con un dedo. De todos los regalos que él le había hecho, éste era el que guardaría para siempre. Levantó la cabeza.

—También yo tengo algo para darte.

Él le sonrió en la penumbra.

—No hace falta. Tengo ya todo lo que quería.

—Pero esto es especial. —Se desprendió de sus brazos y se acercó a la ventanilla. Una débil luz se filtraba junto a los bordes de la cortinilla de lona—. Es mi herencia..., mi regalo de bodas. Mi dote.

Lo habría perdido hace tiempo de no haber sido por ti. Tú lo guardaste para mi durante todos los años oscuros, como una joya en la tierra, como una perla en el fondo del mar, hasta que fuese lo bastante fuerte para reclamar su propiedad. Y ahora puedo compartirlo contigo, multiplicado cien veces, con amor. Mi tesoro secreto de esperanzas y recuerdos, de oro y turquesa y madreperla..., de mimosa y de espliego y de olor a tomillo, de luciérnagas bailando al pie de una luna como un albaricoque, de un ruiseñor en el olivo..., mi sueño de la Riviera.

—¿Y bien? —Señaló con impaciencia la cortinilla—. ¿No vas a abrirlo?

Al avanzar él dominó un súbito temblor de duda. ¿Le gustaría? ¿Sería igual que antes? Quizás el cielo de turquesa habría palidecido, quizá las luciérnagas se habrían olvidado de bailar...

—¿Ahora?

La voz de Guy era un murmullo, pero todo el futuro estaba en sus ojos. En aquel momento, Corrie supo que la felicidad era real, tibia y sólida y dulce como una naranja cogida del árbol. Estaba allí, delante de sus ojos, resplandeciendo como un farolillo de oro bajo las hojas oscuras. Lo único que tenía que hacer era alargar la mano, y sería suya.

—Ahora.

Sus manos se encontraron, y se desvaneció su última duda. No, no sería la misma, su Riviera. Sería mejor y más brillante y más clara que en sus más descabellados sueños, porque ahora serían dos a compartirla.

Guy la atrajo hacia sí y levantó una mano para soltar la cortinilla.

Y lentamente, de un modo inolvidable, la cortinilla se alzó sobre un nuevo mundo deslumbrador.